Wollgast

ANTONIE MAGEN

Die Pfarrerstochter

MYSTERIÖS Nachdem die Schweden das Dorf Koserow im Dreißigjährigen Krieg auf ihrem Durchmarsch verwüstet hinterlassen haben, gibt es für die Pfarrerstochter Irene Schweigerin an diesem Ort keine Zukunft mehr. Sie beschließt, in die Stadt Wolgast zu gehen, um als Buchdruckerin zu arbeiten. Doch dort kommt sie nie an. Auf dem Weg findet sie bei einer alten Mühle die Leiche eines fahrenden Buchhändlers. Noch bevor sie sich von dem Schreck erholen kann, wird sie niedergeschlagen und verschleppt. Als sie zu sich kommt, findet sie sich in einem Verlies wieder und erfährt, dass sie im Verdacht steht, eine Mörderin zu sein.

Der Rechtsgelehrte Friedrich von Trostberg übernimmt ihre Verteidigung und ist schon bald von ihrer Unschuld überzeugt. Aber wird er sie auch beweisen können? Es beginnen ein spannender Wettlauf mit der Zeit und eine leidenschaftliche Liebesgeschichte.

Antonie Magen wurde in München geboren. Nach dem Abitur studierte sie Germanistik, Geschichte und Kunstgeschichte an den Universitäten München und Augsburg, wo sie mit einer Arbeit zum historischen Roman des 19. Jahrhunderts zum Dr. phil. promovierte. Seitdem arbeitete sie an verschiedenen wissenschaftlichen Einrichtungen: von 2004 bis 2007 an der Universität Augsburg, seit 2008 an der Bayerischen Staatsbibliothek in München, wo sie bis heute in der Abteilung für Handschriften und Alte Drucke tätig ist und sich täglich mit alten Büchern und historischen Handschriften beschäftigt.

ANTONIE MAGEN

Die Pfarrerstochter

Historischer Kriminalroman

Besuchen Sie uns im Internet:
www.gmeiner-verlag.de

Im Ehnried 5, 88605 Meßkirch
Telefon 07575/2095-0
info@gmeiner-verlag.de

1. Auflage 2014

Lektorat: Claudia Senghaas, Kirchardt
Herstellung: Mirjam Hecht
Umschlaggestaltung: U.O.R.G. Lutz Eberle, Stuttgart
unter Verwendung eines Bildes von Johannes Vermeer, http://commons.wikimedia.org/wiki/File:Vermeer_Girl_Interrupted_at_Her_Music.jpg, sowie Hans Gude, http://commons.wikimedia.org/wiki/File:Hans_Gude_-_Damer_i_solskinnet_%281883%29.jpg
Druck: GGP Media GmbH, Pößneck
Printed in Germany
ISBN 978-3-8392-1497-8

›Niemand schafft größeres Unrecht als derjenige, der es in Form des Rechts begeht.‹

Plato

PROLOG

DAS GANZE LAND war vom Orkan des großen Krieges erfasst. Wie ein Schiff, das von einem Meeressturm aufgerieben und beschädigt worden war, wurde es umhergetrieben. Ohne Steuermann. Ohne Ziel. Ohne Richtung.

Dieser Zustand hatte für einige aber auch gute Seiten. Man musste sie nur erkennen. Man musste schlau sein und wissen, wie man Vorteile aus ihm zog. Wie man aus dem Konflikt der Mächtigen profitierte. Wie man sich die allgemeine Not und das große Elend zunutze machen konnte. Es gab immer wieder Möglichkeiten. Kleine Gelegenheiten, die es zu ergreifen galt. Durch die man zum Sieger wurde. Nicht in einer der großen Schlachten oder einem der langen Feldzüge. Wohl aber in einer der unzähligen, alltäglichen Situationen, die darüber entschieden, ob man selbst am Leben blieb oder der Weggefährte, mit dem man bis dahin seine Reise zurückgelegt hatte. Gehorchte man dann dem Gebot der Stunde, war es sogar möglich, an ihrem Ende besser dazustehen als zu ihrem Beginn. Etwa weil jener bedauernswerte Begleiter, der nun tot am Boden lag, ein bisschen Schmuck oder Geld mit sich geführt hatte. Behauptete man sich in einem solchen Fall als Herr der Lage, verkaufte man die Habseligkeiten des Toten mit Gewinn – und war am Abend reicher als am Morgen.

Der fahrende Buchhändler Melchior Lechter wusste, dass er sich darauf bestens verstand. Um die große Politik hatte er sich nie gekümmert. War vielmehr immer klug im Hintergrund geblieben. Hatte sich weder an die Kaiserlichen noch an Wallensteins Truppen verkauft. Hatte sowohl darauf verzichtet, sich der katholischen Liga als auch der protestantischen Union anzuschließen. Hatte immer sorgfältig darauf geachtet, keinerlei Überzeugung laut werden zu lassen. Ja, hatte bereits kurz nach Kriegsbeginn eingesehen, dass es am besten war, sich fernab von Weltanschauungen, Machtansprüchen und Loyalitäten zu bewegen. Da er seine Ware im ganzen Reich verkaufte und viel unterwegs war, hatte er zwar nicht alle Gefechte und Scharmützel vermeiden können. Manchmal war er sogar in einen Feldzug oder eine Kampfhandlung geraten. Aber es war ihm immer gelungen, aus sicherer Entfernung oder aus einer verborgenen Ecke, in die er sich verkrochen hatte, zuzusehen.

Nur einmal hatte er Pech gehabt und war mitten ins Geschehen verwickelt worden. Dabei schien in dieser Situation nicht einmal ein Risiko zu liegen. Im Gegenteil. Er wiegte sich in einer Sicherheit, die er nur selten verspürte. Er hatte seine Winkelzüge quer durch Europa so eingerichtet, dass er sich möglichst lange in Gebieten aufhalten konnte, die noch nicht vom Krieg ergriffen worden waren. Und genau da hatte sich jener unglückliche Unfall ereignet: Er hatte sich im Sächsischen befunden, das noch in tiefem Frieden lag. Er war nicht ausreichend wachsam gewesen und in einem Wirtshaus in eine Schlägerei geraten. Die Folge war der Verlust des halben unteren rechten und des halben oberen linken Schneidezahns gewesen. Und auch das linke Auge hatte ihn die Auseinandersetzung gekostet, das seitdem tot in seiner Höhle lag. Eine Kleinigkeit, gemessen an den Verstümmelungen und Verletzungen, denen andere Tag für Tag ausgesetzt waren. Aber immerhin unangenehm genug, um daraus zu lernen.

Seitdem war Melchior Lechter noch umsichtiger geworden. Mit instinktiver Sicherheit witterte er drohende Gefahren und hatte einen untrüglichen Blick für Schlupflöcher entwickelt. In ihnen saß er während einer Plünderung oder eines Überfalls und verfolgte aus seinem Versteck die Gräueltaten, die sich vor seinem Auge abspielten. Vor diesem einzigen Auge, mit dem er genauer und durchdringender sah als andere Menschen mit ihren beiden. Mehr als dieses harmlose Beobachten war nicht notwendig. Oft genug hatte er alleine aus seinen Spähereien Nutzen gezogen. Einen Nutzen, den er ohne Krieg und das allgemeine Durcheinander, das dieser in seinem Gefolge führte, niemals erreicht hätte. Inzwischen hatte er es hierin zu einer wahren Meisterschaft gebracht. Die Ausbeute der letzten Monate war immer reicher geworden.

Und sein Erfolg setzte sich fort. Melchior Lechter lauschte – und atmete erleichtert aus, als er nach einer Weile sicher war, dass die marodierenden Soldaten das Gehöft verlassen hatten. Er hatte fünf Männer gezählt. Einer von ihnen war alt und in einen verschlissenen Talar gekleidet gewesen, wie ihn Richter trugen. Während seine Kameraden die Stube gründlich und geschwind nach Wertgegenständen absuchten, war er in anmutigem Schritt wie ein Traumwandler und ohne erkennbares Ziel durch das Zimmer getänzelt und hatte leise vor sich hin gesungen. Immer, wenn seine Bewegungen ihn unversehens in die Nähe eines seiner Gefährten führte und ein

Zusammenstoß bevorstand, hielt er im letzten Moment inne. Grinste mit leeren Augen in die des anderen, zog sein Barett vom Kopf und verneigte sich tief. Der Mann hatte etwas Geisterhaftes an sich gehabt. Melchior Lechter fragte sich, warum die anderen ihn duldeten. Aber möglicherweise verfügte er über Zauberkräfte. Und Tanz und Gesang waren Beschwörungen, mit denen er Macht über seine Begleiter und Opfer ausübte. Flüchtig fragte sich der Buchhändler, ob sein Versteck ihn auch vor magischen Einflüssen schützte. Aber dann war er von dem Tun der übrigen Männer so in Bann geschlagen, dass er darüber nicht weiter nachdachte.

Die vier anderen waren in die Uniform des Grafen von Mansfeld gekleidet gewesen. Schon lange hatte Melchior Lechter niemanden mehr in dieser Montur gesehen. Möglicherweise hatten sich die Männer direkt nach der Schlacht am Weißen Berg zu einer Bande zusammengeschlossen und trieben seitdem ihr Unwesen. Wenn diese Vermutung stimmte, hatten sie ihre Beutezüge schon seit geraumer Zeit erfolgreich geführt. Was bemerkenswert war und für eine gewisse Gewandtheit sprach, die sich auch in dem jüngsten Überfall widerspiegelte. Sie waren planvoll und vorausschauend zu Werke gegangen. Noch bevor die Bewohner des Hofes die Eindringlinge bemerkten, hatten diese schon alle Fluchtwege versperrt. Innerhalb weniger Minuten waren der Bauer und seine Frau tot gewesen. Sie hatten sich zwar noch gewehrt, genutzt hatte es aber nichts. Es war ihnen nur noch gelungen, einen der böhmischen Söldner schwer zu verletzen. Melchior Lechter schüttelte den Kopf. Schließlich sind sie nun genauso tot, dachte er bei sich, wie sie es ohne Widerstand auch gewesen wären. Er saß im eisernen Ofen des Bauernhauses, wohin er sich in einem unbeobachteten Moment verkrochen hatte. Hier konnte er in aller Ruhe den Abzug der Räuber abwarten. Er hielt sein Ohr an die Ofentür und lauschte: Von den Plünderern war nichts mehr zu hören. Es war still. Nur hin und wieder stöhnte der Schwerverletzte. Es war unmöglich, dass er noch lange lebte.

Der Buchhändler ignorierte das Wehklagen des Sterbenden, stieß die Ofenklappe auf und kroch aus seinem Unterschlupf. Der Anblick, der sich ihm bot, war entsetzlich. Alles war in Blut getränkt. Der Kopf des Bauern lag einen halben Meter vom Rumpf getrennt. Die Bäuerin saß aufgeschlitzt auf einer Bank. Neben ihr das Messer, mit dem sie auf ihren Feind eingestochen hatte. Zu ihren Füßen der böhmische Soldat, der nun endlich aufgehört hatte, sich zu regen. Melchior Lechter war erleichtert, dass der Mann so schnell gestorben war. Er betete flüchtig ein Vaterunser und machte sich routiniert daran, den Inhalt aus der Tasche des Toten zu untersuchen. Mit geübtem Griff öffnete er den Tornister. Als Erstes fielen ihm einige Broschüren und Flugblätter in die Hände. Da hat es den Richtigen erwischt, freute er sich. Wie für einen Buchhändler bestellt, dachte er vergnügt und steckte die Drucke ein, ohne sie näher zu betrachten. Die konnte er unterwegs verkaufen, zusammen mit dem Sortiment, das er mit sich führte. Ein paar Pfennige extra würden sie in jedem Fall einbringen. Systematisch wühlte er sich tiefer in das Sturmgepäck des anderen. Es wurde immer besser. Erfreulicherweise hatte der Tote seine Vorräte noch nicht verzehrt. Der Buchhändler förderte einen halben

Laib Brot und etwas Käse zutage. Prüfte beides und verstaute sie in seinem eigenen Ranzen. Noch immer war der Schnappsack des Söldners nicht leer. Abermals tauchte Melchior Lechter seine Hände in die fremde Habe.

Und – hielt in ihnen einen Schatz. Einen Augenblick traute er seinen Augen nicht. Bisher hatte er dies und das gefunden. Mal ein bisschen Geld. Mal etwas zu fressen. Mal eine Waffe. Er hatte mit diesem und jenem Geschäfte gemacht, wenn die Gelegenheit günstig war und er die Notlage eines anderen ausnutzen konnte. Seinen besten Handel hatte er erst vor einigen Wochen abgeschlossen. Seine Beute bestand aus einigen Kupferplatten. Den Erlös aus ihrem Verkauf hatte er für das Maximum an Profit gehalten. Aber offensichtlich hatte er sich getäuscht. Das, was er aus der Tasche des toten böhmischen Soldaten genommen hatte, war ungleich wertvoller als die Druckplatten. Hastig packte er seinen Fund ein. Vielleicht hatte der unheimliche Alte das zweite Gesicht und sah, was Melchior Lechter seinem toten Kumpanen gestohlen hatte. Die Bande war brutal vorgegangen. Der Buchhändler beschloss, dass es besser war, wenn er schnell die Flucht ergriff.

Als er schließlich den Eindruck hatte, dass er sich weit genug von dem geplünderten Bauernhof entfernt hatte, verlangsamte er seinen Schritt. Hielt nach einem passenden Plätzchen Ausschau, das geschützt genug lag, damit er sein Kleinod in Ruhe begutachten konnte. Ein einsamer Apfelbaum auf einer verlassenen Wiese schien ihm dafür geeignet. Weit und breit war niemand zu sehen. Er ging näher. Einige Früchte hingen noch im Baum. Er setzte sich unter ihn. Lehnte sich an den Stamm. Atmete tief ein. Nestelte am Verschluss seiner Tasche. Doch seine Finger zitterten zu stark. Er zwang sich zur Ruhe. Atmete erneut ein. Befahl seinen Händen größere Konzentration. Und öffnete schließlich die Schnalle, mit der die Tasche zusammengehalten wurde. Erschöpft hielt er abermals inne. Was, wenn er nur geträumt hatte? Er war zwar davon überzeugt, dass der Erfolg, den er bis jetzt auf seinen Beutezügen gehabt hatte, einzig und alleine seiner Raffinesse zu verdanken war. Aber zu diesem Fang war außerdem Glück notwendig gewesen. Auf das er sich nur ungern verließ. Melchior Lechter schauderte, es wurde ihm unheimlich. Er begann zu wünschen, dass alles nur ein Fantasiegebilde gewesen sein möge, gewoben aus der Aufregung der vergangenen Stunde. Oder dass ihn zumindest der erste Eindruck getäuscht haben mochte. Er war überrascht gewesen und hatte nicht sehr genau auf seine Beute geschaut. Vermutlich hatte er etwas ganz Falsches gesehen. Vielleicht war das Buch, das er dem Toten abgenommen hatte, gar nicht so wertvoll, wie er gedacht hatte. Wie wahrscheinlich war es überhaupt, dass ausgerechnet ein marodierender Söldner ein kostbares Buch mit sich führte? Sicher handelte es sich nur um gewöhnliche Ware, mit der er eines seiner üblichen Geschäfte machen konnte.

Beherzt öffnete er die Tasche. – Da lag es vor ihm. Ein kleines Buch, keinen sächsischen Fuß hoch, vielleicht zehn Zoll, und von noch geringerer Breite. Ein Büchlein. Ein Quartformat, wie er es im Laufe der Jahre unzählige Male in der Hand gehabt hatte. Aber ungewöhnlich prächtig ausgestattet. Der Einband war aus feinstem, rötlich gefärbtem Kalbsleder gearbeitet und mit allerlei Goldprägungen verziert: Die Ecken waren mit Mauresken geschmückt. Außerdem waren Blütenstempel verwandt worden und heraldische Hermeline. Der Goldschnitt war punziert. Melchior Lechter staunte mit offenem Mund. Wer immer dieses Buch in Auftrag gegeben hatte: Er musste sehr reich sein und arbeitete mit den besten Werkstätten zusammen. Und er musste von Adel sein. In die Mitte des Buchdeckels war ein goldenes Wappen eingeprägt, das er nicht kannte. In der unteren linken Ecke zeigte es eine Harfe. Auf der gegenüberliegenden Seite einen kleinen Löwen, der von einem Quadrat umschlossen war und seine Pranken hob, als empfände er die geometrische Figur als Gefängnis, das er zu durchbrechen trachtete. Vorsichtig öffnete der Buchhändler die beiden Verschlussbänder. Schlug den Band auf. Die ersten Seiten waren leer. Dann folgte ein Blatt, auf der sich eine handschriftliche Notiz befand: ›Ex arce Pragensi post victoriam Caesarem Ao. MDCXX‹. Außer der Jahreszahl und der Nennung der Stadt Prag verstand Melchior Lechter nicht viel. In seinem Beruf hatte er zwar ein paar lateinische Floskeln gelernt. Aber alles, was darüber hinausging, bereitete ihm Schwierigkeiten. Sogar dieser einfache Satz, von dem er nur begriff, dass er etwas über einen 1620 errungenen Sieg aussagte. Er begann zu befürchten, dass das Buch dem Alten gehört haben mochte und ein Zauberbuch sein könnte. Aber warum hatte er es dann nicht mitgenommen, als er seinen sterbenden Begleiter in dem Bauernhaus zurückließ? Der Buchhändler blätterte weiter. Stieß auf ein eingeklebtes Papierzettelchen, auf dem sich ebenfalls ein mit der Hand geschriebener Eintrag befand. ›Frederic, Prince Elector palatin, and the lady Elizabeth his wife‹. Diese Worte waren für ihn noch geheimnisvoller. Einzig die Namen waren ihm verständlich. Friedrich und Elisabeth. Vor ein paar Jahren waren sie in aller Munde gewesen. Der Pfalzgraf Friedrich V. war 1619 zum böhmischen König gewählt worden und zusammen mit seiner Gemahlin Elisabeth nach Prag übersiedelt. Seine Herrschaft dauerte allerdings nur kurz. Schon im Jahr darauf, nach der Schlacht am Weißen Berg, musste er fliehen. Melchior Lechter wusste nicht, wohin er gegangen war. Seitdem hatte er niemanden mehr von ihm reden hören.

Anscheinend war der glücklose Friedrich einmal der Besitzer des Buches gewesen. Eine Vermutung, die Melchior Lechter einigermaßen glaubhaft schien, wenn er an die Uniform des toten Söldners dachte. Damit war wenigstens die Wahrscheinlichkeit, dass es sich um ein Zauberbuch handelte, verhältnismäßig gering. Erleichtert blätterte er weiter. Endlich hatte er den Anfang des Textes gefunden. Er begann zu lesen. Brach aber schon bald enttäuscht ab. Der Text war in einer fremden Sprache geschrieben, die er nicht verstand, noch weniger als Latein. Er blätterte weiter. Stieß schließlich auf ein Bildchen, das auf Goldgrund einen Apfelbaum mit roten Früchten zeigte, in dem sich eine schöne, blauschwarz glänzende Schlange wand. Er drehte weitere der feinen Pergamentseiten um. Hoffte, doch noch etwas Lesbares zu finden. Gab aber bald auf. Klappte das Buch zu und verstaute es wieder in seiner Tasche. Lehnte sich an den Baum. Er musste nachdenken. Was soll ich damit anfangen?, fragte er sich. Melchior Lechter verstand nicht, was er da hatte. Wusste nur, dass es wertvoll war. Sein letzter Besitzer war wohl auch nicht auf ganz rechtmäßigem Weg zu dem Band gekommen. Der Buchhändler war verunsichert. Ob sich mit dem Buch überhaupt ein Geschäft machen ließe? Oder brachte er sich in Schwierigkeiten, wenn er versuchte, den Besitz eines Königs zu verkaufen? Schön wäre es natürlich, wenn er daraus einen Gewinn schlagen könnte. Es musste gar kein großer sein. Ein kleiner genügte vollkommen. Wenn er nur dafür das Buch so bald wie möglich wieder loswerden konnte. Solange er es mit sich führte, fühlte er sich nicht sicher.

Er schloss die Augen und dachte nach. Wie waren seine Reisepläne am besten einzurichten? Er überlegte. Was hatte er sich für die nächsten Wochen vorgenommen? Zuerst waren da die Kupferplatten. Die er immer noch mit sich herumtrug. Sie waren unnötiger Ballast. Gescheit wäre es, wenn er sie bald verkaufte. Er musste nur noch eine geeignete Druckerei finden, die sie ihm abnahm. Die Werkstatt in Frankfurt, mit der er sonst häufig zusammengearbeitet hatte, war einem Feuer zum Opfer gefallen. Welche Offizin gab es sonst noch, die sich für einen Bilderzyklus interessieren könnte, der ausgerechnet die Geschichte des Glückskindes Fortunatus illustrierte?

Vor dem Krieg hatten zahlreiche Druckereien diesen volkstümlichen Schelmenroman verlegt. Er hatte überall Leser. Vor allem in den blühenden Handelsstädten und dem sprießenden Kaufmannsstand, der immer mehr bürgerliche Familien in Wohlstand, manchmal sogar in nicht unbedeutende Machtpositionen versetzt hatte. Die Geschichte des Fortunatus, von der Glücksgöttin mit einem Säckel ausgestattet, das immer, wenn er hineingriff, ausreichend Geld in Landeswährung für ihn bereithielt, war diesen Kreisen eine Bestätigung ihres eigenen Schicksals gewesen. Inzwischen dauerte der Krieg schon so lange, dass keiner mehr an diese Erzählung glaubte. Die Absatzmöglichkeiten waren schlecht geworden. Deshalb hatte Melchior Lechter die Druckplatten günstig bekommen. Aber sie waren fein gearbeitet. Ästhetisch durchaus ansprechend. Es wäre schade, wenn er sie nicht verkaufen könnte. Oder an jemanden, der sie nicht zu würdigen wusste. Andererseits, wenn die Platten angemessen bezahlt wurden, war auch das egal.

Was gab es sonst noch zu tun? Er nahm die Flugschriften zur Hand, die er dem toten Böhmen abgenommen hatte. Die waren wenigstens zu lesen. Er vertiefte sich in die Lektüre des ersten Druckes und war schon im nächsten Augenblick vollständig gebannt. Im oberen Drittel zeigte das Blatt ein Bild. Dargestellt war ein Scheiterhaufen, der auf einem Platz errichtet worden war. Auf ihm stand ein gefesselter Mann. Seine Augen waren verbunden. Neben ihm machte sich ein Scharfrichter mit einer Fackel am trockenen Reisig zu schaffen, das unter den Füßen des Delinquenten aufgehäuft worden war. Im Hintergrund waren mehrere Bürgerhäuser zu sehen. Im Vordergrund hatte sich eine schaulustige Menge eingefunden. Sie reckten die Hälse in die Höhe und beobachteten atemlos die Vorgänge. Unterhalb des Bildes war ein Datum angebracht, das auf einen Tag verwies, der bereits über zwei Jahre zurücklag. Dann folgte in großen Lettern die Überschrift: ›Über das wohlverdiente Todesurteil des Maxim Mugner. Müller von Usedom. Vollzogen in Wolgast‹. Darunter waren Verse gesetzt, die über die Untaten des bösen Müllers aufklärten. Er war ein Hexer gewesen und eines Teufelspakts überführt worden. Als junger Mann war er aus Welschland, wo er die Schwarze Kunst gelernt hatte, auf die Insel gekommen. An einer einsamen Stelle am Meer war ihm ein Dämon in Gestalt einer Katze über den Weg gelaufen. Der schlug dem Müllerburschen einen Handel vor: Er versprach, ihm an dieser Stelle eine Mühle zu bauen, in die er als Meister einziehen könnte. Zeitlebens sollte sie ihm Glück und Wohlstand sichern. Im Gegenzug müsse sich der Müller Maxim Mugner verpflichten, seinem Gönner jeden 13. Mahlgang zu reservieren. Sein Wohltäter wollte ihn dazu benutzen, Menschenköpfe und arme Seelen zu zermahlen. Viele Jahre hinweg hielten sich Müller und Teufel an ihre Abmachung. Der Müller nahm ein Weib und lebte mit ihr in dem Reichtum, den seine Mühle ihm verschaffte. Jeder 13. Mahlgang aber war von einem Ächzen und Stöhnen begleitet, das weit über die Insel zu hören war und schließlich Maxim Mugners Entdeckung durch die Obrigkeit nach sich zog. Der Amtshauptmann des Herzogtums führte einen Hexenprozess gegen den Müller, an dessen Ende dieser gestand. Schließlich wurde er zum Tod durch Verbrennen bei lebendigem Leib verurteilt und dem Henker übergeben.

So wurde die Geschichte des Müllers auf dem Flugblatt beschrieben. Melchior Lechter hatte es nachdenklich und aufmerksam gelesen. Er war froh, dass die Obrigkeit so beherzt und mutig gewesen war, Maxim Mugner seiner gerechten Strafe zuzuführen. Nicht auszudenken, was ein weiteres Wirken des teuflischen Müllers für Folgen hätte haben können. Er war eine Gefahr für jeden Untertanen des Herzogs. Eine Bedrohung, schlimmer als Krieg es je sein konnte. Der Teufel in der Mühle hatte es nicht nur auf das Leben jedes Einzelnen abgesehen, sondern zwang ihm auch den Seelenschatz ab. Melchior Lechter hatte nicht immer alle Gebote der Bibel eingehalten. Aber er hatte sich doch bemüht, seine Sünden im Rahmen zu halten. In keinem Fall wollte er der ewigen Verdammnis verfallen.

Während der Lektüre war ihm ein Gedanke gekommen. Vielleicht war es gut, wenn er nach Usedom ging? Er war im vergangenen Jahr schon einmal dort gewesen. Er hatte von der Teufelsmühle gehört und sogar die Frau des Hexers gesehen. Vor allem aber kannte er dort jemanden, der ihm sagen konnte, worum es sich bei dem Buch des toten Böhmen handelte. Der es ihm, mit etwas Glück, vielleicht sogar abkaufte.

Melchior Lechter schmatzte vor lauter Vergnügen. Wenn er erst einmal auf der Insel war, konnte er dort auch noch diese andere Sache erledigen. Seit dem vergangenen Jahr hatte er sie immer wieder verschoben. Es wurde Zeit, dass er sie endlich in Ordnung brachte. Er dachte an die tote Frau im Meer. Wenn er nach Usedom ging, konnte er den Brief, den er bei ihr gefunden hatte, endlich demjenigen übergeben, der das meiste Interesse an ihm hatte. – Vielleicht war das sogar das größere Geschäft. Möglicherweise entpuppte sich dieses Vorhaben als gewinnbringender als der Verkauf des Prachtbandes.

Mit einem Mal fügte sich alles. Melchior Lechter war mit sich zufrieden. Sehr zufrieden. Er pflückte sich einen Apfel. Biss herzhaft hinein. Dann machte er sich auf den Weg.

I.

Irene legte das Buch aus der Hand und sah ihren Vater an. Adam Schweiger und seine Tochter saßen in dem notdürftig wiederhergestellten Arbeitszimmer des Pfarrhofes zu Koserow. Sie beschäftigten sich mit dem Meisterwerk des alten, vortrefflichen Dichters, das den gewaltigen Krieg der Griechen gegen die Trojaner, die langwierige Belagerung und die erbarmungslose Zerstörung der Stadt Troja schilderte. Irene hatte ihrem Vater jenen Teil vorgelesen, in dem das Schicksal Trojas und seiner Bewohner endlich die entscheidende Wendung nahm: Bereits zehn Jahre hatten die Griechen vor der Stadt gelagert, als es den Trojanern gelang, zu der gegnerischen Schiffsflotte vorzudringen. Tagelang schon hatten die feindlichen Truppen gegeneinander gekämpft, ohne dass eine Seite den Sieg errungen hätte. Zu ausgeglichen wechselte das Kriegsglück von den Griechen zu den Trojanern und von den Trojanern wieder zu den Griechen. Da endlich gestattete es Zeus den Göttern, sich ins Geschehen zu mischen, um eine Entscheidung herbeizuführen. Menschliche und göttliche Streiter stießen aufeinander. Sieg und Niederlage wechselten sich abermals ab. Und dann, nach 51 qualvollen Tagen und Nächten, war der Untergang der Stadt besiegelt. Heroen und Götter wurden ihrem Schicksal zugeführt: Die Stadt war zerstört. Viele waren auf dem Feld geblieben. – Tote Helden und tote Götter. Die Mehrheit war ermordet worden, einige wurden von den Siegern in die Sklaverei geführt, die wenigsten konnten sich retten.

In Irenes Vater, dem Pfarrer von Koserow, klang das Gehörte nach. Er nickte langsam und müde mit dem Kopf. Im Laufe seines Lebens hatte er gelernt, dass Dichtung und Geschichtsschreibung zwar weise, meist aber unbeachtete Lehrmeisterinnen der Menschheit waren. In unzähligen Büchern waren alle Gräueltaten und Grausamkeiten aufgeschrieben, die der Mensch für den Menschen ersonnen hatte, war festgehalten, was Menschen den Menschen antun konnten. Auch die kleinen Lächerlichkeiten und Eitelkeiten, alle menschlichen Ungereimtheiten waren von den Dichtern dem Lachen des Lesers zugeführt worden. Dazu gab es Interpretationen, die die Folgen der bösen und der gedankenlosen Handlungen darstellten. Sie in ihrer Verwerflichkeit zeigten und bloßstellten. An den Universitäten wurden diese Erklärungen entwickelt, an den Schulen gelehrt und in den Kirchen gepredigt, damit das Versklaven, Foltern, Verstümmeln und Vernichten zu einem Ende komme. Dann gab es noch die anderen, die Weisheitsbücher, die das Zuträgliche schilderten. Die erdacht hatten, was dem Menschen Heilsames vom Menschen widerfahren könne. Welche Linderung die Existenz des einen für das Dasein des anderen bedeuten könne. Die vorstellten, was der Mensch wäre, ließe er ab vom Morden, Töten und Zerstören.

Am Ende seines Lebens war Adam Schweiger aus eigener Anschauung gezwungen zu erkennen, dass alle Anstrengung der Dichter und Weisen vergebliche Liebesmühe gewesen war.

Irene sah ihren Vater an. Sie war erschreckt, wie schnell er in den vergangenen Monaten gealtert war. Vor fast genau einem Jahr war Gustav Adolph auf Usedom gelandet. In den ersten Julitagen 1630 war er mit einer Streitmacht von 13.000 Mann bei Peenemünde an Land gegangen. Wenig später besiegten die Schweden die kaiserlichen Truppen unter Wallensteins Kommando. Bei ihrem Abzug hatten sie eine verwüstete und verelendete Insel hinterlassen, die mit Hunger, Not, Verzweiflung und Tod überzogen war. Vor allem der harte Winter war eine Katastrophe gewesen. Schon im Spätherbst war im unteren Teil der Insel, in der Gegend um Mönchow, eine Hungersnot ausgebrochen. Sie hatte sich an der Südküste entlanggefressen, ihren Weg mit unverminderter Kraft über Neverow, Zirchow und Ulrichsdorf durch das Landesinnere genommen. Hatte sich vorgebissen bis an die Seen bei Retzow und Pudagla, wo sie durch den Fischfang eine leichte Schwächung erlitt. Schließlich hatte sie die Ostküste erreicht, um im Koserower Land, das von den schwedischen Brandschatzungen immer noch entkräftet war, auf ideale Bedingungen zu treffen. Hatte sich dort eingenistet und bis in den Frühling hinein Station gemacht. Mit Beginn der besseren Jahreszeit wurde dann das ganze Ausmaß des Elends sichtbar: Als die Tage länger und wärmer wurden, der Schnee schmolz, die Straßen wieder passierbar waren, fassten die Menschen langsam neuen Mut, kamen sie in den Gasthöfen, den Kirchen, an den Anlegestellen der Häfen zusammen und berichteten, was sich in den Dörfern zugetragen hatte.

Irene hatte viele Geschichten gehört, die alle ähnlich waren. Sie handelten vom Hunger, dessen schwarze Gestalt über Land ging. Ringsum trieb er die Menschen erst in Raserei und dann in Erschöpfung. Ihre Amme Else hatte Irene von einer Familie erzählt, die in einer

Hütte ganz in der Nähe von Koserow wohnte. Seit dem Beginn der Schneefälle Anfang Dezember war die Kate vom Dorf abgeschnitten. Als sich Else nach der Schneeschmelze zusammen mit einigen anderen zu dem Weiler aufmachte, fand sie die Familie verhungert. Zwischen den Zähnen waren Reste ihrer Kleider, die sie zu essen versucht hatten.

Der Hunger bedeutete aber nicht nur körperliches Elend, sondern setzte sich auch in den Seelen der Menschen fest. Wer ihn zum Begleiter hatte, verkam je nach Charakter in Kummer und Unglück oder in Rohheit und Gewalt. Selbst der Zusammenhalt von Leidensgenossen, der sich anfangs noch als starkes Band erwiesen hatte, löste sich nach und nach auf. Diejenigen, die vom gräulichsten Hunger getrieben wurden, wussten sich nicht mehr zu helfen und aßen nicht nur ungewöhnliche Speisen wie Hunde, Katzen und allerlei Aase, sondern fielen denjenigen Mitmenschen an, der das Unglück hatte, noch ein bisschen schwächer zu sein, kochten und verzehrten ihn. Der Mensch wurde zum Tier. Eine allgemeine Bestialität hatte sich auf der Insel ausgebreitet, die sogar die natürlichsten Bindungen außer Kraft setzte. Irene hatte von einer Frau gehört, die von den Entbehrungen offensichtlich in den Wahnsinn getrieben worden war. Im Januar 1631, dem kältesten und aussichtslosesten Monat dieses Winters, hatte sie, so wurde berichtet, in einem Anfall von Irrwitz ihr neugeborenes Kind geschlachtet und verspeist.

Irene war sich nicht sicher, ob sie diesem Gerücht Glauben schenken sollte. Selbst Homer, der mit Grausamkeiten nicht gespart und die Bestialität des Menschen in allen Facetten beschrieben hatte, kannte diese Unmenschlichkeit nicht. Aber, dachte Irene grimmig, die Kontrahenten der Trojaner waren die Griechen, die selbst in Blutdurst und Brutalität noch edel waren. Nicht die Schweden und vor allem nicht die eigene Verzweiflung, die wahrscheinlich der unbarmherzigste Gegner war, an den man geraten konnte.

Irene waren diese Feinde bestens vertraut. In den letzten Monaten hatte sie genügend Gelegenheit gehabt, mit ihnen Bekanntschaft zu machen. Kurz nachdem die Schweden Wallenstein besiegt hatten, waren sie in den Ort eingefallen, in dem Irene geboren und aufgewachsen war. Sie hatten ihn allerdings nicht zehn Jahre belagert wie die Griechen Troja. Im Gegenteil: Sie waren nicht lange geblieben. Aber die Zeit, die sie dort gehaust hatten, war ausreichend gewesen, um das Dorf zu verheeren und seine Einwohner ins Elend zu stürzen. Sie hatten die Äcker der Bauern angezündet, auf denen schon das Getreide reifte. Die wenigen Felder, die von dieser Vernichtung verschont geblieben waren, hatten bald darauf marodierende Soldaten, die auf eigene Faust auf Gewalt und Zerstörung ausgingen, verbrannt.

In der Kirche hatten die Schweden während der Belagerung einen Pferdestall eingerichtet. Auf dem Kirchplatz hatten sie die Bewohner von Koserow zusammengetrieben. Sie hatten Spieße, Bajonette und Gewehre auf sie gerichtet und ihnen damit bei jeder Bewegung gedroht. Währenddessen benutzten ihre Kameraden die Abwesenheit der Einwohner dazu, deren Häuser und Hütten nach Wertgegenständen zu durchsuchen und, so sie solche fanden, zu rauben und das, was des Raubes nicht wert war, zu zerstören.

Irene dachte mit Abscheu an jene Stunden, die die Dorfeinwohner vor der Kirche ausharren mussten. Es war heiß gewesen. Sie standen in sengender Sonne und in der Glut verbrennender Felder. Von Zeit zu Zeit sah Irene, wie Flammen in den Sommerhimmel züngelten. Sie hörte aus der Ferne die freudigen Schreie, wenn die schwedischen Landsknechte etwas gefunden hatten, was sich mitzunehmen lohnte, und die wütenden Rufe, wenn sie enttäuscht eine ärmliche Behausung mit leeren Händen verlassen mussten. Sie vernahm auch die Tiere auf den Bauernhöfen, die in Todesangst schnatterten, grunzten, blökten und brüllten. Und sie hörte die Stille vor der Kirche: Es war Mittag, die Hitze stand auf dem Platz, kein Lüftchen regte sich und auch die Menschen, in Schach gehalten durch schwedische Waffen, wagten nicht, einen Laut von sich zu geben. Über ihnen spannte sich der schönste, blauste Sommerhimmel. Mitleidlos strahlte die Sonne auf Koserow.

Damals hatte Irene zum ersten Mal das Alter ihres Vaters empfunden und Angst um ihn gehabt. Sie hatte sich gefragt, was passieren würde, wenn er die Strapaze nicht überstehen sollte. So wie Lisbeth Mugnerin, die sogar noch jünger war als er. Nachdem ihr Mann in einem spektakulären Hexenprozess zum Tode verurteilt und verbrannt worden war, war sie nicht mehr ganz richtig im Kopf und körperlich immer mehr verfallen. Schon bald nach der Hinrichtung des Müllers hatte sie das kleine Häuschen, das sie neben der Mühle bewohnte, verlassen. Es wurde berichtet, dass sie vor dem Teufel floh, der ihren Mann geholt hatte. Irene war über diese Geschichte im Zweifel. Sollte sie sie glauben? Sie hatte ihren Vater gefragt. Er hatte ihr erklärt, dass dort, wo es einen Gott gebe, auch ein Teufel sei. Und es besser wäre, ihn auszutreiben und zu meiden.

Keiner wusste recht, wo sich Lisbeth Mugnerin seitdem aufhielt. Man sah sie dann und wann in den Dörfern der Gegend. Unglücklicherweise war sie kurz vor dem schwedischen Einfall nach Koserow gekommen und wurde mit den anderen zusammen auf den Dorfanger befohlen. Sie konnte sich schon bald nicht mehr auf ihren geschwollenen Beinen halten und war unter konvulsivischen Zuckungen zusammengebrochen. Sie blieb reglos liegen. Keiner wollte ihr zu Hilfe eilen. Einzig einer der schwedischen Soldaten stieß mit seinem Gewehrkolben nach Lisbeth, anfangs vorsichtig und zaghaft, als befürchte er, den Teufel wiederzuerwecken, der ganz offensichtlich in diese Frau gefahren war. Dann, als sie auf die Berührung nicht reagierte, grob und brutal. Schließlich traute er sich, griff sie an den Schultern und schleifte sie von dem staubigen Platz. Augenblicklich herrschte dieselbe gespenstische Ruhe wie vorher. Lisbeth Mugnerin aber hatte seitdem niemand mehr gesehen. Weder in Koserow noch in einem der benachbarten Dörfer. Man nahm an, dass sie tot war. Wahrscheinlich hatten die Schweden sie im Wald vergraben oder in die Ostsee geworfen. Oder der Teufel hatte auch sie geholt.

Irene erinnerte sich nicht mehr, wie lange sie auf dem Kirchplatz stehen mussten. Irgendwann, nach einer Ewigkeit, hatten die Plünderer ihr Werk vollendet und kamen zur Kirche zurück. Einer der Soldaten gab den Koserowern den Befehl, nach Hause zu gehen. Irene sah noch, wie die Schweden ihre Pferde aus der Kirche holten, aufsaßen und davonritten. Nein, sie waren nicht lange geblieben. Aber bei ihrem Abzug hinterließen sie ein verheertes Dorf mit abgebrannten Äckern, zerstörten Häusern und erstochenen Tieren. Es waren nur ein paar lächerlich einfache Handgriffe notwendig gewesen, um vielen Menschen das Leben zu ruinieren, das seitdem keiner mehr mit der gewohnten Selbstverständlichkeit führen konnte. Dabei hatte Koserow noch Glück gehabt. Aus einer guten Laune heraus hatten die Schweden auf Exekutionen verzichtet. Außer Lisbeth Mugnerin war niemand zu Tode gekommen oder verletzt worden. Äußere Blessuren jedenfalls hatten die Bewohner des Dorfes nicht davongetragen. Den meisten hatte der Nachmittag der schwedischen Plünderung innere Wunden geschlagen, dachte Irene beim Anblick ihres Vaters.

Der saß unterdessen mit abwesendem Gesicht an seinem Schreibtisch. In sich versunken und hing seinen Gedanken nach. Die Beschädigungen, die die Schweden hinterlassen hatten, waren noch immer zu sehen. Aber den Zustand des Raumes konnte man nicht mehr mit demjenigen vergleichen, in dem er den Pfarrhof nach jenem Nachmittag auf dem Kirchplatz vorgefunden hatte. Die zerschlagenen Gegenstände hatten Irene und Else aus dem Zimmer entfernt, gleich nachdem sie zurückgekommen waren: Tische, Stühle, Bänke, Regale und – besonders traurig – die beiden Globen, von denen der eine die Erde, der andere das Himmelsgewölbe zeigte. Die beiden Kugeln waren die Zierde der Bibliothek gewesen. Der Erdglobus war nach den neuesten wissenschaftlichen Erkenntnissen des Philipp Apian bemalt. Die Positionen der Planeten auf dem Himmelsglobus waren nach den Tabellen des Kopernikus berechnet. Goldene Nägel kennzeichneten die größten Sterne, die durch eine figürliche Darstellung der Sternbilder verbunden waren. Besonders aufwendig waren die Mechanik, die der Pfarrer von einem berühmten Uhrmacher hatte anfertigen lassen, und die kunstvoll geschnitzten Gestelle der Globen. Sie liefen in schön geschwungenen Füßen aus, die die Gestalt von Delfinen hatten.

Die Zeiten, in denen Adam Schweiger diese seine Sterne in Blickweite gehabt hatte, waren vorbei. Unwiederbringlich. Nach dem Einfall der Schweden hatte der Pfarrer die Globen, diese Meisterwerke des Kunsthandwerks, durch Säbelhiebe zerschlagen und zu einer Art Scheiterhaufen zusammengelegt auf dem Fußboden seines Arbeitszimmers gefunden. Die Soldaten hatten versucht, die Trümmer anzuzünden. Gelungen war es ihnen nicht. Die Zeit hatte nicht ausgereicht, um das widerständige Material ganz zu vernichten. Zurückgeblieben waren ein etwas verkohlter Himmel und eine wenig geschwärzte Erde. Ein gutes Zeichen, wie Adam Schweiger damals noch in vollem Gottvertrauen dachte. Dieser Krieg war zwar ein Weltenbrand. Aber bald musste er ein Ende haben, nachdem er nun schon ins vierzehnte Jahr ging. Danach würden Erde und Himmel eine Weile ruhen, neue Kräfte sammeln und schließlich wie der Vogel Phönix aus der Asche erstehen.

Aber wann kam dieser Zeitpunkt? Inzwischen währte der Krieg ein weiteres Jahr. Ein Ende war nicht in Sicht. Für ihn selbst, den alten Pfarrer, konnte dieser ersehnte Neuanfang nicht mehr rechtzeitig kommen. Mit dem Blick auf die Sterne hatte er sein Leben verbracht. Er hatte sich in seiner Jugend durch viel Widriges hindurchschlagen müssen. Auch später hatte ihn sein Lebensweg durch raue, sogar durch manche schlimme Gegenden geführt, die er lieber nicht passiert hätte. Aber er hatte sich immer nach den Sternen richten können. Hatte sich von ihnen leiten lassen und nie die Zuversicht verloren, dass er sie eines Tages zu greifen bekäme.

Nun lagen die Sterne des Pfarrers, auf die er immer vertraut hatte und die ihm Zuversicht gegeben hatten, zertrümmert in der Scheune. Mit dem Verlust ihres täglichen Anblicks war auch seine Lebenskraft verschwunden. Er war ein Greis geworden, der nichts mehr zu sagen hatte. Die Predigten und die übrigen Pflichten, die er in der Gemeinde wahrnehmen musste, hatten ihm schon früher keine Freude bereitet. Er hatte sie als lästige Zeitverschwendung empfunden. Nach der Zerstörung seines Hauses waren sie vollends zur Qual geworden. Er hatte sie immer mehr vernachlässigt, dann sogar ausfallen lassen. Die wenigen Schäfchen, die ihm geblieben waren, hatte er in die Nachbargemeinden geschickt. Er, der Hirte, hatte sie nicht gegen den Löwen, der aus Mitternacht gekommen war, verteidigen können. Sollten sich jüngere Amtsbrüder, denen noch nicht die Kraft ausgegangen war, um sie kümmern. Die einen erneuten Überfall eines Löwen oder Wolfes auf die friedliche Herde mit ein paar Stockhieben parieren konnten. Er selbst hatte keine Zähne mehr. Er konnte nicht mehr zurückbeißen, wenn ihn jemand biss, und wenn andere, die ihm anvertraut waren, gebissen wurden, erst recht nicht. Er war für die Menschen ganz und gar nutzlos geworden.

Er wollte in seinem Sessel sitzen bleiben, so lange, bis ihm Gevatter Tod die Hand reichte. Er hatte keine Angst vor ihm. Vor Jahren hatte er auf einer Reise die kleine Plastik eines süddeutschen Künstlers gesehen, der aus Lindenholz ein zierliches Skelett geschnitten hatte, das den Betrachter aus seinen Augenhöhlen verführerisch anschaute und ihm mit seinem lippenlosen Mund verheißungsvoll zulächelte. Bewaffnet war es mit Amors Werkzeugen. Und wer von seinem Pfeil getroffen wurde, hatte sicher nicht das schlechteste Los gezogen. Er hatte die kleine Figur gekauft und in seiner Kirche gegenüber der Kanzel anbringen lassen. Seitdem hatte er sie bei jeder Predigt im Auge und hielt stumme Zwiesprache mit ihr.

Nein, der Pfarrer hatte keine Angst, sondern hoffte, dass möglichst bald ein Schuss aus diesem Köcher ihm gälte. Es quälte ihn nur die Frage, was aus Irene werden sollte. Er ließ das Kind mehr oder weniger mittellos zurück. Früher hatte er eine große Bibliothek besessen, die von einigem Wert war. Nach seinem Tod hätte Irene eine Auktion veranstalten müssen und von dem Erlös gut leben können. Wenngleich ihn der Gedanke immer geschmerzt hatte, dass seine Sammlung dabei in alle Winde zerstreut worden wäre. Aber auch diese Sorge hatten ihm die Schweden abgenommen. Er blickte abermals im Zimmer umher und sah in die Löcher, die ihr Überfall in seine Regale gerissen hatte.

Seine Bibliothek war die Büchersammlung eines humanistisch gebildeten Theologen. Adam Schweiger hatte sie seit seiner Studienzeit mit vieler Mühe und vielem Geld systematisch zusammengetragen. Er hatte die wichtigsten Autoren der klassischen Antike gesammelt. Ferner besaß er fast die gesamte reformatorische Literatur. Außerdem die gängigen Werke der Artes liberales. Später hatte er die grammatischen, rhetorischen und dialektischen Lehrbücher dazu verwandt, seiner Tochter die lateinische und die griechische Sprache beizubringen.

Der Ruf dieser Bibliothek, die sich im Haushalt eines Dorfpfarrers versteckte, hatte sich bald verbreitet. Bevor der Krieg ausgebrochen war, stand sie auf der Höhe der blühenden Buchkultur seiner Gegenwart und hatte sogar manchen bedeutenden ausländischen Gelehrten angezogen. Was nach dem Einfall der Schweden davon übrig blieb, war kaum eines Blickes würdig.

Traurig hatte der Pfarrer damals sein Lebenswerk überblickt, das sich in zerrissenen Büchern und zerfetzten Papieren auf dem Boden ausgebreitet hatte. Unter seinen Büchern waren zum Teil reich illuminierte Exemplare, zum Teil sogar Handschriften mit Goldgrundillustrationen gewesen. Er hatte eine Bibel besessen, die von Gutenberg selbst gedruckt worden war. Einige ihrer Seiten hatte er an verschiedenen Stellen von Haus und Hof wiedergefunden. Sie waren zerrissen, verdreckt, von Pferden übertrampelt, aufgeweicht. Die letzten Teile, die er entdecken konnte, waren auf dem Misthaufen gelandet, der Rest war verloren. Es würde Jahre dauern, die Verluste zu ersetzen. Teilweise würde es sogar völlig unmöglich sein. Von der Wiederherstellung der wohldurchdachten und jahrzehntelang entwickelten Ordnung ganz zu schweigen. Vor der Aussichtslosigkeit dieses Unternehmens hatte er kapituliert. Zumal die Handels- und Reisewege, die früher eine problemlose Versorgung auch des Dörfchens Koserow mit Büchern und Drucksachen aller Art garantiert hatten, gefährlich und nur noch eingeschränkt benutzbar waren.

So war ihm nichts anderes übrig geblieben, als die Geschäfte, die er vor dem Krieg betrieben hatte, einzustellen. Anfangs hatte er sich noch gewünscht, in sein früheres Dasein zurückzukehren und seinen gewohnten Tätigkeiten nachzugehen. Schon bald aber fiel dieser Wunsch von ihm ab. Er wurde immer passiver. Saß Tag für Tag an seinem Schreibtisch und starrte vor sich hin. Ein Widerschein der alten Zeiten waren allenfalls diejenigen Stunden, in denen sich Irene zu ihm setzte, um ihm vorzulesen. Aber auch das machte ihn zunehmend melancholisch. Es kamen ihm zu viele Erinnerungen aus früheren Tagen in den Sinn, die ihm den Unterschied zwischen einst und jetzt erst recht deutlich vor Augen führten.

Am sorgenvoll zerfurchten Gesicht ihres Vaters erkannte Irene, dass er über den Ruin des vergangenen Jahres nachdachte. Auch sie hatte die Verluste bedauert, die sie erlitten hatten. Insbesondere den der Bibliothek. Sie war mit der Büchersammlung ihres Vaters groß geworden, die immer ein selbstverständlicher Teil ihres Lebens gewesen war. Schon als Kind hatte Irene sich gerne im Arbeitszimmer des Pfarrers aufgehalten. Als Heranwachsende hatte sie langsam begonnen, die Bedeutung der Sammlung zu verstehen. Ihr Vater hatte sie bereits früh im Griechischen und Lateinischen unterrichtet. Sie hatte Talent gezeigt und war bald in der Lage gewesen, die Texte antiker Autoren zu lesen.

Sie hatte die Bibliothek ihres Vaters mindestens ebenso geliebt wie er und jedem einzelnen Schweden, der an ihrer Zerstörung beteiligt war, Pest, Hölle, Tod und Teufel an den Hals gewünscht. Im Laufe des vergangenen Jahres aber hatte sie begonnen, die Bibliothek selbst zu hassen. Denn sie sah, wie sehr ihr Vater unter ihrem Verlust litt.

Die Stimmung im Haus war gedrückt. Ihr Vater sprach kaum noch. Stundenlang saß er in einem Sessel vor seinem Schreibtisch und starrte vor sich hin. So oft sie konnte, setzte sie sich zu ihm und las ihm aus den Büchern vor, die ihnen geblieben waren. Das war der einzige Zugang, den sie noch zu ihm hatte. Früher hatte er im Anschluss an die Lesungen immer mit ihr über das Gehörte gesprochen. Er hatte ihr sein Verständnis mitgeteilt und war an ihrer Meinung interessiert gewesen. Zuweilen hatten sie auch versucht, die lateinischen und griechischen Texte gemeinsam in schönes Deutsch zu übersetzen. Diese Stunden hatte Irene als besonders glücklich in Erinnerung.

Manchmal hatte sogar ein auswärtiger Gelehrter, der auf der Durchreise die Bibliothek des Pfarrers besichtigte, an diesen Kolloquien teilgenommen und dem gelehrten Disput zwischen Vater und Tochter eine weitere Stimme hinzugefügt. Irene erinnerte sich, dass sie einmal gleichzeitig einen Magister der Philosophie aus Leipzig und einen Doktor der Theologie aus Paris bei sich zu Gast hatten. Alle beide hatten für ein Semester an der Universität Greifswald gelehrt und sich vor ihrer Rückkehr in die Heimat entschlossen, die Bibliothek von Koserow zu besichtigen. Das musste im letzten Sommer gewesen sein, bevor die Schweden kamen. Der Theologe hatte aus Paris das neue Traktat eines französischen Gelehrten mitgebracht, in dem dieser Regeln zum Gebrauch des Intellekts erstellt hatte. Er behauptete, dass es eine universelle Methode zur Erforschung der Wahrheit geben müsse, die auf Logik und Plausibilität beruhe und durch den richtigen Einsatz der Verstandeskräfte im großen Buch der Welt gefunden werden könne.

Irene dachte daran, dass zu dieser Zeit noch menschliche Stimmen im Haus zu hören gewesen waren. Sie hatten ein geselliges Leben geführt: Es kamen Gelehrte mit den neuesten wissenschaftlichen Erkenntnissen. Und das Haus hatte geklungen von Meinungen, Ansichten und Interpretationen. Es kamen Agenten, die ihr Vater beauftragt hatte, sich nach bestimmten Büchern umzusehen. Und das Haus hallte wider von Namen berühmter Sammler und Bibliothekare, die gewillt waren zu verkaufen oder zu tauschen. Es kamen fliegende Buchhändler, die im Auftrag eines Verlegers oder auf eigene Rechnung mit ihrem Sortiment über Land reisten und an Ort und Stelle Geschäfte machten. Und das Haus summte vom Verhandeln über Preise und dem Beratschlagen über günstige Verkaufsorte. Mit den meisten dieser sogenannten Buchführer verband den Pfarrer eine langjährige Bekanntschaft. Sie kamen besonders gern nach Koserow, weil sie wussten, dass Adam Schweiger nicht nur ein guter Kunde war, sondern auch, weil er ihnen erlaubte, theologische Schriften im Vorraum der Kirche zu verkaufen, und zudem dafür sorgte, dass ihre Ankündigungen und Preiszettel auf den Jahrmärkten der Umgebung publik gemacht wurden. In jenen Tagen herrschten rege Tätigkeit und Betriebsamkeit im Pfarrhof. Handel und Wandel gingen ihren Gang. Irene und die alte Else hatten alle Hände voll damit zu tun, Verköstigung und Unterkunft bereitzustellen, und der Pfarrer hatte verhandelt, disputiert, gekauft und getauscht.

Von alledem war nichts übrig geblieben. Es kam niemand mehr. Es regierten Totenstille und Einsamkeit. Es war, als ob die Schweigsamkeit, die an jenem Nachmittag des schwedischen Überfalls vor der Kirche herrschte, das Leben im Pfarrhof in Bann geschlagen hätte. Irene sah ihren Vater an, der stumm vor ihr saß, seinen Gedanken nachhing und nicht mit ihr sprach. Tagein, tagaus. Seit einem Jahr, in widerspruchslos hingenommener Eintönigkeit.

Mit dem Einzug von Schweigen und Einsamkeit in den Pfarrhof von Koserow war das Haus nicht mehr das, was es früher für Irene gewesen war. Sie hatte alle heimatlichen Gefühle verloren. Das Haus, in dem sie geboren worden war, hatte sich zu einem Ort entwickelt, an dem sie nichts mehr hielt außer der Sorge um ihren alten Vater. Deshalb hatte sie sich seit einem Jahr von Tag zu Tag geschleppt. Äußerlich unverändert, hatte sie versucht, durch alte Gewohnheiten die Illusion ihres früheren Lebens aufrechtzuerhalten.

Was ihr schlecht gelungen war. Irene fühlte in diesem Augenblick deutlich, was sich ihr in den letzten Wochen immer öfter vor Augen gestellt hatte: Lange konnte sie dieses Leben nicht mehr führen. Sie half ihrem Vater dadurch nicht. Sie konnte ihn auf diese Weise nicht aus seinen Grübeleien erlösen.

Aber auch ihren eigenen Zustand musste sie überdenken. Es musste etwas geschehen. Sie musste etwas tun. Sie musste ihre Lage ordnen. Sie musste sich verändern. Eine Entscheidung musste herbei. Sie dachte an den Text von Homer, den sie gerade gelesen hatte. Es wurde höchste Zeit, dass auch ihr Schicksal eine grundlegende Wendung nahm. Und wenn die Götter ihr nicht halfen, weil das Leben der Irene Schweigerin, im Gegensatz zum Geschick Trojas, nicht im Zentrum ihres Interesses stand, musste sie sich eben selbst darum kümmern. Was sollte aus ihr werden, wenn sich der Gesundheitszustand ihres Vaters weiterhin verschlechterte und er am Ende starb?

Sie konnte auf keinen Fall länger in Koserow sitzen. In einem zerschossenen Ort, an dem sie keinerlei Ansprache und keinerlei Aufgabe hatte. Niemanden und nichts, das ihr eine Zukunft oder Perspektive bieten konnte. In der dörflichen Gemeinschaft war sie eine Außenseiterin. Sie war das Kind des Pfarrers und hatte nicht zu den Kindern der Bauern gepasst. Sie war die Tochter eines Gelehrten, der sie in den alten Sprachen unterrichtet hatte, und hatte nicht die Fertigkeiten gelernt, die andere Mädchen in ihrem Alter selbstverständlich beherrschten. Sie war keine Hausfrau und konnte die Kenntnisse, die sie sich angeeignet hatte, in keinem Beruf anwenden. Sie hatte das Handwerk ihres Vaters gelernt, das keines war, mit dessen Hilfe sie in einen Betrieb einheiraten und zur Meisterin werden könnte. Sie besaß auch kein Vermögen, durch das sie selbstständig leben könnte oder auf dem Heiratsmarkt interessant gewesen wäre. Jetzt weniger denn je. Sie war noch nicht einmal katholisch und konnte in kein Kloster gehen. Das einzige, was sie beherrschte, waren alte, tote Sprachen, die niemand mehr sprach.

Aber sie konnte schreiben und lesen. In den vergangenen Tagen hatte sie sich darauf besonnen, dass es diese Fähigkeiten waren, die für den gewünschten Wechsel in ihrem Leben sorgen konnten. Sie wusste, dass es in Wolgast eine Druckerei gab, die dringend Korrektoren suchte. Das Pech der Druckerei und vielleicht das Glück der Irene Schweigerin war, dass auch in der ehemaligen Residenzstadt die Schweden gewütet hatten. Dort waren viele der einheimischen jungen Männer, die nicht im Feld standen und sich nicht gut genug versteckt hatten, entweder gefangen genommen oder erschossen worden. Es fehlten Lehrlinge in fast allen Bereichen. Auch in der Druckerei von Ratdolt und Speyer. Johann Speyer hatte zwar einen Sohn, der schon lange in das Geschäft seines Vaters hätte einsteigen können. Aber irgendein Zerwürfnis, über das Irene nichts Näheres wusste, hatte den Eintritt des jungen Mannes verhindert und der Werkstatt seine Arbeitskraft entzogen. Irene wollte sich dort vorstellen. Mit ein bisschen Glück konnte sie eine entsprechende Stellung bekommen. Die inhaltlichen Kenntnisse, die sie über die alten Texte mitbrachte, waren dabei sicher nicht von Nachteil. Bisher hatte sie es nur noch nicht übers Herz gebracht, mit ihrem Vater über diesen Plan zu reden. Er würde sich von ihr allein gelassen fühlen. Aber vielleicht war jetzt eine gute Gelegenheit? Jedenfalls keine schlechtere als sonst auch. In jedem Fall musste dieses Schweigen endlich ein Ende haben.

Das Schweigen hatte ein Ende. Für Irene völlig unvermutet, wurde es von ihrem Vater selbst gebrochen. Sie war so in ihre Betrachtungen vertieft gewesen, dass sie ein Klopfen an der Tür überhört haben musste. Jedenfalls hatte Adam Schweiger »Herein« gesagt. – Aus alter Gewohnheit laut und deutlich, wenn auch mit einer etwas brüchigen Stimme, der man anmerkte, dass sie nicht mehr regelmäßig gebraucht wurde, die aber immerhin den Raum mit einem Echo aus früheren Zeiten füllte. Die Tür hatte sich geöffnet. In ihr stand Else.

Else war die Frau eines armen Fischers gewesen, der kurz nach der Hochzeit während eines Sturms in der Ostsee ertrank. Wenige Tage darauf starb Adam Schweigers Frau bei Irenes Geburt. Der Pfarrer, der eine Amme für seine Tochter benötigte, holte die Witwe des Fischers zu sich ins Haus. Sie kam gerne zu ihm, vor allem, weil sie gerade selbst ein Kind zur Welt gebracht hatte, mit dem sie mutterseelenallein in einer dürftigen Hütte hauste. Dankbar war Else ins Pfarrhaus gezogen und hatte gehofft, dass sich ihr Leben nun zum Besseren wenden würde. Eine Erwartung, die enttäuscht wurde: Kurz nach ihrer Ankunft starb ihr Sohn, der zu lange unter den schlechten Bedingungen in der Fischerhütte gelebt hatte. Else hatte ihn begraben, hatte Irene aufgezogen und dem Pfarrer den Haushalt geführt. In seinen Diensten war sie langsam ergraut. Hatte sich aber die ungebrochene Tatkraft bewahrt, die sie schon als junge Frau befähigt hatte, mit den Schicksalsschlägen ihres Lebens fertig zu werden. Manchmal dachte Irene, es sei nur Elses Energie und Rührigkeit zu verdanken, ihrem unverbrüchlichen Lebensmut und ihrer Zuversicht, dass sie den Hungerwinter nach dem Einfall der Schweden überlebt hatten. Wie es Else geschafft hatte, alle im Pfarrhof regelmäßig mit Essen zu versorgen, war Irene immer noch ein Rätsel. Nur unter der zunehmend bedrückten Stimmung im Haus hatte auch die Alte zu leiden begonnen. Sie hatte sich verschlossen, war nicht mehr so fröhlich wie sonst. Wurde reizbar und schnell ungeduldig. Heute aber hatte ihr zerfurchtes Gesicht einen hoffnungsvollen Ausdruck, den Irene schon lange nicht mehr an ihr gesehen hatte. Auch Elses Haltung kam Irene aufrechter vor als in der letzten Zeit.

Sie trat ein paar Schritte in den Raum. »Verzeiht, dass ich störe.« Else war ein wenig außer Atem. »Aber ich habe gute Neuigkeiten.« Der Pfarrer sah sie fragend an, erstaunt über die ungewöhnliche Unterbrechung seiner Ruhe. »Draußen ist ein Buchhändler. Er bietet in der Gegend seine Waren an«, fuhr Else fort. »Ich weiß ja, dass Ihr doch gern Bücher kaufen würdet, und habe ihn gleich mitgebracht«, setzte sie aufmunternd hinzu. »Vielleicht hat er ja was, was Euch gefällt.«

Diese Worte wirkten wie Medizin auf den Pfarrer. Seine Lebensgeister erwachten. Er räusperte sich, straffte sich, stand vom Sessel auf und ging auf die Tür zu. Erst mit den stolpernden Bewegungen eines alten Mannes, dem das Aufstehen Mühe bereitete und der schon so verfallen und ausgetrocknet war, dass ihm die Schuhe zu groß geworden waren. Dann aber wurde sein Gang mit jedem Schritt, den er tat, fester. Er blickte erwartungsvoll nach draußen, räusperte sich abermals und winkte den Mann, den Else angekündigt hatte, ins Zimmer. »Tretet ein«, ermunterte er ihn und seine Stimme glich schon wieder fast derjenigen, mit der er früher seine Pfarrkinder angesprochen hatte, wenn sie ihn, wegen einer Verfehlung vom schlechten Gewissen geplagt, zu einer Unterredung aufgesucht hatten. »Kommt herein. Ich tue Euch nichts. Und meine Tochter Irene, die Ihr hier bei mir seht, ist mit ihrem eigenen Buch beschäftigt und wird uns nicht stören.« Der Pfarrer musste husten. Diese Schwächung seines Gegenübers aber war es, die den Angesprochenen offensichtlich ermunterte. Erst jetzt wagte er es, das Zimmer zu betreten.

Es trat ein kleiner, drahtiger Mann ein, dessen Ausdruck teils misstrauisch, teils bauernschlau war. Sein Gesicht war gebräunt. Seine Leinenkleider waren mit dem Staub der Landstraße bedeckt. Irene sah zu ihm hin. Sie kannte ihn nicht. Er war keiner der Buchhändler, die bei ihrem Vater vor dem Krieg ein und aus gegangen waren. Sie empfand Abneigung. Der Mann versuchte, in sein Gesicht einen freundlichen Ausdruck zu zwingen. Die Anstrengung, die ihn das kostete, war deutlich zu sehen. Er hatte überhaupt etwas Angespanntes an sich. Das Grinsen, zu dem er seinen Mund verzog und das er wohl für ein geschäftsförderndes Lächeln hielt, verlieh seinem Gesicht etwas Fratzenhaftes. Aber noch etwas anderes irritierte Irene, ohne dass sie sagen konnte, was es war. Etwas stimmte nicht mit ihm. Er hatte einen eigenartigen Blick. Lediglich mit dem rechten Auge schien er erst den hustenden Pfarrer, dann, argwöhnisch, sie selbst und schließlich das ganze Zimmer zu erfassen. Der Blick des linken Auges war seltsam tot und ging unbestimmt ins Leere. Er wirkte gehetzt und schien nicht ganz bei der Sache zu sein, was er durch übertriebene Höflichkeit zu kaschieren suchte.

Untertänig katzbuckelnd, kam er heran. »Herr Pfarrer, Jungfer Pfarrerstochter«, begrüßte er die Anwesenden. Sowie er die Lippen öffnete, sah Irene, dass ihm der untere rechte Schneidezahn und der obere linke zur Hälfte fehlten. Sie waren symmetrisch aus seinem Kiefer herausgebrochen und machten sein Gesicht vollends abstoßend. Er verbeugte sich schräg gegen Irene und fuhr mit schmeichlerischer Stimme fort: »Ich freue mich, Euch meine Angebote machen zu können. Ich komme direkt aus Frankfurt und habe auf dem Weg immer wieder von Eurer Bibliothek gehört.« Er unterbrach sich und sprach nach unmerklichem Zögern weiter: »Das letzte Mal war ich während der schwedischen Belagerung auf Usedom. Damals bin ich aber nicht bis nach Koserow gekommen. Ich hatte seinerzeit den Weg genommen, der über die einsame Mühle am Meer führt. Wollte ich eigentlich nicht. Man hört nichts Gutes von dort. Aber wenn ich eine andere Route gewählt hätte, wäre ich den Truppen von Gustav Adolph in die Hände gefallen. Und Schwierigkeiten wollte ich vermeiden. Also bin ich nicht nach Koserow, sondern bin vor der Mühle abgebogen.«

Einen Augenblick verlor sich sein Blick in der Vergangenheit. Gleich darauf aber besann er sich wieder und die Ruhelosigkeit, die Irene schon bei seinem Eintritt aufgefallen war, ergriff erneut von ihm Besitz. »Ist ja Gott sei Dank nichts passiert«, fuhr er mit einem Lächeln, das wahrscheinlich gewinnend sein sollte, fort. »Jedenfalls habe ich damals schon von den Plünderungen gehört. Ein Jammer, welch ein Jammer«, sagte er und sah sich mit einer Miene, der er nun offensichtlich einen mitleidigen Zug verleihen wollte, im Raum um. »Diese leeren Regale sind eine Schande. Aber mit meiner Hilfe sollten sie schon bald wieder gefüllt sein. Ich führe alle Messeneuheiten mit mir. Seht her«, er griff in die lederne Tasche, die er, über die Schulter gehängt, mit sich trug. Aus ihren Tiefen förderte er mehrere Blätter zutage, die zu einem Konvolut zusammengeheftet waren. »Überzeugt Euch selbst. Hier habe ich alle Titel derjenigen Bücher, die ich mitgebracht habe. Sie lagern im Moment noch auf dem Festland. In Wolgast. Bei Ratdolt und Speyer. Aber es wird mich keine Mühe und nur wenig Zeit kosten, Euch die gewünschten Bände nach Koserow zu bringen. Und hier«, an dieser Stelle griff er zum zweiten Mal in seine

Tasche, »habe ich eine Übersicht über das ganze Sortiment, das ich in Frankfurt liegen habe. Ganz zu Euren Diensten.«

Adam Schweiger nahm die beiden Listen entgegen. »Ich danke Euch vielmals«, sagte er heiser und sichtbar von dem vorangegangenen Hustenanfall erschöpft. »Ich werde Euer Angebot in Ruhe studieren und mich mit meiner Tochter beratschlagen. Es ist erstaunlich, wie viele Bücher seit der letzten Messe erschienen sind.« Er blätterte mit zitternden Fingern in den Heften des Buchhändlers. »Die jüngeren Kollegen sind produktiv, wie es ihrem Alter entspricht. Das gibt mir Hoffnung. Ich bin sicher, dass ich etwas finden werde, was ich Euch abkaufen kann. Denn Ihr habt auf jeden Fall recht, was meine Bibliothek angeht: Das, was die Schweden von ihr übrig gelassen haben, ist ein Jammer und nichts sonst.« Hier unterbrach ihn erneut ein Hustenanfall.

Irene hatte die Szene aufmerksam beobachtet und wollte die Gelegenheit ergreifen, den unsympathischen Gast aus dem Zimmer zu komplimentieren. Sie wandte sich an Else: »Wie wäre es, wenn du unserem Gast in der Küche etwas zu trinken geben würdest?« Bevor die alte Dienerin antworten konnte, meldete sich abermals der Händler zu Wort. Eindringlich fixierte er Irene mit seinem Auge. »Aber nicht doch, Jungfer Pfarrerstochter.« Irene meinte, einen drohenden Unterton zu hören. »Wer wird es denn gleich so eilig haben? Das war ja erst der Anfang meines Angebots. Die Hauptsache habe ich Euch ja noch gar nicht gezeigt.« Sein Blick glitt zum Pfarrer. »Wie ich schon sagte: Mit meiner Hilfe soll es Euch gelingen, die leeren Regale wieder zu füllen. Und damit möchte ich nicht warten, bis Ihr eine Bestellung aufgegeben habt. Im Gegenteil. Ich werde sofort einen Anfang machen und habe Euch zu diesem Zweck etwas ganz Besonderes mitgebracht. Seht einmal her.«

Mit triumphierender Geste zog Melchior Lechter das Buch des toten Böhmen aus seiner Tasche und legte es vor den Pfarrer auf den Schreibtisch. »Seht Euch dieses Buch in Ruhe an. Ihr werdet feststellen, dass es von besonderer Schönheit und bester Qualität ist. Wegen des Preises macht Euch keine Sorgen. Wenn es Euch gefällt und Ihr es behalten wollt, bin ich bereit, es Euch zu einem Freundschaftspreis zu überlassen. Und nun nehme ich Euer freundliches Angebot gerne an, Jungfer Pfarrerstochter.«

Er verließ mit Else das Zimmer und ließ Adam Schweiger und seine Tochter zurück, die einen erstaunten Blick tauschten, dem lange Zeit kein einziges Wort folgte. Dann wandte sich der Pfarrer dem Band zu. Irene hingegen ließ die Augen nicht von ihrem Vater. Sein Gesicht hatte einen Ausdruck angenommen, den sie schon lange regelrecht vermisst hatte. Der alte Pfarrer war plötzlich wieder lebendig geworden. Er zeigte so etwas wie Anteilnahme. Er hatte seine Konzentration ganz und gar auf das Buch gerichtet. Spazierte mit sanften Blicken über seinen Einband hinweg und weidete seine Augen an dem rötlichen Leder und den goldenen Verzierungen. Amüsiert bemerkte Irene, dass sich eine Mischung aus Andacht und Gier ihres Vaters bemächtigt hatte. Schließlich wischte er sich seine Hände sorgfältig an den weiten Ärmeln seines Hausrocks ab. Blickte feierlich zu Irene. Dann wieder auf das Buch, an dem er sich nicht sattsehen konnte. Schließlich löste er würdevoll die Buchschließen und begann behutsam, die Seiten umzublättern.

Lange saß er so. Wandte Blatt um Blatt. Hielt manchmal inne, um etwas genauer zu lesen. Gab Laute der Überraschung von sich. Dann wieder Äußerungen höchster Zufriedenheit. Irene war anfangs auf Zehenspitzen hinter ihm gestanden. Begriff aber bald, dass diese Inspektion gründlich und zeitintensiv ausfallen würde. Ergeben zog sie sich in ihren Sessel zurück. Von dort aus beobachtete sie ihren Vater weiterhin und freute sich an seiner Begeisterung. Endlich hatte er die letzte Seite umgedreht. Er schloss das Buch und richtete seinen Blick erfreut auf seine Tochter. »Da hat uns dieser komische Vogel ein hübsches Ei ins Nest gelegt.« Er rieb sich die Hände. »Eine Bibel hat er uns gebracht. Das gesamte Alte und Neue Testament in englischer Sprache. Du weißt, dass Robert Barker vor zwanzig Jahren in London eine reformierte Übersetzung herausgebracht hat. Um diese Ausgabe handelt es sich. Ich bin froh, dass ich sie nun endlich einmal in die Finger bekomme. Theologisch bin ich nicht ganz einverstanden, aber sprachlich ist sie wohl gelungen, soweit ich das beurteilen kann. Du solltest sie dir näher ansehen. Was dich aber noch mehr interessieren dürfte: Es ist noch eine separate Übersetzung der Psalmen enthalten. Ganz amüsant, wie sie sich im englischen Metrum ausnehmen. Ich bin gespannt, was du davon hältst. Vielleicht ist sie dir sogar bei deiner eigenen Arbeit nützlich.«

Irene war glücklich. Ihr Vater hatte recht: Sie war an den Texten interessiert. Es war lehr- und hilfreich, wenn sie sehen konnte, wie ein anderer Übersetzer die Vulgata in seine Muttersprache überführt hatte. Noch mehr aber freute sie sich über die Lebhaftigkeit des alten Mannes. So viel und so geläufig hatte er schon seit einem Jahr nicht mehr gesprochen. Er war zufrieden. Sein Gesicht glänzte. Ein Widerschein seines Lebens, dachte Irene froh. Aber kaum, dass ihr dieser Gedanke durch den Kopf gegangen war, verdüsterte sich die Miene ihres Vaters wieder. Er erlosch. »Nur leider werden wir das Buch nicht behalten können«, sagte er mit einer Stimme, die wieder brüchig geworden war. Er hustete. Als er sich beruhigt hatte, fuhr er fort: »Ich habe keine Ahnung, auf welche Weise der Buchhändler an diese Bibel geraten ist. Aber ich kann mir nicht vorstellen, dass er sie legal gekauft hat. Siehst du hier das Wappen auf dem Einband? Es ist das Hoheitszeichen von König Jakob I. Er hat es seiner Tochter geschenkt, als sie den Pfalzgrafen geheiratet hat. Wahrscheinlich mussten die beiden es zurücklassen, als sie aus Prag flüchteten. Wenn wir es behalten, kommen wir früher oder später mit Sicherheit in Schwierigkeiten. Mir blutet zwar das Herz bei dem Gedanken, aber ich fürchte, dass wir das Buch zurückgeben müssen.«

Indessen verfluchte Melchior Lechter sich selbst und das, was er seine Gutmütigkeit nannte. Seitdem er dieses vermaledeite Dorf betreten hatte, lief nichts mehr nach Plan. Bisher hatte ihm das Buch nur Pech gebracht. Der Zwischenfall, der sich ereignet hatte, bevor er das Pfarrhaus erreichte, brachte sein ganzes Vorhaben durcheinander. Er spürte Gefahr. Es war höchste Zeit, dass er sich ein sicheres Versteck suchte. Es war falsch gewesen, dass er die Alte hierher begleitet hatte. Er hätte sich besser nicht darauf eingelassen. Aber sie war hartnäckig gewesen. Und er wollte weiteres Aufsehen vermeiden. Also hatte er sich gefügt. Jetzt saß er in dieser Küche fest und verlor wertvolle Zeit. Das war schlimmer als alles andere. Warum brauchte der Pfarrer so lange, um das Buch zu prüfen? Er sollte es kaufen und ihn dann weiterziehen lassen. Er musste unbedingt verschwinden. Zu vieles stand auf dem Spiel. Möglicherweise sogar sein Leben.

Melchior Lechter zitterte bei diesem Gedanken. Er zwang sich zur Ruhe. Was sollte ihm geschehen? Er hatte den Brief. Der war seine Garantie. Solange er ihn besaß, konnte ihm nichts zustoßen. Er musste nur gut auf das Schriftstück aufpassen. Dann konnte nichts passieren, wiederholte er gebetsmühlenartig. Er musste dafür sorgen, dass der Brief an einem sicheren Ort versteckt war. Die eine Hälfte hatte er bereits in Sicherheit gebracht. Aber was sollte er mit der anderen tun? Es war besser, wenn er auch sie nicht mit zur Teufelsmühle nahm. Aber wohin damit?

Plötzlich kam dem Buchhändler eine Idee. Wenn er schon dazu gezwungen war, hier zu sitzen und zu warten, dann konnte er aus der Not eine Tugend machen. Konnte den Brief, den wertvollen Brief, an diesem Ort hinterlassen. Hier würde ihn niemand suchen. War das klug? Er hatte dann bei seiner Verabredung an der Teufelsmühle nichts mehr in der Hand. Aber war das überhaupt erforderlich? Zur Not konnte er den Inhalt des Schreibens referieren. Er dachte nach. Er wägte ab. Es galt zu retten, was zu retten war. Es war besser, wenn er auch die zweite Hälfte des Briefes zurückließ. Er brauchte ein sicheres Versteck. Er sah sich in der Küche um. Rutschte unruhig auf seinem

Stuhl hin und her. Wenn wenigstens die Alte nicht wäre, die ihn die ganze Zeit misstrauisch beäugte. Zuerst musste er diese lästige Person loswerden. Er sprach sie an, so höflich, wie er es in seiner Unruhe vermochte, bat er sie, einmal nachzusehen, ob dem Pfarrer das Buch gefalle.

Else hörte gerne, dass der Händler keine Zeit mehr hatte. Das Mitleid, das sie ihm anfänglich entgegen gebracht hatte, war verschwunden. Er war ihr nicht sympathisch. Sie wollte ihn nicht länger als unbedingt nötig in ihrer Küche behalten. Bereitwillig stieg sie die Treppe zum Arbeitszimmer hinauf. Als sie in ihre Küche zurückkehrte, war der Buchführer verschwunden und hatte keinerlei Spuren hinterlassen.

Johann Speyer der Jüngere hätte die Nacht lieber auf andere Weise verbracht. Aber hin und wieder war es notwendig, dass er wenigstens in einer der Nächte arbeitete. Nur so konnte er die Vergnügungen der anderen bezahlen. Und nur so verhindern, dass seine Schulden ins Unermessliche anstiegen und astronomische Höhen erreichten. Es war eine Schande, dass er dazu gezwungen war. Sein Vater hätte ihm umstandslos eine Rente aussetzen können. Durch eine Zuwendung wäre er aller Sorgen ledig und verfügte endlich über das Geld, das er für seine Kleider, seinen Schmuck, seine Mädchen, seine Spekulationen und Spiele benötigte. Aber daran war nicht zu denken. Der Alte war ein Geizkragen. Zudem der altmodischen Auffassung, dass der Mensch eine bürgerliche Stellung bekleiden solle. Mit einem Beruf, der ihm das finanzielle Auskommen sicherte. Nach Möglichkeit sogar mit einer Familie. Seine Mutter war anders gewesen. Sie hatte nichts dergleichen von ihm verlangt. Vielmehr immer alles gegeben, war er von ihr forderte. Sie war jedoch tot und ihr Erbe längstens aufgezehrt.

Unmutig legte er den Holzblock auf den Tisch. Wischte sich Farbreste von den Händen. Wenigstens musste er sich nicht anstrengen, um gut zu verdienen. Auf die schwarze Kunst verstand er sich. Und er war glücklicherweise in eine Zeit hineingeboren worden, in der man damit schnell zu Geld kommen konnte. Vorausgesetzt, man wusste, wie man sich anstellen musste, und war nicht so hoffnungslos engstirnig wie sein Vater oder dessen Kompagnon. Beim Gedanken an die beiden alten Herren stieg in dem Jüngling wohlbekannte Wut auf. Wie oft hatte er seinen Vater schon gebeten, das Geschäft anders auszurichten? Bisher hatte er ihn jedoch nicht dazu bewegen können. Seine Überzeugungsversuche waren vergeblich gewesen. Voraussichtlich würde er erst den Tod des einen oder beider abwarten müssen, um seine eigenen Vorstellungen durchsetzen zu können. Er hatte es nicht einmal geschafft, seinen Vater von einer Erweiterung des Angebots zu überzeugen. Der Alte sollte ja nicht ganz und gar auf seine geliebten bibliophilen Ausgaben verzichten. Es sprach nichts dagegen, dass er sie weiterhin druckte. Aber ebenso wenig sprach dagegen, preiswertere Drucke ins Sortiment aufzunehmen. Vor allem dann, wenn sie sich gut verkauften.

Und Flugblätter verkauften sich nun einmal besonders gut. Vor allem in diesen Zeiten. In diesem Krieg, dessen Flammen zu einem guten Teil von Propaganda angezündet und geschürt wurden. Agitation für Gustav Adolph. Gegen Tilly. Für Wallenstein. Gegen den Kaiser. Für die Reichsstände. Gegen die Lutherischen. Für die Protestantischen. Gegen die Calvinisten. Für den Papst. Gegen den Katholizismus. Für die Jesuiten. Was wusste er. Es war ihm auch egal, für welchen Inhalt sich so ein Blatt einsetzen ließ. Wichtig war nur, dass er schnell und mit geringem technischem Aufwand alles herstellen konnte, was die Tagesereignisse verlangten. Der Bedarf war ungeheuerlich. Und das brachte Geld. Sein Vater freilich fand das nicht seriös. Es war zum Lachen. Der alte Mann bildete sich ein, für die Ewigkeit zu drucken. Und ausschließlich für Kunden, die das Schöne zu schätzen wussten. In keinem Fall wollte er das bedienen, was er die ›niederen Instinkte des Menschen‹ nannte: Neugier. Sensationslust. Schmähsucht. Aberglaube. Klatschereien. Gerede. Auf diese Untugenden standen im Jenseits Höllenstrafen. Aber im Diesseits saß genau dort der Gewinn. Für den der junge Speyer nichts weiter brauchte als einen Holzblock, in den er mit ein paar einfachen Schnitzbewegungen ein primitives Bild schnitt. Oder einen kurzen, volkstümlichen Text. Oder beides. Vorlagen gab es genug. Und das bisschen Holzschneiden war keine Kunst. Von der komplizierten Setztechnik seines Vaters, bei der Metalllettern mühsam in eine Presse eingepasst werden mussten, brauchte er nichts zu wissen. Hatte er erst einmal den Druckstock geschnitten, konnte er in einer Nacht leicht so viele Abzüge herstellen, um den Saus und Braus seines Lebens ein Weilchen finanzieren zu können.

Es ging auf Mitternacht zu. Der junge Speyer nahm einen Stapel Papier zur Hand und zündete weitere Kerzen an. Die Nacht war ihm unheimlich. Er fürchtete die undurchdringliche Stille. Ängstlich dachte er an seine Mutter, die ihn zu dieser Stunde immer getröstet hatte. Dazu kam die dichte Finsternis. Die Nacht war die falsche Zeit für diese Art von Arbeit. Die Werkstatt war viel zu schlecht beleuchtet. Aber er hatte keine Wahl, wenn er eine Begegnung mit seinem Vater vermeiden wollte. Und ein anderer Ort war noch weniger geeignet. Nur hier kam er an Druckerschwärze und Papier. Auch wenn er sie den Vorräten so geschickt entnehmen musste, dass ihr Verlust nicht auffiel. Nur hier konnte er seine Blöcke unter den anderen Druckerutensilien problemlos verstecken.

Er spitzte die Ohren und horchte furchtsam in die Dunkelheit. Er war schon viel zu lange hier. Die lautlose und dunkle Nacht wurde immer ungeheurer. Er mahnte sich zur Eile. Wollte diesen unbehaglichen Ort so schnell wie möglich verlassen. Vor allem, weil das zusätzliche Licht, das er gemacht hatte, durch die großen Fenster nach draußen drang. Auch wenn es noch so schwach war. Er fürchtete nicht nur seinen Vater. Wenn ihn jemand ausgerechnet beim Druck dieses Blattes ertappte, hatte er nichts zu lachen. Er presste den Holzstempel auf den ersten Bogen. Setzte einen Schraubstock an. Löste ihn wieder. Justierte ihn erneut. Rieb mit einem Lederballen über die Rückseite des Blattes. Zog das Papier ab. Hielt das Ergebnis prüfend ans Licht. Lange konnte er das Modell nicht mehr verwenden. Ausgerechnet aus der Mitte des Bildes war ein Stück herausgebrochen. Die Darstellung des Herzogs war in Mitleidenschaft gezogen worden. Er trug eine fremdländische Kopfbedeckung, die durch den Riss, der durch sie hindurchgegangen war, nun so aussah, als ob sich über seinem Haupt ein Heiligenschein wölbte. Er selbst kein Mensch sei, sondern eine verunstaltete, groteske Variante eines Gottvaters. – Damit war ungefähr genau das Gegenteil von dem ausgedrückt, was ursprünglich in der Absicht der Karikatur gelegen war. Sie hatte sich ungewöhnlich gut verkauft. Im Herzogtum war man unzufrieden mit dem Regierungsoberhaupt. Seine Untertanen verziehen es ihm nicht, dass er sie in der schlimmen Schwedenzeit sich selbst überlassen hatte und nach Italien geflüchtet war. Nun weideten sie sich an dieser Schmähschrift. An dieser Parodie eines Fürstenspiegels, die die Untugenden und schlechten Eigenschaften ihres Landesvaters besang.

Die Flugschrift hatte sich auf der Insel verbreitet. Johann Speyer war auf seine Kosten gekommen. Ob es sich lohnte, den Holzstock zu reparieren? Er kalkulierte. Es waren ungefähr 300 Abzüge in Umlauf. Jenseits der Grenzen waren die Absatzmöglichkeiten geringer. Es war abzusehen, dass der Markt bald gesättigt war. Es wurde langsam Zeit, dass er sich etwas Neues einfallen ließ. Politische Auftraggeber hatte er im Moment keine. Dafür war unlängst ein Komet gesichtet worden. Diese Sensation war wie dafür bestimmt, um durch ein Flugblatt bekannt gemacht zu werden. – Zur Not konnte er auch eine der Tierfabeln wieder aufnehmen. Die verkauften sich immer. Wenn er auf ein Blatt zurückgriff, dessen letzte Abzüge schon ein paar Jahre zurücklagen, war das zumindest eine Übergangslösung. Johann Speyer beschloss jedenfalls, in dieser Nacht von dem Spottgedicht auf den Herzog die letzten Abzüge zu machen. Langsam wurde dieses Unternehmen ohnehin zu riskant.

Er nahm seine Arbeit wieder auf. Eine Weile verrichtete er die routinierten Handgriffe in konzentrierter Regelmäßigkeit und Schnelligkeit. Um sich von der beklemmenden Last der Nacht abzulenken, dachte er an Louisa, die Tochter des Baders. Wenn er seine Arbeit beschleunigte, konnte er sie später noch besuchen. Geschmeichelt dachte er daran, wie sie beim letzten Mal seinen neuen Anzug bewundert hatte. Vor allem der große Federhut, der ihn ein kleines Vermögen gekostet hatte, hatte es ihr angetan. Er selbst fand auch, dass ihm sein neues Kleid ganz ausgezeichnet stand. Ob er sich noch ein passendes Paar Schuhe anschaffen sollte? Es gab da einen Schuster, der sich darauf verstand …

Jäh wurde er aus seinen Träumereien gerissen. Was war das? Er drehte sich um. Er hatte deutlich ein Geräusch gehört. Es war aus dem vorderen Teil der Werkstatt gekommen, der als Verkaufsraum genutzt wurde. Sollte er seinen Vater geweckt haben? Dabei war er doch leise wie eine Katze gewesen. Hilflos versuchte er, mit den Augen die Dunkelheit zu durchdringen. Zu erkennen war nichts. Alles war still. Wahrscheinlich hatte er sich getäuscht. Er wandte sich wieder seiner Arbeit zu. Zwang sich zur Ruhe. Legte das Papier für den nächsten Abzug zurecht. Verbot sich, sich von der Nacht erschrecken zu lassen. Nahm den Holzblock. Atmete tief ein. Drückte ihn auf das Papier. Atmete aus. Setzte den Schraubstock an. War sich sicher, dass er sich getäuscht haben musste. Griff zum Lederballen. Rieb. Löste die Zwinge. Hörte nur Stille. Legte den Abzug zum Trocknen. Entspannte sich. Und fuhr zusammen. Da war es wieder, das Geräusch. Johann Speyer machte eine unwillkürliche Bewegung.

Mit großem Getöse fiel der Holzblock zu Boden. Wer auch immer außer ihm in der Werkstatt war, der junge Mann konnte nun sicher sein, dass er dessen ganze Aufmerksamkeit auf sich gelenkt hatte. Wie gelähmt stand er auf seinem Platz. Jetzt hörte er ein Lachen, das aus dem Nichts zu kommen schien. Er hatte einmal gehört, dass der Teufel so lachte. Kalter Schweiß brach ihm aus. Wenn der Erzbösewicht nun kam, um seine Seele zu holen, war er verloren. Er war eitel und stolz. Habgierig und wollüstig. Ein Luftzug traf ihn. Es roch unmerklich nach Ziegenstall. Er begann am ganzen Körper wie Espenlaub zu zittern. Gelobte im Stillen Besserung, wenn er dieses eine Mal noch davonkommen sollte.

Dann sah er ihn. Der Mann war aus dem Vorraum in den hinteren Teil der Werkstatt getreten. Er hatte einen schwarzen Umhang mit hohem Kragen an, der ihn in der Tiefe der Nacht nahezu unsichtbar gemacht hatte. Auf dem Kopf saß ein Hut, der mit einer ungewöhnlichen Feder geschmückt war. Er trug ihn tief ins Gesicht gezogen. Wieder das Lachen. Dann ein Sausen durch die Luft. Als ob der Eindringling eine Peitsche in Bewegung gesetzt habe. Der Junge gab ein Wimmern von sich. Der Mann kam mit eigenartig wippenden Schritten näher. Lachte und peitschte abermals. »Du solltest besser aufpassen, wenn du Verbotenes treibst, mein Sohn. Meinst du, dass du bei dieser Festbeleuchtung unsichtbar bist?« Der Angesprochene wagte nur zurückhaltend den Kopf zu schütteln. Dann winselte er wieder. »Hör auf zu jammern. Sieh mich an. Du weißt, wer ich bin.« Der nächtliche Besucher rückte an Hut und Mantelkragen. Stellte sich in den Schein der Kerzen. Zur Antwort erhielt er ein zaghaftes Nicken, das ebenso zögerlich war wie das vorangegangene Kopfschütteln. »Gut. Dann weißt du auch, was mit dir passieren müsste, wenn ich mich nach dem Gesetz richten würde. Ich habe dich schon eine ganze Weile beobachtet. Ich kenne deine Flugblätter.« Er nahm einen der fertigen Drucke vom Tisch und betrachtete ihn amüsiert. »Eine hübsche Darstellung meines Herrn Prinzipals. Wenngleich mir die früheren Abzüge besser gefallen haben. Auf diesem hier sieht er viel zu göttlich aus.«

Plötzlich wurde er wieder ernst. Ging einen weiteren Schritt auf Johann Speyer zu. Der wich ängstlich zurück. »Aber in diesen Dingen kann ich natürlich keinerlei Spaß verstehen. Das weißt du. Kennst du den entsprechenden Absatz unserer Polizeiordnung?« Der Jüngling sah ihn regungslos, mit großen Augen an. »Hör auf, mich unentwegt anzustarren.« Der Ton des Mannes mit dem Federhut, der bis dahin gerade durch seine Freundlichkeit bedrohlich gewesen war, wurde mit einem Mal ungeduldig und unverhohlen ärgerlich. »Ich meine den Absatz, in dem die Zensur geregelt ist, du Dummkopf. Dein Vater kennt ihn gut. Er ist immer überaus korrekt mit ihm umgegangen. In den vielen Jahren, die er hier nun schon seine Druckerei betreibt, hat er sich nie etwas zuschulden kommen lassen, was gegen diesen Paragrafen verstoßen hätte. Es würde mich wundern, wenn er dir seine Bedeutung nicht erklärt hätte. Also? Ich vermute, dass du seinen Inhalt gut kennst. Oder sollen wir zu deinem Vater gehen und ihn fragen?« Er hatte das zitternde Bürschchen am Ohr gegriffen. »Wird's bald? Sage mir, was in der Polizeiordnung steht. Und was ich von Rechts wegen mit dir anfangen müsste. – Oder soll ich deiner Erinnerung ein bisschen auf die Sprünge helfen?« Blitzschnell hatte er die andere Hand erhoben und dem Jungen eine Ohrfeige versetzt, die ihn vor plötzlichem Schmerz aufjaulen ließ. Als er in die Knie ging, ließ ihn sein Angreifer los. Er trat ein paar Schritte zurück, um das winselnde Bündel, das vor ihm auf dem Boden kauerte, verächtlich ansehen zu können.

Dann wurde sein Ton wieder väterlich. »Also. Sage mir schön den Paragrafen auf. Wenn du es kannst, soll es dein Schaden nicht sein. In diesem Fall hätte ich sogar eine Belohnung für dich.« Geräuschvoll zog Johann Speyer die Nase hoch. Mit zitternder Stimme begann er zu deklamieren: »Die Person des Landesherren ist unantastbar. Es ist verboten, sie in Wort oder Schrift zu verunglimpfen. Wer dies tut und eine Pasquille verfasst, druckt, verkauft, kauft oder auch nur lieset, macht sich strafbar und wird vor Gericht gestellt.« Johann Speyer schluchzte noch einmal auf und sah den Mann von unten erwartungsvoll an. »Sehr brav«, sagte dieser zufrieden. »Du weißt, was ich meine. Wir verstehen uns. Nun zu der Belohnung, von der ich gesprochen habe. Ich könnte mich bereit erklären, ein Auge zuzudrücken und dich weder anzuzeigen noch vor Gericht zu bringen.«

Der Jüngling atmete erleichtert aus. Vielleicht hatte er tatsächlich Glück und kam aus dieser Geschichte noch einmal mit heiler Haut heraus. Vielleicht sogar, ohne dass sein Vater etwas davon erfuhr. Dann wollte er wieder regelmäßig in die Kirche gehen und auch seinen Lebenswandel bessern.

Dem Mann über ihm war die Gemütsregung seines Opfers nicht entgangen. Er grinste ihn höhnisch an. »Freue dich nicht zu früh, Bürschchen. Erlassen kann ich dir einen Prozess natürlich nur, wenn du bereit bist, mir auch einen kleinen Gefallen zu tun.« Johann Speyer war wieder in Schrecken erstarrt. Er rührte sich nicht. Der andere trat nach ihm. »Los, steh auf, du Faulpelz! Ich habe einen Auftrag für dich. Du sollst etwas für mich drucken. Wird's endlich? Oder muss ich dir Beine machen? Komm her und sieh dir an, was ich dir mitgebracht habe.« Der Junge brachte sich mühsam auf die Füße und wankte zum Druckertisch. Aus der Tasche seines Mantels hatte der Fremde einen Holzblock genommen. »Es geht um dieses Bild. Ich möchte, dass du es druckst. Kennst du die einsame Mühle am Meer?«

Wer kannte die Teufelsmühle nicht? Ihr Ruf erfüllte die ganze Insel. Johann Speyer überlief ein kalter Schauer. Er nickte zaghaft. »Weißt du auch, was es mit ihr auf sich hat?« Abermaliges Nicken. »Also gut. Ich will, dass die Bevölkerung der Insel gewarnt wird und erfährt, dass der böse Müller nach seinem Tod in seine Mühle zurückgekehrt ist und dort sein Unwesen treibt. Ich schlage vor, wir schließen einen Pakt. Du erledigst meinen Auftrag und ich vergesse, dass du das Spottgedicht auf unseren Herzog gedruckt hast. Deine Hand darauf.«

Der Druckerjunge schlug ein. Den Rest der Zeit bis Mitternacht diktierte ihm der schwarze Mann von Teufels- und Geisterspuk in der einsamen Mühle am Meer. Er sprach von dem Wiedergänger des Müllers, der dort sein Unwesen trieb, seine Larve abgezogen hatte und tückisch, boshaft und arglistig über alle herfiel, die sich dem Gebäude näherten. Als er fertig war, war er zufrieden. Er verabschiedete sich mit einer Drohung von dem verängstigten Jüngling. Wenn er nicht binnen zweier Tage die ersten Abzüge in Umlauf wisse, werde er ihn verhaften lassen. Dann ging er. Bezahlt hatte er nichts.

Irene war zornig. Sie hatte in der Nacht nicht geschlafen und war froh, dass der Morgen da war. Endlich konnte sie das Haus verlassen und sich Bewegung verschaffen. Sie ging zum Meer, um in einer Lichtung des angrenzenden Waldes Brombeeren zu sammeln.

Seitdem Else mit der Mitteilung gekommen war, dass der kleine Mann mit dem toten Auge und den herausgebrochenen Zähnen sich in Luft aufgelöst hatte, war Irene maßlos enttäuscht. Mit seinem Erscheinen hatte sie neue Hoffnung geschöpft. Sie hatte gesehen, wie sehr sich ihr Vater über die Möglichkeit freute, wieder Bücher kaufen zu können. Auch sie selbst war beflügelt und hatte gedacht, dass nun eine Besserung der Situation eintreten könnte. Dass ihr Vater seine gewohnten Tätigkeiten wieder aufnehmen würde. Dass dadurch die drückende Schwermut, die auf ihm lastete und unter der auch Else und sie litten, von ihm genommen werde. Dass er in seinem Leben wieder einen Sinn sähe. Dass sie aus der Stagnation ihres Lebens, die darin bestand, des Morgens aufzustehen, Else in den Vormittagsstunden im Haushalt zu helfen und am Nachmittag ihrem Vater etwas vorzulesen und ihm in seiner Sprachlosigkeit Gesellschaft zu leisten, herausgerissen werde. Sie hätte, wenn der Buchhändler sein Versprechen gehalten hätte, mit leichterem Gewissen ihrem Vater den Plan mitteilen können, dass sie nach Wolgast gehen wollte, um dort zu arbeiten.

Aber die Hoffnung ist eine hartherzige, wankelmütige und treulose Gefährtin. Sie weiß, dass schon ein Flüstern von ihr Linderung für viele Wunden bedeutet, und verspricht heuchlerisch Genesung. Aber, leichtfertig wie sie ist, verliert sie schon bald die Lust an diesem Spiel. Teilnahmslos sieht sie noch ein Weilchen zu, wie sich das Schicksal des durch ihren Trost Betörten an ihm vollzieht. Dann wendet sie gelangweilt ihr Gesicht von demjenigen ab, der sich an ihr entzündet hatte.

Der Buchhändler war also gegangen, ohne mit dem Pfarrer von Koserow handelseins zu werden. Irene konnte sich sein Verschwinden nur zu gut erklären. Wahrscheinlich hatte er gesehen, dass es die Verhältnisse ihres Vaters ihm nicht erlaubten, ein Buch zu kaufen, und sei es noch so preiswert. Er hatte es vorgezogen, stillschweigend zu verschwinden, bevor er ein Verlustgeschäft machte. Seltsam war nur, dass er die wertvolle Bibel zurückgelassen hatte. Aber wahrscheinlich hatte er sie gestohlen und keine Lust mehr gehabt, den unverkäuflichen Ballast mit sich herumzutragen.

Irenes Weg führte sie über den Streckelberg. Es war Sommer. Vom Gipfel des Berges konnte sie von einer Seite aus auf Koserow sehen. Von der anderen hatte sie Blick auf das Meer. Das Dorf lag ausgestorben und tot. Es war schon immer klein gewesen und hatte nur wenige Einwohner gehabt. Viele dieser wenigen hatten es noch im Herbst nach dem schwedischen Überfall verlassen. Andere hatten den harten Winter nicht überlebt. Das Land, das sich vor Irenes Augen ausbreitete, war eine gespenstische Ruinenlandschaft. Abgebrannt und zerstört. Über dem Meer sah sie die Sonne aufgehen. Ein roter Glutball, dessen

Widerschein die See in ein Blutmeer verwandelte. Wie zum Hohn war auf dieser Seite des Streckelbergs nichts von der Vernichtung des menschlichen Lebens zu sehen. Die Sonne nahm ihren Lauf. Gewaltig und prächtig breitete sich Morgenglanz aus. Einen schönen Tag verheißend, mit allen Herrlichkeiten des Sommers.

Dass die Welt in der Richtung, die sie einschlagen musste, so frisch und blank geputzt aussah, tröstete auch Irene. Langsam gewann sie neuen Mut. Ihre Laune besserte sich, während sich die Sonne bedächtig aus dem Meer erhob. Der Zorn auf den Buchhändler, der ein Geschäft mit einem mittellosen und ruinierten Landpfarrer, das ihm zu riskant erschien, mit Flucht quittiert hatte, verging. Freundlichere Gedanken kamen ihr in den Sinn. Vielleicht war es doch ein Glück gewesen, dass der fliegende Buchführer gekommen war. Hatte er nicht gesagt, dass er seine übrigen Bücher bei Ratdolt und Speyer gelagert hatte? Vielleicht konnte sie ihn dort treffen, um ihm die Bibel zurückzugeben? Zumindest konnte sie ihrem Vater gegenüber so eine Reise nach Wolgast rechtfertigen, um sich in der Druckerei umzusehen.

Wenn sie unter diesem Vorwand nach Wolgast ging, konnte sie auch im Schloss vorsprechen und etwas über den Gewinner der Preisaufgabe in Erfahrung bringen. Falls sie selbst die Gewinnerin sein sollte, konnte sie ein anderes Buch aus den Beständen des Händlers oder aus der Produktion von Ratdolt und Speyer finanzieren, über das sich ihr Vater mehr freuen würde als über die Bibel, die er doch nicht behalten konnte.

Ihr Landesherr, der Greifenherzog Bogislaw XIV., Serenus Serenissimus, Herzog von Pommern, legte großen Wert auf die Förderung von Bildung und Gelehrsamkeit in seinem Territorium. Im Frühjahr hatte er an der Universität Greifswald einen Wettbewerb veranstaltet und für die beste Übersetzung der Offenbarung des Johannes einen Preis ausgesetzt. Irene wusste, dass ihre Übertragung gut geraten war. Sie hatte in den vertrauten Worten ihrer Muttersprache die sieben Engel beschrieben, die sich mit sieben Posaunen gerüstet haben. Von denen der erste in seine Posaune bläst mit der Folge, dass Hagel und Feuer, mit Blut vermengt, auf die Erde fallen und ein Drittel der Erde verbrennt. Und ein Drittel der Bäume verbrennt und alles grüne Gras verbrennt. Sie hatte den zweiten Engel beschrieben, der in seine Posaune bläst, so dass ein großer Feuerberg ins Meer stürzt und das zweite Drittel des Meeres zu Blut wird. Sie hatte Worte für die Taten des dritten Engels gefunden, der ebenfalls in seine Posaune bläst, woraufhin vom Himmel ein großer Stern fällt, der wie eine Fackel brennt. Ihm gab sie den Namen Wermut und beschrieb, wie er auf das letzte Drittel aller irdischen Wasserströme und Wasserquellen fällt und sie vergiftet. Sie beschrieb den vierten Engel, der auch in seine Posaune bläst, so dass ein Drittel der Sonne, des Mondes und der Sterne ausgelöscht und ein Dritteltag kein Licht wird. Sie beschrieb den Weheadler, der durch den Himmel fliegt und mit mächtiger Stimme ruft: »Weh, weh, weh denen, die auf Erden wohnen, wegen der anderen Posaunen der drei Engel, die noch blasen sollen!«

Mit diesen Gedanken beschäftigt schritt Irene auf das Meer zu, das scheinbar so blutig war wie dasjenige, von dem die Bibel sprach. Mit dem Unterschied, dass dieses hier und alle Bewohner, die in seiner Nähe lebten, die

Apokalypse bereits überstanden hatten. Genau genommen, hatten sie sogar eine dreifache Apokalypse überlebt. Denn bevor die Schweden kamen, waren erst die Kaiserlichen von den Dänen vertrieben worden. Dann hatten die Kaiserlichen ihrerseits dafür gesorgt, dass die Dänen den Rückzug antreten mussten. Bald darauf hatten die Schweden die Kaiserlichen zum Abzug gezwungen und schließlich hatten sich auch die Schweden verzogen. Der Winter war überstanden. Es waren keine Posaunen und Weherufe zu hören. Der Himmel war nicht mehr verfinstert. Es stürzten keine vergifteten Sterne auf die Erde.

Irene ging weiter, der aufgehenden Sonne entgegen, und stieg schließlich den Streckelberg auf der Seeseite wieder herunter. Der Wald kam in Sicht und sie näherte sich der Stelle, an der die Brombeeren wuchsen. Die rötlich-schwarze Farbe stach aus dem Unterholz hervor. Irene bückte sich und begann, die Früchte zu pflücken und in einem kleinen Korb zu sammeln. In kurzer Zeit war die Arbeit getan. Sie setzte sich und blickte aufs Meer. Dass sie nun nach Hause zurückkehren musste, war ein Gedanke, der Irene fast unerträglich war. Über die Schwelle des Pfarrhofes zu treten, bedeutete, zum Stillstand und zum Schweigen zurückzukehren. Durch die Haustür zu gehen hieß, die dämmrige Diele zu passieren, die dunkle Treppe zur Küche hinabzusteigen. Else die Beeren zu geben und dann einen langen Sommertag in Grabesstille zu verbringen. Alleine mit der Amme und ihrem Vater. Irene fühlte, dass die Kräfte, die durch ihren morgendlichen Spaziergang geweckt worden waren, in kürzester Zeit durch das tägliche Einerlei bezwungen sein würden und sie in die Fesseln einer eintönigen und bewegungslosen Existenz geschlagen wäre, ohne Aussicht auf Abwechslung. Düster, ausweglos, endlos.

Sie sah die Schönheit rings herum: Den Himmel, die Sonne, das Meer, den Berg, den Wald. Eine Unruhe ergriff sie. Sie sah weiterhin: Die schwarzen Brombeeren im Unterholz, die feuchte, glänzende Erde, den schneeig schimmernden Strand. Auf einmal etwas Helles. Irene dachte: Die Spiegelung der Sonne. Aber auf dem sandigen Boden konnte sich die Sonne nicht brechen. Sie erhob sich, trat näher und sah, dass es ein Stück Bernstein war, von der klaren Morgensonne aus dem Boden scharf herauskonturiert.

Für eine Sekunde stockte Irene der Atem. Das Stück Bernstein musste vom Meer angeschwemmt worden sein. Es war mit Sand bedeckt. Sie kniete nieder und begann, mit der Hand die feinen Körnchen abzukehren. Nachdem sie die erste feine Schicht beseitigt hatte, stellte sie fest, dass es sich um mehrere große Stücke handelte. Irene verstaute sie und machte sich auf den Heimweg.

Sie bedachte die Folgen ihres Fundes. Endlich hatte die Glücksgöttin begonnen, sich für sie zu interessieren. Das Blatt hatte sich gewendet. Sie konnte nun ihr Schicksal auf eine Grundlage stellen, von der sie noch vor einer Stunde nicht zu träumen gewagt hatte. Der Bernstein bedeutete zwar keinen Reichtum, aber immerhin das Ende mancher Sorgen. Die Zeit der materiellen Not, die sie, ihr Vater und die alte Dienerin im letzten Jahr erlitten hatten, war vorbei. Der Gegenwert des Bernsteins mochte gut und gerne sechzig bis achtzig Taler betragen, wenn sie ihn in Wolgast verkaufte. Sie konnte ihren Vater und Else damit abgesichert in Koserow zurücklassen. Es würde dem Pfarrer über den täglichen Bedarf hinaus sogar noch die Möglichkeit geben, den Bücherkauf wieder aufzunehmen. Wenn auch in bescheidenerem Umfang als vor dem Krieg. Sie selbst aber konnte endlich guten Gewissens Koserow verlassen und sich in Wolgast ein neues Leben aufbauen. Mit einem Mal hatte ihr Vorhaben deutliche Umrisse angenommen. Irene sah geordnet die nächsten Schritte vor sich, die sie unternehmen musste, um die Träumereien der letzten Wochen in Wirklichkeit zu verwandeln.

In der Stadt kannte sie die Witwe eines Papierschöpfers, die nach dem Tod ihres Mannes sein Geschäft erfolgreich weiterführte und ein Haus hatte, das sie mit ihren beiden Gesellen bewohnte. Trotzdem und obwohl es auch einen großen Arbeitsraum gab, war in ihrem Haus noch Platz. Irene konnte dort sicherlich gegen einen guten Zins, den sie nun mit einer ansehnlichen Vorauszahlung einleiten konnte, ein Zimmer mieten. Dann wollte sie sich bei Ratdolt und Speyer vorstellen. Aber da sie nun das Glück anlachte, war sich Irene sicher, dass sie dort eine Stellung bekommen konnte. Sie musste sich zusammennehmen, um nicht laut zu lachen oder vor Freude in die Luft zu springen. Endlich bewegte sich etwas in ihrem Leben. Alles wandte sich zum Positiven. Die Zeit der Veränderungen hatte begonnen. Die Götter sorgten für den entscheidenden Wandel.

Nachdem Melchior Lechter Adam Schweiger und seine Tochter verlassen hatte, dachte er an nichts anderes mehr als an die Mühle. Sie verfolgte ihn regelrecht. Seine gewöhnliche Selbstsicherheit war erschüttert. Er hatte alle Überheblichkeit verloren. Er fühlte sich aus seinem Versteck gerissen und befürchtete, sein schützendes Schlupfloch eingebüßt zu haben. Vom Pfarrhaus war er nach Wolgast gegangen. Am alten Markt bot ihm ein Kollege ein Flugblatt an. Er kaufte es. Und sah sich wiederum mit der Mühle konfrontiert. Die Druckschrift berichtete davon, dass der Müller in seine Mühle zurückgekehrt sei und dort Teufelsspuk treibe. Des Nachts polterte und holperte es dort. Am nächsten Morgen fanden sich umgestürzte Gerätschaften und zerbrochene Scheiben, ohne dass man eine natürliche Ursache hierfür entdecken konnte. Am Nachmittag waren die Schäden wieder behoben. Wiederum ohne dass man wusste, wie die Reparatur zustande gekommen war. In der Nacht wiederholte sich die Zerstörung. Und so immer weiter, in einem unendlichen Kreislauf von Zerstörung und Wiederherstellung, die nur durch die Anwesenheit des toten Maxim Mugner und seines Meisters, des Teufels, zu erklären war.

Seitdem Melchior Lechter die Verse gelesen hatte, gingen sie wie ein Mühlwerk in seinem Kopf herum. Sie drängten sich sogar in seinen Schlaf. Der Besuch in Koserow hatte ihn vollständig erschöpft. Nachdem er in Wolgast angekommen war, hatte er sich in das Bett zurückgezogen, das er gleich in der Fährstation gemietet hatte. War eingeschlafen und hatte geträumt. Von unheimlichen Frauen, die auf großen Mehlsäcken saßen, in denen die zu Staub gemahlenen Seelen der armen Sünder gelagert waren. Von einem Mühlrad, das sich ununterbrochen drehte und ihn ergriff. Schließlich vom Leibhaftigen selbst, der, eine Hahnenfeder am Hut, aus dem Geknarre der Mühle hervortrat und dem Buchhändler, der immer noch verzweifelt gegen das Mühlrad kämpfte, seine Seele nahm.

Als er erwachte, war er entschlossen gewesen, nicht zur Mühle zu gehen. Er war bereit, alle Pläne aufzugeben. Er war längst zu alt für diese Art von Geschäften. Aber dann hatte er überlegt. Hatte die nächtlichen Gespenster in ihre Schranken gewiesen und eine nüchterne, kaufmännische Kalkulation aufgestellt. – Er hatte schon das Buch des böhmischen Soldaten eingebüßt. Den Gewinn, den er aus seinem Verkauf hätte erzielen können, musste er abschreiben. Er wollte wenigstens das zweite Geschäft machen, dessentwegen er auf die Insel gekommen war. Es war mit Sicherheit das einträglichere. Er konnte es aber nur abschließen, wenn er zur Teufelsmühle ging. Also beschloss er, die Verabredung, die er dort hatte, einzuhalten.

Allerdings hatte er es für besser befunden, den Ort vorher genau zu inspizieren. Im Zweifelsfalle war es gut, wenn er wusste, wo er sich verstecken konnte. Er nahm seinen ganzen Mut zusammen und zwang sich auf den Weg. Entgegen seinen sonstigen Gewohnheiten hatte er während der gesamten Wanderung gebetet. Er dachte, dass er sich auf diese Weise zumindest vor Maxim Mugners Geist schützen konnte. Oder vor dem Teufel, falls der immer noch in der Mühle hauste. So genau wusste der Buchhändler das nicht. Aber sicher war sicher. Ein Gebet konnte in keinem Fall schaden.

Als er die Mühle erreichte, lag zu seiner Überraschung dort alles in tiefstem Frieden. Schnell hatte er die Örtlichkeiten untersucht. Ebenso schnell ein geeignetes Versteck gefunden. Genau genommen, derer zwei. Er konnte sich in dem kleinen Birkenwäldchen verbergen, das in der Nähe der Mühle lag. Der Ort war gut. Er hatte nur den Nachteil, dass er etwas weit ab vom Geschehen lag. Wollte Melchior Lechter näher am Mittelpunkt der Handlung sein, konnte er sich hinter dem Mühlrad verstecken (eine vage Erinnerung an seinen Traum verscheuchte er schnell). Von hier aus hatte er den besten Blick auf alles. Das Schlimmste, was passieren konnte, war, dass er nasse Füße bekam. Dafür aber hatte er die Sicherheit, dass kein anderer diese Unannehmlichkeit in Kauf nehmen würde. Hier würde ihn niemand suchen. Zufrieden trat er den Rückweg an. Er hatte nun keinerlei Bedenken mehr, was seine Verabredung betraf. Er wiegte sich in dem angenehmen Gefühl, sich ausreichend abgesichert zu haben.

Obwohl Irene mehr denn je entschlossen war, ihren Plan gleich in die Tat umzusetzen, kostete es sie Zeit, ihren Vater von ihrem Vorhaben zu überzeugen. Der widersetzte sich anfangs. Was sollte sie, ein mittelloses und allein stehendes Mädchen, in einer Stadt, in der sie niemanden kannte? Wie hatte sie überhaupt diesen seltsamen Entschluss fassen können? Wie war sie darauf gekommen, diese eigenwillige Entscheidung zu treffen? Wann und wo hatte man schon gehört, dass eine Tochter ihren alten Vater alleine und im Elend zurückließ? War denn auch Irene durch den Krieg verroht worden? Was hatte sie sich da nur in den Kopf gesetzt? Sie hatte die Pflicht, sich in den väterlichen Haushalt zu fügen. Ob ihr das passte oder nicht. Sie hatte die Entscheidungen zu akzeptieren, die ihr Vater für sie und ihre Zukunft traf. Aber das hatte sie nicht getan. Stattdessen hatte sie ihren eigenen Plan gemacht, ohne ihn vorher zu fragen.

Nachdem Adam Schweiger Irene mit Vorwürfen überschüttet hatte, war er wieder in sein gewohntes Schweigen verfallen. Zum ersten Mal in seinem Leben bereute er, dass er seiner Tochter die Art von Erziehung zuteil hatte werden lassen, die eigentlich einem Sohn gebührt hätte. Und zwar ausschließlich einem Sohn. Er musste feststellen, dass er sich all die Jahre nicht ungestraft der Illusion hingegeben hatte, dass Irene diese Rolle einnehmen könnte. Sie war sein einziges Kind. Sie war intelligent. Also hatte der Pfarrer keinen Grund gesehen, ihr nicht die Ausbildung angedeihen zu lassen, die einem begabten Menschen zukam. Aber nun, da er mit den Folgen konfrontiert wurde, glaubte er, falsch daran getan zu haben. Er hätte dafür sorgen müssen, dass Irene etwas lernte, das ihr hätte nützlich sein können. Irgendein Handwerk vielleicht. Oder diese neue Art der Buchhaltung, die im Süden erfunden worden war und die die Kaufleute seit Neuestem für ihre Geschäfte verwandten. Dann wäre sie für einen der besser gestellten Meister im Herzogtum attraktiv gewesen. Hätte ihn heiraten und ihre Fähigkeiten in seinen Betrieb einbringen können.

Aber Irene bestand auf ihrem Plan und schließlich hatte er erschöpft nachgegeben. Er ließ sie gehen. Allerdings musste sie ihm vorher ein Versprechen geben. Sie musste versichern, sich noch nicht endgültig in Wolgast einzumieten. Er erlaubte ihr lediglich, in die Stadt zu gehen, um dort den Bernstein zu verkaufen und, falls es sich ergäbe, dem Buchführer die Bibel zurückzugeben. Ferner gestattete er ihr, sich bei Ratdolt und Speyer vorzustellen. Aber sie sollte noch nicht mit der Papierschöpferin über das Zimmer sprechen, sondern in jedem Fall binnen vier Tagen wieder zurück nach Hause kommen. Dann werde man weitersehen.

Irene gab diese Zusage. Sie packte die Bibel und das Notwendigste, was sie für die kurze Reise benötigte, in einen Beutel, der sich mit Riemen auf dem Rücken befestigen ließ. Verabschiedete sich von ihrem Vater und der Amme. Machte sich auf den Weg.

Früher hatte sie ihren Vater hin und wieder nach Wolgast begleitet, wenn er in der herzoglichen Verwaltung zu tun gehabt hatte. Gelegentlich war sie mit Else am Markttag zum Einkaufen in die Residenzstadt gegangen. Sie hatte gedacht, dass sie den Weg leicht finden würde. Aber sie musste bei Bannheim falsch abgebogen sein, hatte die Landstraße, die nach dem Festland führte, verloren und war viel zu weit südlich geraten, ohne den Irrtum zu bemerken. Erst als sie sich mit einbrechender Dämmerung an einem Waldrand wiederfand, wo sie die Ortschaft Mölschow oder gar schon Malzow vermutet hatte, und ihr die Gegend gänzlich unbekannt war, fand sie es besser umzukehren. Zumal sie gehört hatte, dass sich die Wölfe aus den Wäldern ungewöhnlich weit in die Bereiche menschlicher Behausung vorgewagt hatten. Mit der Dunkelheit hatte sich das Wetter geändert. Es war kühl und feucht geworden. Vom Meer zogen Nebelschwaden auf. Es wurde windig und begann schließlich leicht zu regnen. In der Ferne grollte ein Donner. Der vergangene Sommertag war – wie so oft an der See – in weite Ferne gerückt und zu einer frühherbstlichen Nacht geworden.

An diesem Punkt ihrer Wanderung angelangt, in Kälte und Dunkelheit, kamen ihr das erste Mal Zweifel an ihrem Plan. War er wirklich so gut, wie er sich noch am Morgen dargestellt hatte? War es klug, in die Fremde zu gehen und das gewohnte Leben, das sie bisher geführt hatte, hinter sich zu lassen? Auch wenn es in der letzten Zeit bis zur Sinnlosigkeit langweilig gewesen war? Irene war müde und entmutigt und daher froh, als sie in der Dunkelheit endlich Lichter ausmachen konnte. Aus der Ferne schien es ihr, als ob sie zu einem beleuchteten Haus gehörten, auch wenn sie sich nicht erklären konnte, warum es ihr nicht schon auf dem Hinweg aufgefallen war. Offenbar war sie abermals falsch gegangen und wusste nun überhaupt nicht mehr, wo sie war. Umso erleichterter war sie, als sie im Nähertreten feststellte, dass die Lichter zu einem Gasthaus gehörten, das an einer breiteren Straße lag. Hier konnte sie nach dem Weg fragen. Am nächsten Morgen, bei Licht, so hoffte sie, sollte es ihr keine Schwierigkeit machen, die Reise nach Wolgast fortzusetzen. Für die Nacht hatte sie einstweilen ein Obdach gefunden. Sie trat ein.

Im Wirtshaus war es warm. Irene schloss die Tür und war froh, dass sie Kälte und Dunkelheit hinter sich lassen konnte. Im Gegensatz zu vergleichbaren Einrichtungen war dieses Gasthaus vornehm und augenscheinlich von den durchziehenden Truppen verschont geblieben. Der Raum wurde durch einen großen Ofen mit einer breiten, einladenden Ofenbank in der linken hinteren Ecke beherrscht. Auf Augenhöhe waren an den Wänden in zierlicher gotischer Minuskelschrift sorgfältig Trink- und Spiellieder angebracht, die von fahrenden Vaganten, umherziehenden Scholaren und Klerikern stammten. An einem kleinen Mauervorsprung zu ihrer Rechten las Irene: ›Der Wein begeistert mich ein gutes Lied zu machen. / Wer kaltes Wasser trinkt, der schreibt auch kalte Sachen‹.

Irene lächelte und ließ ihre Augen über die anderen Verse gleiten. Sie hatten sich zu einem Großteil in das Narrenkostüm der Trunkenheit gekleidet und gossen beißenden Spott über die Obrigkeit aus. Sie besangen den Sorgenbrecher Wein, der den Ärmsten wie den Reichsten der Erdenlast enthebt, den Traurigen froh macht und dem Alten jungen Mut einflößt. Der den Schwachen kräftigt und den Einfallslosen zu Fantasie und Abenteuer führt. Der den Verstand der Herrscher verwirrt und den Narren urteilsfähig macht. Den Wein, der die Kraft hat, die Welt auf den Kopf zu stellen und alles das, was in ihr verkehrt ist, in die richtige Richtung zu führen.

Ein anderes Gedicht forderte dazu auf, zusammen mit dem Wein die Früchte der Jugend zu kosten, solange sie noch erreichbar seien. Und natürlich gab es einen Vers, welcher das Schäumen des Weines und das Brausen der Liebe besang. Der Wirt des Gasthauses hatte an seinen Wänden Lieder für jeden Geschmack und jede Stimmung anbringen lassen, wobei er jedweden Grobianismus, der leicht mit dieser Art von Gedichten verbunden war, vermieden hatte.

Die Gaststube war mit Menschen gefüllt, die lachten, aßen, tranken und sich unterhielten. In einer Ecke hatte sich eine Gruppe von Bauern zu einem Kartenspiel versammelt. In einer anderen saß eine in Reisegewänder gekleidete, offensichtlich zufällig zusammengewürfelte Gesellschaft aus Wanderern und Reitern. Ihre Satteltaschen und Wanderstäbe hatten sie auf die Ofenbank gelegt. An einem kleineren Tisch neben ihnen hatte ein junger Mann Platz genommen, der sich über die Tischgrenze hinweg mit ihnen unterhielt.

Irene verharrte einen Augenblick an der Tür. Sie ließ das Bild, das sich ihr bot, auf sich wirken. Es stand in wohltuendem Gegensatz zu der nebeligen Dunkelheit, in der sie die letzte Stunde herumgelaufen war. Sie war überrascht, dass so viele Menschen auf den Beinen waren. Hinter der Theke kam der Wirt hervor, der freundlich grüßte und sie bat, im hinteren Teil der Stube Platz zu nehmen. Für eine Erfrischung wolle er sorgen. Für die Nacht könne er ihr eine Kammer anbieten.

Von diesen Worten begleitet, war Irene an den Tisch des Mannes herangetreten, der ihr schon beim Hereintreten aufgefallen war. Bei genauerem Hinsehen erwies er sich als nicht mehr ganz so jung, wie sie zunächst vermutet hatte. Seine Jugend hatte er schon hinter sich gelassen, das mittlere Alter aber noch nicht erreicht. Er mochte vielleicht 35 Jahre alt sein, trug einen Gelehrtentalar und hatte ein dunkles Gesicht, das zwar noch jugendlich wirkte, dessen Züge aber schon von einem vergangenen Leben zeugten, das offensichtlich durch manche Leidenschaften gegangen war und einige Stürme überstanden hatte. Es war kein schönes Gesicht. Sein hervorstechendstes Merkmal waren die ausgeprägten Augenbrauen, die sich, wie auch sein Haupthaar, kräuselten und in diesem Moment drohend zusammengezogen hatten. Unter ihnen blitzte ein zorniges Augenpaar, das seine Nachbarn am Nebentisch durchbohrte. Sie sahen den Fremden etwas verständnislos an und rechneten mit der Entladung eines inneren Gewitters im nächsten Augenblick. Zu ihrem Erstaunen aber blieb der befürchtete Ausbruch aus. Die Wolken waren von dem Gesicht des Mannes ebenso schnell wieder verschwunden, wie sie kurze Zeit vorher aufgezogen waren. Seine Miene entspannte sich. Sonnenschein breitete sich aus. Der Fremde lächelte die herantretende Irene an, und mit einer wohltönenden Stimme, die in bemerkenswertem Gegensatz zu seinem wenig ansprechenden Äußeren stand, sagte er: »Aha, endlich ein verständiges Gesicht in diesem Haus. Euch schickt der Himmel. Helft mir. Mir gehen langsam Worte und Argumente aus. Ich fange an, mich zu wiederholen. Und das ist etwas, was ich überhaupt nicht ausstehen kann. Es lässt auf eine gewisse geistige Unbeweglichkeit schließen. Außerdem auf Fantasielosigkeit. Aber was soll ich tun? Ich versuche schon seit einer geschlagenen Stunde, diese Dummköpfe davon zu überzeugen, dass noch kein Mensch auf dieser Welt von den Toten auferstanden ist.«

Er unterbrach sich und sah Irene, deren Gesicht sich von der linken Schläfe bis zum rechten Mundwinkel in eine tadellose und ordentlich berechnete Sinuskurve verwandelt hatte, eine Sekunde lang aus zwei schwarzen Augen aufmerksam an und fügte mit einer kaum merklichen Spur von Ungeduld hinzu: »Macht nicht so ein Gesicht. Ich meine diese Pose des fleischgewordenen Fragezeichens. Sie steht Euch nicht und wirkt unnatürlich. Ihr sollt mir wirklich auch nur ein wenig sekundieren und bei der Beantwortung einer einfachen Frage helfen. Sie lautet: Ist es möglich, dass Tote auferstehen?«

Wieder unterbrach er sich für einen kurzen Moment, der aber nicht so lang währte, dass Irene hätte antworten können. Er sah sie forschend an und fuhr dann etwas ruhiger fort: »Verzeiht mir. Ich wollte Euch nicht erschrecken. Schließlich sollt Ihr mir helfen. Deshalb gestehe ich Euch gerne zu: Eine Ausnahme mag vielleicht Jesus Christus sein. Lassen wir das unter theologischen Gesichtspunkten gelten. Wenngleich ich mir persönlich auch hier Zweifel an der physikalischen Ausführbarkeit gestatte. Aber natürlich will ich den Gefühlen der Anwesenden«, hierbei wandte er seinen Blick, den er, seitdem Irene herangetreten war, ausschließlich und konzentriert auf sie gerichtet hatte, von ihr ab und teilte ihn gerecht und leicht ironisch zwischen den am Tisch Sitzenden auf. Was der erste und bislang einzige Hinweis darauf war, dass er zumindest einmal ansatzweise in Berührung mit einer Erziehung geraten war, die ihm die Formen und Konventionen der Höflichkeit wenigstens in der Theorie nahegebracht hatte. »Ich will ihren Gefühlen nicht zu nahe treten«, vollendete er den Satz. »Aber sonst sind mir keinerlei Vorgänge dieser Art bekannt. Und ich halte es für gänzlich ausgeschlossen, dass ein unbedeutender Müller die Gesetze der Natur so weit außer Kraft gesetzt hat, dass er nach seinem Tod wieder lebendig werden kann, in seiner Mühle herumspaziert und, nach allem, was man hört, dort auch noch – zu allem Überfluss – mit dem Teufel gemeinsame Sache macht.«

Obwohl diese leidenschaftlich vorgebrachten Worte Irene ausdrücklich zum Sprechen aufforderten, hatte sie immer noch keine Gelegenheit, etwas zu erwidern. Mit einer Handbewegung bot ihr der Mann im Talar einen Platz an. Und sogleich fuhr er, der nicht über eine Zunge, sondern über die biblischen tausend zu verfügen schien, fort: »Wie Ihr Euch ohne Zweifel schon selbst gedacht haben werdet, sprechen wir von der einsamen Mühle am Meer und ihrem Geist«, erklärte er, nun wieder an Irene gewandt. »Diese Herren hier haben davon gehört. Nun haben sie ihren Weg unterbrochen, weil sie sich in dieser Nacht nicht mehr vorbeitrauen. Und das, obwohl sie so wertvolle Stunden verlieren. Zumindest einer von ihnen«, schränkte er ein, während er mit einem Kopfnicken in Richtung des Tischgenossen deutete, der die Sporen noch nicht von seinen Stulpenstiefeln abgenommen hatte. Vor ihm lagen ein Hut, der mit zwei prachtvollen Reiherfedern geschmückt war, und eine lederne Tasche. »Er muss eine Botschaft und wichtige Papiere des Herzogs an den Amtshauptmann überbringen. Außerdem soll er im Wolgaster Schloss meine Ankunft melden. Anstatt dass er sich schnurstracks auf den Weg macht und dafür sorgt, dass mir ein weiches und bequemes Bett vorbereitet wird, das ich mir nach einer langen, mühsamen Reise redlich verdient habe – ganz zu schweigen davon, dass aus Gründen der Logik der Angekündigte nicht vor dem Boten ankommen sollte -, übernachtet er hier, aus lauter Angst vor Gespenstern. Er fürchtet den Geist des Müllers wie den Teufel persönlich und ist nicht zu überzeugen, dass eine solche Erscheinung aller Vernunft und Erfahrung so vollständig widerspricht, dass sie gar nicht sein kann.«

Nach dieser Feststellung, die der Sprecher mit einem energischen Kopfnicken begleitet hatte, schwieg er endlich und sah herausfordernd auf den herzoglichen Boten. Der hatte noch nicht vergessen, dass er Irene als Dummkopf vorgestellt worden war, obwohl er kein Geringerer war als Georg Drach, der reitende Bote im Dienste des Greifenherzogs und seines Stellvertreters, des Amtshauptmanns von Wolgast. Damit war er einer der wichtigsten Männer im Herzogtum. Denn seitdem Serenus in Italien weilte, war er die einzige Verbindung zwischen ihm und Herrn Urian Olobaid von Greifenhöll, der in dessen Abwesenheit das Herzogtum regierte.

Außerdem ärgerte er sich über die Kritik, die in den letzten Worten lag und die die Art und Weise, in der er seinen Auftrag erledigte, in Zweifel zog. Das hatte sich ja fast so angehört, als ob er faul und unzuverlässig sei. Und das ihm, der im Laufe seines Lebens Entfernungen in Geschwindigkeiten zurückgelegt hatte, die ihresgleichen suchten. In diesen Zeiten, in denen es nicht ungefährlich war, die Schlachtplätze, von denen es in diesem Krieg nicht wenige gab, zu passieren oder zu umrunden. Da durfte man nicht zimperlich und musste mit allerlei Wassern gewaschen sein. Und trotz dieser Gefahren hatte er seine Aufträge immer pünktlich erledigt. Das sollte ihm dieser Stubenhocker, dieser Gelehrte, der sich wahrscheinlich in brenzligen Situationen unter seinem Schreibtisch verkroch, erst einmal nachmachen. Klein und mager wie der war, würde er sich wahrscheinlich schon zu Tode zittern, bevor eine Gefahr überhaupt erkennbar war. Das konnte ihm, dem stämmigen und kräftig gebauten Georg Drach, nicht passieren. Aber mit einem Geist würde er es bei aller seiner sonstigen Tapferkeit sicher nicht aufnehmen. Das gebot schon alleine der gesunde Menschenverstand, von dem dieser komische Magister immer wieder sprach, den er aber offensichtlich selbst nicht besaß. Auf wen hatte sich der Amtshauptmann verlassen können, als es darum ging, dem Herzog die neuesten Ereignisse mitzuteilen, die sich auf der Insel ereignet hatten? Wen hatte der Amtshauptmann geschickt, um die wichtigen Vollmachten, die bei der längeren Abwesenheit des Herzogs und den zunehmend unsicheren Rechtsverhältnissen im Herzogtum notwendig geworden waren, nach Wolgast zu bringen? Auf ihn, Georg Drach, hatte er zurückgegriffen. Weil er wusste, dass er über die entsprechenden Erfahrungen verfügte. Ihn hatte er nach Italien geschickt, um dem Herzog den Regierungsbericht zu übergeben.

Außerdem war er derjenige gewesen, dem der Herzog das Wohl dieses schmächtigen Gelehrten, den er wie einen Sohn behandelte, ans Herz gelegt hatte. Und so hatte er während der Reise, auf der sich ihre Wege immer wieder kreuzten, zum Teil parallel verliefen, ein Auge auf den Magister im Talar gehabt und manche Gefahr von ihm abgewandt. Freilich ohne dass es sein Schützling bemerkt hätte. Aus reiner Gutmütigkeit hatte er das getan und aus Verbundenheit seinem Fürsten und einem Mann gegenüber, der, genau wie er selbst, ein Untertan dieses Herrn war. Das hatte man nun davon. Undank war der Welten Lohn.

Zornig stand er auf. Sein Gesicht war dunkelrot angelaufen und es war unschwer zu erkennen, dass er sich nur mit Mühe beherrschte, als er nun laut, aber offensichtlich mit Anstrengung darauf bedacht, nicht zu schreien, sagte:

»Langsam wünschte ich, ich hätte meinen Weg auch bei Nacht, Wind und Wetter fortgesetzt. Eine Begegnung mit dem Geist hätte auch nicht schlimmer sein können als diese Unterhaltung mit Euch, verehrter Junker. Wenn ich dem Müller begegnet wäre, wäre ich wenigstens auf meinem Pferd gesessen. Und das hätte ich schnell vorantreiben können. – Natürlich vorausgesetzt, dass der Müller nicht fliegen kann und seine Verfolgung in den Lüften aufnimmt«, fügte er nach einer kurzen Pause hinzu, in der sein Zorn sich etwas gelegt zu haben schien und nachdenklicheren Erwägungen Platz gemacht hatte.

»Jedenfalls«, fuhr er nun wieder energischer fort, »hätte ich die Möglichkeit gehabt, mich einer Gefahr zu stellen, während ich jetzt hier mit Euch den Abend vergeude. Ich hatte schon von Anfang an den Eindruck, dass mit Euch etwas nicht stimmt. Geheuer seid Ihr mir jedenfalls nicht.« Misstrauisch musterte er den Talar. »Seht Euch einmal an: So klein und schmächtig, wie Ihr seid, müsst Ihr Euch wohl in diesem unförmigen Gewand verstecken. Wenn Ihr damit einem Geist begegnen würdet, würdet Ihr ihn freilich in die Flucht schlagen. Er würde Euch wohl für seinesgleichen halten.« Er hielt inne. »Ihr kommt von einer dieser oberitalienischen Universitäten. Dort nimmt man es ja mit den Lehren der Kirche nicht allzu genau«, fuhr Georg Drach fort und registrierte mit leiser Genugtuung, dass diese Beobachtung sein Gegenüber in Erstaunen versetzte. – Ja, sollte der sich nur wundern. Er hatte auch schon einiges erlebt, war herumgekommen und kannte sich aus. Sollte dieser Magister ruhig merken, dass nicht er alleine die Weisheit der Welt gepachtet hatte. »Anscheinend seid Ihr einer dieser Gottesleugner, die dort ihr Unwesen treiben. Die an allem und jedem zweifeln. Selbst an den selbstverständlichsten Dingen, die jedes Kind weiß«, setzte er höhnisch hinzu. »Ihr seid wohl auch einer von denen, unter denen permanent der Boden schwankt, weil sie sich einbilden, dass sich die Erde dreht. Nach allem, was man hört, ist dieser Irrglaube vor allem in Italien weit verbreitet. – Na, wohl bekomme es. Seht nur zu, dass Ihr dabei nicht eines Tages auf dem Kopf steht oder Euch im Erdinneren wiederfindet, wo Euch dann getrost der Teufel holen mag.« Er machte eine Pause.

»Aber kommt ja nicht auf die Idee, Euch dann an den Umstehenden festzuhalten.« Abermals hielt er inne und fügte, als er erkannt hatte, welche Möglichkeit ihm der letzte Satz bot, pompös hinzu: »Ich jedenfalls werde mich jetzt in Sicherheit bringen. Mein Bedarf an Streitereien ist für heute gedeckt und morgen liegt ein langer und anstrengender Tag vor mir. – Schlaft gut und steht morgen wieder munter auf.«

Damit ging er, nicht mehr sehr zornig, sondern vielmehr stolz auf sich, dass er zumindest einen Teil der Beleidigungen zurückgegeben und zum Schluss sogar noch in einen ironischen Ton gefunden hatte. Wahrscheinlich war das ohnehin das Beste. Man dürfte diesen ganzen Unsinn, der in der Welt geredet wurde, einfach nicht ernst nehmen.

Mit ihm erhoben sich auch die anderen Reisenden, die seit Irenes Eintreten dem Wortwechsel stumm und zunehmend gelangweilt gefolgt waren, und nützten die Gelegenheit, sich für die Nacht zurückzuziehen.

»Da gehen sie hin, unsere Helden. Nicht ohne einen gewissen Sinn für Theatralik«, sagte der Mann im Talar in einem spöttischen Ton, unter dem die Kränkung des jähen Aufbruchs und der ungewohnten Widerworte mit einer unfreiwilligen Anerkennung für seinen Kontrahenten rangen. »Es ist nicht das erste Mal, dass mir das passiert. Kaum, dass man sich in ihrem eigenen Interesse an ihren Verstand wendet, werden sie unhöflich und gehen. Ich verstehe das nicht.« Er stützte seinen Kopf in die Hand und begann zu grübeln. In seinen letzten Satz hatte sich Niedergeschlagenheit geschlichen, die Irene bei diesem hochmütigen Mann genauso überraschte wie die Stille, die sich nun um ihn ausbreitete. Sie hatte nicht damit gerechnet, dass dieser lebhafte Mensch einmal ruhig dasitzen und ihr tatsächlich die Möglichkeit geben würde, ebenfalls zu Wort zu kommen. »Ihr müsst aber zugeben«, erwiderte sie nun, diese Gelegenheit ausnützend, »dass Euer eigenes Benehmen auch nicht gerade ein Muster an Höflichkeit war. Wie könnt Ihr erwarten, dass diese Leute, die genug damit zu tun haben, ihr Leben in Gang zu halten, Sinn für Eure Theorien haben? Noch dazu, wenn Ihr sie wie Injurien vorbringt?« Sie zögerte für den Bruchteil einer Sekunde und fuhr dann fort: »Ihr seid nicht von hier und wisst nicht, was wir auf der Insel im letzten Jahr erlebt haben. Die Zerstörungen durch den Krieg und die große Hungersnot. Unter diesen Voraussetzungen hat man weder Zeit noch Muße genug, um über übersinnliche Fragen nachzudenken.« »Was höre ich?« Die schwarzen Augen des Fremden blitzten auf und die Munterkeit war in seine Stimme zurückgekehrt. »Sollte ich hoffen können? Und in Euch tatsächlich jemandem begegnet sein, der nicht zu ›diesen Leuten gehört, die genug damit zu tun haben‹, wie sagtet Ihr noch?, ›ihr

Leben in Gang zu halten‹? Immerhin: Ihr seid bei mir sitzen geblieben, was schon mehr ist, als man von unseren wackeren Kumpanen behaupten kann. Obwohl mir, wenn ich ehrlich bin, die Gegenrede meines Widersachers nicht ganz unrecht war. Er ging zwar von der falschen Voraussetzung aus, aber in sich war seine Argumentation schlüssig. Was ungewöhnlich genug ist. Aber was ist mit Euch? Woher kommt Ihr? Habt Ihr die einsame Mühle in dieser Nacht passiert? Das wäre, auch wenn ich nicht an das Gespenst des Müllers glaube, sehr mutig von Euch gewesen.«

Er sah sie interessiert an und ließ ihr dieses Mal tatsächlich Zeit, um zu antworten. »Ich bin auf dem Weg nach Wolgast«, antwortete sie. »Und um die Wahrheit zu sagen: Ich habe mich verlaufen und weiß überhaupt nicht mehr, wo ich bin. Aber ich hätte in jedem Fall versucht, die Mühle zu meiden. Ich weiß nicht, ob es möglich ist, dass Maxim Mugner von den Toten auferstanden ist und in seiner Mühle umgeht. Immerhin sollte er zu Lebzeiten einen Pakt mit dem Teufel geschlossen haben. In jedem Fall hört man Gruseliges von dort. Erst kürzlich hatten wir Besuch von einem Reisenden, der ihr um keinen Preis zu nahe kommen wollte. Und im vergangenen Herbst habe ich mit einem holländischen Kaufmann gesprochen, der dem Gespenst begegnet sein wollte. Gut bekommen ist es ihm nicht. Er war völlig verstört.«

Irene sah den Fremden aus ihren grünen Augen eindringlich an, so als ob sie von ihm eine Lösung des Rätsels oder zumindest eine Erklärung für das ungewöhnliche Verhalten jenes Holländers erwartete, für den

Fall, dass es tatsächlich nicht auf eine Geistererscheinung zurückzuführen war. Diese Worte machten Eindruck auf ihr Gegenüber. Während sie sprach, hatten sich zwischen seinen Augen zwei steile, nachdenkliche Falten gebildet. Sie überraschten Irene, denn sie schienen ihr Zeichen für eine Erschütterung seines bis dahin standhaften Glaubens an die Unmöglichkeit einer Geistererscheinung zu sein. Fragend sahen sich ein schwarzes und ein grünes Augenpaar an. Schließlich sagte der Mund, der sich unter dem schwarzen befand: »Gut. Möglicherweise habe ich voreilig geurteilt. Vielleicht bin ich auch schlecht unterrichtet gewesen. Ich bin erst dieser Tage auf der Insel angekommen und habe bisher noch nichts Detailliertes über die Mühle und den spukenden Müller gehört. Ihr scheint mir eine verständige Person zu sein, die zu urteilen versteht. Erzählt mir, was es mit dieser Sache überhaupt auf sich hat.«

»Gerne«, antwortete Irene. »Ich werde am Anfang beginnen und mich auf die Fakten beschränken, die zu dieser Geschichte gehören.«

Dann erzählte sie Folgendes: Nachdem der Müller Maxim Mugner der Hexerei angeklagt, überführt und verbrannt worden war, war er in seine Mühle zurückgekehrt. Seitdem lauerte er bei Nacht und Nebel an der Mühle Wanderern auf, die diesen Ort nicht mieden. Einer von ihnen klopfte im vergangenen Spätherbst zu fortgeschrittener Stunde an das Tor von Irenes Elternhaus. Die alte Dienerin hatte geöffnet und einen Mann ins Arbeitszimmer ihres Vaters gebracht, der am ganzen Leib zitterte und sich in einem erbärmlichen Zustand befand: Seine Kleider waren feucht, zum Teil zerrissen, er selbst zerkratzt. Er stellte sich als Kaufmann vor, der sich auf den Weg nach Pommern gemacht hatte, um die Möglichkeit von Bernsteinexporten zu prüfen. Auf die Frage von Irenes Vater, was ihm widerfahren sei, berichtete er von einer Begegnung mit einem Geist bei der einsamen Mühle am Meer. Er hatte von dem Schicksal des Müllers nichts gewusst und wollte arglos an der Mühle vorbeigehen, als er plötzlich einer bleichen, in einen Armesünderkittel gekleideten Gestalt gegenüberstand, die ihm aus dem Gebüsch entgegengesprungen war. Starr vor Schreck und Entsetzen, sei er zu keiner weiteren Bewegung fähig gewesen. Auch sein Gegenüber habe sich völlig reglos verhalten, sei ebenfalls in der Bewegung erstarrt und habe ihm aus einer hohlwangigen, triefäugigen Fratze zugegrinst. Erst als er unter Aufbringung aller Willenskraft den Bann durchbrochen und seine Bewegungsfähigkeit wiedergefunden hatte, setzte sich auch der Müller in Bewegung und nahm die Verfolgung des Reisenden auf, der um sein Leben lief. Bei der Flucht hatte er sein Gepäck verloren, was er aber erst bemerkte, als er sicher sein konnte, den Geist des Müllers nicht mehr hinter sich zu haben. Selbst am nächsten Tag war er nicht zu bewegen gewesen, den Weg zurückzugehen und nach dem verlorenen Schnappsack zu suchen.

Damit beendete Irene ihre Erzählung und blickte erwartungsvoll in das Gesicht ihres Zuhörers. Dieser sah nachdenklich vor sich hin. »Nun«, sagte er in die Stille, die sich eingestellt hatte, nachdem Irene ihren Bericht abgeschlossen hatte. Sie wurde nur durch leises Gläserklappern des Wirtes durchbrochen, der ihnen so bedeuten wollte, dass sie die letzten Gäste in seiner Schankstube waren, denen er dankbar wäre, wenn auch sie sich nun bald zurückziehen würden.

»Euer Bericht beweist mir, dass meine ursprüngliche Einschätzung wahrscheinlich doch nicht ganz falsch war. Soweit ich sehen kann, verfolgt unser Gespenst sehr materialistische Interessen. Denn verloren gegangen sind Eurem hasenfüßigen Kaufmann nur seine Geldbörse und sein Portefeuille. Ich vermute, dass sich in der Mühle eine sehr irdische Räuberbande eingenistet hat. Was mir«, fuhr er mit einem Seufzen fort, »aber nicht weniger Sorgen bereitet. Ich muss Euch sagen, dass die Mühle einer der Gründe ist, aus denen ich in diese Gegend gekommen bin.«

Er hielt inne und über sein Gesicht, das eben noch sorgenvoll gewesen war, breitete sich ein Grinsen aus. »Genau genommen, stehe ich hier in meinem alten Talar, der meine ganze athletische Pracht unterstreicht, die unser Freund Georg Drach vorhin so eloquent gerühmt hat, um es mit den Bösewichtern aufzunehmen, die sich dort einquartiert haben. Seien es nun irdische oder überirdische. Je irdischer, desto besser, dann kann ich wenigstens zeigen, was in mir steckt.«

Sein Grinsen wurde breiter. »Aber im Ernst«, fuhr er fort. »Ich bin sicher, dass sich einige Betrüger den Aberglauben, der auf dieser Insel leider immer noch ganz unmäßig ins Kraut schießt, zunutze machen, um eine ordentliche Beute zu erzielen.«

Er schwieg nachdenklich. »Bis jetzt sind die Zwischenfälle offenbar immer nur bei Nacht geschehen und niemals bei Tage. Aber seid trotzdem vorsichtig, wenn Ihr morgen die Mühle passiert, denn das müsst Ihr wohl, wenn Ihr von hier aus nach Wolgast wollt. Und nun schlaft gut.«

Obwohl den ganzen Abend von Geistern und Gespenstern die Rede gewesen war, hatte Irene das Gespräch mit dem Fremden erfrischt. Sie hatte gut geschlafen und war am nächsten Morgen unternehmungslustig erwacht.

Sie hatte ihre Rechnung im Wirtshaus beglichen und sich nach dem Frühstück, das sie allein in dem völlig verwaisten Schankraum einnahm, wieder auf den Weg gemacht. Es war kein Wölkchen am Himmel zu sehen, nichts erinnerte an Nebel und Sturm der letzten Nacht. Von den Gästen des vergangenen Abends war niemand mehr da. Der Bote des Herzogs mochte sich die Worte des Mannes im Talar zu Herzen genommen und sich mit den ersten Sonnenstrahlen auf seinem Pferd in Richtung Wolgast aufgemacht haben. Aber was war aus dem Talarträger selbst geworden? Sie hatte nur erfahren, dass er von Adel war. Ein Junker, wenn sie den herzoglichen Boten richtig verstanden hatte. Sonst wusste sie nichts über ihn, kannte nicht einmal seinen Namen. Er hatte gesagt, dass er etwas mit der Teufelsmühle und den Dieben oder Gespenstern zu tun hatte, die dort hausten, und offensichtlich war er auf der Insel in einer juristischen Angelegenheit unterwegs. Aber in welcher Funktion und von welchem Ort aus er seinen Geschäften nachgehen wollte, wusste sie nicht.

Er kam aus Italien. Die italienischen Universitäten waren fortschrittlicher als diejenigen, die sich auf dem Boden des Heiligen Römischen Reiches befanden. Alles, was in den letzten Jahren an neuen Gedanken gedacht worden war, kam entweder von dort oder aus Frankreich. Die Reformuniversitäten in Oberitalien, insbesondere die juristischen Fakultäten, schulten ihre Studenten in einer strengen wissenschaftlichen Denkweise, in der es darauf ankam, nichts als gegeben hinzunehmen, sondern sich die Dinge nach den Regeln des Denkens zu erschließen. Genau die richtige Ausbildung für einen so wendigen Geist wie es derjenige des Fremden war. Seine hitzige Art, den anderen zu widersprechen, wenn sie etwas sagten, das sich offensichtlich gegen seine Vorstellungen richtete, hatte Irene gefallen. Noch mehr aber hatte es sie beeindruckt, dass er seine Prinzipien auch ohne Rücksicht auf sich selbst angewandt hatte. Eines anderen Mannes Verstand hätte die aufsteigende Wut, die ihn ergriff, als der Bote des Amtshauptmanns ihm so deutlich seine Meinung gesagt hatte, nicht so schnell ersticken können, als er feststellen musste, dass dieser korrekte Schlussfolgerungen gezogen hatte.

Irene selbst hatte nie, obwohl sie die erforderlichen Kenntnisse besaß, Aussicht auf die Aufnahme an einer Universität gehabt. Was sie immer wieder und mit zunehmendem Alter noch weitaus heftiger bedauerte. Die Unterrichtsstunden bei ihrem Vater waren ihr unentbehrlich gewesen. Sie war ihm dankbar, dass er ihr so viel Zeit und Aufmerksamkeit geschenkt hatte. Sie wusste, dass sie bei ihm viel gelernt hatte. Insbesondere die Kenntnisse, die er ihr in den alten Sprachen vermittelt hatte, waren nahezu vollendet. Auch die Bestätigung ihrer Studien war nicht ausgeblieben: Sie hatte sich an gelehrten Wettbewerben und Ausschreibungen beteiligt und manchen Preis gewonnen. Dennoch: Etwas fehlte. Manchmal meinte sie, dass sich in ihrem Kopf nur Einzelteile ohne Zusammenhang abgelagert hatten. Mosaiksteinchen, die lediglich ein fragmentarisches Bild ergaben. Dann dachte sie wieder, dass es die Selbstverständlichkeit war, die ihr mangelte. Dass ihre Studien – trotz aller Bemühungen – nicht ein ungeteilter Teil ihres Lebens und ihrer selbst waren, sondern nur eine Beschäftigung für Mußestunden, der sie nachgehen konnte, wenn sie die obligatorischen Aufgaben im Haus und im Leben ihres Vaters erledigt hatte.

Während ihr diese Gedanken durch den Kopf gingen, hatte sie die Landstraße erreicht, die erst zur Teufelsmühle und dann weiter nach Wolgast führte. Irene wusste nun wieder, welchen Weg sie gehen musste. Er führte sie an der Meerenge hinter Banheim entlang, durch die Dörfer Kummin und Neeberg, und dann noch eine Weile längs des Strandes, bevor sie wieder landeinwärts gehen musste, parallel zu einem Waldrand, um in gerader Linie Sauzin zu erreichen, von wo aus sie schließlich den westlichen Uferweg nach Wolgast erlangte.

Der Rechtsgelehrte Friedrich Consulator Junker zu Trostberg verspürte kein Verlagen, sein Ziel zu erreichen, und hatte daher für den letzten Abschnitt seiner Reise eine umständliche Route gewählt. Er hätte bereits vor einer Woche in Wolgast eintreffen können. Hatte sich dann aber, von Süden kommend, immer weiter nördlich bewegt, anstatt sich von Hohendorf östlich zu halten, um die Stadt auf direktem Weg an ihrer westlichen, dem Festland zugewandten Seite zu erreichen. Er ließ Wolgast im Südosten hinter sich und erreichte Kröslin, von wo aus er sich auf die Insel übersetzen ließ. Dort angelangt, begab er sich über Karlshagen nach Trassenheide, verweilte mit einem kurzen, aber heftigen Gefühl flüchtig bei der Ruine, die früher einmal das Schloss seines Vaters gewesen war, und suchte dann, noch bei Tage, einen Gasthof auf, der an der Straße nach Zempin, etwas außerhalb der Stadt, gelegen war. Blieb bis tief in die Nacht im Schankraum sitzen und nützte den Streit mit Georg Drach und die Unterhaltung mit dem grünäugigen Mädchen als willkommenen Vorwand, seinen endgültigen Aufbruch nach Wolgast auf den kommenden Tag zu verschieben. Dann schließlich, vom schlechten Gewissen getrieben, das ihn daran erinnerte, dass die Herzogin ihn schon längst erwartete und er sich endlich an die Erfüllung seiner Aufgabe machen musste, setzte er sich in Richtung seiner Heimatstadt in Marsch.

Deutlich vor Mittag erreichte er die Mühle am Meer. Schon der erste Augenschein sprach gegen den Gespensterunsinn, wenngleich – das musste auch Friedrich zugeben – das Gebäudeensemble einigermaßen ungewöhnlich war. Der Müller Maxim Mugner war für seine mechanischen Experimente bekannt gewesen. So kam es, dass er sich sowohl eine Wind- als auch eine Wassermühle gebaut hatte. Zu seinem Wohnhaus floss ein kleiner Bach, der anscheinend künstlich vom Meer hergeleitet worden war. Am Haus selbst hatte Maxim Mugner ein Wasserrad angebracht, das still im Bach lag und sich im Nass kühlte. Dahinter erhob sich, auf einem ebenfalls künstlich angelegten Hügel, die Windmühle.

Friedrich unterzog Mühle und Mühlenhaus einer gründlichen Inspektion. Gewiss, sie lagen einsam in der Landschaft, eine längere Fußwanderung von der nächsten menschlichen Behausung entfernt. Zudem war der Ort verlassen. Anscheinend hatten ihn noch nicht einmal marodierende Soldaten erreicht. Jedenfalls waren die Wohnräume nicht geplündert worden. Die Einrichtung war unversehrt: Die Küche im Erdgeschoss verfügte über eine Feuerstelle, über der ein Topf aus Messing hing. Friedrich sah hinein. – Er war leer. Außerdem gab es ein Regalbrett, auf dem die Müllerin etwas irdenes Geschirr und mehrere Vorratsbehälter aufbewahrt hatte. Alles stand ordentlich in Reih und Glied. Im oberen Stock war eine Bettstatt mit zwei Strohsäcken aufgebaut. Einzig die Tücher, mit denen sie einmal bezogen gewesen sein mochten, waren nicht mehr vorhanden. Dafür aber standen zu Häupten des Bettes noch zwei eiserne Kerzenhalter. Auf die Anwesenheit von Lisbeth Mugnerin gab es allerdings keinen Hinweis. Vielmehr machte alles den Eindruck, als ob hier schon lange niemand mehr wohnte.

Aber das hatte wahrscheinlich einen sehr verständlichen Grund und wenig damit zu tun, dass es sich hier ein Gespenst bequem gemacht hatte. Vielmehr war es wohl so, dass die Witwe nicht mehr an dem Platz sein wollte, an dem sie früher mit ihrem Mann gelebt hatte und vielleicht glücklich gewesen war. Andererseits war sie aber auch nicht willens gewesen, vor aller Augen zu kapitulieren und die Existenz, die sie sich in vielen Jahren aufgebaut hatte, aufzugeben. Wie Friedrich seine lieben Mitmenschen kannte, war die Müllerin nach der Hinrichtung ihres Mannes geächtet worden und ins Gerede geraten.

Wer sprach schon gut von der Frau eines Hexers? Nachdem das Maß der Demütigungen, die sie erleiden musste, voll gewesen war, hatte sie es vermutlich vorgezogen, sich unsichtbar zu machen. Wer konnte es ihr verdenken?, fragte sich Friedrich in einer Aufwallung von Mitleid. Er nahm sich vor, sobald ihm seine Geschäfte eine Minute Zeit übrig ließen, herauszufinden, in welchem Winkel sich die Unglückliche versteckt hielt. Der Herzog hatte schon vor Jahren eine Witwen- und Waisenkasse eingerichtet, die er mit Kapital aus seiner Privatschatulle versehen hatte. Mit ein bisschen juristischem Geschick (und Friedrich war sich sicher, weit mehr als nur ein bisschen Geschick zu besitzen) war es vielleicht sogar möglich, der Witwe eine Rente aus diesem Fonds zu sichern. Er konnte ihr helfen, sich zu rehabilitieren. Möglicherweise vermochte er sie sogar dazu zu überreden, den Betrieb wieder aufzunehmen. Womit auch der angenehme Nebeneffekt verbunden wäre, dass sich die letzten Reste des Gespenstergeredes verflüchtigen würden.

Von der Mühle ging ein bequemer Weg auf die Landstraße, die über Zinnowitz nach Wolgast führte. In Bannemin, einem Dorf auf ungefähr halber Strecke, kehrte Friedrich zu einer ausgedehnten Pause ein. Er nahm ein großes Bier zu sich und versuchte, sich mit der Tatsache auszusöhnen, dass es nun endgültig keinen Aufschub mehr für die Rückkehr in seine Vaterstadt gab.

Schon gegen zwölf Uhr mittags, schneller als gedacht, hatte sich Irene der Mühle genähert, die sie schon eine ganze Weile in der Ferne vor sich liegen sah. Plötzlich war ihr Weg, der bis dahin auf einer ebenen Felsplatte verlief, steil abwärts gegangen. Und nach der letzten Wegbiegung, die sie endgültig auf Meeresniveau herabgebracht hatte, waren die Gebäude überraschend nah vor ihr aufgetaucht.

Irene war erstaunt, wie malerisch sie sich in die Landschaft fügten. Der Erbauer hatte den Platz gut gewählt und sich einen kleinen Hügel, der sich im Laufe der Jahrhunderte durch Ablagerungen an dem sonst ebenen Meeresstrand gebildet haben mochte oder künstlich angelegt worden war, als Standort für die Windmühle gewählt. Zudem war die Mühle selbst ungewöhnlich hoch, so dass Irene von unten und noch etwas entfernt den Eindruck hatte, das Flügelkreuz markiere am Horizont diejenige Stelle, an der sich Himmel und Meer berührten. Der Blick, den man von oben über Land und Meer hatte, musste überwältigend und außerordentlich weit reichend sein. Irene erinnerte sich, einmal gehört zu haben, dass die Mühle auch als Signalturm für Schiffe verwandt worden war. Ob jemand diese Aufgabe noch wahrnahm, nachdem der Müller nicht mehr lebte? Oder wurde der Schiffsverkehr nun von einer anderen Stelle aus gelenkt?

In jedem Fall musste jemand die Mühle in Gang gehalten haben. Das Gebäude war instand und weder ein Spukhaus noch ein verlottertes Diebesnest. Die vier gewaltigen Flügel standen reglos in der windstillen Sommerluft. Aber nicht nur der Mühlenhügel unterbrach an dieser Stelle die strenge Eintönigkeit des Strandes. Darüber hinaus wurde sie auch durch einen Streifen Bäume aufgelockert, der sich zu beiden Seiten an den Hügel anschloss und den der Baumeister dazu genutzt hatte, ein kleines

Wohnhaus für den Müller und seine Familie in windgeschützter Lage hinter das kleine Wäldchen zu setzen.

Irene schritt näher heran. Die Zweifel, die sie bis dahin an der Natürlichkeit dieses Ortes gehegt hatte, verblassten im hellen Sonnenschein eines klaren Spätsommertages zu bleichen Schemen. Das helle Mittagslicht überzeugte sie fast davon, dass hier keine finsteren, übersinnlichen Kräfte am Werk sein konnten. Alles war friedlich. Dennoch betrachtete Irene die beiden Mühlen für einen Augenblick nachdenklich. Die Kraft, die von Wasser und Wind doppelt gegeben wurde, musste ungeheuerlich sein. Wozu sie gebraucht worden war? Flüchtig fragte sie sich, ob sie wohl für den Mahlgang notwendig gewesen war, in dem die armen Seelen zermahlen wurden. Das zumindest würde zu den Gerüchten passen, die überall auf der Insel über die Mühle umgingen.

Aber auch nur zu den Gerüchten, ermahnte sich Irene entschlossen und endgültig bereit, dem Rat des Reisenden aus dem Wirtshaus zu folgen und sich von allem zu befreien, was so eindeutig gegen den Augenschein war. Der Ort selbst war ein Anblick der Ruhe und des Einklangs, der keinerlei Ähnlichkeit mit den von Gespenstern und Geistern bevölkerten Fantasiebildern hatte, die Irene zuvor durch den Kopf gegangen waren. Dass ihr dort ein Geist begegnen könnte, glaubte sie inzwischen nicht mehr. Aber wenn es sich tatsächlich um ein Räubernest handeln sollte, wie der Fremde vermutet hatte, musste sie vorsichtig sein. Auch am Tag konnte es dann gefährlich werden. Es war also besser, wenn sie den Ort so schnell wie möglich hinter sich ließ. Der Schein konnte trügen. Wenn es stimmte, was der Mann im Talar am

Abend zuvor angedeutet hatte, war es klüger, sich schnell zu entfernen.

Sie sollte sich ohnehin beeilen. Die Nacht im Wirtshaus war nicht geplant gewesen. Sie hatte schon unnötig viel Zeit verloren und musste in Wolgast noch etliches erledigen. Sie schritt energisch auf den Steg zu, der über den Mühlbach führte. Auch dieser war tadellos in Ordnung. Irene schaute ins glitzernde Wasser, das wie Diamanten funkelte. Oder wie Rubine, korrigierte sie im Geist. Es war eine sprachliche Ungenauigkeit, wenn man von funkelnden Diamanten sprach. Es war der Eindruck von roten Edelsteinen, den die Sonnenstrahlen auf der Wasseroberfläche hinterließen. Granat, Kurianol, Rubelitt, Blutstein. Irene stutzte. Ja, das war es. Mit jähem Entsetzen begriff sie, dass das, was sie für gebrochenes Licht gehalten hatte, in Wirklichkeit Blut war, das das klare Wasser des Baches färbte.

Sie hielt sich am Geländer des Stegs fest. Welche Ursache mochte das Blut im Wasser haben? Sie versuchte, sich auf eine harmlose Erklärung zu besinnen. Aber es fiel ihr keine ein. Es musste sich ein Mensch oder ein Tier stark verletzt und viel Blut verloren haben, wenn das Wasser den Farbton von funkelnden Rubinen angenommen hatte. Schlimmer noch, es musste ganz in der Nähe passiert sein. Auf der anderen Seite der Brücke, stromabwärts, war das Wasser noch wesentlich klarer. Was, abermals schlimmer, darauf hindeutete, dass sich der Verletzte erst vor kurzer Zeit hier ans Wasser geschleppt hatte, womöglich, um seine Wunde auszuwaschen. Waren in dieser Gegend noch marodierende Soldaten unterwegs, die die Einsamkeit der Landstraße ausnutzten, um Reisende zu überfallen? Oder hatten die Räuber in der Mühle jemanden verletzt? Fieberhaft dachte Irene nach. Sie durfte sich selbst nicht gefährden. Aber vielleicht konnte sie dem Verwundeten helfen. Sie rief laut. Doch die Mittagsruhe war vollkommen. Ihr Rufen konnte der Stille nichts anhaben und wurde sofort von einer dicken, dämpfenden Schicht aus Himmelblau und Sonnenwärme verschluckt, gleich nachdem sie die Lippen geöffnet hatte.

Mit einem Schlag lastete die Hitze drückend auf Irene. Was sollte sie tun? Woher kam das Blut? Am gegenüberliegenden Ufer des Baches war nichts zu sehen. Der Verletzte musste sich dicht am Haus befinden. Aber wieso kam von dort keine Hilfe? Es war doch offensichtlich noch bewohnt. Irene wandte sich um und lief zum Haus zurück. Eilig setzte sie ihre Schritte vorwärts und wünschte zugleich, sie möge sich rückwärts bewegen. Inzwischen haderte sie mit sich, dass sie sich ganz alleine auf den Weg nach Wolgast gemacht hatte. Sie wünschte sich in den kühlen Schatten des Pfarrgartens und die Sicherheit ihres Schreibtisches zurück. In diesem Augenblick hätte sie dort still und friedlich sitzen und ihren Studien nachgehen können, ohne in Schwierigkeiten zu geraten. Wieso war sie auf den törichten Gedanken verfallen, sich in dieses Abenteuer zu stürzen? Sie hätte in Ruhe abwarten können, bis sich die alte Else am Markttag nach Wolgast aufmachte, um sie dann zu begleiten.

Die Gedanken wirbelten durch ihren Kopf. Was sollte sie tun, wenn sie den Verwundeten fand? Sie hatte keinerlei Verbandszeug bei sich und in der Mühle schien sich keine Menschenseele zu befinden. Nach Wolgast war es zu weit. Das Einzige, was sie tun konnte, war, in das Dorf Neeberg zurückzugehen, um von dort Hilfe zu holen. Aber erst einmal musste sie den Verunglückten finden, um zu sehen, was ihm fehlte. Kaum, dass ihr dieser Gedanke durch den Kopf geschossen war, bereute sie ihn. Denn was sie nun auf der Hinterseite des Mühlrads erblickte, war grauenhaft.

Nachdem Friedrich in Bannemin zu Mittag gegessen hatte, machte er sich ohne Eile wieder auf den Weg. Je mehr er sich Wolgast näherte, desto schlechter wurde seine Laune. Er fluchte still in sich hinein. Schon alleine das Wetter war eine Zumutung. Von allem anderen ganz zu schweigen. Die einzig erfreuliche Begegnung war diejenige mit dem grünäugigen Mädchen gewesen. Für eine Bewohnerin dieser Insel hatte sie erstaunlich viel Verstand bewiesen. Aber wahrscheinlich war das auch schon die einzige angenehme Bekanntschaft dieser Reise. Er wusste schon, warum er vor nahezu zwei Jahrzehnten die Insel mit dem festen Vorsatz verlassen hatte, niemals wieder zurückzukommen. Er fühlte sich bedrückt. Wie früher lastete die Atmosphäre der Gegend auf ihm. Obwohl sie am Meer lag, empfand er sie als eng und beklemmend. Es fehlten ihr Farben und Frische. Das, was man hier oben im äußersten Norden Europas einen strahlend schönen Sommertag nannte, gälte am anderen Ende des Kontinents bestenfalls als mittelprächtiger Tag, an dem glücklicherweise wenigstens kein Regen fiel. Auch die Temperaturen waren mäßig. Seit er die Alpen überquert hatte, fror er ständig. Was aber, wenn er die Sache gerecht beurteilte, daran lag, dass sein Talar schon bessere Zeiten gesehen hatte und im Laufe der Jahre fadenscheinig geworden war. Bei rechtem Licht besehen, hätte er noch vor seiner Abreise einen neuen in Auftrag geben sollen. Aber dazu hatte er zu plötzlich aufbrechen müssen. Und er dachte nicht im Geringsten daran, irgendetwas, was mit dieser höchst unnötigen, enervierenden und in jedem Sinne ärgerlichen Reise zusammenhing, sachlich und gerecht zu beurteilen.

Irene war starr vor Schreck und konnte die Augen nicht abwenden, obwohl der Anblick grauenvoll war. Der Mann hatte nur noch entfernte Ähnlichkeit mit einem Menschen. Und doch konnte es über seine Identität keinen Zweifel geben: Er hatte den Mund weit aufgerissen und statt einer intakten Zahnreihe präsentierte er, in seltsamer Symmetrie, einen abgebrochenen linken oberen und einen rechten unteren Schneidezahn. Sein Gesicht, das noch vor Kurzem, als er im Pfarrhof vorgesprochen hatte, zwar verschlagen, aber sehr lebendig gewesen war, war zerschnitten und zerkratzt. Jetzt lagen beide Augen tot in ihren Höhlen und starrten ins Leere. Er musste unglücklich gefallen sein. Aber konnte man so überhaupt fallen? Eher hatte es den Anschein, dass ihm das Gesicht mit unglaublicher Wut zerstört worden war. Sein rechter Arm war verrenkt und stand in einem unnatürlichen Winkel vom Körper ab. Was einen Unfall völlig ausschloss, war aber der Umstand, dass der Tote wie hingerichtet aussah. Er war auf die Unterseite des Mühlrads gebunden, weshalb ihn Irene bei ihrer Ankunft an der Mühle zunächst auch nicht hatte sehen können. Sollte doch der Teufel den Buchhändler geholt und den Müller gerächt haben? – Von dem grausamen Anblick und von Furcht überwältigt, schwanden Irene die Sinne.

Als sie wieder zu sich kam, beugte sich ein Mann über sie. Sein Gesicht war mit einer schwarzen Maske verdeckt, aber er trug einen Hut mit einer auffälligen roten Hahnenfeder. Seine Nase, so viel konnte Irene trotz der Vermummung erkennen, war außergewöhnlich lang und verlieh ihm im Profil Ähnlichkeit mit einem Habicht. Die Hände, die sie festhielten, waren grob, rot und hatten eine dichte, schwarze Behaarung ausgebildet, die schon fast an ein Fell erinnerte.

War das der Geist, von dem die ganze Insel in den letzten Wochen gesprochen hatte? Oder der Teufel? Für ein Gespenst legte er jedoch ganz erstaunliche Kräfte an den Tag, die den physikalischen Gesetzen der Erdanziehungskraft vollkommen gehorchten. Irene wollte sich aufrichten, wurde aber zu Boden gedrückt. Sie wollte schreien, aber, noch bevor sie den Entschluss gefasst hatte, legte sich eine der Fellhände auf ihren Mund. Sie befürchtete, dass sie ersticken werde. Sie versuchte, ihre Beine zu bewegen. Offenbar war sie ins Wasser gefallen. Sie war völlig durchnässt. Sie strampelte und versuchte, sich gegen das Gewicht des Angreifers zu wehren. Doch je widerständiger sie wurde, desto mehr erhöhte er den Druck auf sie. Irene war sich bewusst, dass sie einen aussichtslosen Kampf gegen eine Übermacht führte, den sie nicht gewinnen konnte. Ihr Verstand sagte ihr, dass sie sich beruhigen musste, um Herrin der Situation zu werden. Aber ihr Körper war in eine Art Krampfzustand verfallen, zuckte und zitterte, ohne dass es ihr möglich gewesen wäre, ihn zu beherrschen. Das Schlimmste war, dass dieser sinnlose Widerstand ihren Gegner amüsierte. Nachdem er ein bisschen mit ihr gespielt hatte, wie die Katze mit der Maus, die sie zu fressen beabsichtigte, an deren Todesangst sie sich aber noch ein Weilchen weiden wollte, zog er aus seinem Gürtel eine peitschenähnliche Rute. Irene wurde starr vor Schreck. Er versetzte ihr damit einen Schlag, der ihr abermals die Sinne raubte. Der letzte Eindruck, an den sie sich auch später noch gut erinnern konnte, war der atemraubende Gestank, der ihren Angreifer umgab. Er erinnerte sie an Ziegenstall und entfernt noch an etwas anderes, das sie nicht identifizieren konnte.

Am Nachmittag desselben Tages näherte sich der Junker zu Trostberg missmutig dem Schloss zu Wolgast. Kurz bevor er die Fährstation erreichte, um sich aufs Festland übersetzen zu lassen, wäre er noch fast Opfer eines Unfalls geworden. Aus dem Nichts tauchte plötzlich eine Kutsche auf, die von einem schwarzen, glänzenden Pferd gezogen wurde. Auf dem Bock saß ein Mann, angetan mit einem weiten Umhang und einem Hut, der mit einer Hahnenfeder geschmückt war. Das Pferd galoppierte in höllischer Geschwindigkeit. Der Wagen raste an Friedrich vorbei, als ob der Teufel persönlich ihn antriebe. Er konnte sich nur durch einen Sprung auf die Seite retten.

Er durchquerte das Osttor, befand sich endlich innerhalb der Ringmauer und näherte sich der Petrikirche, deren Turm die anderen Dächer der Stadt überragte. Ging über den Rathausplatz, auf dem reges Treiben herrschte.

Solange sich Friedrich erinnern konnte, war das Rathaus Mittelpunkt des städtischen Lebens gewesen. Die Laubengänge, die an beiden Giebelseiten verliefen (eine Miniaturimitation italienischer Architektur, dachte Friedrich bei seiner Rückkehr in die ungeliebte Heimat verächtlich), waren ein beliebter Ort, an dem man Bekannte traf, stehen blieb, Geschäfte abschloss, sich unterhalten ließ vom Treiben auf dem Platz und dem, was sonst noch auf ihm vor sich ging. Wie zum Beispiel von demjenigen Spektakel, das sich direkt vor Friedrichs Augen abspielte: Die Rathausfassade wurde durch zwei massive Sandsteinsäulen begrenzt, die der Magistrat zum öffentlichen Pranger erklärt hatte. Dort stand eine Bettlerin, die von den Vorübergehenden beschimpft und bespuckt wurde. Im Weitergehen sah Friedrich, wie der Vogt aus dem Rathaus kam, um sie auszuschließen.

Er lief durch die breite Straße, in der die Zerstörungen der dreifachen Besetzung noch deutlich sichtbar waren. Man hatte angefangen, die Ruinen abzutragen. Bei dieser Gelegenheit war auch damit begonnen worden, die engen, mittelalterlichen Buden abzureißen, um eine großzügigere und weitgehend gerade Strecke, die nicht durch Vorsprünge und schiefe Winkel gestört wurde, zu schaffen. Die wohlhabenden Bürger der Stadt bauten in stattlichem Fachwerk. Die Reichen prangten mit glatten Fassaden, im Stil von südlichen Palazzi. Friedrich staunte über Kräne und allerlei anderes technisches Gerät, das gleicherweise zum Aufbau wie zum Abriss verwendet wurde. Am Ende der neuen Straße bog er in Gassen ein, die wieder schmaler und verwinkelter waren. Er wählte die Straße, die zum Schloss führte, aber sehr zu seinem Missfallen kurz vor der Schlossbrücke den Fischmarkt berührte. Auf ihm boten die Fischer ihren abendlichen Fang an. Es stank entsetzlich. Friedrich schützte Nase und Mund mit dem Talarärmel.

Auch das war eine der vielen Zumutungen dieser Reise. Unter normalen Umständen hielte er just in diesem Augenblick in allem Frieden in der ruhigen, schönen, kühlen, mit rötlichem Marmor ausgekleideten Aula der Universität Padua seine wöchentliche Vorlesung über das Corpus iuris civilis, ein bemerkenswert fortschrittliches und modernes Gesetzeswerk der Spätantike, das immer noch als eine juristische Meisterleistung gelten konnte. Stattdessen hatte er eine lange, beschwerliche und gefährliche Reise durch das vom Krieg verwüstete Europa hinter sich. Die zudem eine finanzielle Einbuße für ihn bedeutete, da jede versäumte Vorlesung mit einem Gehaltsabzug quittiert wurde. Nun dürfte er sich, statt den Studenten Justinians klare und brillante Rhetorik zu erläutern, mit dem Aberglauben seiner Zeitgenossen herumschlagen und das Geheimnis der Teufelsmühle ergründen. Es war im höchsten Grade lächerlich. Er fluchte laut und vernehmlich.

Der Stellvertreter des Herzogs hatte in seinem letzten Regierungsreport, den er Serenissimus nach Italien geschickt hatte, erwähnt, dass es auf der Insel spuke. Anscheinend hatte der Amtshauptmann in den vergangenen Jahren den Verstand verloren. Eine andere Erklärung hatte Friedrich nicht. Er kannte den Mann aus früheren Zeiten und hatte ihn in keiner guten Erinnerung. Aber er hatte gedacht, dass es sich lediglich um einen etwas beschränkten, machthungrigen Menschen handelte, der den engen, bürokratischen Rahmen der inneren Verwaltung des Herzogtums ausnutzte, um Karriere bei Hof zu machen. Was ihm schließlich auch gelungen war. Aber offensichtlich waren ihm die Jahre im Verwaltungsdienst nicht gut bekommen und hatten letztlich jenen Ansatz von Intelligenz vernichtet, den sogar er einmal besessen hatte.

Geister in der einsamen Mühle am Meer! Wo hatte man schon derartigen Unsinn gehört? Als ob das Land nach dem Einfall der Schweden keine anderen Sorgen hatte. Friedrich fluchte abermals unwillkürlich laut, so dass sich eine Frau, die ihm auf der engen, jetzt wieder menschenleeren Straße entgegen gekommen war, verwundert nach ihm umdrehte. Das Dumme war, dass er so tief in der Schuld des Herzogs stand, dass er dessen Bitte nicht hatte ablehnen können. Es war ihm nichts anderes übrig geblieben, als sich auf die Reise zu machen, um nach dem Rechten zu sehen.

Da war er nun. In einer dumpfen, entlegenen Region des Reiches. Vor den Toren der Insel Usedom, deren Namen sich offensichtlich nicht ganz zu Unrecht von einem verzweifelten Ausruf der Mönche herleitete, die vor 500 Jahren aus dem Süden gekommen waren, um auf der Insel das Christentum einzuführen. Vergeblich hatten die Missionare versucht, die Einheimischen mit den Grundzügen von Kultur bekannt zu machen. Schließlich gaben sie es als hoffnungslos auf und verabschiedeten sich mit dem Schrei: »Oh, so dumm!« Seitdem hatte sich nicht viel geändert. Da war er also im Zentrum des Gespenster- und Geisterglaubens angekommen. In der Stadt Wolgast, die genau genommen nicht mehr war als ein etwas überdimensioniertes Fischerdorf an dem, als eine Art Wasserkopf, das Schloss hing. Die ehemalige Residenz der Herzöge von Pommern-Wolgast. Der letzte Herrscher dieser Linie war vor ein paar Jahren gestorben. Seitdem regierte ein Herzog aus der Linie von Pommern-Stettin. Wolgast und sein Schloss waren nur noch ein nachgeordneter Verwaltungssitz, in den die Herzogin sich während der Abwesenheit ihres Gatten zurückgezogen hatte. Finsterste Provinz. Klein und eng. Eine Stadt, die keinerlei Bedeutung mehr hatte, weder politisch noch wirtschaftlich, aber unglücklicherweise seine Vaterstadt war. Es musste ihm möglichst schnell gelingen, den Auftrag des Herzogs zu erfüllen. Er musste die Bevölkerung des Territoriums restlos davon überzeugen, dass es nirgendwo spukte. Schon gar nicht in dieser beschaulichen Gegend, in der idyllischen Mühle. Dann konnte er nach Italien zurückkehren, in sein normales, vernünftiges Leben. An seinen Schreibtisch, zu seinem Justiniankommentar, an dem er arbeitete. Zu seinen Studenten.

Er atmete erleichtert auf. Mit Tatkraft würde er in kürzester Zeit das gewünschte Ergebnis präsentieren können. Es konnte wirklich nicht besonders schwer sein, das, was ohnehin klar war, zu beweisen. Warum hatte er sich aufgeregt? Gewiss, die Unterbrechung seiner Arbeit war unerfreulich. Aber es gab keinen Grund, sich in der gewohnten Ruhe stören zu lassen. Er hatte eine Reise an einen Ort gemacht, der ihm fremd war und ihn nichts anging. Er hatte hier eine Aufgabe zu erledigen und würde, nachdem ihm das gelungen war, wieder zurückreisen.

In diesem Widerstreit der Gefühle hatte Friedrich endlich Wolgast passiert. Auf der kleinen, der Stadt vorgelagerten Insel wurde das Schloss sichtbar. Friedrich hielt inne und betrachtete das Gebäude, das ihm noch aus Kindertagen wohlvertraut war. Als sich die Herzöge von Pommern zum Bau der Residenz entschieden hatten, war die Anhöhe, die für eine wehrhafte Burg ideal gewesen wäre, schon von den Bürgern als Siedlungsplatz in Anspruch genommen worden. Aus diesem Grund entschlossen sich die Fürsten, ihr Schloss auf einer Insel zu bauen, um im Falle eines Angriffs wenigstens das Wasser zur Verteidigung ausnützen zu können. – Ein Gedanke, der sich während des gegenwärtigen Krieges bewährt hatte. Diese Lage wurde auch nicht verändert, als nach einem Brand im Jahr 1557 das Gebäude vollständig vernichtet wurde und sich der damalige regierende Herzog Philipp umgehend an den Wiederaufbau machte. Er und seine Söhne schufen einen Bau ganz nach dem Geschmack der Zeit. Sie vergrößerten das Schloss nach Norden. Verlegten, der größeren Bequemlichkeit wegen, eine künstliche Wasserleitung. Legten eine Bibliothek, mehrere Säle und viele Gemächer an. Sie dienten fremden Herrscherhäusern und ihren Abgesandten, die manchmal mehrere Monate die Gastfreundschaft der Pommerschen Herzöge genossen, als Unterkunft und boten ausreichend Raum für manche Festlichkeiten. Einen bedeutenden Platz nahm die Schlosskapelle ein. Die Verbindung mit der Stadt war durch eine Zug- und eine Laufbrücke gewährleistet. Das Tor, durch das man auf der gegenüberliegenden Seite auf den Schlosshof eintrat, war zur rechten Seite mit dem herzoglichen Wappen geschmückt. Ihm gegenüber befand sich das steinerne Bild des Herzogs. Die Herzogin musste es aus Stettin mitgebracht haben. Es zeigte einen älteren Mann, der nachdenklich und in sich gekehrt war, die Waage der Justitia in der einen Hand. In der anderen, deutlich kleiner, ein Schwert. Auf seiner Schulter saß eine Eule. Auf der anderen Seite hatte zu seinen Füßen ein Pelikan seinen Platz eingenommen, der sich die Brust aufriss.

Friedrich musste über die Darstellung lächeln. Er konnte sich gut an die Zeit erinnern, in der die Statue in Auftrag gegeben worden war. Er hatte damals noch in Pommern gelebt und hatte der Herzogin geholfen, das Bildprogramm zu entwerfen. Damals wurde der Herzog von seinen Untertanen als ein fürsorglicher und gerechtigkeitsliebender Mann verehrt, der vor allem unter dem Einfluss seiner Frau Kunst und Wissenschaft förderte. Sein eigentliches Interesse aber galt der Kriegskunst. Er hatte damals zwar den Entwurf des Denkmals in die Hände seiner Frau gelegt, aber Einspruch erhoben, als das Bild ihm zu wenig Ähnlichkeit zu haben schien. Es kränkte ihn, dass man ihn älter darstellen wollte, als er war. In diesem Punkt gab er zwar nach einer Weile nach, bestand aber darauf, dass ihm wenigstens ein kleines Schwert in die Hände gegeben werde. Friedrich war erleichtert, dass die Figur, wie durch ein Wunder oder einen besonderen Schutz, während der Kämpfe nicht versehrt worden war.

Andere Teile des Schlosses hatten in den wechselvollen Kriegszeiten mehr Zerstörung erlitten. Trotz seiner abgeschirmten Lage war das Schloss, wie Friedrich mit einer gewissen Anteilnahme, die ihn selbst verwunderte, feststellen musste, von den durchziehenden Truppen beschädigt worden. Durch den Kurier des Herzogs hatte er schon in Italien erfahren, dass die Schlossbewohner geistesgegenwärtig und rechtzeitig die Zugbrücke hochgezogen und die Anlage verteidigt hatten. Glücklicherweise zogen die Schweden wieder ab, bevor die Vorräte zur Neige gegangen waren und die herzogliche Familie kapitulieren musste. Allerdings hatten die Feinde, das sah Friedrich nun, das Dach vorher noch mit brennenden Pfeilen beschossen. Das Dachgestühl war vollständig ausgebrannt und ragte nun wie eine bizarre Krone aus Gerippe über dem obersten Stockwerk. Der Trakt, in dem sich das Appartement der Herzogin befand, war unversehrt. Ebenso der Teil, in dem sich die Verwaltungsräume mit Gerichtssaal und die Zimmer des Amtshauptmanns befanden. Vollständig niedergebrannt war hingegen der gesamte hintere Gebäudekomplex, von dem Friedrich nicht mehr wusste, was er beherbergt hatte. Vermutlich waren es Stallungen und andere Wirtschaftsgebäude aus Holz gewesen, nun nichts mehr als eine komplette Ruine.

Friedrich zu Trostberg betrat die Wachstube, die auf der städtischen Seite der Zugbrücke im Erdgeschoss des Brückenturms untergebracht war. Ein modriger Geruch schlug ihm entgegen. Im Halbdunkel erkannte er eine Gestalt, die auf einem niedrigen Hocker saß und damit beschäftigt war, eine Pistole zu reinigen. Der Pförtner musste auf Friedrichs Kommen vorbereitet worden sein. Bei dessen Eintreten sprang er eifrig auf und musterte den Ankömmling eingehend. Anscheinend war es Georg

Drach gelungen, den Zeitverlust, den er sich durch seinen Aufenthalt im Wirtshaus eingehandelt hatte, wieder wettzumachen. – Was kein Wunder war, denn er hatte ein gutes Pferd. An Ausgaben für das Repräsentative, das seine Größe und Bedeutung betonte, hatte der Amtshauptmann noch nie gespart, dachte Friedrich gereizt.

Tatsächlich war Georg Drach schon im frühen Vormittag am Schloss angekommen und hatte den Pförtner davon in Kenntnis gesetzt, dass im Auftrage des Herzogs ein berühmter Rechtsgelehrter aus Italien kommen werde, dessen Aufgabe es war, den Amtshauptmann vorübergehend in seinen Geschäften zu unterstützen. Man möge den Fremden freundlich empfangen und alles so herrichten, dass sich sein Aufenthalt möglichst angenehm gestalte.

Mit diesen Direktiven versehen, hatte der Pförtner schon den ganzen Tag neugierig und voller Ungeduld auf die Ankunft des Gastes gewartet. Nun stand er also endlich vor ihm, der Mann, der ihm als bedeutender Gelehrter angekündigt worden war. Er konnte nur hoffen, dass ihm die Enttäuschung nicht zu sehr ins Gesicht geschrieben stand. Er hatte sich eine große, imposante Gestalt vorgestellt, die kultiviert und elegant sein würde. Ihm gegenüber stand aber nun ein Mann von bestenfalls mittlerer Größe. Schmächtig, in abgetragenem Gewand, das von der Reise verstaubt war. Er machte einen nervösen und gereizten Eindruck, hatte jedenfalls nichts von der Souveränität und Autorität, die im Auftreten des Amtshauptmanns lagen und für die ihn die Bevölkerung des Herzogtums gleichermaßen fürchtete und bewunderte. Grandezza hatte sich der Pförtner von einem Mann, der aus Italien kam, erwartet. Er hatte dieses Wort einmal gehört und konnte sich darunter nichts Genaues vorstellen. Dachte dabei aber allgemein an etwas Vornehmes, Galantes, Herrschaftliches. Dieser Mann aber war kein Herr, kein Monsieur, kein Grandseigneur oder wie immer man die manierlichen und hoffähigen Mitglieder der besseren Gesellschaft im Ausland auch nennen mochte. Dieser hier hatte einen einheimischen wendischen Quadratschädel, wenn auch ungewöhnlich dunkel, wie ihn der Pförtner selber besaß. Und wenn das, was sich innerhalb dieses Kopfes befand, auch nur annähernd Ähnlichkeit mit seinem Gehäuse hatte, dann bezweifelte er, der Pförtner, der schon viel von der Welt gehört, wenn auch nicht immer alles verstanden hatte, dass er dem Amtshauptmann eine große Hilfe bei seinen Geschäften sein werde.

Dementsprechend mürrisch fiel die Begrüßung aus: »Guten Tag«, sagte der Pförtner schlicht und machte keinerlei Anstalten mehr, sein ursprünglich beflissenes Entgegenkommen fortzusetzen. Vielmehr ließ er sich wieder auf seinen Hocker nieder und begann, seinen Unterkiefer in malmende Bewegungen zu versetzen. Offenbar hatte er die Angewohnheit, Tabak zu kauen, und hatte diese Tätigkeit bei Friedrichs Eintreten nur kurz unterbrochen.

Friedrich seinerseits war von der unappetitlichen Gewohnheit seines Gegenübers zutiefst abgestoßen, so dass er den Gruß ebenfalls nur kurz erwiderte. Dann breitete sich Schweigen aus. Feindschaft lag in der Luft und war mit Händen zu greifen. Der Pförtner hatte abwehrend die Arme vor der Brust gekreuzt und sah Friedrich unverwandt an. Er hatte das unbestimmte Gefühl, dass Friedrichs Aufenthalt im Schloss zu nichts Gutem führen werde. Er war sich sicher, ganz im Sinne des Amtshauptmanns zu handeln, wenn er dem Fremden den Einlass verweigerte. Er hatte noch keine genaue Vorstellung davon, wie er das anstellen sollte, fand aber, dass es eine gute Strategie sei, wenn er vorerst so täte, als ob er nichts von dem Begehr des Fremden wüsste und sich auch nicht denken könnte, warum dieser in seine Stube getreten war. Möglicherweise würde es ihm gelingen, ihn durch reine Unfreundlichkeit zu vertreiben. Der Mann sah ohnehin nicht so aus, als ob er zu großer Gegenwehr fähig sei. Er schien nicht sehr robust zu sein und würde sich wohl vom ersten Gegenwind leicht nach rückwärts blasen lassen.

Warum starrte der Mann ihn so dämlich an?, fragte sich Friedrich mit aufsteigender Wut. Der Tag hatte sich geneigt. Er war von dem langen Fußmarsch erschöpft. Hätte sich gern niedergesetzt und ausgeruht. Aber nun, am Ziel seiner Reise angekommen, schien es unmöglicher denn je, dieses Bedürfnis zu befriedigen. Anstatt dass ihm der Pförtner sein Zimmer anwies, glotzte er ihn nur töricht an. Anscheinend hatte der Amtshauptmann dafür gesorgt, dass die Personen, die unter ihm in den niederen Rängen ein Amt innehatten, noch dümmer waren als ihr Dienstherr. Dieser Pförtner jedenfalls machte schon einen nahezu debilen Eindruck. Aber was wollte man auch von den landesüblichen Dickköpfen erwarten? Bestimmt keine rasche Auffassungsgabe und gewandte Redekunst. Dazu gehörte er dem falschen Menschenschlag an. Die Wenden, die hier oben hausten, waren bekannt für ihre Langsamkeit und Behäbigkeit. Friedrich zwang sich zur Geduld. Er hoffte, es mit Beharrlichkeit dazu zu bringen, dem Mann eine Reaktion zu entlocken. Da er in der unangenehmen Lage war, von seinem Gegenüber etwas zu wollen, war es notwendig, sich wohl oder übel auf Freundlichkeit zu verlegen. Er versuchte sein schönstes Lächeln (das dem Pförtner wie eine Zuckung erschien, die das ohnehin nicht sehr einnehmende Gesicht des Fremden vollends zu einer Fratze verzerrte) und sagte so ruhig, wie es ihm möglich war: »Mein Name ist Friedrich zu Trostberg. Ich komme aus Italien. Der Amtshauptmann erwartet mich. Gewiss hat man dich über meine Ankunft informiert.«

Der Pförtner grinste und spuckte den Tabak vor Friedrich auf den Boden. »Jawohl«, antwortete er. »Ein Professor aus Italien ist mir angekündigt und ich habe Auftrag, ihn ins Schloss zu lassen. Aber«, fuhr er fort und bleckte die Zähne, »wer sagt mir, dass Ihr dieser Professor seid? Könnt Ihr Euch ausweisen?«

Während er diese Worte sprach, nahm er die Pistole wieder auf und fuhr in aller Seelenruhe fort, sie zu säubern. Friedrich wurde es heiß. Er fühlte, wie sein Zorn immer größer wurde. Die Unverschämtheit, die in den Worten des Pförtners lag, und die betonte Ruhe, mit der dieser seine Arbeit wieder aufgenommen hatte, ließen ihn vor Wut zittern. Was bildete sich dieser Mann ein? Friedrich war müde und erschöpft. Er hatte nicht damit gerechnet, dass ihm so kurz vor seinem Ziel noch Scherereien gemacht werden würden. Es war ihm von Anfang an klar gewesen, dass ihn der Amtshauptmann nicht mit offenen Armen empfangen würde. Aber dass er gar nicht bis zum Amtshauptmann vordringen konnte, daran hatte er nicht gedacht. Außerdem nagte die Frechheit des kleinen Pförtners an ihm, der sich erdreistete, an seinen Worten zu zweifeln. Er hätte am liebsten geschrien. Aber was hätte er damit erreicht? Er war müde und wollte endlich sein Zimmer beziehen. Zähneknirschend griff er in die Innentasche seines Talars, holte den Brief des Herzogs hervor, der ihn legitimierte, und hielt ihn dem Pförtner hin.

»Du scheinst deine Aufgabe sehr ernst zu nehmen«, sagte er ironisch. »Wie ich sehe, liegt dir die Sicherheit des Schlosses und seiner Bewohner am Herzen. Eine löbliche Auffassung. Ich bin sicher, dass es ganz alleine dir zu verdanken ist, dass die schwedische Belagerung so schnell abgeschmettert werden konnte. Aber in meinem Falle irrst du dich. Wie du siehst, bin ich tatsächlich derjenige, für den ich mich ausgebe. Ich verlange sofort Einlass ins Schloss!«

Die letzten Worte hatte Friedrich unwillkürlich mit einer gewissen Schärfe vorgebracht, die ihren Eindruck bei seinem Gegenüber nicht verfehlten. Der Pförtner musste sich eingestehen, dass der Fremde doch nicht ganz so leicht zu vertreiben war, wie er sich das ursprünglich gedacht hatte. Er blickte misstrauisch auf das Schriftstück, raffte die Reste seines Mutes zusammen, indem er daran dachte, dass er für dieses Verhalten vom Amtshauptmann belobigt werden würde, und sagte dreist: »Schön und gut. Aber woher weiß ich, woher Ihr dieses Papier habt? Ihr seht nicht aus wie ein gelehrter Edelmann, und ich glaube eher, dass Ihr ein Tunichtgut und Strauchdieb seid, der diesen Brief gestohlen hat. Ich rate Euch: Verschwindet von hier oder ich lasse Euch ins Gefängnis werfen!«

Das war zu viel. Es war Friedrich unmöglich, sich weiterhin zurückzuhalten. Der Pförtner, dem die Veränderung in Friedrichs Verhalten nicht entgangen war, hatte sich in die entgegengesetzte Ecke des Raums zurückgezogen. Auch Friedrich durchschritt nun das Gelass, drohend, wobei er einen großen Wasserkrug, der ihm im Weg stand, übersah. Er stieß ihn um. Er zerbrach klirrend. Friedrich begann zu schreien. Kurz bevor er den Pförtner erreicht hatte, in der Absicht, ihm eine kräftige Ohrfeige zu versetzen, öffnete sich zu seinem und zum Glück des Pförtners die Tür.

»Halt!«, rief eine dunkle und wohlvertraute Stimme. »Was geht hier vor? Macht Ihr schon wieder Ärger, Junker zu Trostberg?« Friedrich drehte sich um und sah zu seiner großen Erleichterung, dass Georg Drach in die Wachstube getreten war.

»Wenn es sein muss, toleriere ich ja Eure Auffassungen, was die Auferstehung der Toten angeht, aber wenn Ihr meinen Untergebenen gegenüber gewalttätig werdet, geht das eindeutig zu weit.« Der reitende Bote des Herzogs trat nun endgültig ein und füllte mit seiner imposanten Erscheinung den kleinen Raum.

»Was soll das? Warum geht Ihr auf unseren braven Thomas los? Was hat er Euch getan?« Ohne auf eine Antwort zu warten, wandte er sich an den Pförtner, der sich an die Wand gedrängt hatte. Seine ganze kaltschnäuzige, überlegene Frechheit, die er bis dahin an den Tag gelegt hatte, war verloren.

»Warum hast du unseren Gast noch nicht über die Brücke gelassen? Ich habe ihn schon vor einer Viertelstunde gesehen, wie er am Tor angekommen ist. Ich hatte dir doch gesagt, dass er kommt, und genaue Anweisung gegeben, wie du mit ihm verfahren sollst.«

Ohne Sympathie sah Georg Drach Thomas an, der ihm nicht antwortete. An seiner Stelle meldete sich Friedrich zu Wort: »Wie gut, dass Ihr gekommen seid. Ich hätte nicht gedacht, dass ich mich einmal so über Euer Erscheinen freuen würde. Ich konnte Euren Pförtner bisher nicht dazu bewegen, mich ins Schloss zu lassen. Er zweifelte an meiner Identität und besaß sogar die Unverschämtheit, mich einen Dieb zu nennen.«

Georg Drach sah ihn nachdenklich an, blickte dann zu Thomas herüber, der, in einem hilflosen Versuch, sich zu retten, eine Entschuldigung stammelte und sich auf seine Vorschriften berief. Dann blickte Georg Drach wieder zu Friedrich. Ein schwaches Lächeln zeichnete sich auf seinem Gesicht ab, das schnell breiter wurde. »Sieh da«, sagte er belustigt. »Hatte ich Euch nicht gestern Abend schon prophezeit, dass die Zweifler und Grübler Euren Schlags über kurz oder lang auf die Hilfe der Realisten und Pragmatiker angewiesen sind? Wer hätte gedacht, dass meine Behauptung schon so schnell und auf diese eindrückliche Weise bewiesen werden würde?«

Er hielt inne und sah noch einmal zu Thomas herüber, zu dem er drohend sagte: »Nachdem ich nun die Identität unseres Gastes zweifelsfrei bestätigt habe, tätest du besser daran, uns den Weg frei zu machen. Kommt«, fuhr er, nun wieder an Friedrich gewandt, fort, »ich begleite Euch in Eure Unterkunft. Verzeiht den kleinen Zwischenfall. Thomas ist dem Amtshauptmann sehr ergeben und meint immer, dass er dessen Interessen vertreten müsste, auch wenn er offensichtlich nicht immer ermessen kann, welche Interessen das sind.«

Irene erwachte und sah sich mit vollständiger Finsternis konfrontiert. Wo war sie? Der Ort, an dem sie sich befand, musste tief unter der Erdoberfläche liegen. Er war dunkel, eng, kalt, nass und schmutzig. Er war durchdrungen von Gestank. Irenes Kopf schmerzte. Sie schloss die Augen und öffnete sie wieder. Die Dunkelheit war vollkommen. Sie begann, sich langsam aufzurichten, um etwas mehr von ihrer Umgebung ausmachen zu können. Behutsam stand sie auf und versuchte, einen Schritt vorwärts zu gehen. Nach und nach fingen ihre Augen an, Einzelheiten zu erkennen. Sie nahm ein diffuses Licht wahr, das von weit oben durch einen schmalen Schlitz in der Mauer drang. Er war mit einer Art Blende, die schlecht schloss, verdunkelt.

Nun konnte sie immerhin sehen, dass sie sich in einem kleinen, quadratischen Raum befand. Von den Wänden tropfte Wasser. Er war durch große, unebene Steinquader begrenzt, die nur so weit behauen worden waren, dass sie zu einer stabilen Mauer zusammengesetzt werden konnten. Die Seite, die die Wand des Raumes bildete, war indes wenig bearbeitet worden. Hier zeigten die Steine noch alle Spitzen und Zacken, wie sie von der Natur geformt waren und die abzuschlagen es keine weitere Mühe gelohnt hatte. Obwohl sich Irene mit äußerster Vorsicht bewegte, stieß sie sich an den Kanten und bekam deren Schärfe zu spüren. Sie schrie auf und erschrak über den Klang ihrer Stimme. Dass sie überhaupt noch so etwas wie eine Stimme hatte, war sonderbar. Man hatte sie begraben. Aber sie war lebendig. Von den Möglichkeiten, die in dieser Tatsache lagen, plötzlich überwältigt, fragte sie laut und deutlich, wie man es sie als Kind gelehrt hatte: »Ist hier jemand?« Als keine Antwort kam, wiederholte sie die Frage. Abermals keine Reaktion. Obwohl ihr klar war, dass ihr Tun sinnlos war, schrie sie nun mit aller Kraft, die sie sammeln konnte: »Hört mich denn niemand?« Aber sogleich waren der Ruf und dessen Nachklang verhallt. Irene wurde sich bewusst, dass sie sich mutterseelenallein an einem gottverlassenen Ort befand. Verzagt setzte sie sich auf den Boden. Wurde aber bald von der Feuchtigkeit, die von dort in Haut und Knochen drang, wieder in die Höhe getrieben. Sie wandte sich in die entgegengesetzte Richtung, in der Hoffnung, dort einen Ausweg aus ihrem Gefängnis zu finden. Tastete sich an der Mauer entlang. Und fühlte plötzlich keinen Stein mehr, sondern Metall. Eisen. Die Eisenbeschläge einer Tür, dachte sie mit wiedererwachtem Mut. Sie ließ ihre Finger abwärts gleiten und wirklich: Sie erfasste einen Riegel, der quer über einer hölzernen Oberfläche angebracht war. Sie begann zu ziehen und abermals zu schreien, warf sich mit dem ganzen Gewicht ihres Oberkörpers gegen die Tür. Tobte gegen sie an. Allein, sie blieb standhaft. Mit schmerzenden Gliedern zog sie sich zurück. Sie musste einsehen, dass ihr die dicke, mit Eisen beschlagene Tür den Weg in die Freiheit verwehrte. Sie konnte das Verlies ebenso wenig verlassen wie Daniel seine Löwengrube oder Joseph den Brunnen, in den ihn seine Brüder hinabgeworfen hatten. Die Finsternis war ägyptisch. Irene saß im Dunkeln und hätte viel dafür gegeben, wenn ihr, wie einst Petrus während seiner Kerkerhaft, ein himmlischer Engel erschienen wäre, durch dessen helles Licht der Raum erstrahlte. Sie lauschte in die Dunkelheit, auf der Suche nach irgendwelchen Anhaltspunkten, die ihr etwas über ihren Aufenthaltsort verraten konnten. Aber die Stille war ebenso undurchdringlich wie die Finsternis.

Georg Drach hatte Friedrich im intakten Teil des Schlosses untergebracht, direkt unter den Räumen der Herzogin. Aufgrund der Platznot, die seit der partiellen Zerstörung des Gebäudes herrschte, hatte man ihn in der Bibliothek einquartiert, einem hübschen, zweistöckigen, saalartigen Zimmer mit Galerie. In aller Eile hatte man versucht, eine wohnliche Atmosphäre herzustellen. Auf die Empore war ein schlichtes Bett gestellt worden. So war tatsächlich der Eindruck eines abgeschlossenen Bereiches entstanden. Zumindest war er vor den Blicken eines zufällig eintretenden Mitglieds der herzoglichen Familie oder eines Verwaltungsbeamten geschützt, der, von einer plötzlichen Leselust oder einem quälenden Wissensdurst befallen und in Unkenntnis der derzeitigen Funktion des Raumes als Fremdenzimmer, die Bibliothek betrat.

Friedrich blickte sich um. Er freute sich, dass er ausgerechnet in diesem Raum logieren sollte. Die Bibliothek war ihm aus seiner Jugendzeit vertraut. Ihr Grundstock stammte aus der Zeit des Großonkels des amtierenden Herzogs. Sein Onkel und endlich er selbst hatten die Bestände kontinuierlich erweitert und schließlich eine nicht unbedeutende Büchersammlung zusammengetragen. In ihr waren vor allem die antiken Schriftsteller vertreten. Außerdem waren – die Interessen des Herzogs widerspiegelnd – die zeitgenössischen kriegswissenschaftlichen Werke lückenlos und – die Interessen der

Herzogin verratend – die zeitgenössische volkssprachliche Literatur vollständig sowie eine reiche Musikaliensammlung vorhanden. Neben der Nutzung durch die herzogliche Familie gebrauchte die Verwaltung die Bibliothek als Amtsbibliothek, weshalb auch Standardwerke aus diesem Bereich zur Verfügung standen.

Friedrich, endlich in der Lage, seinem Ruhebedürfnis nachgeben zu können, ließ sich mit einem Seufzer der Erleichterung auf das Bett fallen. Er schloss die Augen und versuchte einzuschlafen. Aber die vielfältigen Eindrücke, die er auf seiner Reise gesammelt hatte, beschäftigten ihn hinter den geschlossenen Lidern weiter, ohne dass er sie in geordnete Bahnen hätte zwingen können. Vor ihm tauchte das verwüstete Land auf, wie er es diesseits der Alpen vorgefunden hatte. Dörfer, die, vor allem in den südlicheren Landesteilen, ganz, ja mehr denn ganz verheert waren. Er hatte zertrümmerte Städte gesehen, in denen die Kirchen brannten und die Ratshäuser vernichtet worden waren. In denen es kein christliches oder bürgerliches Zusammenleben mehr gab. Er hatte Feuer, Pest und Tod gesehen. Schwerter, glänzend, nicht weil sie aus poliertem Metall gearbeitet waren, sondern glänzend von Blut. Unzählige Leichen, die in den Flüssen schwammen und die Ströme verstopften. Es kamen ihm die vielen bettelhaften Erscheinungen in den Sinn, die ihm immer wieder begegnet waren. Und die ihn für ein bisschen Brot umgebracht hätten, weil er im Vergleich zu ihnen offenbar noch eine gute Figur machte und aus der Fremde kam, von der man sich die Vorstellung machen konnte, dass dort die Hungersnot nicht ganz so grausam gewütet hatte wie in der Heimat.

Er dachte überhaupt an die vielen Gefahren, die die Reise mit sich gebracht hatte. Wie leicht hätte er in einem der Wälder, die er durchqueren musste, oder in einer anderen Gegend, die von Gott verlassen worden war, überfallen, ausgeraubt und getötet werden können. Vor allem die letzte Etappe seiner Reise war gefährlich gewesen. Er hatte sie in sentimentaler Erinnerung an seine Studienzeit und in dem Bestreben, die Ankunft in der Heimat so lange wie möglich hinauszuzögern, zu Fuß und alleine zurückgelegt. Manchmal war ihm, als ob sich ein eigens dafür abgeordneter Schutzengel seiner angenommen habe. Aber dann schalt er sich einen Kindskopf und verbat sich derartig irrationale Vorstellungen, die schon gefährlich nahe an die Geisterfantasien des Amtshauptmanns herankamen. Er dachte an die Ankunft in dieser zweifelhaften und zerstörten Heimat. An die letzte Nacht der Reise, die er in einem Wirtshaus zugebracht hatte, wo er auf ein grünäugiges Mädchen getroffen war. Er bedauerte, dass er am Abend zuvor vergessen hatte, sie zu fragen, was sie in Wolgast zu tun hatte. Aber immerhin wusste er, dass sie ebenfalls in die Stadt wollte, was es vielleicht nicht ganz unmöglich machte, sie wiederzusehen. Schließlich dachte er an den unrühmlichen Empfang, den man ihm in seiner Vaterstadt bereitet hatte. Dass er diese Niederlage am Ende der Reise, kurz vor dem Ziel, hatte erleiden müssen, verstimmte ihn. Außerdem missfiel es ihm, dass er nun in der Schuld von Georg Drach stand, den er zuvor so verächtlich behandelt hatte.

Alle diese Gedanken und Erinnerungen gingen durch seinen Kopf. Ruhe wollte sich nicht einstellen. Er öffnete die Augen wieder und griff, um sich zu beruhigen, in das Regal, das er von seinem Bett aus bequem erreichen konnte. Wie es aussah, war sein Lager in der philosophischen Abteilung aufgeschlagen worden. Zu seinem Haupt sah er sich bewacht von Zynikern und Stoikern, die ihre schweren Lederrücken erschöpft an ein mit stilisierten Narrenköpfen verziertes Bibliotheksgestühl lehnten. Friedrich verzog das Gesicht. Manchmal erlaubte sich der Zufall die schlechtesten Scherze, dachte er gequält. Wahrscheinlich war sein Auftrag tatsächlich nur mit einer gehörigen Portion Stoizismus oder Zynismus oder beidem zu erledigen. Dass ihm aber eine abgeschmackte Laune des Schicksals gleich beides quasi unter das Kopfkissen gelegt hatte, war für sein Empfinden etwas zu banal. Wenn sich ein Schreiber dieser modernen und frivolen Gattung Roman, die seit einigen Jahren ihr Unwesen in der gebildeten Gesellschaft trieb, eine derartige Pointe ausgedacht hätte, hätte das alle Vorurteile, die Friedrich gegen dieses leichtfertige Genre hegte, bestätigt.

Er stand auf und ging herum, sah sich um. Die juristische Abteilung konnte im Vergleich mit Padua nicht bestehen, aber im Großen und Ganzen war sie ordentlich. Das zumindest musste man dieser Gegend lassen. Sie hatte ein paar (wenn auch wenige) geistig interessierte Menschen hervorgebracht, die in ihrem Rahmen ansehnliche Büchersammlungen zusammengetragen hatten. Friedrich erinnerte sich, dass in seiner Jugend viel von einem Pfarrer die Rede gewesen war, der im Hinterland von Wolgast wohnte und über eine bemerkenswerte Bibliothek verfügte. Er hatte, wenn sich Friedrich recht erinnerte, eine Tochter, die als Wunderkind galt, das bereits große Teile der väterlichen Bibliothek gelesen haben sollte.

Das mochte glauben, wer konnte. Aber vielleicht war es keine schlechte Idee, wenn er während seines Aufenthalts jenem Pfarrer einen Besuch abstattete. Wenn dieser Krieg und Hunger wohlbehalten überlebt hatte. Einen Augenblick lang erfasste Friedrich ein Bedauern, dass er seiner Heimat so lange den Rücken gekehrt und die Entwicklung, die in ihr stattgefunden, versäumt hatte. Dann riss er sich zusammen. Er beschloss, sich zu erkundigen und die Bibliothek des Pfarrers zu inspizieren. Dann konnte er mit eignen Augen sehen, ob sie das hielt, was über sie zu hören war. Juristische Werke würden nicht in ihr enthalten sein. Aber vielleicht konnte er sich mit dem alten Kauz ein bisschen unterhalten. In einem Anfall von Boshaftigkeit dachte Friedrich sogar daran, dessen Meinung über einen ganz gewöhnlichen Müller einzuholen, der mit Hilfe des Teufels seine Auferstehung noch vor dem Jüngsten Tag bewerkstelligt hatte. Mal sehen, dachte Friedrich, was die offizielle Meinung der Theologie zu dieser Frage ist. Wenn sie denn überhaupt eine Antwort für diesen Fall hat. Er wurde vergnügt. Der Ausflug konnte lehrreich und möglicherweise sogar eine Aufheiterung des doch eher unerfreulichen Aufenthaltes sein.

Unter diesen Gedanken kehrte er, sich selbst zur Ordnung rufend, zum Bett zurück. Bevor er an diesen Ausflug überhaupt nur dachte, musste er den Auftrag erledigen. Dazu brauchte er einen Plan. Mit Entsetzen über sich selbst stellte er fest, dass er auf der Reise so sehr damit beschäftigt gewesen war, deren Ziel zu verdrängen, dass er die Zeit nicht dazu genutzt hatte, sich sein Vorgehen zu überlegen. Jetzt war er hier und hatte keinerlei Vorstellung davon, was er unternehmen sollte. Sich direkt an den Amtshauptmann wenden? Sich erst einmal einen Überblick über das Leben im Schloss und die aktuellen Verwaltungsangelegenheiten verschaffen? Sich aus Gründen der Höflichkeit und der anständigen Sitte der Herzogin vorstellen und ihr von ihrem Mann berichten? Noch einmal zur Mühle zurückgehen und darauf warten, dass sich dort bei einbrechender Dämmerung der erste Geist zeigte?

Unentschlossen saß Friedrich auf seinem Bett und grübelte. Am besten war es wohl, wenn er sich erst einmal einrichtete. Er musste sich für alle weiteren Unternehmungen ein Hauptquartier schaffen. Es war ja sehr gut, dass man daran gedacht hatte, ihm ein Bett zu geben. Was er aber brauchte, war ein Schreibtisch. Plötzlich war er davon überzeugt, dass ihm, wenn er erst einen Schreibtisch hätte, an den er sich setzen konnte, auch eine Idee für sein weiteres Vorgehen kommen werde. Voller Tatendrang verließ er die Bibliothek und machte sich auf die Suche nach einem Diener.

Wie lange mochte sie schon hier sein? Wie oft war die Sonne aufgegangen? Wie oft war sie wieder gesunken? Irene hatte alles Zeitgefühl verloren. Ihr war, als ob sie schon seit einer Unendlichkeit in der Finsternis saß. Ihr ganzes früheres Leben mit all seinen Tätigkeiten, Unternehmungen und Beschäftigungen, aber auch in seiner

Gleichförmigkeit und Langeweile, die ihr in der letzten Zeit zugesetzt hatten, war unwirklich geworden. Ihr war, als ob sie seit Jahr und Tag in ihrem Angstloch säße. Dann wiederum sagte sie sich, dass sie noch nicht allzu lange hier sein konnte. Wie lange konnte es ein Mensch ohne Nahrung aushalten? Sie hatte Hunger. Die letzte Mahlzeit musste also schon eine Weile zurückliegen. Sie fühlte sich zwar geschwächt, aber noch lange nicht so, als ob sie seit Tagen ohne Essen gewesen wäre. In dem vergangenen Hungerwinter hatten sie einmal vier Tage keine Lebensmittel gehabt. Am Ende dieser Zeit hatte sie sich kaum mehr aufrichten können. So lange konnte sie also noch nicht hier sein. Aber ihr Vater würde in jedem Fall beginnen, sich Sorgen zu machen. Sie hatte versprochen, binnen vier Tagen zurück zu sein, und hatte doch schon Zeit durch die ungeplante Übernachtung verloren. Wenn sie nur wüsste, wie lange sie hier schon lag. Aber so sehr sie sich anstrengte, mit ihrem malträtierten Kopf war keine brauchbare Überlegung anzustellen. Es war und blieb finster.

Sie versuchte nachzudenken. Warum war sie in diesem Kerker? Warum war der Buchhändler tot an das Rad der Mühle gebunden worden? Oder war er es gar nicht gewesen? Er war völlig entstellt gewesen und lediglich seine schadhaften Zähne sprachen für seine Identität. Aber war das ein Indiz? Der Tote, den sie gesehen hatte, war so zugerichtet, dass ihm auch die Zähne möglicherweise erst in seinem letzten Kampf ausgeschlagen worden waren. Womöglich hatte sie sich getäuscht? Am Ende war es gar nicht der Buchhändler gewesen, den sie tot am Mühlrad gefunden hatte? Immerhin hatte sie ihn, als er den

Pfarrhof besuchte, nur kurz gesehen. Sie konnte nicht sicher sein, dass sie die Leiche richtig identifiziert hatte. Und wer sollte es schon auf einen harmlosen Buchhändler abgesehen haben?

Friedrich hatte Auftrag gegeben, einen Schreibtisch in die Bibliothek zu stellen, und sich dann entschlossen, der Herzogin seine Aufwartung zu machen. Anders konnte er den Tag ohnehin nicht mehr sinnvoll nutzen. Der Zenit des Sommers war überschritten. Die Tage wurden wieder kürzer und auch der Umstand, dass er sich während seiner Reise kontinuierlich ostwärts bewegt hatte, machte sich bemerkbar. Das Tageslicht schwand schneller, als es Friedrich lieb war. Fast war es ihm, als ob er mit bloßem Auge beobachten konnte, wie sich der Tag neigte und langsam seine hellen Gewänder ablegte, um sich in die dunkleren Kleider des hereinbrechenden Abends zu hüllen. Die Möbel, mit denen die Herzogin ihre Antichambre ausgestattet hatte, traten dunkel aus der Dämmerung hervor. Der Kamin, bei Tage ein zierliches Gebilde aus weißem Porzellan, über das leichte, helle Vögel aus Stuck flogen, stand in der Zimmerecke wie ein großer, grauer Koloss, der einen spitzen Hut trug und ein eisengewebtes Gitterhemd auf der Brust. Bald musste die Herzogin die Kerzen entzünden lassen. Die Zeit, die bis dahin blieb, war nicht ausreichend, um eine größere Unternehmung ins Werk zu setzen. – Andererseits, dachte Friedrich verdrießlich, musste er sich wohl darauf einstellen, in Zukunft häufiger bei Nacht tätig zu sein. Denn dass die Gespenster die Dunkelheit liebten und ihre Hauptarbeitszeit um Mitternacht hatten, wusste schließlich jedes Kind. Aber das hatte Zeit. Friedrich war nach der anstrengenden Reise zu müde, um abermals den Weg zur Mühle zu machen. Er hoffte, dass ihn die Herzogin zum Essen einladen würde. Danach konnte er sich dem Amtshauptmann melden lassen. So wie er den Kerl in Erinnerung hatte, war es nicht verkehrt, ihm nicht bei allzu hellem Tageslicht zu begegnen. Sein Anblick war schon früher nicht erfreulich gewesen und mochte sich mit zunehmendem Alter nicht unbedingt verbessert haben. Es war gut, wenn man von diesem Mann nicht allzu viel zu sehen bekam. Er gewann mit der Dunkelheit. – Darin ähnelte er ganz den Geistern, mit deren Umtrieben er den Herzog so sehr erschreckt hatte.

Die Herzogin, Elisabeth von Schleswig-Holstein-Sonderburg, war eingetreten und unterbrach Friedrichs Gedanken. Mit ihr war ein Diener gekommen, der einen Leuchter brachte. Das Zwielicht hatte sich mit einem Schlag in Helligkeit verwandelt. Die grauen Schemen waren wieder gewöhnliche Möbel, ein bisschen aus der Mode und auch schon ein wenig abgewetzt. Über den Kamin flogen die Vögel, von denen, das sah Friedrich nun, einige im Laufe der letzten Jahre abgestürzt waren. Es erinnerten an sie nur mehr Kratzer im Porzellan. Der Diener entzündete mehrere Kerzen. Schnell verbreitete sich helles Licht, in dessen Schein sich eine noch immer beeindruckende Frau mit einer bemerkenswerten Ausstrahlung zeigte. Das herannahende Alter war gnädig mit ihr umgegangen. Ihre Lippen, die früher das Rot von Korallen hatten, waren schmaler geworden. Aber die Zähne, die hinter ihnen sichtbar wurden, waren vollständig und gut gepflegt. Die Herzogin lächelte Friedrich zur Begrüßung an. Sie trug eine dunkle Robe aus blauer Seide, deren geschwungene Formen sich angenehm fließend ihren immer noch lebhaften Bewegungen anpassten. Am Hals hatte ihr Kleid einen kleinen, quadratischen Ausschnitt, der mit einer strahlend weißen Manschette eingefasst war. Dazu trug sie eine schlichte, ebenfalls dunkle Haube, unter der einige weißblonde Locken sichtbar waren. Diese Mode war vor einigen Jahren in den wohlhabenden Schichten des flämischen Bürgertums aufgekommen. Die Herzogin, die von ihrem Volk vor allem wegen ihrer Abneigung gegenüber jedwedem überflüssigem Luxus geliebt wurde, hatte sie von dort übernommen. Nicht zuletzt auch aus einem Bedürfnis nach Bequemlichkeit, dem die offizielle, aber ein bisschen starre spanische Hofmode nur wenig entgegenkam.

Friedrich verneigte sich tief. Er hatte der Herzogin viel zu verdanken. Zum Leidwesen ihres Mannes und zu ihrem eignen hatte sie keine Kinder auf die Welt bringen können. Bald schon war ihr Friedrich Ersatz geworden. Zu ihm fasste sie, als er noch klein war, Zuneigung. Sie hatte ihn während eines Besuches im Haus von Friedrichs Vater kennengelernt. Dessen Frau, eine Jugendfreundin der Herzogin, war gerade zu Grabe getragen worden. Ihren Tod hatte Friedrichs Vater nicht verwinden können. Dieser Schlag hatte ihn melancholisch werden lassen. Er hauste fortan einsam auf seinem Landsitz. Schließlich hatte er entdeckt, welche tröstende Kraft im Wein lag. Er verfiel ihr mit Haut und Haar, wurde verrückt und jagte alle seine Dienerschaft vom Hof. Nur ein alter Mann, der schon nicht mehr richtig im Kopf gewesen war, als ihn Friedrichs Vater bei sich aufgenommen hatte, durfte bleiben. Dieser versah den Haushalt, so gut er es vermochte, und kümmerte sich um den kleinen Friedrich, der freilich früh erkannte, dass es besser war, selbst auf sich aufzupassen, als sich der Obhut des alten Narren zu übergeben. Bald verfiel Friedrichs Vater zusehends auch körperlich. Die Wirtschaft, die die drei auf dem Erbsitz der Familie betrieben hatten, war vollends unmöglich geworden. Die Herzogin, die sich ihrer toten Freundin verpflichtet sah, sorgte dafür, dass der alte Freiherr zu Trostberg und sein Diener, an dem er immer noch mit ungebrochener Sympathie hing, obwohl sein Bewusstsein sonst in allen Bereichen getrübt war, Aufnahme in einem Siechenspital fanden. Den jungen Friedrich nahm sie zu sich ins Schloss und ließ ihn als Pagen erziehen.

So lebten sie eine Weile. Bis der Diener von Friedrichs Vater starb und er selbst über Nacht aus dem Hospiz entfloh. Seitdem hatte niemand mehr von ihm gehört.

Zu dieser Zeit änderte sich auch Friedrichs Leben. Die Herzogin hatte eingesehen, dass dessen Geist zu unkonventionell und zu aufrichtig war, als dass er sich für ein Leben am Hof geeignet hätte. Sie wusste, welche Entbehrungen und persönlichen Einschränkungen ein repräsentatives Dasein mit sich brachte. Sie hatte in ihren jüngeren Jahren selbst darunter gelitten und sah schnell, dass Friedrich, der noch weniger als sie selbst aus dem dekorativen Stoff gemacht war, der alleine in Politik und Verwaltung zählt, daran zerbrechen würde. Schließlich sorgte sie dafür, dass er mit einem ausreichenden Stipendium aus der herzoglichen Privatschatulle versehen wurde und schickte ihn, so sehr sie seine Entfernung aus ihrer Nähe bedauerte, in die Stadt Paris. Dort sollte er ein Studium beginnen, das ihm seinen späteren Lebensunterhalt sichern konnte. Über die Jahre verfolgte sie seinen Werdegang. Friedrich hatte das Interesse, das sie ihm entgegenbrachte, vergolten, indem er ihr brieflich regelmäßig von seinen Lebensumständen berichtete.

Endlich waren die Studienjahre in Paris zu Ende gegangen. Friedrich verfasste eine Abschlussarbeit, die er dem Herzog pflichtschuldig und der Herzogin mit echter Dankbarkeit widmete. Es folgten zwei Jahre, die er, weiterhin finanziell durch den Herzog abgesichert, dazu nutzte, an verschiedenen europäischen Universitäten zu lehren und zu forschen. In dieser verhältnismäßig kurzen Zeit hatte er einige juristische Traktate und Abhandlungen verfasst, die durch logische Argumentation ebenso wie durch sprachliche Eleganz die Aufmerksamkeit der wissenschaftlichen Welt erregten. Ihnen verdankte er am Ende der zwei Jahre einen Ruf nach Padua. Er war ihm gerne gefolgt, denn er fühlte die Jugend von sich abfallen und war froh, Aussicht auf ein geregeltes und bequemes Gelehrtenleben zu haben, in dem er auf seine Weise dem Streben nach öffentlicher Wirksamkeit nachkommen konnte. Außerdem reizte ihn das geistige Klima der Universität, die Neuem gegenüber besonders aufgeschlossen war. Nicht zuletzt kam ihm auch die Lage der Stadt entgegen. Während seiner Pereginiatio academica hatte er festgestellt, dass das Leben im Süden einfacher war. Er war froh, dass seine künftige Wirkungsstätte seiner Heimat so fern lag, dass er die traurigen Erfahrungen, die er dort während seiner Kindheit und Jugend gemacht hatte, getrost vergessen konnte.

»Dann bist du also endlich doch noch einmal nach Hause gekommen. Es wurde auch langsam Zeit«, sagte die Herzogin, die nicht auf Etikette achtete, ihm entgegen getreten war und resolut seine Hand ergriff. Bevor er etwas erwidern konnte, fuhr sie fort: »Es ist schön, dich wiederzusehen, auch wenn ich wünschte, die Umstände, denen wir diese Begegnung zu verdanken haben, wären andere. Aber wie es scheint, sind die Umstände, unter denen unsere entscheidenden Treffen stattfinden, bisher immer traurig gewesen.« Sie machte eine nachdenkliche Pause und musterte Friedrich mit zusammengekniffenen Augen. Zog ihn schließlich näher an einen der Kerzenleuchter heran. Entnahm einer verborgenen Tasche ihres Kleides eine Brille und setzte sie sich mit einer ebenso energischen Bewegung auf die Nase, mit der sie eben Friedrichs Hand genommen hatte. Friedrich, der bereits zu einer Gegenrede angesetzt hatte, blieb sprachlos. Er hatte die Herzogin immer als junge Frau vor Augen gehabt und sah nun, dass, entgegen des ersten Eindrucks, das Alter auch von ihr seinen Tribut gefordert hatte. Er hatte bisher noch nie gesehen, dass eine Frau dieses optische Hilfsmittel verwendet hatte. Gleichzeitig freute ihn die Selbstverständlichkeit, mit der sie auf das Instrument zurückgriff. So hatte er sie all die Jahre in Erinnerung gehabt: Tatkräftig hatte sie sich den wechselnden Winden, die auf ihrem Lebensweg wehten, entgegen gestellt und unbeirrt immer in die Richtung gesehen, die ihr gut erschienen war.

Die Herzogin selbst hatte unterdessen die kritische Musterung des Ankömmlings abgeschlossen. Das, was sie sah, war zu ihrer Zufriedenheit ausgefallen. Die Saatkörner, die sie vor Jahren in diesen Menschen geworfen hatte, als er noch jünger war, waren aufgegangen. Wenn sie sich nicht vollständig täuschte, dürfte sie eine gute Ernte erwarten. Ihr Gesicht heiterte sich auf. Sie fuhr fort: »Ja, manche unserer Begegnungen sind traurig gewesen. Aber ich sehe, dass sie sich schließlich ins Gute verkehrt haben. Also, Friedrich, sage mir, warum du gekommen bist. Denn aus dem Brief des Herzogs bin ich nicht ganz klug geworden. Er wird auf seine alten Tage immer konfuser und nun scheint mir, hat sich ganz und gar eine Albernheit in seinem Kopf festgesetzt.«

Damit hatte die Herzogin endlich das Stichwort für Friedrich geliefert, der es nie lange aushielt, wenn er nicht zu Wort kam. Meistens unterbrach er in solchen Situationen seine Gesprächspartner kurzerhand, was er in diesem Fall aber nicht wagte. So hatten schon seit einiger Zeit Worte in seinem Mund gebrannt, die nun endlich einen Ausweg fanden und die er, um seine Qual zu beenden, wie Feuerbälle aus sich herausstürzen ließ. Ohne eine lange Vorgeschichte begann er, die Ereignisse, die seiner Abreise unmittelbar vorausgegangen waren, folgendermaßen zu erzählen:

»Vor acht Wochen«, fing er an, »hatte ich das Vergnügen, dass mich der Herzog in Padua besuchte. Ich kam von meiner Vorlesung nach Hause. Meine Haushälterin hatte mich schon auf der Straße erwartet und mir vornehmen Besuch angekündigt. Ich war erschrocken, denn ich dachte, dass dem Herzog im Feldlager etwas zugestoßen sein musste, von dem er sich nun in einem ordentlichen und festen Quartier erholen wollte.« Friedrich sah, dass die Herzogin während der letzten Worte blass geworden war. Er machte eine beschwichtigende Handbewegung. »Nein, darum kam er nicht zu mir. Es geht ihm gut.« Friedrich lachte leise. »Im Lager ist er ganz in seinem Element. Zu seinem Glück vermisst er lediglich Euch und seine Landwirtschaft. Es macht ihm Sorge, dass Ihr ihm nichts über die Ernte geschrieben habt. Er hat mir ausdrücklich aufgetragen, Euch das auszurichten. Aber ich habe«, fuhr er fort, als die Herzogin an diesem Punkt Anstalten machte, ihn zu unterbrechen, »schon auf dem Weg gesehen, warum Ihr es nicht getan habt.« Friedrich war wieder ernst geworden. »Es war richtig, dass Ihr ihm nicht geschrieben habt, was die Schweden mit den Feldern angestellt haben.« Er machte eine nachdenkliche Pause, um mit neuem Schwung den Faden seiner Erzählung wieder aufzunehmen. »Aber, wie gesagt, er hatte einen anderen Grund, aus dem er mich aufgesucht hat. Wenn es auch eine Nachricht aus der Heimat war, die ihn beunruhigt hat. Am Abend zuvor war Georg Drach im Feldlager angekommen. Er brachte dem Herzog den letzten Regierungsbericht, in dem der Amtshauptmann über den Abzug der Schweden und über den Geisterspuk in der einsamen Mühle berichtet. Außerdem hatte Georg Drach noch einen weiteren Brief dabei. Aus dem wurde der Herzog nicht ganz schlau. Ich übrigens auch nicht«, setzte er hinzu, denn der Miene der Herzogin entnahm er, dass sie eine generelle Bemerkung zur Auffassungsgabe ihres Mannes machen wollte.

Friedrich aber war, wie immer, wenn er sich von der Woge seiner Rede tragen ließ, nicht zu unterbrechen, sondern fuhr fort: »Ihr habt natürlich recht. Das Gerede von dem Gespenst ist Unsinn und lässt sich tatsächlich nur, falls es für so etwas überhaupt eine Erklärung geben sollte, durch den Unverstand unserer lieben Mitmenschen erklären. Aber Ihr wisst, dass der Herzog in diesem Punkt anders denkt. Trotzdem hätte er mich vielleicht nicht geschickt, wenn nur von dem Geist die Rede gewesen wäre. Aber das war es nicht allein.« Friedrich liebte die Rhetorik und konnte nicht widerstehen, an dieser Stelle eine Pause zu machen, in der er in das gespannte Gesicht der Herzogin sah und mit Freude die Bewegung registrierte, die seine Worte in ihrem Inneren ausgelöst hatten. »Vielmehr gab es im Regierungsbericht weitere Punkte, die ihn misstrauisch gemacht haben. Zudem war da noch dieser andere Brief, der ihn viel mehr beunruhigt hat. Der Regierungsbericht bot ihm einen willkommenen Anlass, mich nach Wolgast zu schicken, um ein bisschen nach dem Rechten zu sehen.«

Später fragte sich Irene, wo ihre Tasche mit der Bibel und dem Bernstein geblieben war. Sie begann, auf allen Vieren den Boden der Zelle abzusuchen. War das der Grund, warum man sie hier eingesperrt hatte? Weil jemand das wertvolle Buch haben wollte? Dann hatte ihr Vater recht gehabt, als er sagte, dass die Bibel sie über kurz oder lang in Schwierigkeiten bringen würde. Vielleicht war ihr rechtmäßiger Besitzer, der pfälzische Kurfürst, auf ihre Spur gestoßen und versuchte nun, sie wiederzubekommen? War der Buchhändler aus diesem Grund getötet worden? Oder wollte ihr jemand den Bernstein wegnehmen, den sie bei sich gehabt hatte? Aber dann wäre es ausreichend gewesen, sie einfach am Wegesrand liegen zu lassen. Man hätte sie nicht in dieses Loch schleppen müssen. Sie gab die Suche auf. Auch ihr Rucksack war anscheinend verloren gegangen. Wie sie selbst verloren gegangen war. Einfach aus der Welt verschwunden. In diesem Verlies verlassen. An einem Ort der Not, der sich fatalerweise auf tot reimte. Langsam schwand Irenes Hoffnung, aus diesem Loch jemals wieder heraus zu kommen. Jedweder Trost war fern. Keine Linderung ihrer Lage in Aussicht. Endlich erbarmte sich wenigstens die Natur Irenes. Erschöpft fiel sie abermals in Schlaf.

Herr Urian Olobaid von Greifenhöll, Amtshauptmann des Herzogtums Pommern-Wolgast, erster Beamter des Staates und in Abwesenheit des Herzogs dessen regierendes Oberhaupt, war in den Thronsaal getreten. Sein von Natur aus gedrungener und untersetzter Körper, der während der Jahre guten Lebens fett geworden war, steckte in der feinen, seidigen Robe, die dem höchsten Verwaltungsbeamten des Herzogtums zustand.

Seit dem Tod des letzten Herzogs von Pommern-Wolgast wurde der Raum nicht mehr benutzt. Die beiden Throne waren mit einem Staubschutz verhängt. Das sah der Herzogin ähnlich, dachte der Amtshauptmann hasserfüllt und fletschte die Zähne. Sie liebte weder Prunk noch Repräsentatives und war froh, dass sich dieser Teil ihres Lebens in Abwesenheit des Herzogs reduziert hatte. Diese Haltung hatte sie schließlich auch bewogen, die Hauptstadt Stettin zu verlassen und nach Wolgast zu kommen. In eine kleine Stadt, in der sie schon früher gerne und lange gelebt hatte. Dass die Herzogin die Thronsessel nach Art einer guten Hausfrau hatte abdecken lassen, erzürnte den Amtshauptmann unmäßig. Aus seinen Augen schlugen Flammen. Erst schwefelgelb. Dann rot. Schließlich weißglühend. Er zog den Überzug ab und setzte sich auf den Herzogsthron.

Wie anders sähe es hier aus, dachte er, wenn er diesen Platz rechtmäßig einnehmen könnte. Wäre da nicht die Primogeniturordnung, die von seinen Vorfahren im Herzogtum eingeführt worden war. Sie durchkreuzte alle seine Ansprüche. Das Gesetz sanktionierte ausschließlich den ältesten Nachkommen des regierenden Herzogs als Erben. Es war durch eine Verschiebung zwischen den Generationen entstanden und erlassen worden, um im Erbfalle eine Aufteilung zwischen Brüdern zu vermeiden. Das herzogliche Territorium sollte unzersplittert erhalten werden. Was zur Folge hatte, dass ihm noch nicht einmal das Erlöschen der Linie Pommern-Wolgast zum Guten ausgeschlagen war, da sich der direkte Zweig, der ihn mit diesem Stamm verbunden hatte, schon eine Generation früher von ihm abgespalten hatte als derjenige seines Vetters Serenus. Er war nur mehr ein untergeordnetes Mitglied der Familie, das kein Recht auf den Thron besaß und lediglich durch den lächerlichen Namenszusatz ›von Greifenhöll‹ eine nominelle Beziehung zum Geschlecht der Greifenherzöge hatte. Die Landstände, auf die er nicht nur aus diesem Grund schlecht zu sprechen war, hatten seinerzeit der Verordnung zugestimmt. Was kein Wunder war, dachte Herr Urian böse. Schließlich wurde dadurch ihre Position ebenfalls gestärkt. Die Einzigen, die dabei ein Verlustgeschäft gemacht hatten, waren sein Großvater, sein Vater und endlich er selbst gewesen.

Dabei war er es, der seit der Abreise des Herzogs alle Regierungsgeschäfte führte. Er alleine war während der schlimmen Zeit auf der Insel gewesen. Als erst die Kaiserlichen kamen. Dann die Dänen. Dann wieder die Kaiserlichen. Und schließlich die Schweden. Niemand anders als er hatte während dieser schweren Episode das Geschick der Insel gelenkt. Und er hatte das nicht zum Schlechtesten getan. Immerhin hatte er die Schweden zu einem relativ schnellen Abzug bewegen können. Freilich waren gewisse Zugeständnisse notwendig gewesen. Auch die Soldaten wollten ihr Mütchen kühlen. Dafür hatte er sogar Verständnis. Ein paar Felder im Westen der Insel, um Koserow herum, und ein paar Dörfer in dieser Gegend hatte er ihnen zur Plünderung und Brandschatzung überlassen. Seine Untertanen hatten dort einen bösen Winter erlebt. Aber er hatte es geschafft, Gustav Adolphs Truppen zum Abzug zu zwingen. Und am Ende war es einzig und alleine der Erfolg, der ihn ins Recht setzte.

Alles in allem war seine Politik zum Wohl des Herzogtums gewesen. Und seine Bewohner hatten ihm das nicht vergessen. Sie erkannten ihn seither als Respektsperson an. Hatten sich inzwischen sogar in seinen Regierungsstil gefügt, der sich deutlich von demjenigen des Herzogs unterschied. Der Amtshauptmann dachte verächtlich, dass der Alte (wie er den Herzog für sich nannte) tatsächlich versucht hatte, seinen Staat mit Weisheit zu führen. Als ein guter und frommer Vater, der selbst über die Natur erhaben war. Herr Urian lachte grimmig bei dem Gedanken an seinen Vetter. Er war nichts anderes als ein Langweiler. Mäßig im Essen und Trinken und seiner Frau zeitlebens treu. Er begegnete Fehltritten mit Milde, war gerecht und großzügig gegen die Armen und Schwachen. Wenn er nur länger geblieben wäre, dann hätte er wohl den Wölfen, die auf seiner Insel hausten, befohlen, bei den Lämmern zu weiden.

Aber er war nicht länger geblieben. Sondern hatte sein Land verlassen. Geblieben war er. Urian Olobaid. Und er wollte, dass das Staatsschiff auf dem Ozean des Krieges einen anderen Kurs nahm, als ihn der Herzog eingeschlagen hatte. Das Herzogtum war klein. Aber er strebte danach, es zu einem ebenbürtigen Partner der großen Mächte zu machen. Es sollte nicht der Spielball des Kaisers und der nordischen Könige werden. Erste Erfolge hatte er erzielt. Durch geschickte diplomatische Verhandlungen mit den Schweden. Und durch ein strenges innenpolitisches Regiment. Diese Politik wollte er fortsetzen. Also hatte er diesen Platz eingenommen, der ihm ohnehin zustand. Dort saß er jetzt. Auf dem Thron. Fett und unansehnlich, mit einem selbstgefälligen Grinsen im Gesicht. Er hielt sich den Bauch. Rieb zufrieden die Hände und bedachte, dass er nun alles erreicht hatte, was er sich nur immer wünschen konnte. Er hatte die uneingeschränkte Macht im Herzogtum.

Ein Rascheln, das vom Gang kam, unterbrach die angenehmen Überlegungen des Amtshauptmanns. Zögerlich kratzte es an der Tür. Herr Urian grunzte. Der Anklopfende hatte diesen Laut richtigerweise als »Herein« gedeutet. Es öffnete sich die Tür. Herein trat der kleine Pförtner Thomas. In devoter Haltung, mit gekrümmtem

Rücken und einem verlegenen Ausdruck im Gesicht. Dieser späte Gast war ganz nach dem Geschmack des Amtshauptmanns. Den hatte er sich richtig zurechtgezogen. Ein Jammer war nur, dass er so grenzenlos dumm war. Aber wer verlangte von einem Werkzeug, dass es funktionierte, wenn es nicht in der Hand dessen lag, der es gebrauchte? Ein Weilchen weidete sich der Amtshauptmann daran, dass Thomas ängstlich von einem Bein auf das andere trat und trotzdem offenkundige Bewunderung nicht verbergen konnte. »Nun«, knurrte er, nachdem er diese Unterwürfigkeit ausreichend genossen hatte. »Was willst du? Warum störst du mich? Wer hat dir überhaupt erlaubt, deinen Wachposten zu verlassen?«

Er stand auf, nahm die eiserne Feuerrute, die er meistens mit sich führte, in die eine Hand. Beschrieb damit einen eleganten Bogen durch die Luft und fing ihren Lauf behutsam mit der anderen Hand ab, kurz bevor die Rute auf Thomas' Schulter niederschlug. Der war zurückgewichen. Zitterte am ganzen Leib und sah seinen gefürchteten und gleichzeitig geliebten Dienstherrn an. Von dem überheblichen Benehmen, das er am Nachmittag an den Tag gelegt hatte, war nichts mehr übrig. Friedrich gegenüber war er frech gewesen. Jetzt blieb er vollständig stumm. »Nun mach schon und sag mir endlich, was dich zu mir treibt. Oder muss ich dir Beine machen?«

Bei diesen Worten hatte der Amtshauptmann seine Feuerrute wieder bedrohlich durch die Luft sausen lassen. »Du stinkst. Wie oft habe ich dir schon befohlen, dass du das Tabakkauen aufgeben sollst. Mich stört das. Also, belästige mich nicht länger. Oder sag mir, was du willst.« Nun bog er die Feuerrute zwischen beiden Händen zu einem Bogen, der eine leise, aber bedrohlich wahrnehmbare Schwingung erzeugte. Er brauchte nur eine Seite loszulassen und das Metall würde mit voller Wucht in das Gesicht seines Gegenübers schnellen. Thomas zitterte vor Angst und Aufregung, die es ihm unmöglich machten, klar zu sprechen. Er stotterte: »Es ist nur wegen des Fremden. Ich wollte Euch sagen, dass er diesen Nachmittag im Schloss angekommen ist.«

Verständnislos schaute der Amtshauptmann ihn an. »Der fremde Jurist aus Italien«, stammelte Thomas weiter. »Ihr wisst schon. Ein gewisser Junker zu Trostberg, den der Herzog Euch zu Eurer Unterstützung gesandt hat. Georg Drach hat Euch doch seine Ankunft gemeldet.« Sein Tonfall war leicht nörgelnd geworden. Denn das Lob, mit dem er fest gerechnet hatte, blieb aus. Offensichtlich begriff der Amtshauptmann gar nicht, was er ihm da sagte.

Dieser war einen Augenblick wie versteinert. Er hatte von diesem Besuch nichts gewusst. Friedrich zu Trostberg war also wieder im Land. Damit hatte er nicht gerechnet. Er bog die Feuerrute etwas weiter. Abermals ließ sie einen schwingenden Ton hören. Dann ließ er sie los. Durch einen geschickten Sprung zur Seite, den der Amtshauptmann ihm nicht zugetraut hatte, brachte sich Thomas noch rechtzeitig in Sicherheit. »Verschwinde sofort!«, sagte der Amtshauptmann ruhig und drohend, wie er die ganze Zeit schon beunruhigend leise gesprochen hatte. »Lass mich allein oder willst du doch noch Bekanntschaft mit meiner Rute machen? Ich muss nachdenken.« Den Ton des schwingenden Bogens hatte Thomas noch in den Ohren, als er die Tür zum Thronsaal schon längst wieder von außen geschlossen hatte.

Drinnen dachte der Amtshauptmann nach. Was konnte Friedrich zu Trostbergs Erscheinen bedeuten? Wurden durch dessen Anwesenheit seine Pläne durchkreuzt? Hatte der Herzog ihm diesen aufgeklärten Gelehrten, von dem das ganze akademische Europa wusste, dass er jede Form von Aberglauben leidenschaftlich bekämpfte, geschickt, damit er ihm half, mit den Geistern in der alten Mühle zurechtzukommen? Wie aufmerksam der Herzog doch war. Unwillig schüttelte der Amtshauptmann den Kopf. Er musste also mit Friedrich fertig werden, wenn er schon so freundlich war, eigens den weiten Weg von Italien zurückzulegen, um ihm behilflich zu sein. Wenn er es richtig anstellte, konnte das sogar amüsant werden.

Energisch stand er auf und stellte sich auf seine beiden kurzen, stämmigen Beine, von denen er das rechte, seitdem er laufen konnte, leicht nachzog. Seine gute Laune kehrte zurück. Plötzlich verlangte es ihn nach Essen und Trinken. Er wollte saufen und fressen. Mehrere Krüge Bier und eine Anzahl gebratener Tauben.

II.

Friedrich war bereits den zweiten Tag auf Schloss Wolgast anwesend, ohne dass sich Entscheidendes getan hatte. Genau genommen, hatte sich überhaupt nichts ereignet. Er lebte in zermürbender Windstille. In einer Flaute, die wie eine Lähmung auf ihn wirkte und langsam, aber stetig, unsichtbar und unheimlich alle Kraft und Energie aus ihm sog. Er fühlte sich wie ein Baum, der, in sandigen Grund gesetzt, zu welken beginnt, nach und nach alle Blätter von sich wirft und schließlich abstirbt.

Es war angenehm gewesen, mit der Herzogin zu Abend zu essen. Wobei er die Anwesenheit seiner geistreichen Gesprächspartnerin ebenso genoss wie die wohlzubereiteten Speisen, die trotz des Hungers, der in einigen Landstrichen immer noch herrschte, hier serviert wurden. Der Amtshauptmann hatte offensichtlich dafür gesorgt, dass das Schloss und seine Bewohner keinen Mangel leiden mussten.

Was danach kam, war weniger erfreulich gewesen. Schon am selben Abend hatte Friedrich die ausgesuchten und zart zubereiteten Fische vergessen, mit denen er am Tisch der Herzogin bedient worden war. Er konnte sich nicht mehr daran erinnern, vorzüglichen Wein aus dem Schlosskeller bekommen zu haben, der dort seit Jahr und Tag in großen Holzfässern lagerte. So sehr er sich bemühte: Er konnte sich den süßen Geschmack der Nachspeisen nicht mehr ins Gedächtnis zurückrufen und wusste nichts mehr von dem heißen, aromatischen

Getränk, das aus dem Orient stammte und das ihm die Herzogin zum Abschluss des Mahls feierlich kredenzt hatte. Vielmehr war es ihm, als habe man ihm seit seiner Ankunft im Schloss nichts anderes zu essen gegeben als Galle und Essig zu trinken für seinen Durst.

Er hatte sich von der Herzogin verabschiedet und dann in den Privatgemächern des Amtshauptmanns vorgesprochen. War jedoch von dessen Majordomus abgewiesen worden. Sein Herr habe sich, so sagte er zu Friedrich, schon zur Ruhe begeben. Er sei aber von der Anwesenheit des Junkers auf dem Schloss unterrichtet. Er danke ihm, dass er die weite und gefährliche Reise auf sich genommen habe. Er freue sich, dass er ihn bei seinen Amtsgeschäften unterstützen wolle. Ja, mehr noch, er fühle sich geehrt. Friedrichs Ruf als einem der besten Köpfe der Zeit sei ihm wohl bekannt. Er rechne es ihm als besondere Freundlichkeit an, dass er ihm zur Seite stehen wolle, und bedauere umso mehr, dass er ihn gegenwärtig nicht empfangen könne. Er bitte ihn, am folgenden Tag noch einmal den Weg zu ihm zu machen. Er werde sich freuen, wenn ihn Herr zu Trostberg am kommenden Mittag in seiner Amtsstube aufsuche.

Friedrich war von der übertriebenen Art der Höflichkeit abgestoßen. An der Oberfläche seines Bewusstseins ärgerte er sich über die Frechheit, die darin lag, einen Gast, der sich einer strapaziösen Reise ausgesetzt hatte, nicht zu empfangen. Im tiefsten Grunde seines Herzens aber war er froh, dass er sich an diesem Abend nicht mehr mit Herrn Urian Olobaid auseinandersetzen musste. Er bestand daher nicht auf Einlass. Vielmehr begab er sich im Bewusstsein, alles Erforderliche getan zu haben, endlich selbst zur Ruhe und schlief den tiefen Schlaf des Erschöpften, wie ihn einst Elia unter seinem Wacholder geschlafen hatte, nachdem er vierzig Tage durch die Wüste gelaufen war.

Ernsthaft zornig wurde er erst am nächsten Tag, als er zur vereinbarten Stunde das Geschäftszimmer des Amtshauptmanns betrat und dort von dessen Sekretär abermals vertröstet wurde: Sein Vorgesetzter sei in einer dringenden Angelegenheit plötzlich aus der Stadt abberufen worden und habe sich auf eine Reise über Land begeben müssen. Er ließ Friedrich aber ausrichten, dass er seine auswärtigen Geschäfte bis zum Nachmittag zu Ende gebracht haben werde. Schon am frühen Abend werde er wieder nach Wolgast zurückgekehrt sein und könne dann seinen Gast endlich begrüßen. Er ließe seinen alten Freund Friedrich zu Trostberg bitten, vor dem Abendessen noch einmal in seinen Privatgemächern vorzusprechen, um mit ihm zu speisen.

Als Friedrich am Abend dieser Einladung nachkam, sich absichtlich verspätend, um wenigstens so einen kleinen Teil der ihm erwiesenen Unhöflichkeit zurück zu geben, war der Amtshauptmann, wie es Friedrich schon vorausgeahnt hatte, immer noch nicht zurückgekehrt. Also sprach er am nächsten Tag erneut in dessen Amtsstube vor, wieder ohne Erfolg. Abermals gelang es ihm nicht, das Zimmer des Herrn Urian zu betreten. Die Tür, die vom Vorzimmer aus hineinführte, war von einem pompösen Schreibtisch versperrt, der mit allerlei Akten beladen war. Einem wahren Gebirge von Unterlagen, Schriftstücken und Urkunden. In dem alle Höhen und Tiefen, Täler und Gipfel des öffentlichen Lebens säuberlich dokumentiert, systematisiert und verwaltet wurden. Das hatte man nun von der modernen Verwaltung, die seit einigen Jahren in Mode gekommen war, dachte Friedrich mit Abscheu. Nichts als Unmengen von totem Papier, die niemandem nutzten. Vor allem dann nicht, wenn sie ihren Zweck nicht erfüllten und denjenigen vorenthalten wurden, die Einsicht in sie verlangten. Er musste es endlich erreichen, dass er die Aufzeichnungen der letzten beiden Jahre studieren konnte.

Vor ihm saß derselbe ebenfalls bombastische Sekretär, mit dem er schon am Vortag gesprochen hatte. Er besaß immerhin so viel Anstand, beim Eintreten des Magisters zu erröten. Wodurch er einem kleinen, rosafarbigen Schweinchen ähnlich wurde. Was – nach Friedrichs Meinung – noch die freundlichste Gemeinsamkeit mit der Tierwelt war. Denn in seinen Gesichtszügen glich der Sekretär den beiden Hunden, die links und rechts zu seinen Füßen saßen, ihre scharfen Zähne fletschten, leise, aber bedrohlich knurrten und den Besucher aus ihren schwarzen, funkelnden Augen durchdringend und hungrig ansahen.

Noch bevor Friedrich sein Anliegen ausgesprochen hatte, erklärte der Sekretär in bedauerndem Tonfall, dass sein Herr ihn angewiesen habe, niemanden, gleichgültig wer es sei, vorzulassen. Er sei in die Vorbereitung eines komplizierten Prozesses gegen eine Mörderin vertieft. Und habe Weisung gegeben, durch niemanden gestört zu werden, und sei es der Herzog persönlich.

Diese wiederholte Ausrede erzürnte Friedrich zutiefst. Er schüttelte energisch die Betäubung ab, in die er durch die beschwichtigenden und ausweichenden Ausreden des

Amtshauptmanns in den letzten Tagen versetzt worden war. Ein Sturmangriff, eine Attacke. Das war die einzige Möglichkeit, die ihm noch blieb. Entschlossen fasste er die Tür ins Auge, hinter der sich Herr Urian wie in einer gut gesicherten Bastion verschanzt hatte. Wenn er mit den Schweden ähnlich verfahren war, war es kein Wunder, dass sie ihre Belagerung schon nach verhältnismäßig kurzer Zeit beendet hatten. Wahrscheinlich war ihnen die Sturheit des Amtshauptmanns schon bald gehörig auf die Nerven gegangen, dachte Friedrich, indem er sich der Tür näherte. Kaum aber, dass er zwei oder drei Schritte in ihre Richtung gemacht hatte, sprang der Sekretär auf. Auch die Hunde wurden unruhig. Bis dahin war der feiste Mann mit einem verlegenen Lächeln, beleibt und schwer, an seinem Tisch gesessen. Die Behändigkeit, mit der er in die Türlaibung sprang, hatte Friedrich ihm nicht zugetraut. Überraschend stand er blitzartig vor ihm und versperrte dem italienischen Rechtsgelehrten, der zwar sehr gescheit und berühmt, aber leider auch sehr dünn und mager war und es mit dem wohlgenährten Sekretär schon alleine aus Gründen der Masse nicht aufnehmen konnte, den Weg.

Friedrich erinnerte sich in diesem Moment an die Niederlage, die er bei seiner Ankunft in der Wachstube erlitten hatte. Schnell überschlug er die Aussichten, die er hatte. Es war gänzlich unwahrscheinlich, dass ihn Georg Drach zum zweiten Mal aus einer unangenehmen Situation befreien würde. Außerdem waren da die Hunde. Also beschloss er, gute Miene zum bösen Spiel zu machen und einstweilen weiterhin auf eine Audienz beim Amtshauptmann zu verzichten. Mit einem Lächeln, das er selbst für besonders freundlich hielt, das jeder andere aber ausschließlich als grimmig bezeichnet hätte, verabschiedete er sich und ging seines Weges.

Dieser Weg aber führte ihn zurück zur einsamen Mühle am Meer. Nachdem es sich als unmöglich erwiesen hatte, ein Gespräch mit dem Amtshauptmann zu führen, hatte Friedrich seine Pläne geändert. Er hatte beschlossen, den Faden seiner Nachforschung von der Mühle aus abzuspulen. Von dem Ort aus, an dem der Knoten dieser leidigen Geschichte ganz offensichtlich geschürzt war. Zweifellos hatten sich hier, wenn auch keine Gespenster, so doch die Parzen mit ihren Spinnrädern und Webstühlen eingerichtet. Sie knüpften einen Teppich, der zum Untergrund von Friedrichs Aufenthalt auf der Insel geworden war. Es wurde Zeit, dass ihnen jemand den Faden abschnitt. Wenn sie von sich aus nicht dazu bereit waren, dann musste Friedrich das wohl oder übel selbst tun.

Er war zwar noch etwas ratlos, wie er das anfangen sollte, fand aber eine erneute gründliche Inspektion der Gebäude und ihrer Umgebung besser als weiteres untätiges Herumsitzen im Schloss. So wanderte er bald wieder denselben Weg entlang, den er gekommen war, bloß in umgekehrter Richtung: Er überquerte die Zugbrücke, ließ die Wachstube mit dem unfreundlichen Pförtner links liegen, ging über den Fischmarkt, durch die Gassen am Hafen. Wurde am Osttor von zwei Wachmännern misstrauisch beäugt, bevor er es passierte, erreichte danach die Brücke, die zur Insel hinüberführte, und gewann endlich die freie Landstraße.

Am Anfang seines Weges sprach er, genau wie auf der Hinreise, laut mit sich selbst. Auch der Inhalt der Gedanken, die er artikulierte, unterschied sich im Wesentlichen nicht von demjenigen, den er zwei Tage zuvor auf derselben Straße geäußert hatte. Er verfluchte lautstark die Reise in seine Vaterstadt und bedauerte, dass er sich nun zwar auf dem Rückweg zur Mühle befand, nicht aber schon auf der Rückreise nach Italien. Dann wurde er stiller und begann, seinen Gedanken nachzuhängen. Offensichtlich hatte der Herzog ausnahmsweise richtigen Instinkt bewiesen. Etwas stimmte nicht mit der Amtsführung seines Stellvertreters.

Der Gespensterspuk konnte nicht die alleinige Ursache für das unkooperative Verhalten des Amtshauptmanns sein. Friedrich begann zu vermuten, dass die Motive, die hinter Herrn Urians Benehmen steckten, deutlich handgreiflicher waren, als es Gespenster je sein konnten. Nicht, dass er irgendwann an fassbaren Gründen gezweifelt hätte. Aber wahrscheinlich war er gut beraten, wenn er sich langsam an den Gedanken gewöhnte, dass hinter dem Geistergerede irgendeine Art von Betrug stand. Und zwar ein Betrug, der viel gewaltiger war, als er anfangs vermutet hatte. Friedrich ärgerte sich, dass er sich in diesem Punkt verschätzt und so wertvolle Zeit vertan hatte. Anstatt immer wieder das Gespräch mit dem Amtshauptmann zu suchen, hätte er sich zielstrebiger auf die ihm zur Verfügung stehenden Werkzeuge besinnen sollen: genaue Beobachtung der Vorgänge, Analyse der aus diesen Vorgängen geschaffenen Fakten und deren logische Hinterfragung auf ihren Sinn. Es wurde höchste Zeit, dass er sich wieder auf die ihm eigenen Methoden verlegte und die Angelegenheit säuberlich sezierte und rekapitulierte. Was wusste er? Und was konnte er daraus schließen?

Zunächst waren da die äußeren Umstände: Seitdem Serenus in Italien war, hatte Urian Olobaid die Regierungsgeschäfte auf der Insel übernommen. In regelmäßigen Abständen informierte er den Herzog über die politische und wirtschaftliche Lage im Land durch Berichte, die er durch einen Boten von Wolgast nach Italien schickte. Anfangs trafen diese Reporte alle Vierteljahre ein. Dann kamen sie in immer längeren zeitlichen Abständen beim Herzog an. Was für diesen der erste Grund gewesen war, misstrauisch zu werden. Aber dieser Argwohn musste noch nicht zwangsläufig gerechtfertigt sein. Die Kampfhandlungen, die inzwischen den ganzen Kontinent überzogen hatten, machten das Reisen immer schwieriger. Es grenzte schon an ein Wunder, dass Georg Drach den gefährlichen Weg quer durch Europa jedes Mal mit heiler Haut überstanden und die Botschaften hüben und drüben ausgehändigt hatte. Vielmehr sprach die Tatsache, dass sie überhaupt ankamen, für die große Erfahrung und Geschicklichkeit des Boten sowie für dessen vorausschauendes Handeln.

Nein, das alleine war noch kein Grund, argwöhnisch zu werden. Schwerer wog hingegen schon, dass Herr Urian die Fragen, die der Herzog ihm in seinen Briefen stellte, nicht mehr beantwortete und in seinen Ausführungen immer oberflächlicher und nichtssagender wurde. Das war möglicherweise tatsächlich Grund zur Besorgnis. Konnte aber auch nur Ausdruck der zunehmenden Selbstverständlichkeit und Routine sein, mit der der Amtshauptmann regierte. Oder der politisch schweren Lage, die seine ganze Zeit und Kraft beanspruchte und ihm keinen Raum für die gewohnten ausführlichen

Meldungen gab. Denn zu diesem Zeitpunkt fielen die Schweden auf Usedom ein. Und nach allem, was man hörte, benötigte Urian Olobaid sein ganzes Verhandlungsgeschick und alle Reserven seiner politischen Intelligenz, um die feindlichen Truppen zum Abzug zu bewegen. Immerhin war es ihm gelungen, die Bevölkerung vor den schlimmen Auswirkungen einer langen Besatzungszeit zu bewahren, was ihm landauf, landab, überall, wo man über ihn sprach, Rückhalt eingebracht hatte. Fast sogar ein gewisses Ansehen. Früher war er nicht besonders beliebt gewesen. Aber seit dem Abzug der Schweden sahen die Pommern den Stellvertreter des Herzogs, den sie bis dahin nie recht akzeptiert hatten, mit anderen Augen an. Sie zollten ihm Respekt und Dankbarkeit.

So weit, so gut. Bis zu diesem Punkt fand Friedrich den Verlauf der Handlung nachvollziehbar und klar. Seine Gedanken waren gut sortiert und anschaulich in seinem Kopf. Die Verwirrung begann mit dem letzten Report des Amtshauptmanns. Er berichtete von einem Gespenst, das in der einsamen Mühle am Meer umging. Diese Meldung besiegelte das Misstrauen des Herzogs. Zumal Georg Drach nicht nur diese Nachricht, sondern noch ein weiteres Dokument gebracht hatte, das ihm unterwegs anonym zugespielt worden war. Warum tauchte beides zur gleichen Zeit auf? Sicher war in jedem Fall, dass die Mühle im Zentrum stand. Das konnte kein Zufall sein. Oder doch? Und was wäre, wenn …

An dieser Stelle wurde Friedrich jäh aus seinen Gedanken gerissen, bevor er sie zu einem logischen und befriedigenden Ende führen konnte. Er fluchte innerlich. So ging es ihm immer: Gerade wenn er auf die richtige Spur gekommen war und sich langsam und mühsam genug systematisch Zusammenhänge erschlossen hatte, die er nur noch in einer brauchbaren Gedankenabfolge zurechtlegen musste, um die scheinbar unzusammenhängenden Abläufe der Realität sinnvoll zu verknüpfen, sabotierte ihn mit einiger Sicherheit eben jene Wirklichkeit, die er zu ergründen suchte. Sie verhinderte, dass er den Schlussstein der fragilen geistigen Kette setzen konnte, der zu ihrer Vollendung notwendig war und dafür gesorgt hätte, dass die einzelnen Gedankensteine in der aufgereihten Folge an den ihnen angewiesenen Plätzen verblieben. Und sich nicht wieder in alle Richtungen zu Durcheinander zerstreuten.

In diesem Fall ereilte Friedrich die Realität in Gestalt eines Pferdes, das plötzlich hinter ihm schnaubte. Es musste sich gemächlich trabend genähert haben und war unbemerkt an ihn herangekommen. Friedrich sah sich um und blickte in das freundliche Gesicht von Georg Drach. »Guten Tag, Junker zu Trostberg«, begrüßte der ihn, »wie schön, Euch wiederzusehen. Was zieht Ihr für ein Gesicht?«, fügte er lachend hinzu. »Erschreckt Euch mein Anblick so sehr? Haltet Ihr mich am Ende für einen Geist?« Sein Lachen wurde vergnügter. Er hatte seine Worte absichtlich und in der Hoffnung gewählt, auf diese Weise an das Gespräch anknüpfen zu können, das er im Wirtshaus mit Friedrich geführt hatte. Inzwischen war ihm dessen Ende, das er so abrupt herbeigeführt hatte, unangenehm geworden. Er hatte sich vorgenommen, sich für seinen plötzlichen Aufbruch zu entschuldigen. Aber Friedrichs Ausdruck blieb verschlossen, so dass Georg Drach ernster fortfuhr: »Ist es nicht langsam Zeit, dass wir unsere Meinungsverschiedenheit vergessen? Seid mir nicht mehr böse wegen des Streites neulich Abend. Ich habe manches von dem, was ich gesagt habe, nicht so schlimm gemeint, wie Ihr es aufgefasst habt. Ich bin überhaupt der Ansicht, dass letztlich kein Mensch in übernatürlichen Fragen den Schiedsrichter machen kann. Am Jüngsten Tag werden wir alles klarer erkennen, selbst Atheisten wie Ihr. Aber hier und jetzt ist es vertane Zeit, sich mit diesen Dingen zu beschäftigen.«

Während er sprach, war er von seinem Pferd gestiegen. Friedrich sah ihn immer noch zerstreut an. Er war so mit seinen Gedanken beschäftigt, dass er Mühe hatte, sich mit der erforderlichen Geschwindigkeit auf die Details eines Gesprächs zu besinnen, das er vor Tagen geführt hatte. Am deutlichsten stellte sich für den Bruchteil einer Sekunde das Andenken an ein grünäugiges Mädchen ein, das bei ihm sitzen geblieben war, als alle anderen ihn verließen, und mit dem er ruhig und vernünftig gesprochen hatte. Die Erinnerung an den theologischen Disput blieb schwach. Er murmelte einen Gruß. Besann sich dann darauf, dass er in Georg Drachs Schuld stand, und beschloss, auch seinerseits die unpraktische Kontroverse der Gottesgelehrsamkeit bis auf Weiteres zu vertagen.

Wenn er es recht bedachte, war es sogar ein Glücksfall, dass er den Boten ausgerechnet in diesem Augenblick traf. Er hatte sich mit ihm zwar schon über diffizile theologische Fragen unterhalten, es aber bis jetzt vermieden, mit ihm ein Wort über seine Reise und ihren Grund zu wechseln. Was daran lag, dass er in ihm vor allem den Diener des Amtshauptmanns gesehen und es daher für besser gehalten hatte, ihn über die Fragen, die ihn in

Wirklichkeit umtrieben, im Unklaren zu lassen. Aber nachdem er immer noch nicht wusste, wie er mit seinen Ermittlungen beginnen sollte, war er möglicherweise gut beraten, ihn einzuweihen. Zumindest teilweise. Vielleicht konnte er sogar Licht ins Dunkel bringen. Immerhin war er derjenige gewesen, dem als Erster der anonyme Brief in die Hände gefallen war. Also sagte Friedrich: »Ihr habt recht. Überlassen wir die Frage, wann und wie die Toten auferstehen, den Theologen. Vergessen wir unsere Differenzen. Immerhin habe ich mich noch nicht dafür bedankt, dass Ihr mir bei meiner Ankunft geholfen habt. Wenn Ihr nicht gewesen wärt, stünde ich vermutlich immer noch vor den Toren des Schlosses.« An dieser Stelle machte er eine kurze Pause. Das Stehen wurde ihm unangenehm. Er begann, trotz der Mittagssonne, die warm vom Himmel schien, zu frieren. »Ich bin auf dem Weg zu der berüchtigten Mühle. Ich weiß, dass Ihr es für besser haltet, sie zu meiden, aber vielleicht habt Ihr trotzdem Zeit und Lust, mich wenigstens ein Stück in diese Richtung zu begleiten?« »Das trifft sich ausgezeichnet«, erwiderte Georg Drach zu Friedrichs Überraschung. »Zufällig bin ich auf demselben Weg. Der Amtshauptmann hat mich gebeten, dort einmal nach dem Rechten zu sehen. Vermutlich kann uns bei Tage nicht allzu viel passieren?«

Die letzten Worte waren zaghaft und gleichsam fragend gesprochen. Aber bevor Friedrich etwas einwenden konnte, ermannte sich Georg Drach und fuhr munterer fort: »Gehen wir zu Fuß oder möchtet Ihr bei mir aufsitzen? Ihr passt noch ohne Schwierigkeiten in meinen Sattel.« Friedrich beäugte das Pferd misstrauisch, das für seine Begriffe außergewöhnlich hochgewachsen war und es nach seiner Schätzung leicht auf eine Tonne Gewicht brachte. »Wenn es Euch nichts ausmacht«, antwortete er, »würde ich gerne zu Fuß weitergehen. Es ist nicht mehr weit. Und Euer Pferd freut sich gewiss auch, wenn es Zügel, Zaumzeug und Peitsche nicht mehr spürt.« Georg Drach lachte. Dachte sich im Stillen, dass seine ursprüngliche Einschätzung doch richtig gewesen und der edle Herr Magister Friedrich zu Trostberg ein Hasenfuß sei.

Eine Weile gingen die beiden Männer schweigend nebeneinander her. Die Straße vor ihnen verlief in anmutigen Schwüngen und feinen Biegungen. Anfangs wurde sie links und rechts von Birken, dann von Kiefern und verschiedenen niedrigeren Büschen gesäumt, die eine fantastisch vielfältige Palette unterschiedlicher Grüntöne boten. Bald aber gab sie freie Aussicht auf bunte Blumenwiesen, auf die ungehindert das helle, heiße Mittagslicht eines Altweibersommertages fiel. Darüber wölbte sich ein sehr blauer Himmel, dessen Makellosigkeit nur hin und wieder durch ein eilig vorbeiziehendes Schönwetterwölkchen beeinträchtigt wurde, das aber ebenso schnell verschwand, wie es aufgetaucht war, und von den beiden Wanderern unbemerkt blieb. Es war nicht kräftig genug, um das Strahlen und Leuchten der Sonne zu trüben, die noch einmal alle Macht gesammelt hatte, um den ersten herannahenden Herbsttagen, die schon ihre Zeichen vorausschickten, zum letzten Mal die Stirn zu bieten. Ein Storch stand friedlich auf einem Bein am Wegesrand und suchte mit seinem Schnabel den Wiesengrund ab. Durch die herantretenden Männer und das Pferd gestört, schlug er erschreckt mit den Flügeln und flog davon.

Georg Drach sah ihm nach und lächelte, während er beobachtete, wie sich der Vogel in den Himmel erhob. Als er in der Ferne verschwunden war, glitt sein Blick auf seinen Begleiter, der nachdenklich neben ihm ging. »Was treibt Euch zur Mühle?«, fragte er, Stille und Frieden schließlich unterbrechend. »Wollt Ihr Euch wirklich mit eigenen Augen davon überzeugen, ob dort Geister hausen?« Er zögerte kurz und machte eine Pause, um Friedrich die Möglichkeit einer Antwort zu geben. Dann schien ihm diese Frage aber gegen die Abmachung zu verstoßen, nach der er und Friedrich sich jedweden Meinungsaustausch über die Existenz von Geistern im Allgemeinen und ihr Vorhandensein in der einsamen Mühle am Meer im Besonderen verboten hatten. Schnell fuhr er daher fort, vielleicht eine Spur munterer als ihm tatsächlich zumute war: »Ich jedenfalls muss dort den Schauplatz eines Verbrechens besichtigen. Habt Ihr schon gehört, dass der Amtshauptmann vor zwei Tagen eine Mörderin festgenommen hat? Sie hat an der Mühle einen durchreisenden Händler vom Leben zum Tode befördert. Jetzt sitzt sie in unserem Schlossverlies und wartet auf ihren Prozess.«

»Der Sekretär hat es heute Morgen beiläufig erwähnt«, erwiderte Friedrich. »Die Mühle scheint ein merkwürdiger Ort zu sein. Ich will nicht sagen, dass sie verflucht ist. An Dinge dieser Art glaube ich nicht, wie Ihr wisst. Aber sie ist in der letzten Zeit häufig mit äußerst sonderbaren Vorfällen in Zusammenhang gebracht worden.« Er hielt kurz inne, um Atem zu schöpfen, dann fuhr er fort: »Ich bin tatsächlich an ihr interessiert, wenn auch in anderer Weise, als Ihr denkt. Ich weiß nicht, ob Euch der

Herzog über den Grund meines Aufenthalts informiert hat?« Friedrich sah, noch bevor er seinen Satz beendet hatte, zur Seite und registrierte eine unbestimmte Kopfbewegung seines Zuhörers, die er als Antwort in seinem Sinne interpretierte und durch die er sich sanktioniert sah, ununterbrochen weiterzusprechen. »Dann wisst Ihr auch, dass mir der Herzog den letzten Report des Amtshauptmanns gezeigt hat. Es war derjenige, in dem er von gewissen übernatürlichen Erscheinungen berichtet hat, die sich in der Mühle ereignet haben sollen. Aber Ihr wisst besser als ich und aus eigener Anschauung, in welchem Ruf sie steht. Jedenfalls war der Herzog sehr beunruhigt. Er glaubt doch tatsächlich, dass dort Teufelsspuk stattfindet. Außerdem hat er mir von dem zweiten Brief erzählt, den Ihr ihm von Eurer Reise mitgebracht habt.«

An dieser Stelle hielt Friedrich endlich inne und wartete auf eine Reaktion seines Gesprächspartners, die aber ausblieb. Also fuhr er fort: »Ihr wisst schon, welchen ich meine: Den anonymen Brief, von dem keiner zu wissen scheint, woher er kommt.« Friedrich verlangsamte seinen Schritt und sah Georg Drach abermals an. Der nickte langsam und bedächtig mit dem Kopf. »Ja«, sagte er. »Ich weiß, welchen Brief Ihr meint. Ich habe ihn zwar nie selbst gelesen und nur eine ungefähre Vorstellung von seinem Inhalt. Aber der Herzog hat ihn in meiner Gegenwart geöffnet, gleich nachdem ich ihn abgegeben hatte. Er wurde sehr blass und hat sich schrecklich aufgeregt. Aber das ist Euch ja bekannt.« Nach diesen Worten verfiel Georg Drach wieder in Schweigen und trottete gleichmäßig seinen Weg weiter. Friedrich hingegen wurde von Ungeduld ergriffen. War dieser Mensch tatsächlich so beschränkt, wie es den Anschein hatte? Als ob er wissen wollte, wie der Herzog auf den Brief reagiert hatte. Das wusste er, wie sein scharfsinniges Gegenüber so treffend bemerkt hatte, in der Tat selbst sehr genau. Wahrscheinlich wusste es keiner so gut wie er. Er hatte von Georg Drach hören wollen, wie er zu dem Brief gekommen war. Musste man alle Auskünfte einzeln aus ihm herauskitzeln? Diskretion war ja schön und gut. Aber er hatte sich ihm gegenüber doch auch vertrauensvoll gezeigt. Und es sich verdient, nun seinerseits mit Offenheit behandelt zu werden. Mühsam zwang er sich zu einer ruhigen Erwiderung, die er aber nicht ganz von einem sarkastischen Unterton freihalten konnte: »Das habt Ihr sehr klug beobachtet. Schließlich war der Brief auch die Ursache dafür, dass der Herzog sich an mich gewandt hat. Er hat mich deshalb nach Usedom geschickt. Genau genommen ist er sogar der Grund, aus dem wir beide nun zusammen in schönster Eintracht in Richtung Mühle marschieren. Weil ich endlich wissen will, was dort vor sich geht. Wie der Herzog auf den Brief reagiert hat, ist mir also durchaus bekannt. Was ich aber nicht weiß, nun aber endlich von Euch erfahren will: Könnt Ihr Euch an die Umstände erinnern, unter denen Ihr zu diesem Brief gekommen seid?«

Nun war es an Georg Drach, sich nach Friedrich umzudrehen und ihn breit anzugrinsen. »Natürlich«, sagte er. »Ich habe schon verstanden, dass Euch dieser Teil besonders interessiert und weitaus mehr als derjenige, den Ihr ohnehin bereits kennt. Aber wenn Ihr etwas von mir wissen wollt, so fragt mich direkt und geht keine Umwege. Sie sind leicht zu durchschauen und zeugen außerdem von einem gewissen Misstrauen. Ihr dachtet, ich bemerke das nicht, und hieltet Euch für besonders gewitzt. Da habt Ihr Euch allerdings getäuscht.« Sein Schmunzeln wurde tiefer. »Ich habe Euch schon einmal gesagt, dass ich nicht so dumm bin, wir Ihr denkt. Es wäre klug von Euch, wenn Ihr das endlich akzeptieren würdet. Ihr könnt nicht immer alle Probleme alleine und aus eigener Kraft lösen. Zuweilen braucht selbst Ihr die Hilfe anderer. Und wie die Praxis nun schon zum zweiten Mal zeigt, wohl insbesondere die meine.«

Die letzten Worte kränkten Friedrich. Er wollte aufbrausen. Aber genau wie bei Georg Drachs Abgang im Wirtshaus, kam er nicht umhin, einen gewissen Wahrheitsgehalt seiner Worte anzuerkennen. Der reitende Bote des Amtshauptmanns war auf seine Weise intelligent. Schon deshalb konnte eine Zusammenarbeit mit ihm erfreulich und nützlich sein. Friedrich stöhnte. »Also gut. In Zukunft werde ich mich daran halten: Offenheit gegen Offenheit. Aber nun sagt mir endlich, wie Ihr an den Brief gekommen seid.« Durch dieses Zugeständnis war Georg Drach besänftigt und begann breitwillig, die Geschichte des Briefes zu erzählen:

Als er das letzte Mal von Pommern nach Italien geritten war, hatte er eines Abends vor den Toren Frankfurts eine Poststation erreicht. Ermüdet, wie er von der langen Strecke war, die er an diesem Tag zurückgelegt hatte, war er froh, dort die Nacht verbringen zu können. Es war bereits spät. Im Haus hatte sich schon alles zur Ruhe begeben. Er weckte den Wirt, der ihm den Stall aufschloss, wo er das Pferd absattelte, Zaumzeug und Gepäck in dem dafür vorgesehenen Fach verstaute, dem Tier noch etwas Hafer aufstreute und schließlich dem Wirt ins Haus folgte. Er ließ sich ein Bett anweisen und fiel in dem Moment, in dem er die Strohmatratze berührte, augenblicklich in einen tiefen, traumlosen und ungestörten Schlaf, der erst am anderen Tag leichter wurde, als ihn einige Morgengeräusche durchdrangen. Schließlich erwachte er vollständig, frühstückte ohne Hast, aber doch eilig, da er seinen Weg zu möglichst früher Stunde fortsetzen wollte. Zahlte seine Zeche und ging in den Stall, um sein Pferd für die Weiterreise zu rüsten. Als er seine Satteltasche zur Hand nahm, war sein Erstaunen groß. In ihrem äußersten Fach steckte, gut sichtbar, ein großes Kuvert, von dem er sicher wusste, dass es zuvor noch nicht bei seinen Sachen gewesen war. Es war mit einem einfachen Wachssiegel verschlossen, das kein Petschaft trug, und an den Herzog adressiert.

Georg Drach wunderte sich und ging ins Haus zurück. Er versuchte beim Wirt, in Erfahrung zu bringen, woher der Brief kam. Aber der konnte ihm nicht helfen. Das Einzige, was er sicher wusste, war, dass er das Tor zum Stall nach der Ankunft von Georg Drach in der Nacht wieder fest verschlossen und erst im Morgengrauen geöffnet hatte. Er und sein Knecht gingen immer zu den Tieren, bevor sich die ersten Gäste auf den Weg machten. Sie tränkten und fütterten die Pferde, wobei sie in der Regel allein waren. Auch an jenem Morgen war niemand außer ihnen im Stall, das wusste der Wirt genau. Streng genommen hatte der geheimnisvolle Briefträger also überhaupt keine Möglichkeit gehabt, den Brief in Georg Drachs Tasche zu praktizieren.

Fast genauso rätselhaft wie die Frage, auf welchem Weg ihn der Brief erreicht hatte, war aber die Frage, wer ihm das Schreiben zugesteckt haben könnte. Die Wirtsleute und ihr Gesinde versicherten glaubhaft, nichts damit zu tun zu haben. Sie kannten weder den Herzog noch seinen Boten oder einen anderen seiner Untertanen. Sie hatten keinerlei Veranlassung, ihm zu schreiben. Zudem konnten sowohl die Wirtsfrau und ihre Tochter als auch der Knecht nicht lesen und schreiben. Der Wirt konnte es. Seine Fähigkeiten gingen aber nicht über den Grad hinaus, den er zur Bearbeitung seiner Angelegenheiten unbedingt benötigte. Bereitwillig präsentierte er Georg Drach seine Bücher, in denen dieser die Abrechnungen zwar säuberlich, aber in einer ungeübten und fast kindlichen Schrift gemacht fand, die nichts mit den geschwungenen Zügen gemeinsam hatte, mit denen der Name des Herzogs auf dem geheimnisvollen Umschlag kalligrafiert worden war.

Es blieb also Georg Drach nichts weiter übrig, als die restlichen Gäste, die außer ihm in jener Nacht Obdach in der Poststation gefunden hatten, als mögliche Absender zu überprüfen. Es war dies eine größere Reisegesellschaft mit Damen, die von Fulda kamen und nach Würzburg weiterreisen wollten, wo sie zu einer Hochzeit eingeladen waren. Auch sie wussten nichts von einem Brief und kamen als Schreiber ebenfalls nicht infrage. Sonst war im fraglichen Zeitraum nur noch ein fahrender Händler in der Station anwesend. Er musste aber schon zu sehr früher Stunde aufgebrochen sein. Jedenfalls war von ihm keine Spur mehr zu entdecken, als Georg Drach sich nach ihm erkundigte. Der Wirt hatte ihn das letzte Mal gesehen, als er mit seinen morgendlichen Arbeiten begonnen hatte. Der Mann war in die Gaststube gekommen, um für sein Nachtlager zu bezahlen. Wahrscheinlich war er schon wieder auf der Landstraße, wo er aber eine ganz andere Himmelsrichtung eingeschlagen haben musste als Georg Drach, der unterwegs vergeblich die Augen nach ihm offenhielt.

Schließlich gab er seine Bemühungen auf und vergaß den Brief bis zu seiner Ankunft in Italien. Erst dort wurde ihm aus dem Verhalten des Herzogs klar, dass dessen Inhalt bedeutender war, als er gedacht hatte. Aber nun war es für Nachforschungen zu spät. Als Georg Drach auf dem Rückweg nach Wolgast abermals in der Post von Frankfurt Station machen wollte, fand er nur noch Ruinen vor. Der Hof lag abgebrannt an der Landstraße. Seine Bewohner waren verschwunden. Georg Drach ritt in die Stadt weiter, wo er sich nach dem Wirt und seiner Familie erkundigte. Mit vieler Mühe konnte er in Erfahrung bringen, dass der Wirt und seine Frau, auf ihrem einsamen, außerhalb der Stadtmauern gelegenen Hof schlecht geschützt, von durchziehenden Truppen getötet worden waren. Ihre Tochter hatte man vergewaltigt und dann ebenfalls erschlagen. Einzig der Knecht überlebte das Massaker. Er konnte sich verstecken, beobachtete, wie seine Herrschaft misshandelt und getötet wurde, und schlug sich später auf verschlungenen Wegen zu seiner Schwester durch, die in der Nähe von Offenbach als Magd auf einem großen Hof arbeitete. Die Bauern hatten Mitleid mit dem Bruder ihrer Dienerin, der seit dem Überfall auf die Poststation nicht mehr sprach. Sie nahmen ihn bei sich auf und ließen ihn allerlei grobe Arbeiten verrichten.

Hier beendete Georg Drach seinen Bericht mit dem Hinweis, dass er von weiteren Ermittlungen abgesehen habe. Nach Offenbach zu reiten, sei ihm angesichts der Stummheit des nun mehr einzigen lebenden Augenzeugen nicht sinnvoll erschienen. Lieber habe er sich darauf verlegt, zwar mit einigem Abstand, aber ungefähr im gleichen Tempo wie Friedrich zu reisen, um ein Auge auf ihn zu haben und ihm bei Schwierigkeiten zur Seite stehen zu können.

Auf diese letzte Bemerkung erwiderte Friedrich nichts. Was ihm nicht zuletzt der Umstand ermöglichte, dass nun endlich die Mühle vor ihnen sichtbar wurde. »Ihr seht also, verehrter Junker«, sagte Georg Drach, der über die Konzentration erstaunt war, mit der sich Friedrich seine Geschichte angehört hatte, »ich kann Euch leider nichts Genaues über den Brief sagen. Der Krieg ist schlimm und hat vieles vernichtet. Wenn es doch noch einen Hinweis auf den Überbringer des Schriftstückes gab, was ich nicht glaube, dann hat ihn der Postwirt von Frankfurt mit ins Grab genommen. Vielleicht hat er aber auch gar nichts gewusst, weil in diesem Falle auch ein Geist am Werk gewesen sein könnte. Denn nach menschlichem Ermessen gab es einfach keinen natürlichen Weg, auf dem der Umschlag in meine Tasche hätte kommen können.«

Friedrich ignorierte die letzte Bemerkung und schwieg weiterhin. Er hatte sich alle Einzelheiten von Georg Drachs Erzählung gut gemerkt und in die entsprechenden Schubladen seines Gehirns gelegt. Im Moment konnte er nichts von den Erklärungen, die sie beinhalteten, gebrauchen und war vorderhand genauso schlau wie früher. Aber wer wusste schon, ob nicht eines dieser Details später das fehlende Mosaiksteinchen sein würde, aus dem sich dann ein ganzes Bild ergab?

Unterdessen hatten sie die Landstraße verlassen und waren in einen Dünenweg eingebogen, auf dem sie kreischende Möwen begrüßten. Mit derselben Aufmerksamkeit, mit der er zuvor Georg Drach zugehört hatte, nahm Friedrich nun die sagenumwobene Mühle in den Blick, die immer noch nicht aussah wie ein Spukhaus, sondern überraschend gut instand war. Die vier gewaltigen Flügel standen reglos in der windstillen Sommerluft. Sie unterbrachen angenehm die strenge Eintönigkeit des Strandes, die außerdem durch einen Streifen Birken aufgelockert wurde, der sich zu beiden Seiten an den Hügel anschloss und den der Baumeister dazu genutzt hatte, ein kleines Wohnhaus für den Müller und seine Familie in windgeschützter Lage hinter das Wäldchen zu setzen. Zum Haus floss ein kleiner Bach, der künstlich vom Meer hergeleitet worden war.

»Wenn man nicht wüsste, dass der Müller die doppelte Kraft aus Wind und Wasser gebraucht hat, um dem Teufel das Seine zu geben, könnte man diese Konstruktion für eine technische Meisterleistung halten«, sagte Georg Drach. »Sie ist übrigens in mehreren Etappen entstanden. Die Mühle ist zwei Mal abgebrannt. Das erste Mal sieben Jahre, nachdem sie gebaut worden war. Das zweite Mal sieben Jahre nach ihrem Wiederaufbau. In der ersten Mühle hat Maxim Mugner nur Windkraft gehabt. Dann hatte er nur das Mühlrad. Aber beides alleine hat dem Teufel nicht ausgereicht. Er brauchte mehr Kraft, um die armen Seelen zu mahlen. Und so ist der Müller, der verhindern wollte, dass der Bösewicht ihm seine Mühle ein drittes Mal abbrennt, schließlich darauf gekommen, beides zu kombinieren.« Friedrich sah kurz auf seinen Begleiter und schüttelte noch kürzer den Kopf. Angesichts des tiefen Friedens, der hier herrschte, schien ihm eine weitere Reaktion auf diese Ausführungen verschwendet. Haus und Mühle lagen in vollkommener Ruhe in der Sonne. Deren Strahlen hatten sich in den Fensterscheiben gefangen. Sich gebündelt, intensiviert. Und in dem Augenblick, in dem Friedrichs Blick auf sie fiel, zerbrachen sie in ein Feuerwerk von Farben, dessen Stärke und Schönheit das Auge des Betrachters nicht standhielt und es niederzwang.

Aus dieser Beobachtung wurde Friedrich abermals von Georg Drach gerissen, der, ebenfalls stumm dieses Wunderwerk des Lichtes verfolgte, neben Friedrich zu stehen gekommen war. »Ich schlage vor«, sagte er nun, »dass wir uns an diesem Punkt trennen. Ihr geht Euren Geschäften nach, ich den meinen. Wenn Ihr wollt, können wir nachher wieder gemeinsam zurück in die Stadt gehen. Aber dann wäre es gut, wenn Ihr Euch dazu verstehen könntet, doch zu mir in den Sattel zu steigen. Ich werde schon aufpassen, dass Euch nichts geschieht.«

Sie gingen auseinander. Friedrich ins Innere des Hauses, während sich Georg Drach dem Mühlrad zuwandte. Die Haustür ließ sich leicht öffnen. Die Kammer, die Friedrich betrat, war nicht sehr hoch und hatte niedrige Fenster. Im vorderen Bereich lagen einige Strohsäcke. In der hinteren Ecke war eine Kochstelle eingebaut. Sie war einfach, musste aber bequem zu bedienen sein. Wer immer sie eingebaut hatte, war mit praktischem Verstand ausgestattet gewesen und hatte darauf geachtet, dass Koch oder Köchin nicht unnötig viele Handgriffe zu tun hatten. Über dem Herd hing auf dem vorletzten Zahn oberhalb der Decke ein schöner Kochtopf aus Messing.

Friedrich stutzte. War der Topf, als er den Raum zum ersten Mal betreten hatte, so weit oben gehangen? Er meinte, sich zu entsinnen, dass er mühelos hatte in ihn hineinsehen können. Wenn er damals schon an seiner jetzigen Position gehangen hätte, hätte er sich ausstrecken und ihn von oben herablassen müssen, um seinen Inhalt zu prüfen. Und er war sich fast sicher, dass er ohne diese Anstrengung wahrgenommen hatte, dass der Topf leer war.

Friedrich erinnerte sich an ein Flugblatt, das ihm bei seiner Ankunft in Wolgast in die Hände gefallen war und in dem behauptet wurde, dass nachts alle Gerätschaften der Mühle in Unordnung gerieten, um am Tag wieder hergerichtet zu werden. Offenbar aber war der aufräumende Geist nicht sehr sorgfältig und hatte nur ungenau auf die ursprüngliche Ordnung geachtet, dachte Friedrich sarkastisch. Er bediente die Kette und zog den Topf zu sich heran. Reste von Wasser waren enthalten. Sollte ihm sein Gedächtnis einen Streich gespielt haben? Vorsichtig schob er die Asche im Herd auseinander. Dabei verströmte sie einen Geruch von kürzlich erloschenem Feuer. Er hatte sich also nicht getäuscht. Nachdem er das letzte Mal hier gewesen war, hatte jemand die Küche benutzt. Die Frage war nur: Wer? Und zu welchem Zweck?

Er ließ seinen Blick über die Regale schweifen. Auch hier war offenbar hantiert worden. Die großen irdenen Behälter, die der Vorratshaltung dienten, standen nicht mehr in der gleichen akkuraten Reihe, die Friedrich noch von seinem letzten Besuch im Gedächtnis geblieben war. Mit zunehmendem Interesse griff er nach einem Geschirr und öffnete es. Es war leer. Enttäuscht stellte er es zurück.

Aber was war das? Hinter den Gefäßen glitzerte etwas. Er räumte die drei nächsten Büchsen zur Seite. Und siehe da: Dieses Mal hatte er sich nicht getäuscht. Ganz hinten auf dem Bord lag ein Ring. Friedrich langte ihn hervor und hielt in seiner Hand einen violett schimmernden Amethyst, der von Brillanten umrahmt und in einen breiten Goldring gefasst war. In einen auffällig breiten Ring. Zu breit für eine Frauenhand. Eine Weile betrachtete Friedrich ihn. Was hatte er hier zu suchen? Es war offensichtlich, dass er nicht in die ärmliche Behausung des Müllers passte. Woher kam er? Wem gehörte er? Plausible Antworten auf diese Fragen wollten ihm nicht einfallen. Er steckte den Ring in seine Tasche und beschloss, dieses Problem auf einen späteren Zeitpunkt zu verschieben.

Er stieg die Treppe empor, die in die obere Kammer des Hauses führte. Dort befand sich das große Bett mit den zwei Strohsackmatratzen. Er untersuchte dieses Möbel ebenfalls, konnte aber im Vergleich zu seinem letzten Besuch keine Veränderung feststellen. Sein Blick fiel durch die Tageslichtluke, durch die das Zimmer beleuchtet wurde. Er sah Georg Drach, der das Mühlrad eingehend betrachtete. Nach einer Weile machte er sich eifrig an ihm zu schaffen. Dann sah es so aus, als ob er die Entfernung ermittelte, die zwischen Mühlrad und Brücke lag. Das zumindest folgerte Friedrich aus der Tatsache, dass sein Weggefährte mehrmals mit langsamen und bemüht gleichgroßen Schritten den Weg zwischen beiden Punkten zurücklegte. Aber damit nicht genug. Er stieg außerdem noch ins Wasser und maß dessen Tiefe mit Hilfe einer Latte aus. Ein bemerkenswert exaktes Vorgehen für jemanden, der an Geister glaubt, dachte Friedrich belustigt. Waren inzwischen in Georg Drachs Gedanken die Samenkörner aufgegangen, die er, Friedrich, dort gesät hatte? Hatte Georg Drach Zweifel an übernatürlichen Erscheinungen bekommen? Suchte er mittlerweile tatsächlich die irdischen Grundlagen für den Mord?

Unterdessen war Georg Drach dazu übergegangen, das Gebüsch am Ufer eingehend zu prüfen. Er schien am Boden etwas zu suchen. Und auch etwas zu finden. Friedrich trat näher an die Luke. Nun bückte sich Georg Drach, hob etwas auf und ließ es in seine Tasche gleiten. Was das sein mochte? Ob sein Gefährte Wort hielt und ihm auf dem Rückweg seinen Fund zeigte? Nachdem er sich über Friedrichs Misstrauen beklagt hatte, war das wohl eine Forderung, die recht und billig war. Friedrich war gespannt, wie weit Georg Drachs eigenes Vertrauen ging, dessen er sich so eifrig gerühmt hatte. Noch einmal verschwand Georg Drach im Gebüsch. Als er wieder hervorkam, hatte er abermals einen Gegenstand in der Hand. Es schien eine Tasche oder ein Rucksack zu sein. Georg Drach öffnete ihn und nahm einen Gegenstand heraus. Friedrich stutzte. Das, was sein Begleiter in den Händen hielt, sah wie ein Buch aus. Jedenfalls aus dieser Entfernung. Es war mit Gold verziert und funkelte in der Sonne. Georg Drach begutachtete es eine Weile. Dann verstaute er es wieder und packte den Rucksack in seine eigene Tasche. Damit waren seine Untersuchungen offenbar beendet. Er setzte sich auf die Bank vor dem Haus und ließ sich von der Sonne bescheinen, die ihren Zenit bereits überschritten hatte. Friedrich verließ seinen Beobachtungsposten am Fenster und trat ebenfalls ins Freie.

»Ihr habt vorhin die Vermutung geäußert, dass der anonyme Brief von Geisterhand zu Euch gebracht worden ist. Glaubt Ihr auch, dass Gespenster heißes Wasser benötigen?«, fragte er Georg Drach, der ihn nicht kommen gehört hatte und bei diesen Worten erschreckt zusammenzuckte. Er wandte sich Friedrich zu und sah ihn verständnislos an. »Nichts im Haus deutet darauf hin, dass es bewohnt ist. Weder von Menschen noch von Gespenstern. Oder wenn tatsächlich Letztere hier hausen sollten, dann sind es zumindest zwei. Ein ordentlicher und ein weniger akkurater Geist. Als ich neulich auf dem Weg nach Wolgast war, habe ich mir das Haus schon einmal angesehen. Im Schlafzimmer ist seitdem nichts verändert worden. Das Bett ist mit einer dicken Schmutzschicht überzogen. Aber unten ist alles sauber und tadellos geputzt. Und es hat seit meinem letzten Besuch irgendjemand Wasser gekocht. Deshalb frage ich Euch: Brauchen Gespenster heißes Wasser? Man sollte meinen, sie hätten in der Hölle genug davon und könnten dort in größeren Kesseln kochen als in dem kleinen und bescheidenen der Lisbeth Mugnerin.«

Georg Drachs Gesicht, das sich in der Sonne entspannt hatte und leicht schläfrig geworden war, hatte einen verdrießlichen Zug angenommen. »Ich dachte, wir hätten uns darauf geeinigt, dass wir dieses Thema nicht mehr zur Sprache bringen wollten«, sagte er statt einer Antwort. »Es ist nicht nett von Euch, immer wieder darauf zu bestehen. Ich habe keine Ahnung, ob sich Geister heißes Wasser bereiten. Es ist nicht sehr wahrscheinlich, dass sie derartig profanen Tätigkeiten nachgehen. Was aber nicht beweist, dass es sie nicht gibt.« Er hielt ärgerlich inne und überlegte. »Ich vermute, dass unser Mordopfer, bevor es seine Mörderin traf, hier eine Rast eingelegt und die Küche benutzt hat. Das wäre doch zumindest eine Erklärung, die in Eurem Sinn sein müsste. Sie hat Hand und Fuß, unterliegt den Gesetzen der Wahrscheinlichkeit, Logik und Erdanziehungskraft und auch sonst noch allen Regeln, die Ihr so liebt. Also hört endlich auf, immer wieder auf die Geisterfrage zurück zu kommen. Ich dachte, dass ich Euch heute Vormittag meine Haltung zu diesem Thema klar dargelegt hätte. Ich kann nichts dafür, dass der Herzog Euch diese lange Reise zugemutet hat. Also hört endlich auf, Eure schlechte Laune an mir auszulassen.«

Friedrich sah, dass der gutmütige Georg Drach ernsthaft verärgert war. In einer für ihn untypischen Verlegenheit setzte er sich neben ihn. Schwieg und wartete, bis der andere weitersprach. Aber der tat ihm den Gefallen nicht und Friedrich ergriff nach einer Weile selbst das Wort. »Ihr habt mir noch gar nichts über den Toten erzählt. Was wisst Ihr über ihn?« Georg Drach warf ihm einen abschätzigen Seitenblick zu und erwiderte kurz angebunden: »Wie ich Euch schon sagte: Der Amtshauptmann hat hier eine Leiche gefunden. Seine Mörderin hatte ihn ans Mühlrad gebunden. Wer weiß: Vielleicht ist sie eine Hexe und wollte ihn dem Satan opfern. Was sie aber nicht mehr geschafft hat. Sie wurde überwältigt. Seitdem sitzt sie im Schlossverlies.« Friedrich lag es schon auf der Zunge, die Tapferkeit und Stärke desjenigen zu loben, der es, furchtlos und tollkühn, geschafft hatte, eine leibhaftige Hexe gefangen zu setzen. Er war kurz davor, Georg Drach zu fragen, ob er denn ganz sicher sei, dass sie immer noch im Kerker sitze und sich nicht schon längst in Luft aufgelöst oder sich mit Hilfe ihres Besens ins Freie gerettet habe. Aber er sah, dass Georg Drach immer noch abweisend vor sich hin blickte, und beschloss, auf derartige Bemerkungen zu verzichten. Stattdessen stand er auf und reichte ihm die Hand. »Ich würde noch gerne einen Blick in die Windmühle werfen. Kommt Ihr mit?« Georg Drach erhob sich, ohne Friedrichs Hilfe angenommen zu haben. Folgte ihm aber, wenn auch schweigend.

Friedrich öffnete die Tür und trat ein. Er war auf den Gegensatz zwischen der hellen Sonne und dem halbdunklen Dämmerlicht, das in der Mühle herrschte, gefasst gewesen und hielt einen Moment inne, um seine Augen an die Dunkelheit zu gewöhnen. Langsam tauchten die Umrisse von Mahlstein und Trichter vor ihm auf. Schon konnte er das Holzgerüst erahnen, das parallel zu den dicken Steinmauern verlief. An ihm war das Stockrad aufgehängt, das mit allerlei kleineren Rädern, Winden, Seilen, Hebeln und Bremsen mit Mahlstein und Trichter verbunden war.

Georg Drach, der hinter Friedrich stand und ihm über die Schulter sah, war von dem hohen technischen Stand beeindruckt und gab unwillkürlich einen bewundernden Laut von sich. Friedrich drehte sich um und sah ihn fragend an. Aber Georg Drach war zu einer Erklärung nicht aufgelegt. Er ärgerte sich immer noch über seinen Begleiter. Er hatte von seiner Seite alles getan, um Frieden zu schließen. Aber offenbar war der Magister Junker zu Trostberg doch nicht so nett, wie er zwischenzeitlich gedacht hatte. Jedenfalls schien ihm an einem freundlichen Umgang nicht viel zu liegen. Wenn er unbedingt Streit suchte, dann konnte er das haben. Er, Georg Drach, hatte es mit Sicherheit nicht nötig, sich von diesem schwächlichen Gelehrten, der sich noch nicht einmal auf sein Pferd traute, ins Bockshorn jagen zu lassen. Da konnte der nun ein noch so reuiges Gesicht aufsetzen. Darauf würde er, Georg Drach, bestimmt nicht mehr hereinfallen. Von Friedrich zu Trostberg hatte er genug. Er wollte nichts mehr von ihm wissen. Er wollte nur noch eins: sich in Ruhe dieses technische Meisterwerk ansehen und dann in die Stadt zurückreiten, um dem Amtshauptmann seine Beobachtungen mitzuteilen. Dann wollte er mit dieser ganzen Angelegenheit nichts mehr zu tun haben und keine weitere Zeit mit überflüssigen Gedanken über Gespenster, Geister und Hexen verschwenden.

Er ging um Friedrich herum, öffnete einen Fensterladen, um besser sehen zu können. Und erschrak furchtbar. Es starrte ihn ein verfratztes Gesicht mit weit aufgerissenem Maul an. Georg Drach schickte ein Stoßgebet zum Himmel. Dieses Antlitz war entsetzlich. Er hätte die Mühle besser meiden sollen. Es gab hier doch Teufel und Dämonen. Mit äußerster Willensanstrengung gelang es ihm, seine Augen von diesem grauenhaften Anblick abzuwenden. Nur um gleich darauf in das nächste, vollkommen identische, ebenfalls stockstarre Zerrbild einer menschlichen Physiognomie zu blicken. Unsicher tastete er mit seinen Augen die Wand ab und sah weitere Masken. Er brauchte zwei oder drei Sekunden, bis er begriff: Das waren keine bösen Geister, sondern nur kunstvoll geschnitzte Holzbilder, mit denen die Öffnungen, aus denen das Getreide in den Mahlstein geschüttet wurde, verkleidet waren. Der Volksmund nannte sie ›Kleiekotzer‹. Georg Drach war erleichtert. Aber mit seinen Nerven stand es wirklich nicht zum Besten. Was jedoch kein Wunder war, nachdem er sich den ganzen Tag mit diesem Magister hatte herumschlagen müssen. Es wurde höchste Zeit, dass er auf andere Gedanken kam.

Sein Blick glitt ab und wandte sich interessiert einer Seilwinde zu, die offenbar den Zweck hatte, schwere Lasten mühelos nach oben zu ziehen. Er musste einmal sehen, wie das zusammenhing. Wahrscheinlich diente diese Konstruktion dazu ... Weiter kam er in seinen Überlegungen nicht. »Bleibt sofort stehen und rührt Euch nicht mehr von der Stelle!«, wurde er barsch von Friedrich zurechtgewiesen. Er fuhr herum. Das war eindeutig zu viel. Dieser Mann hatte ihm nichts zu sagen und schon gar nicht in diesem Ton. Was bildete der sich überhaupt ein? Das war eine Unverschämtheit. »Ihr sollt Euch nicht bewegen, habe ich gesagt. Steht endlich still und seht mich nicht so böse an. Dazu habt Ihr keinen Grund. Schaut lieber einmal auf den Boden und sagt mir, was Ihr dort seht.« Verdutzt blickte Georg Drach nach unten. Der Mann war wirklich wunderlich. Vielleicht sollte er gar nicht zornig auf ihn sein, sondern Mitleid mit ihm haben? Offenbar war er nun endgültig von allen guten Geistern verlassen und hatte seinen Verstand verloren. Denn außer einer dicken Staubschicht, mit der der graue, kalte Steinboden überzogen war, konnte er nichts entdecken. »Ich sehe nichts. Darf ich mich nun endlich wieder rühren? Es wird allmählich unbequem, hier so verrenkt zu stehen«, gab er verärgert zurück. Friedrich ignorierte diesen Einwand. »Seht einmal genauer hin. Ihr habt eine sehr schöne Spur im Staub hinterlassen. Ihr seid zum Trichter gegangen, was deutlich zu sehen ist. Aber kurz vor dem Mahlstein verzweigt sie sich. Die zweite Spur verläuft weiter rechts und führt zu dieser Leiter da.« Friedrich hielt inne und streckte seinen Kopf in die Höhe, um dem Verlauf der Stiege zu folgen. »Wir wollen einmal sehen, wo sie endet. Kommt!«

Im Gegensatz zum Boden hatte sich auf der Leiter kein Stäubchen festgesetzt. Die schmalen Stufen, die es gerade einer Person ermöglichte, nach oben zu gelangen, waren ausgetreten und blank von regelmäßiger Benutzung. Friedrich und Georg Drach kletterten zwischen Scheibenläufen, Stirn-, Kamm- und Bunkerrädern herum. Wobei Friedrich in seinem tiefsten Herzen heilfroh war, den treuen Georg Drach hinter sich zu wissen. Der steile Aufstieg in der Mechanik der Mühle war bei diesen schlechten Lichtverhältnissen nicht ganz ungefährlich. Zumal Friedrich immerzu befürchtete, versehentlich einen Mechanismus auszulösen, der das ganze Getriebe in Gang setzte. Wie leicht konnte es dann passieren, dass einer von ihnen stürzte, zwischen die Räder geriet und schließlich im großen Mahlstein fein säuberlich zermalmt wurde. Wenn man sich nicht sehr vorsah, ging das schnell. Dazu war nicht einmal der 13. Mahlgang des Teufels notwendig.

Glücklicherweise aber passierte nichts dergleichen. Mit heiler Haut, unverletzt, nur etwas schmutzig, erreichten sie das Ende der Leiter. Unsicher balancierte Friedrich auf einem Balken, auf dem die Spur, die er verfolgte, wieder sichtbar geworden war. Sie führte ihn direkt zur Mühlachse und endete an einer großen, fast torartigen Luke. Er war erstaunt, wie leicht sich der Riegel, der sie verschloss, zur Seite schieben ließ. Er konnte sie mühelos öffnen.

Und war von dem Ausblick überwältigt. Weit und breit nur blaues, glitzerndes Meer, das in völliger Windstille unbewegt und ruhig zu seinen Füßen lag. Die Schreie der Möwen waren hier oben nicht zu hören. Kein Schiff war zu sehen. Nur ganz weit hinten, im Dunst des Horizonts verschwommen, meinte er, schwach die Umrisse der schwedischen Küste zu erkennen. Aber das war möglicherweise auch Einbildung. Er drehte sich zu Georg Drach um, der neben ihn getreten war. »Seht Euch das an, alter Freund. Und dann macht nicht mehr ein so brummiges Gesicht. Das steht Euch ganz und gar nicht.« Georg Drach sah zum Meer. Sah dann in Friedrichs Gesicht, das, wie die Fenster des Mühlenhauses, die sie bei ihrer Ankunft gesehen hatten, die Sonne eingefangen hatte, ihre Strahlen intensivierte, in starken Farben reflektierte und einen Widerschein des Meeres aufgelegt hatte. Friedrichs Gesicht leuchtete. Und zum ersten Mal, seit Georg Drach es kannte, war es vollkommen unbesorgt, zufrieden und glücklich. Dann sah Georg Drach zum Meer. Und abermals zurück zu Friedrich. Und fühlte sich schlagartig versöhnt.

Eine Weile standen die beiden Männer einträchtig nebeneinander und blickten gemeinsam in blaue Fernen. Dann wurde Friedrich unruhig. Er drehte sich um, sah ins Innere der Mühle, kehrte sich wieder dem Meer zu. »Aber warum ist unser fußspurenhinterlassendes Gespenst hier heraufgekommen? Könnt Ihr mir das erklären? Wollte es die Aussicht genießen? Oder die Mühlenflügel reparieren? Denn anscheinend ist dieser Ausgang genau zu diesem Zweck gemacht.«

Zu Georg Drachs Entsetzen lehnte sich Friedrich, während er sprach, weit aus der Öffnung heraus und griff nach

einem Flügel. »Von hier aus kann man durch einen einzigen Klimmzug auf das Flügelkreuz gelangen. Und mit diesem Seilzug dort wohl auch einiges Werkzeug transportieren. Es hängt sogar etwas dran. Seht einmal. Könnt Ihr erkennen, was es ist?« Er schob seinen Oberkörper noch ein Stückchen weiter nach vorn. »Jetzt kann ich es identifizieren. Es ist eine Lampe, die am Seilzug hängt. Eine Laterne.« Er verstummte und kam wieder ins Innere des Raums zurück. »Was also wollte unser Gespenst …?«
Georg Drach verzog seine Miene. »Also gut, was wollte unser Unbekannter hier? In einem unbewohnten Haus und in einer Mühle, die nicht mehr in Betrieb ist? Noch dazu in einem Winkel, der alles andere als leicht zugänglich ist?«

Seit seinem mitternächtlichen Erlebnis mied der junge Johann Speyer die Werkstatt seines Vaters noch konsequenter, als er das früher ohnehin schon getan hatte. Er war noch ein oder zwei Mal des Nachts dorthin zurückgekehrt, um die Flugblätter zu drucken, die der schwarze Mann bei ihm bestellt hatte. Aber die Räume waren ihm unheimlich geworden. Er fühlte sich nicht mehr sicher. Er war entdeckt worden und hatte Angst, abermals aufgespürt und gepeinigt zu werden. Möglicherweise mit einem weniger glimpflichen Ausgang. Kurzerhand hatte er die Holzstöcke, die er für seine Tierfabelserie benötigte, zu seiner Freundin Louisa gebracht. Ebenfalls mit sich genommen hatte er eine kleine Menge an Papier und Druckerschwärze, die er seinem Vater entwendet hatte.

Mit diesem Vorrat wollte er eine Weile haushalten. Wie er verfahren würde, wenn er ihn aufgebraucht hatte, blieb abzuwarten. Er hoffte, dass bis dahin sein nächtlicher Besucher das Interesse an ihm verloren haben würde. – Immerhin hatte er seinen Teil des Pakts eingehalten. Er konnte also erwarten, dass der Federhütige sich seinerseits an das Versprechen erinnerte und vergaß, dass er, Johann Speyer, einst eine Schmähschrift auf den Herzog in Umlauf gebracht hatte. Erfreulicherweise sah man sie immer seltener im Herzogtum. Mit etwas Glück verloren sich die Erinnerungen an das Flugblatt bald vollständig und der unheimliche Mann begegnete ihm nie wieder.

Johann Speyer hatte aus dem Überfall in der Druckerei seine Lehren gezogen. Nach der Heimsuchung durch den Schwarzen hatte er am Grab seiner Mutter geschworen, sich in Zukunft auf ungefährliches Schrifttum zu verlegen. Auch wenn der Gewinn geringer war. Es tat ihm zwar weh, sich einschränken zu müssen. Aber es war ihm recht, wenn dadurch seine Nerven weniger in Mitleidenschaft gezogen wurden. Sie waren ohnehin schwach. Und er war davon überzeugt, dass er eine zweite Aufregung der Art, wie er sie in der nächtlichen Werkstatt erlitten hatte, nicht überleben würde.

Nun druckte er also Tierfabeln. Die Kammer seiner Freundin war zwar auf Dauer etwas eng. Aber für den Moment reichte sie aus. Ein Vorteil war immerhin, dass er seine Abzüge bei Tage und bestem Licht herstellen konnte. Er hatte Louisas nachmittägliche Abwesenheit genutzt und sich fleißig ins Zeug gelegt. Hatte eine größere Anzahl von Exemplaren zu einem Bündel geschnürt, es unter den Arm geklemmt und die Wohnung verlassen. Schon bevor er zu Louisa gezogen war, hatte er sich mit dem Buchführer Melchior Lechter unterhalten, der sein Sortiment bei seinem Vater gelagert hatte. Johann Speyer wusste, dass der Händler es spätestens an diesem Tag abholen musste, wenn er eine höhere Lagergebühr vermeiden wollte. Er hatte schon am Vormittag versucht, ihn abzupassen, um ihm ein Geschäft vorzuschlagen. Aber er hatte vergeblich gewartet und dann beschlossen, sein Glück noch einmal nach der Mittagspause zu versuchen.

Louisa wohnte am Rand der Stadtmauer, in der Straße, in der die Badestube untergebracht war. Der Jüngling hatte das enge Zimmer, in dem er seit Mittag gearbeitet hatte, früher verlassen, als notwendig gewesen wäre. Er schlenderte am Hafen entlang. Zu dieser Stunde herrschte reges Treiben. Es hatte ein größeres Handelsschiff angelegt, das mit allerlei Edelfracht beladen wurde. Im Vorbeigehen hörte Johann Speyer, wie sich zwei Matrosen unterhielten. Sie trugen eine große Truhe an Bord, die ein Goldschmied aus Bremen bestellt hatte. Offenbar enthielt sie eine wertvolle Fracht. Der junge Drucker blieb einen Augenblick stehen. Warf einen begehrlichen Blick auf die Kiste. Dann aber wanderten seine Augen zu den beiden Trägern. Ernüchtert wandte er sich ab. Die Arbeiter waren noch jung. Aber sie hatten die gebeugte Haltung alter Männer. Ihre Kleidung war dürftig und nicht sehr sauber. So gern Johann Speyer im Besitz der Kiste samt ihrem Inhalt gewesen wäre, wenn ein solcher Schatz tatsächlich nur mit schwerer und regelmäßiger Arbeit zu gewinnen war, dann fiel ihm der Verzicht gar nicht einmal besonders schwer.

Endlich erreichte er das Zentrum. Beim Anblick der Petrikirche blieb er stehen. Er sah auf die Uhr. Es blieb ihm immer noch Zeit, bis sein Vater seinen Laden wieder öffnete. Er überlegte, ob er noch einmal das Grab seiner Mutter besuchen und sich für eine kurze Andacht in die Gertrud-Kapelle zurückziehen sollte. Auf diese Weise konnte er zumindest das Versprechen einhalten, das er seinem Schöpfer in jener Nacht gegeben hatte. Er entschloss sich und begab sich in Richtung des Friedhofs.

Gerade schickte er sich an, die schwere Tür der Kapelle aufzudrücken, als er sich von hinten mit eisernem Griff umfasst fühlte und in eine der zwölf Ecken des Zentralbaus gezogen wurde. Vor Schreck ließ er das Bündel mit den Drucken fallen. Es landete auf dem Boden. Im Dreck. Flüchtig dachte Johann Speyer, dass er die Blätter nun nicht mehr verkaufen konnte und die Arbeit des Tages umsonst gewesen war. Er wollte schreien. Aber es legte sich eine Hand vor seinen Mund. Sie war grob und rot und hatte eine schwarze, fellartige Behaarung ausgebildet. Dann wurde es ihm schwindelig und er verlor das Bewusstsein.

Das Erste, was er hörte, als er wieder zu sich kam, war ein leises, höhnisch meckerndes Lachen. Er schlug die Augen auf und sah in einen Sternenhimmel. Irritiert kniff er die Augen zusammen. Öffnete sie wieder. Erkannte, dass sich das Gewölbe der Kapelle über ihm geöffnet hatte. Dann sah er den Mann. Er saß, nicht weit von ihm, im Gestühl des Andachtsraums. Wieder trug er einen schwarzen Umhang und einen Hut mit einer Feder. Bei Tageslicht sah Johann Speyer, dass es eine Hahnenfeder war. Kaum, dass er bemerkt hatte, dass sein Opfer erwacht war, meckerte er wieder. Dieses Mal in artikulierten Worten. »Du bist ein Waschweib. Das sieht man schon an deinem Aufzug. Wahrscheinlich verwendet keine Frau so viel Sorgfalt auf ihre Garderobe wie du auf deine. Es fehlt nur noch, dass du anfängst zu heulen.« Der Schwarze blickte verächtlich auf den Jungen, der, obwohl er das Bewusstsein zurückerlangt hatte, auf dem Boden liegen geblieben war und die Augen wieder geschlossen hatte. »Sieh mich gefälligst an, wenn ich mit dir rede. Das ist das Mindeste, was ich von dir verlangen kann.« Johann Speyer blinzelte. Er hatte gehofft, dass er sich mit geschlossenen Augen unsichtbar machen konnte. »Für dein Verhalten gibt es keinen Grund und keine Entschuldigung. Du solltest inzwischen erkannt haben, dass man sich auf mich verlassen kann. Oder habe ich mein Versprechen etwa nicht eingehalten?« Johann Speyer schüttelte leicht den Kopf. »Eben. Du solltest bemerkt haben, dass man mit mir Geschäfte machen kann. Genau aus diesem Grund möchte ich dir noch einen weiteren Handel vorschlagen. Und ich rate dir: Du solltest nicht auf den Gedanken kommen, ihn auszuschlagen.«

Irene hörte ein leises Kratzen an der Tür, das von der anderen Seite der Mauer kommen musste. Es war ein fremder Laut. Die Geräusche, die innerhalb ihres Kerkers entstanden, kannte sie inzwischen genau genug. Sie wusste, wie sich das Rascheln der Mäuse und das Knistern des spärlich gestreuten Strohs anhörten. Damit hatte dieses entfernte Reiben ebenso wenig gemein wie mit dem

Tropfen der Feuchtigkeit, die tief im Gemäuer saß und sich an der Oberfläche der Steinwände von überall her eintönig Wege zum Boden bahnte. Oder mit dem eigenartigen Klang der Stille, den sie vernehmen konnte, wenn alle anderen Töne verhallt waren.

Irene, die von zu Hause fortgegangen war, um dem Schweigen zu entkommen, hatte während ihrer Gefangenschaft schon bald ein unheimliches Interesse an ihm entwickelt. Sie hatte schnell aufgehört, sich an ihr früheres Leben zu erinnern und an alles, was sie in ihm gehört hatte. Seit sie in ihrem Loch saß, vertrieb sie sich die Zeit damit, die Geräusche, die ihr finsteres Verlies erzeugte, genauestens zu belauschen. Sie kannte ihre Frequenzen so gut, wie sie die Stimme ihres Vaters und ihrer Amme niemals gekannt hatte. Von denjenigen der durchreisenden Gäste des Pfarrhauses ganz zu schweigen. Auch an die Stimme des Magisters, den sie auf dem Weg nach Wolgast getroffen hatte, war keine Erinnerung geblieben. Sie wusste nur noch ungenau, dass sie angenehm gewesen war und seltsam vertraut. Sie hatte immer wieder verzweifelt in ihre Erinnerung hineingehört, um sie zu beleben. Einmal – wann war das gewesen? Vor Stunden? Oder erst vor Minuten? – hatte sie sogar gemeint, ganz entfernt, durch die dicken Mauern des Verlieses gedämpft, aber doch deutlich genug, ein schwaches Echo dieser Stimme vernommen zu haben. Sie fragte sie, aufgeregt und doch mutlos: »Was soll ich tun? Kannst du mir nicht helfen?« Sie zweifelte an ihrem Verstand. Dann aber war sie so froh gewesen, etwas anderes als die Stille zu hören, dass sie ihm sogar geantwortet hatte. Er hatte so verzweifelt, ruhelos und gereizt geklungen, dass sie ihm riet, sich zu beruhigen. Sie versprach ihm, dass er dann wieder einen klaren Gedanken fassen könne. Bald werde sie kommen und ihm helfen. Sie schrie diese Worte. Laut und heftig. Aber sie hatte den Eindruck, dass ihre Stimme von den Kerkerwänden verschluckt wurde und nicht zu ihm dringen konnte. Resigniert verstummte sie.

Kaum, dass sie schwieg, herrschte wieder dickste und undurchdringlichste Stille, die sie augenblicklich ganz in Bann zog. Sie entstand aus einem dumpfen Brummen, wechselte dann zu einem höheren Summen, in dem sie sich entfaltete, und löste sich schließlich in einem allumfassenden Sausen und Brausen auf, von dem Irene, wie in den unzähligen Malen zuvor, erst befreit wurde, als sich eine Maus ihrer erbarmte und beim Berühren ihrer Matte ein feines Knistern erzeugte und ein Tropfen Wasser seinen Weg über die Mauer beendet hatte und mit einem leisen, silbrigen Geräusch zu Boden fiel.

Wenn Irene von Zeit zu Zeit doch einmal das angestrengte Ohrenspitzen unterbrach, wurde sie ohnmächtig. Zweimal hatte ihr jemand, während sie schlief, einen Becher mit Wasser und ein Stück altes Brot in die Zelle gestellt. Sie hatte es gierig zu sich genommen und sich gewünscht, beim nächsten Mal den Überbringer dieser Kostbarkeiten zu Gesicht zu bekommen, was ihr aber verwehrt blieb. Sie vermutete, dass man sie beobachtete. Anfangs hatte sie wieder und wieder die Türe abgetastet, in der Hoffnung, doch noch einen Ausweg zu finden. Dabei war sie auf eine Klappe gestoßen, die man aber anscheinend nur von außen öffnen konnte. Offenbar schob man ihr die Lebensmittel absichtlich dann zu, wenn sie nicht bei sich war.

Umso mehr verwunderte sie nun das neue Geräusch, das sich in ihre unhörbare Sinfonie eingeschlichen hatte. Sie war sich sicher, dass an der Tür hantiert wurde. Und das, obwohl sie wach war. Der Ton schlüpfte aus seinem anfänglichen Ungefähr wie ein Schmetterling aus seiner Puppe. Er wurde deutlicher. Irene hörte, wie sich ein Schlüssel langsam, erst schabend und dann krachend, im Schloss drehte. Es wurde irgendein äußerer Riegel gelöst. Endlich schob sich die Tür Millimeter für Millimeter in den Raum. Irene war an die entfernteste Wand zurückgewichen und starrte mit weit aufgerissenen Augen auf das Wunder, das sich vor ihnen vollzog. Die Tür öffnete sich. Der Schein einer Laterne traf sie, von deren Helligkeit sie geblendet wurde. Sie kniff die Lider zusammen und drückte sich unwillkürlich näher an die Mauer, obwohl sich deren spitze, unbehauene Steinnasen zudringlich und schmerzhaft in ihren Körper bohrten. Aber die kannte sie zumindest. Sie schienen ihr ein gewisses Maß an Sicherheit zu garantieren. Irene hatte so sehr darauf gehofft, dass sich eines Tages die Tür öffnen und ein anderer Mensch zu ihr treten würde. Aber jetzt zitterte sie und fragte sich ängstlich, wer da käme. Was würde mit ihr passieren?

In Irenes Gefängnis aber trat niemand anderes als das Werkzeug des Herrn Urian, der Pförtner Thomas. Als erster Wächter des Schlosses war er für die Versorgung der Gefangenen im Burgverlies zuständig. Eine Aufgabe, die ihm wenig zusagte. Er hielt sich nicht gerne im Kerker auf. Dort war es kalt. Es roch nach Schweiß und Angst. Die Gefangenen heulten und klapperten mit den Zähnen. Ja, das Gewölbe selbst schien das Entsetzen, das die Eingesperrten hier unten durchlebt hatten, aufgesogen zu haben und Grauen und Fieberwahn auszudünsten, immer wenn ein Außenstehender eintrat. Jedes Mal, wenn er hier hereinkam, war es Thomas, als würde er von einem dunklen, entzündeten Maul verschlungen, das durch Geschwüre und Abszesse des Schreckens geschwollen war und ihn mit einem Atem anwehte, der Fäulnis und Verwesung in sich trug.

Das letzte Mal, dass er in diesen Rachen hinabsteigen musste, war anlässlich von Maxim Mugners Hinrichtung gewesen. Der Tag, der für dessen Exekution festgelegt worden war, war ein strahlender Nachmittag gewesen, dem gegenwärtigen nicht unähnlich. Thomas hatte die Zelle des Delinquenten betreten. Hatte ihn, wie es seine Pflicht war, gefesselt und ans Tageslicht geführt. In der Ratsstube hatte er ihn dann seinem Henker übergeben, um sich selber aus sicherer Entfernung das Spektakel ansehen zu können.

Gefahrlosen Abstand hielt er in der Regel auch zum Kerker selbst. Normalerweise hätte er Georg Drach gebeten, für ihn den ungeliebten Auftrag zu übernehmen. Aber der Amtshauptmann hatte ihm eingeschärft, dass es für das weitere Gelingen seines Vorhabens notwendig sei, dass kein anderer als er, Thomas, diesen Befehl ausführte. Schon gar nicht Georg Drach, auf den er sich nicht mehr verlassen könne, seitdem der ihm die Ankunft von Friedrich zu Trostberg verschwiegen habe. Mit geschwellter Brust vernahm Thomas bei dieser Gelegenheit, wie sein geliebter und gefürchteter Dienstherr ihn wieder in Gnaden aufnahm. Es war also kein Fehler gewesen, dass er sich gleich nach der Ankunft des Fremden zu Herrn Urian begeben und ihn über die Vorgänge auf dem Schloss unterrichtet hatte. Wie gut, dass er auf seine Intuition gehört hatte. Er hatte sich endlich das Vertrauen des Amtshauptmannes erworben. Er wurde ausgezeichnet. Da war es nicht weiter wichtig, dass er einen unangenehmen Auftrag ausführen musste. Zum Schluss, da war er sich sicher, würde er seinen Lohn empfangen.

In diesem Bewusstsein war er in den Kerker gestiegen. Zwar immer noch widerwillig, aber von der Größe seines Auftrages durchdrungen. Ihm, ihm alleine und nicht Georg Drach oder sonst einem seiner Bediensteten, hatte es der Amtshauptmann zugetraut, die Inhaftierte, eine gefährliche Mörderin, aus den tiefen, unterirdischen Mauern abzuholen.

Die Gestalt aus Fleisch und Blut, die Thomas dann aber mit seiner Laterne anleuchtete, enttäuschte ihn. Sie entsprach so gar nicht den Vorstellungen, die er sich auf dem langen Weg von seiner Pforte bis hier herunter gemacht hatte. Das sollte eine Mörderin sein? Diese Frau war so wenig eine Mörderin, wie der abgerissene Mann, der vor zwei Tagen in seiner Wachstube erschienen war, ein berühmter Gelehrter sein konnte. Es fehlten ihr jedwede Merkmale, die eine Mörderin seiner Meinung nach unbedingt haben musste. Er stellte sich darunter eine dämonische Erscheinung vor. Eine Art Hexe, die einen Buckel, Warzen im Gesicht und rote Haare hatte. Nichts davon schien die Inhaftierte zu haben. Wobei er das nicht mit Bestimmtheit sagen konnte. Denn das Mädchen, das sich da ängstlich an die äußerste Mauer der Zelle drängte, war in einem erbärmlichen Zustand. Ihre Kleider waren durchlöchert. Gesicht und Haar verdreckt und mit einer dicken Schmutzschicht überzogen, fahl und verstaubt, farblos und grau.

Unvermittelt wurde der Pförtner Thomas an sich selbst erinnert, wie er vor drei Tagen ebenfalls zitternd und furchtsam vor dem Amtshauptmann gestanden war. Er fühlte etwas wie Mitleid in sich aufsteigen. Bevor sich dieses Gefühl aber verfestigen konnte, rief er sich zur Ordnung. Immerhin war er vom Amtshauptmann wieder in Gnaden aufgenommen worden, im Gegensatz zu diesem Mädchen. Und das hatte seinen guten Grund: Er war ein anständiger, ergebener Untertan des Herzogs und des Herrn Urian. Wohingegen diese Kreatur eine gemeine Mörderin war. Es war also besser, sich Anteilnahme aller Art zu sparen. Überhaupt: Wenn man es bei rechtem Licht betrachtete (wobei Thomas seine Lampe ein Stückchen höher hielt), hatte das Wesen, das ihm da gegenüberstand, keinerlei Ähnlichkeiten mit ihm selbst. Zuerst einmal, und das war das Wichtigste, das er sich immer wieder klarmachen musste, handelte es sich bei dem Mädchen um einen Menschen, der einen anderen Menschen umgebracht, also mit seinem Opfer kein Mitleid gehabt hatte. Damit aber hatte dieser Mensch das Recht auf Anteilnahme verwirkt. Er hatte auf diese Weise das Privileg eingebüßt, seinerseits wie ein Mensch behandelt zu werden.

Und doch. Obwohl sich Thomas so deutlich vor Augen führte, dass er keinen mitleidswürdigen Menschen vor sich hatte, kamen ihm erneute Zweifel, als er Irene abermals genauer beleuchtete. Sie sah so bedauernswert aus.

Verdammt. Thomas spuckte aus. Schon wieder war er auf Abwege geraten. Er hatte den Befehl, die Gefangene zum Amtshauptmann zu führen. Sei es nun eine Mörderin oder nur ein bedauernswertes Geschöpf. Befehl war Befehl. Den musste er ausführen und dann musste er die

Angelegenheit der höheren Einsicht seines Vorgesetzten übergeben. Statt überflüssige Überlegungen anzustellen, sollte er lieber zusehen, dass er nun endlich seinen Auftrag erfüllte und die Gefangene nach oben schaffte.

Durch ein Knurren forderte er Irene zum Mitkommen auf. Sie reagierte nicht. Kauerte weiterhin reglos an ihrer Wand. Innerlich jedoch war sie endlich aus ihrer Betäubung erwacht. In ihrem Kopf arbeitete es fieberhaft. Es war klar, dass der kleine Mann, den sie nun endlich hinter der Laterne erkennen konnte, nachdem er die Lichtposition so weit verändert hatte, dass sie nicht mehr geblendet wurde, sie abholen wollte. Sollte sie ihm folgen? Wohin wollte er sie bringen? Was würde mit ihr passieren, wenn sie mit ihm ging? War es klug, die Mauern des Kerkers zu verlassen, in denen ihr zumindest nichts geschehen war? Wenn sie wenigstens klar einen Vor- oder Nachteil hätte erkennen können, den sie aus der einen oder anderen Handlung erzielen konnte. Oder Zeit gehabt hätte, die Entscheidung, die sie nun treffen musste, vernünftig abzuwägen. Aber diese Möglichkeit hatte sie nicht. Und raten konnte ihr auch niemand.

Der Eindringling näherte sich und kam kurz vor ihr zum Stehen. Was würde nun passieren? Irene stand mit dem Rücken zur Wand. Sie konnte nicht weiter zurückweichen. Sie rechnete mit einem Schlag oder einer anderen Misshandlung. Aber erstaunlicherweise geschah nichts dergleichen. Im Gegenteil: Offenbar wagte es der Mann nicht, sie zu berühren. Er schien sogar Angst vor ihr zu haben. Oder täuschte sie sich da? Warum sollte jemand Angst vor ihr, Irene Schweigerin, haben? Noch dazu unter diesen Umständen? Sie war in jeder Weise die

Unterlegene. Aber es war eindeutig: Der Mann fürchtete sie und versuchte, seine Angst hinter Unverschämtheiten zu verbergen. »Wirst du wohl mitkommen? Ich habe meine Zeit nicht gestohlen«, schnauzte er. »Immerhin bin ich der wichtigste Vertraute des Amtshauptmanns. Du kannst dich freuen, dass er ausgerechnet mich geschickt hat, um dich abzuholen.«

Diese Worte verfehlten nicht ihren Eindruck auf Irene. Allerdings in anderer Weise, als sich Thomas das gedacht hatte. Zum Amtshauptmann also sollte sie gebracht werden. Das war gut. Das war sogar sehr gut. Etwas Besseres konnte ihr überhaupt nicht passieren. Herrn Urian konnte sie endlich von dem Toten an der Mühle berichten. Und von dem Überfall, der auf sie verübt worden war. Er musste sich dann von Amts wegen dieser Angelegenheit annehmen. Es war seine Pflicht, alles daran zu setzen, um herauszufinden, wie der Buchhändler zu Tode gekommen war. Dann musste er aufklären, warum man sie überfallen, an diesen Ort gebracht und festgehalten hatte. Und schließlich, wenn alle diese Fragen beantwortet waren, konnte er Anklage erheben. Ein ordentliches Verfahren gegen denjenigen eröffnen, der für diese Untaten verantwortlich war. Wozu hatten die Herzöge von Pommern zusammen mit den Landständen mehrere Jahrzehnte an einer Gesetzes- und Verwaltungsreform gearbeitet? Die Landgerichtsordnung war auf Gerechtigkeit gegründet und verbürgte, dass jeder Verbrecher seiner angemessenen Strafe zugeführt wurde.

Irene beflaggte ihr Inneres. Sie jubelte und frohlockte. Endlich kam Land in Sicht, nachdem sie so aussichtslos lange Zeit auf dem öden Meer offener Fragen und

Ungewissheit gesegelt war. Der Amtshauptmann war der sichere Hafen, den sie endlich gefahrlos anlaufen konnte. Er war ihre Rettung. Seitdem er die schwedische Besatzung so rasch beendet hatte, stand er in einem sehr guten Ruf. Bis jetzt hatte Irene diese Sicht auf den Regenten von Usedom zwar nicht teilen können. Dafür war im Dorf Koserow und seiner Umgebung zu viel Schreckliches passiert. Aber vielleicht hatten die Leute ja recht. Ganz sicher sogar hatten sie recht. Sie mussten recht haben. Immerhin war er der Stellvertreter eines Herzogs, der in seinem Land auf Legalität und Ordnung setzte. Er regierte einen Staat, in dem Gesetze galten, die den Untertanen zu ihrem Recht verhalfen. Alleine dieser Position war er es schuldig, auch ihr zu helfen. Hoffnung wandte Irene ihr Gesicht zu. Sehr bald würde sie in Freiheit sein und endlich nach Hause zu ihrem Vater zurückkehren können. Irene hatte Haltung angenommen. Sie wusste, was sie tun musste. Sie war sehr zuversichtlich.

Sie bemühte sich, ihrem Führer dicht auf den Fersen zu bleiben. Sie war bestrebt, ihn und vor allem das Licht seiner Fackel nicht zu verlieren. Sie bewegten sich durch eine Art unterirdischen Stollen, der bald in einen anderen Gang überging. Dann stiegen sie ein paar steile Treppen empor und durchquerten erneut einen Tunnel, der einem eigenartigen Zickzackkurs folgte. Sie hatten inzwischen so oft die Richtung gewechselt, dass Irene vollständig die Orientierung verloren hatte. Wo war sie nur? Diese Frage hatte sie sich in letzter Zeit beunruhigend oft gestellt. Erst hatte sie sich auf dem Weg nach Wolgast verlaufen. Dann war sie in einen Kerker geraten, von dem sie nicht wusste, wo er sich befand. Nun folgte sie einem unbekannten Mann durch ein regelrechtes Labyrinth und hatte keine Ahnung, an welcher Stelle sie wieder an die Erdoberfläche treten würde. Falls das überhaupt jemals geschehen sollte und sie nicht für den Rest ihres Lebens dazu verurteilt war, durch undurchdringliche Wirrungen und Windungen zu irren. Aber es war besser, wenn sie diese Überlegungen nicht ausgerechnet jetzt anstellte. Sie sollte sich lieber darauf konzentrieren, ihren Begleiter nicht zu verlieren, der schon um die nächste Ecke gebogen war. Sie musste sich beeilen, wenn sie den Schein seiner Fackel nicht entbehren wollte. Und den brauchte sie auf dem engen Weg, um sich nicht zu vertreten oder irgendwo anzustoßen.

Sie hastete vorwärts und war schnell außer Atem geraten. Nun sah sie aber Gott sei Dank das Licht wieder. Es war inzwischen so hell geworden, dass nicht alleine eine einzelne Fackel seine Quelle sein konnte. Irene blickte genauer hin. Nein. Das, was sie da in einiger Entfernung sah, konnte nicht mehr der Schein einer Lampe sein. Sie wagte es kaum zu glauben. Aber das, was sich vor ihr auftat, weit und hell, schien wirklich und wahrhaftig Tageslicht zu sein.

Irene hielt inne. Sie musste sich einen Augenblick sammeln und überprüfen, ob ihre Beobachtung stimmte. Und siehe da: Es war tatsächlich natürliches Licht, das sich auf ihre Netzhaut legte. Sie waren am Ende des letzten Tunnels angekommen. Ihr Führer hatte eine Falltür geöffnet, die aus dem Erdinneren an die Oberfläche führte. Er stand schon am oberen Ende der Stiege, hielt die Klappe auf und wartete. Vor Freude liefen Irene zwei große Tränen über das Gesicht. Sie hatte nicht geglaubt, dass es noch einmal Tag werden würde. Grenzenlos erleichtert, stieg sie die paar Stufen empor, die sie noch von dem ersehnten Licht und der frischen Luft, nach der sie lechzte, trennten. Sie war gespannt, wo sie auftauchen würde. Wahrscheinlich war sie in irgendeinem Keller von einem der alten, verwahrlosten Handelshäuser gewesen, die in dem Teil der Stadt lagen, der dem Meer zugewandt war. Hier hatten die wenigen Plünderungen stattgefunden, die auch Wolgast erleiden musste. Nach dem Einfall der Schweden war dieses Gebiet verödet und seitdem von allerlei zwielichtigen Gestalten bewohnt. Hier kannte sie sich nicht aus. Wie gut war es, dass sie zu zweit waren. Wenn sie alleine gewesen wäre, hätte sie sich mühsam bis zum Schloss durchfragen müssen. Aber mit diesem Mann an ihrer Seite, der sie bis jetzt genau dorthin gebracht hatte, wohin sie wollte, nämlich an die Erdoberfläche und in die Freiheit, war der weitere Weg kein Problem. Sie stieg empor und steckte ihren Kopf durch die Öffnung.

Und war vor Verblüffung wie betäubt. Der Raum, in dem sie sich befand, war ihr bestens vertraut. Aus irgendeinem Grund hatte sie vermutet, sich an einem völlig fremden Ort zu befinden. Und nun war sie hier. Im Ratssaal des Wolgaster Schlosses. In dem sie in der Vergangenheit schon einige Male gewesen war. Hier hatten die festlichen Prämierungen der Preisausschreiben stattgefunden, die der Herzog gestellt hatte. Damit hatte sie nicht gerechnet. Sie war die ganze Zeit in Wolgast gewesen. Genauer: Im Wolgaster Schloss. Noch genauer: Im Verlies des Wolgaster Schlosses. An dem Ort, an dem die Verbrecher und Übeltäter eingesperrt waren, die dem Herzogtum oder einem seiner Bewohner Schaden zugefügt hatten. Sie war in keiner Räuberhöhle gewesen. In keinem Verbrechernest. Sondern in einem offiziellen Gefängnis. Was hatte das zu bedeuten? Sie hatte kein Verbrechen begangen. Im Gegenteil: Sie war das Opfer eines solchen geworden. Führte man sie nicht eben gerade deshalb zum Amtshauptmann, damit sie Anklage erheben konnte?

Unterdessen hatte der alte Pfarrer von Koserow, Adam Schweiger, es mit der Angst zu tun bekommen. Irene war schon den fünften Tag von zu Hause abwesend. Ihr Vater wartete auf sie. Warum kam sie nicht zurück? Er fühlte, wie ihn Frau Sorge in ihren festen und eisernen Griff nahm. Sie war eine hässliche alte Frau. Dafür, dass sie keine Zähne mehr hatte, hatte sie sich mit erstaunlicher Kraft in den Pfarrer verbissen und seine Gedanken mit tödlichem Gift durchtränkt.

Nur halb zufrieden mit sich und den Entwicklungen des Tages, war Friedrich ins Schloss zurückgekehrt und hatte sich an seinen Schreibtisch verfügt. Dort saß er und vergnügte sich damit, abwechselnd Löcher in die Luft zu starren und aus dem Fenster zu sehen. Letzteres war von wildem Wein umrankt und gewährte ihm einen hübschen Ausblick auf den großen südlichen Schlosshof mit seinem schön gestalteten Brunnen.

Der Brunnen war das ästhetische Herzstück des Atriums. Außerdem war er das Zentrum der Wasserversorgung des Schlosses und mit seinem ausgeklügelten Leitungssystem eine technische Meisterleistung. Wenn Friedrich sich recht erinnerte, war an der Leitungskonstruktion auch der Müller Maxim Mugner beteiligt gewesen, der schon in jungen Jahren in allen Fragen, die sich auf das Maschinenwesen bezogen, überaus versiert gewesen war. Diese Neigung hatte er im Laufe seines Lebens offenbar gepflegt und zu wahrer Virtuosität ausgebildet. Georg Drach jedenfalls war sichtlich beeindruckt vom Bau der Mühle. Während des gesamten Ritts zurück hatte er nicht aufgehört, ihre durchdachte Anlage zu rühmen. Während Friedrich vergeblich versucht hatte, sich auf die Fußspuren zu konzentrieren. Wer hatte sie dort hinterlassen? Warum hatte sich überhaupt jemand die Mühe gemacht und sich den gefährlichen Weg durch das Getriebe gebahnt? Er konnte sich nicht denken, dass alleine Bewunderung für ihre technische Konstruktion die Ursache für ein derartig waghalsiges Unternehmen gewesen sein sollte oder der Ausblick, der ihn glücklich gemacht hatte.

Seine Gedanken schweiften ab. Sein Blick glitt zurück auf den Brunnen, dessen äußere Gestalt freilich älter war als sein inneres technisches System. Seine Ausformung ging auf den Großonkel von Serenus zurück, dem kunstsinnigsten Vertreter des Herrscherhauses. Er hatte aus einer oktogonalen Grundfläche ein etwa hüfthohes Becken aus Marmor emporziehen lassen, das von außen mit Reliefplatten geschmückt war. Dieses Relief aber erzählte dem Betrachter hintergründig, abwechslungsreich und gleichnishaft die Geschichte des herzoglichen Geschlechts. Es wies die regierenden Oberhäupter der Familie als gute, christliche Väter aus, die für ihre

Untertanen sorgten und es ihnen an nichts fehlen ließen. In der Mitte des Beckens erhob sich eine Säule, ebenfalls aus Marmor, deren Durchmesser sich kurz unterhalb der Spitze und dann noch einmal nach etwa zwei Dritteln zu zwei weiteren, einem schmäleren und einem breiteren, Becken ausdehnte. Was zur Folge hatte, dass das Wasser, das aus Wasserspeiern, die in regelmäßigen Abständen an der Mittelsäule angebracht waren, kaskadenhaft in das unterste Becken fiel. Bekrönt aber wurde die Säule von einer Marienfigur. Sie war noch vor der Reformation gefertigt worden. Die Herzöge von Pommern waren zwar schon bald nach Martin Luthers Thesenanschlag, zutiefst von der Richtigkeit seiner Lehre überzeugt, zum evangelischen Glauben übergetreten. Die Marienfigur ließen sie aber wegen ihrer außerordentlichen Schönheit, von der manche der Älteren behaupteten, sie ähnele derjenigen, die der Herzogin in jüngeren Jahren eigen gewesen sei, auf ihrem Platz am Brunnen stehen. Seitdem wachte sie mütterlich über die Geschicke des Schlosses und des Landes. Half in Not und Elend. Ja, manche im Volk glaubten sogar, dass sie es war, die den Einfall der Schweden vereitelt hatte, indem sie ihren Mantel schützend über die Stadt gelegt hatte.

Leise hörte Friedrich das Wasser plätschern. Hoch oben am Himmel zogen Wolken. Unten auf dem Hof ging ab und zu ein Bewohner vorbei. Die Herzogin hatte, zusammen mit einer Kammerfrau, die Kapelle betreten. Georg Drach war aus dem Stall gekommen, wo er sein Pferd versorgt hatte. Thomas war in den Ratssaal gegangen. Er hatte die Türe hinter sich offen gelassen und Friedrich konnte sehen, dass er die Luke aufmachte, die ins Gefängnis führte. Der Sekretär des Amtshauptmanns war in der Schlossküche verschwunden. Und bis jetzt nicht wieder hervorgekommen. Die Sonne zog langsam, aber stetig gen Westen. Ein blasser Tagesmond war sichtbar. Bald würden einzelne Sterne zu sehen sein. Vielleicht sogar Sternschnuppen, die in dieser Gegend gerne im Spätsommer vom Himmel fielen und demjenigen, der sie rechtzeitig entdeckte und ihren Sturz aufmerksam verfolgte, einen Wunsch gewährten. Langsam und im tiefsten Frieden zog der Abend herauf. Für einen Augenblick gab sich Friedrich dem verführerischen Reiz der Szenerie hin, saß träge zwischen Tag und Nacht. Bald aber schob sich in diesen schwebenden, träumerischen Zustand das Bewusstsein, dass der Abend, der da herankam, abermals einen Tag beschloss, der nicht zum gewünschten Erfolg geführt hatte.

Friedrich wurde unruhig. Er war noch immer nicht wesentlich vorwärtsgekommen. Wusste immer noch nicht, wie er seinen Auftrag beginnen sollte. Das Ende des Tages war die Zeit, Bilanz zu ziehen. Was hatte ihm dieses Heute gebracht? Zunächst die erneute Weigerung des Amtshauptmanns, mit ihm zu sprechen. Dann ein zugegebenermaßen aufschlussreiches Gespräch mit Georg Drach. Gefolgt von einem Streit, den er inzwischen bereute. Es war dumm gewesen, immer wieder auf die Gespenstergeschichte zurück zu kommen. Er hatte es aus schlechter Laune heraus getan, in diesem Punkt hatte Georg Drach vollständig recht. Schuld an seinem Verhalten war der Missmut, der ihn seit seiner Ankunft quälte und der aus dem unerquicklichen Gefühl geboren war, unentwegt auf der Stelle zu treten. Er hatte sich falsch verhalten und damit einen Menschen, der ihm freundlich und hilfsbereit begegnet war, verletzt. Dann hatte er einen wertvollen Ring gefunden. Er zog ihn aus seiner Tasche. Betrachtete ihn genauer. Erst jetzt fiel ihm auf, dass der Reif nicht massiv gearbeitet war. An beiden Enden der Einfassung wies er kleine Ausbrüche auf. Friedrich sah genauer hin. Fast schien es ihm, als ob sie kleine Kreuze bildeten. In Italien hatte er oft solche Ringe gesehen. Dort trugen sie die Bischöfe. Aber was hatte der Ring eines kirchlichen Würdenträgers in einer Mühle zu suchen, die noch dazu in einem protestantischen Land stand, das nach der Reformation allen katholischen Prunk abgeschafft und vernichtet hatte? Er legte ihn zur Seite und nahm die Rekapitulation des Tages wieder auf. Der Ring und nicht zuletzt auch die Fußspuren bestätigten seine Vermutung, dass die Mühle eine wichtige Rolle spielte und offenbar ein Geheimnis barg. Aber welcher Art, war durch diese Entdeckung nicht deutlicher geworden. Im Gegenteil. Durch den Ring und die Spuren waren Elemente hinzugekommen, die die ganze Angelegenheit noch unerklärlicher machten.

Dann hatte er sich glücklicherweise zumindest halbwegs wieder mit Georg Drach versöhnt, was er immerhin auf die positive Seite seiner Abrechnung verbuchen konnte. Geendet hatte der Tag schließlich mit einem unerwünschten Ritt auf einem bockigen und halsstarrigen Pferd, das sehr eigenwillig in seinen Bewegungsabläufen war, und nach dem ihm jeder Knochen einzeln im Leib schmerzte.

Er stützte seinen Kopf in die Hände. Wenn er doch nur wüsste, was er aus den Einsichten des heutigen Tages für

Schlüsse ziehen sollte. Im Haus des Müllers war offensichtlich kürzlich die Küche benutzt worden. Das bedeutete, dass die Gebäude nicht ganz so unbewohnt waren, wie es den Anschein hatte. Aber er hatte keine Ahnung, von wem sie benutzt worden war. Von der gleichen Person, die für die Spuren im Staub verantwortlich war? Welche Folgerungen konnte er aus diesem Umstand ziehen? Es bewies sicher nicht, dass dort Geister wirtschafteten. Aber was wurde sonst damit belegt? Wahrscheinlich gar nichts. Wahrscheinlich hatte Georg Drach auch hier recht und der ermordete Händler hatte die eingerichtete Küche vorgefunden und sich kurz vor seinem Tod Wasser gekocht, aus welchen Gründen auch immer. Aber das machte die Sache nicht einfacher. Im Gegenteil. Durch den Ermordeten wurden ganz neue Fragen aufgeworfen. Es handelte sich um einen Händler. – Ausgerechnet um einen Händler. Er hatte vergessen, Georg Drach zu fragen, womit dieser Mann Handel getrieben hatte. Am Ende war er ein Juwelier. Hatte den Ring und weitere Schmuckstücke bei sich gehabt, um sie in Wolgast zu verkaufen. Oder einzuschiffen. – Etwas leichtsinnig in diesen Zeiten, aber nicht undenkbar. Dann war er überfallen, ausgeraubt und schließlich tot an der Mühle zurückgelassen worden. Das war vorstellbar. Aber was hatte er ausgerechnet bei der Mühle zu suchen gehabt? Sie lag fernab von den üblichen Routen, die die Geschäftsmänner sonst benutzten und von denen sie selten abwichen. Vor allem nicht mehr, seitdem die Zeiten so unsicher geworden waren und sie fürchten mussten, auf den inoffiziellen Wegen von marodierenden Soldaten und Söldnern überfallen oder sogar erschlagen zu werden. Was letzten

Endes in diesem Fall auch passiert war. Aber waren es tatsächlich versprengte wilde Truppen gewesen, die den Schweden entlaufen waren und nun als Räuberbanden die Insel unsicher machten, die für seinen Tod verantwortlich waren? Wer mochte ihn ermordet haben? Vielleicht doch diese Frau, die verhaftet worden war? Aber warum? Und wann war der Mord verübt worden? Das musste unmittelbar nach seinem ersten Aufenthalt in der Mühle gewesen sein. Als er damals dort gewesen war, hatte er aber weder von dem Händler noch von dessen Mörder die geringste Spur gesehen. Oder waren sie vielleicht doch schon in seiner Nähe gewesen und er hatte nur nichts davon bemerkt, weil er ganz in seine Inspektion vertieft war?

Die Mühle. Immer wieder diese verdammte Mühle. Wie er es auch drehte und wendete: Er konnte sicher sein, dass er mit eintöniger Zuverlässigkeit stets auf sie zurückkam. Alle ungewöhnlichen und unerklärlichen Vorfälle, die sich in der letzten Zeit im Herzogtum ereignet hatten, standen in irgendeinem Zusammenhang mit dieser verfluchten Mühle. Ob dieser Umstand am Ende doch darauf hindeutete, dass dieser Ort verrufen war? Friedrich hatte sich in Rage gedacht und war kurz davor zu explodieren. Er brauchte dringend ein Ventil, aus dem seine überschäumende Energie abfließen konnte. Er brauchte einen Widerstand, an dem er sich reiben konnte. Er brauchte Austausch. Er brauchte einen vernünftigen Menschen, der ihm Halt gab. Seine Gedanken ordnete und durch neue Fakten so anreicherte, dass sie sich nicht ständig im Kreis drehten, sondern endlich eine brauchbare Struktur annahmen.

Er dachte an das Mädchen aus dem Wirtshaus. Was wohl aus ihr geworden war? Ob es Sinn hatte, sie morgen in der Stadt zu suchen? Vielleicht konnte sie ihm dabei helfen, seine Gedanken in die richtige Reihenfolge zu bringen. Sie hatte schon einmal Ordnung in seine Argumentation gebracht, als er sich im Wirtshaus in eine heillose Diskussion zu verstricken drohte. Diese Vorstellung beruhigte Friedrich einigermaßen. Es war schade, dass er ihren Namen nicht wusste. Aber er konnte sich gut daran erinnern, wie sie ausgesehen hatte. Vor allem daran, wie sie mit ihm gesprochen hatte. Vertraut und so selbstverständlich, als ob sie beide sich schon ihr ganzes Leben lang gekannt hätten. Als ob sie als ein besseres Teil seiner Selbst aus ihm hervorgegangen war. Der Eindruck ihrer Gegenwart war so stark, dass Friedrich nicht widerstehen konnte, mit ihr zu sprechen. »Was soll ich tun?«, fragte er in die Stille hinein. »Kannst du mir nicht helfen?« Sie antwortete ihm sofort: »Beruhige dich. Dann kannst du wieder einen klaren Gedanken fassen. Bald komme ich und helfe dir.«

Ein Weilchen dachte Friedrich über diesen Rat nach. Labte sich an dem Versprechen und lauschte der Stimme, die beides erteilt hatte, bis sie sich langsam durch das geöffnete Fenster entfernte, getragen von einem leisen Lüftchen, das sich jenseits der Umfriedung des Hofes zu regen begonnen hatte, süßen Duft von feuchtem Seegras, Blumenwiesen, Herbstzeitlosen und Gewitterblumen mit sich führte und schließlich in der Ferne verklang. Dann zerplatzte das Traumbild.

Friedrich straffte sich und setzte sich gerade an seinen Schreibtisch. Das kam dabei heraus, wenn man in der Dämmerung alleine war und sich ganz und gar seiner Einbildungskraft überließ. Fantasie war schön und gut. Er hatte immer die Theorie vertreten, dass ein ausgeprägtes Vorstellungsvermögen unverzichtbar war. Es schloss die Leerstellen zwischen den einzelnen Fakten, die in der Realität vorhanden waren. Es war gewissermaßen der Leim, der die Steinchen zu dem Mosaik zusammenfügte, das Wirklichkeit genannt wurde. Oder, um es weniger poetisch zu sagen (denn gerade diese Stimmung, hervorgerufen durch den versinkenden Tag, wollte Friedrich von sich abschütteln): Die Fantasie war die Gleichung, mit deren Hilfe man sich die Unbekannte Wirklichkeit erschließen konnte. Das bedeutete aber, dass es auch für die Einbildungskraft bestimmte und genau definierte Regeln gab, an die man sich halten musste. Ein formloses Übermaß an Fantasie hingegen führte an das andere, das wilde Ufer des Verstandes. Genau dahin, wohin er selbst in diesem Augenblick beinahe abgetrieben wäre: In den Bereich, in dem man Stimmen hörte, die es nicht gab, und in dem man sich in weiteren Wahnvorstellungen verstrickte. Plötzlich musste Friedrich an seinen Vater denken, den er sich in den letzten Jahren kaum mehr ins Gedächtnis gerufen hatte. Er war ein gutes Beispiel dafür, was aus einem Menschen werden konnte, dem alle Dämme der Vernunft brachen und der von Fantasie überflutet wurde.

Friedrich konnte sich nur zu gut daran erinnern, wie sich sein Vater verändert hatte, nachdem seine Mutter gestorben war. Früher war er ein scharf denkender, pragmatischer Mann gewesen, dessen sachliche Beurteilung der Faktenlage ihm nicht nur als Richter den Ruf eines Gerechten eingetragen hatte, dessen Mund Weisheit redete. Der bis zum Verlust seiner Frau strotzte und grünte wie ein Palmenbaum. Dann aber verdorrten seine Früchte. Es war ihm das Licht ausgegangen, sein Pfad glänzte nicht mehr. Den Tod seiner Frau hatte er nie als Gegebenheit akzeptiert. Vielmehr, dachte Friedrich viele Jahre später an seinem Schreibtisch im Schloss zu Wolgast, hatte er sich der Naturgesetzlichkeit ihres Todes verweigert, indem er so weitergelebt hatte, als ob sie noch bei ihm sei. Mit allen bitteren Folgen, die daraus für ihn und seinen kleinen Sohn erwuchsen.

Abermals riss sich Friedrich aus seinen Grübeleien, die zu nichts führten. Das Gebot der Stunde war, einen klaren Kopf zu behalten. Den brauchte er dringender denn je. Die Fantasie als Gleichung, mit deren Hilfe die Unbekannte Realität aufgelöst werden könnte. Eine ganz schöne Metapher, der sich vielleicht einer dieser Romanschreiber bedienen mochte. Aber er, Friedrich, wusste schon, warum er dieser Gattung skeptisch gegenüberstand. Das Bild ging in der Realität nicht auf, wie seine gegenwärtige Situation in geradezu idealer Weise bewies. Fantasie alleine half ihm in diesem Zusammenhang nicht weiter. Es waren zu viele Unbekannte in der Gleichung vorhanden, die er lösen musste. Genau genommen, mehr Unbekannte als Teile der Gleichung. Es half nichts, er musste weitere Fakten kennen, um das Geheimnis der Mühle zu enträtseln.

Wenn er sonst Fakten benötigte, um seinen Verstand und seine Fantasie zu nähren, war er es gewöhnt, zu seinen Büchern zu gehen. Aus ihnen entnahm er die notwendigen Tatsachen, die er dann als Grundlage für seine

Interpretation benutzte. Aber diese Angelegenheit war anders gelagert. Sie war kein theoretischer Forschungsgegenstand, den man alleine durch Geisteskraft lösen konnte. Vielmehr hatte ihm der Herzog eine praktische Aufgabe gestellt (Warum eigentlich gerade ihm? Wenn sein Landesherr über ein bisschen mehr Menschenkenntnis verfügt hätte, hätte er wissen müssen, dass er hierfür keinen ungeeigneteren Kandidaten hätte finden können!), die er nun endlich erledigen musste. Das bedeutete aber, dass er spätestens morgen zum Amtshauptmann würde vordringen müssen. Egal, mit welchen Mitteln. Komme, was da wolle. Denn nur auf diesem Weg konnte er zu einer Auskunft gelangen, die ihm vielleicht, hoffentlich weiterhalf.

Kritisch beäugte Friedrich sich selbst. Warum sollte er noch bis morgen warten? Der Entschluss, den er gefasst hatte, war nichts wert, wenn er seine Ausführung wieder auf die lange Bank schob. Viel besser war es, wenn er ihn sofort umsetzte. Ob er den Amtshauptmann heute oder morgen anging, machte keinen Unterschied. Wenn er sich gleich daran machte, hatte das immerhin den Vorteil, dass der heutige Tag nicht ganz verschwendet war.

Nachdem Friedrich dies entschieden hatte, fühlte er sich augenblicklich besser. Er stand auf und trat zum Fenster, um es zu schließen. Es war immer noch hell. Eine helle Dunkelheit, die langsam dichter wurde. Der Sekretär des Amtshauptmanns war inzwischen aus der Schlossküche gekommen. Friedrich sah, wie er eilig um die Ecke bog und im Verwaltungstrakt des Schlosses verschwand. Auch der kleine Pförtner war unterdessen aus dem Verlies zurückgekehrt. Er stand an der Falltür, hielt sie auf. Es sah so aus, als ob er auf jemanden wartete. Soweit Friedrich wusste, gab es momentan nur einen einzigen Gefangenen, oder vielmehr eine einzige Gefangene, im Schlosskerker. Eben jene Frau, die der Amtshauptmann als Mörderin verhaftet hatte. Friedrich blieb noch einen Moment am Fenster stehen. Er wollte sehen, wer da aus den Tiefen der Unterwelt an der Erdoberfläche erscheinen würde. Wollte wissen, welches arme, bemitleidenswerte Geschöpf der Hölle entsteigen werde. Er brauchte nicht lange zu warten. Tatsächlich wurde am oberen Ende der Leiter bald eine Frauengestalt sichtbar. Auf die Entfernung konnte Friedrich sie nicht richtig erkennen. Sie schien nicht sehr groß zu sein. Oder hatte sie nur eine gebückte Haltung angenommen, die sie kleiner aussehen ließ, als sie eigentlich war? Ein Wunder wäre es nicht. Friedrich kannte den Schlosskerker und wusste, dass man dort schon als mittelgroßer Mensch nicht gut stehen konnte. Ob die Frau hübsch oder hässlich war, war so wenig zu sagen wie ob sie alt oder jung war. Sie war grau und schmutzig. Mit einer dicken Staubschicht überzogen, die jedwedes individuelle Merkmal nivelliert hatte.

Friedrich schüttelte den Kopf. Es war schlimm, was schon ein paar Tage einfache Kerkerhaft aus einem Menschen machten. Von einem längeren Aufenthalt im Gefängnis, der möglicherweise sogar mit Folter verbunden war, ganz zu schweigen. Er nahm sich vor, dieses Thema mit seinen Studenten zu besprechen, wenn er wieder in Padua war. Vielleicht sollte er sie durch die Gefängnisse der Stadt führen, damit sie sich selbst einen Eindruck von den dort herrschenden Verhältnissen verschaffen konnten. In jedem Fall war es gut, wenn er sich nicht darauf beschränkte, sie als Rhetoriker auszubilden. So schätzenswert dieses Ziel auch war. Aber das alleine war nichts wert. Rhetorik war Schall und Rauch, nur tönendes Erz und klingende Schelle, wenn sie nicht einer Gesinnung entsprang. Für sie musste er sorgen. Er musste seine Studenten dazu bewegen, dass sie eine Haltung annahmen, die sie später zu humanen Richtern und Anwälten machte. Das sollte sein Beitrag zur Justizreform sein, die der Großherzog von Padua anstrebte, und die, mit etwas Glück, Vorbildfunktion für Europa haben konnte.

Während er sich in seinem Kopf diesen Plan für das nächste Semester notierte, war die Frau auf der gegenüberliegenden Seite des Hofes vollständig im schwindenden Tageslicht erschienen. Flüchtig dachte Friedrich noch, dass es gut war, dass man sie zu dieser Zeit aus dem Kerker geholt hatte. Die langen Tage in vollständiger Dunkelheit mussten ihre Augen lichtempfindlich gemacht haben. Die hellste Sonne, die sie sich unter Tage wahrscheinlich sehnsüchtigst gewünscht hatte, wäre ihr schmerzhaft gewesen. Dann hörte er, wie der Pförtner zu ihr sprach. Offenbar trieb er sie zur Eile an. Sie antwortete. Friedrich konnte auf die Entfernung nicht verstehen, was sie sagte. Aber beim Klang ihrer Stimme blieb sein Herz stehen. Mit derselben Bestimmtheit, mit der er fühlte, dass ihm der Atem versagte, wusste er, dass er wieder die bekannte und vertraute Stimme hörte, die noch vor ein paar Minuten erst besänftigend mit ihm gesprochen hatte und dann in der Ferne verklungen war. Mühsam rang er nach Atem. Das konnte nicht sein. So weit war es nun schon mit ihm und seiner fehlgeleiteten Einbildungskraft gekommen. Dieses verdammte Zwielicht, in dem man nichts klar erkennen konnte. Es war wirklich nicht gut, so lange einsam in der Bibliothek zu sitzen. Man wurde wunderlich und schrullig dabei. Er hätte zur Herzogin gehen sollen. Mühsam gab er seinen Muskeln Befehle. Er kniff die Augen zusammen und blinzelte. Dann öffnete er sie wieder ganz. Die Frau hob erneut zu sprechen an. Dieses Mal lauter. Und Friedrich hörte klar und deutlich, dass er nicht das Opfer einer Einbildung war. Dieses Mal wehte keine Stimme körperlos über den Hof, hinüber zum Meer. Der Augenschein war eindeutig. Es hatte keinen Sinn, sich dem Faktum länger zu verschließen. Die Stimme kam aus dem Mund der Frau, die aus dem Kerker gestiegen war und sich nun in Bewegung gesetzt hatte, um Thomas langsam zu folgen.

Die Gedanken rasten durch Friedrichs Kopf. Mit leiser, unterschwelliger Befriedigung nahm er wahr, dass seine Denkfähigkeit nicht gelitten hatte. Er war in der gleichen Geschwindigkeit wie früher in der Lage, Folgerungen aus den Tatsachen zu ziehen. Die Gegebenheiten aber ließen nur einen Schluss zu: Die Mörderin, die der Amtshauptmann verhaftet und in seinem Kerker festgesetzt hatte, war niemand anders als das grünäugige Mädchen aus der Wirtschaft. Das hieß weiterhin, dass ihr nun der Prozess gemacht werden würde, dessen Ausgang schon feststand, noch bevor er überhaupt begonnen hatte. Zumindest dann, wenn sie keinen guten Anwalt hatte. Die Angeklagte würde so lange gefoltert, bis sie alles, was man ihr vorwarf, zugab. Dann würde sie zum Tode verurteilt werden. Wahrscheinlich zu einem grausamen und schmerzhaften Tod durch das Schwert des

Henkers. Friedrich hatte noch keinen Mordprozess mit einem anderen Verlauf erlebt.

Er hatte vergessen, dass er das Fenster schließen wollte, und lief in derselben Geschwindigkeit, die die Gedanken in seinem Kopf angenommen hatten, aus der Bibliothek. Thomas und die Gefangene waren in Richtung Amtsstube davongegangen. Wie von allen Teufeln getrieben, rannte Friedrich ebenfalls in diese Richtung. Vergessen waren die Schmerzen, die ihn als Folge des ungewohnten nachmittäglichen Rittes geplagt hatten. Auf der Treppe, die ihn von der Empore der Bibliothek in den zur ebenen Erde gelegenen Teil führte, stolperte er und glitt aus. Im letzten Moment bekam er glücklicherweise das Geländer zu fassen und konnte einen Fall verhindern. Er riss die Tür zur Halle auf und stürzte durch eine zweite auf den Hof. Hielt kurz inne, um Atem zu schöpfen. Überquerte den Hof und betrat den Verwaltungstrakt. Erklomm die Treppe, die zur Amtsstube führte. Ohne anzuklopfen, öffnete er die Tür zum Vorzimmer, das leer und verlassen dalag. Umso besser, dachte Friedrich, keiner versperrt mir jetzt den Weg. Er lief geradewegs auf die Tür zu, die zum eigentlichen Amtszimmer führte. Sie war verschlossen. Damit hatte er nicht gerechnet. Er konnte den Schwung, den er dazu hatte nutzen wollen, die Türe aufzustoßen, nicht mehr rechtzeitig abbremsen. Er krachte mit seiner Schulter an die schwere Eichentür und taumelte, von Schmerz überwältigt, zurück.

In diesem Moment trat Georg Drach durch die Gangtür, die Friedrich hinter sich offen gelassen hatte. Er hatte den wilden Lauf des Magisters zu Trostberg über den Hof beunruhigt beobachtet und war ihm gefolgt. Der Himmel mochte wissen, in welche Schwierigkeiten sich dieser Mann nun schon wieder gebracht hatte. Jedenfalls hatte Georg Drach das Gefühl, dass es gut sei, in seiner Nähe zu bleiben, um das Schlimmste zu verhindern. Seit der Herzog ihm das Wohlergehen dieses komischen Vogels ans Herz gelegt hatte, war es offenbar sein Schicksal, ihn aus brenzligen Situationen zu befreien. Er war sich zwar nicht sicher, ob er seine Fürsorge nicht an den Falschen verschwendete. Vom Gegenteil war er aber auch nicht überzeugt.

Dass er nun an Ort und Stelle war, war jedenfalls gut. Denn wer weiß, was aus dem Magister Junker Friedrich Consulator zu Trostberg in diesem Augenblick ohne ihn geworden wäre. Georg Drach hatte schon vieles gesehen. Das Wenigste hatte ihn erschüttert. Aber der Anblick, der sich ihm nun bot, beeindruckte auch sein mutiges und kühnes Herz. Er sah in das Gesicht eines Mannes, das so maßlos von Schmerz und Zorn verzerrt war, dass er es beinahe nicht wiedererkannt hätte. Schon im Wirtshaus und erst am Nachmittag hatte Georg Drach Friedrich in dieser Gemütsverfassung erlebt. Die Wut, die er nun ausstrahlte, war aber anders als diejenige, die er bei den früheren Gelegenheiten gezeigt hatte. Es war eine tiefgründigere Emotion. Ohne Eitelkeit und gemachten Effekt. In ihrer Intensität glich sie nur dem Ausdruck des Glücks, das Friedrichs Gesicht beim Anblick des tiefen, weiten, freien, grenzenlosen Meeres in der Hitze der Sonne angenommen hatte. Und so wunderte es Georg Drach nur ein bisschen, dass Friedrich zu Trostberg, den er bis dahin als überzeugten Atheisten kennengelernt hatte, kaum, dass er seiner gewahr wurde, zwischen den Zähnen hervorpresste: »Gott sei Dank! Euch schickt der Himmel. Helft mir. Um Gottes willen, helft mir!«

»Du hättest wirklich besser aufpassen müssen. Wo hast du nur deine Augen gehabt? Hat dir am Ende die schöne Glücksgöttin Fortunata, die so unbeschreiblich verführerisch glitzert und funkelt, ganz und gar den Kopf verdreht? Wenn ich der Meister wäre, bei dem ich selber in die Lehre gegangen bin, hätte ich dir schon längst die Ohren lang gezogen.«

So ärgerlich diese Worte vorgebracht worden waren, so sicher verfehlten sie ihre bedrohliche Wirkung. Der Mund, aus dem sie kamen, saß in einem gemütlichen Gesicht, das, selbst im Zorn, an einen zufriedenen Vollmond erinnerte. Jede negative Gemütsbewegung ließ es unglaubwürdig erscheinen. Den gescholtenen Lehrjungen kostete es dementsprechend Mühe, eine betrübte und reuige Miene zu ziehen, die dem Anlass angemessen war. Zumal ihn die Natur mit Sommersprossen und einer Stupsnase bedacht hatte, was ihm ohne sein Zutun einen munteren Zug verlieh, der je nach Wohlwollen des Betrachters als wach und aufmerksam oder als vorlaut und frech interpretiert werden konnte.

Erst seit wenigen Monaten arbeitete der kleine, lebhafte Martin Ambacher in der Druckerei von Wolgast. So würdevoll wie möglich versuchte er, die blaue Druckerschürze zu tragen, die ihm zu groß war und hinter der er nur mit Anstrengung hervorsehen konnte. Er war stolz darauf, dass er in der angesehenen Offizin von

Ratdolt und Speyer lernte. Bisher hatte er gute Arbeit geleistet, das wusste er. Er wusste auch, dass sein Prinzipal, Erhard Ratdolt, das ebenso sah und mit ihm zufrieden gewesen war.

Aber nun hatte er einen Fehler gemacht. Leider hatte er den ersten Bogen des ›Schönen kurzweiligen Buchs von Fortunatus, seinem Säckel und Wunschhütlein‹ verdorben. Die neue Ausgabe, die Ratdolt und Speyer planten, sollte mit neuen, schönen Figuren geziert werden und Kupferstiche enthalten, die so überaus fein gearbeitet und mit so ansprechenden Bilddetails ausgestattet waren, dass Martin seine Aufmerksamkeit ganz ihnen zugewandt und sich nicht auf seine Arbeit konzentriert hatte. Er hatte die Aufgabe, den Platz zu berechnen, den die halbseitigen Illustrationen zwischen den Textabsätzen einnehmen sollten, und war damit beauftragt worden, die Bildunterschriften und ersten Textzeilen, die sich an die Bilder anschlossen, zu setzen. Er war fasziniert von den Bildern gewesen. Hatte sich die Abenteuer genau beschaut, durch die Fortunatus gehen musste, um sein Geldsäckel und sein Wunschhütlein zu erhalten. Er hatte sich nicht daran sattsehen können, wie dieser sich dann mit ihrer Hilfe durchs Leben brachte. Und hatte sich vorgestellt, wie es wäre, wenn er selbst, der kleine Martin, an Fortunatus' Stelle gewesen wäre und allen Reichtum und alles Glück, die für sein Leben vorgesehen waren, in unvermindertem Umfang und vollem Maß bekommen würde. Er war ganz und gar in diese Träumereien versunken und hatte mechanisch den Text nach der Vorlage gesetzt. Und war dabei immer wieder in den Reihen verrutscht und hatte einige Zeilen verdoppelt.

Ihm tat dieses Versehen aufrichtig leid und er fand, dass sein Lehrherr ihn zu Recht zauste. Er wollte sich bemühen, alles wieder gut zu machen. Schon alleine deswegen, weil er es nicht mit ansehen konnte, wie sich Erhard Ratdolt aufregte, der sonst so nachsichtig und geduldig war. Das Vertrackte war nur, dass diese Temperamentsaufwallung so gar nicht zu dem alten Meister passte und nicht sehr überzeugend wirkte. Im Gegenteil: Der Buchdrucker brachte seinem Lehrling so viel Verständnis entgegen, dass Martin schon während der Strafpredigt wusste, dass seine Schlamperei keine ernsthaften Konsequenzen für ihn haben würde.

Erhard Ratdolt seinerseits war in der Tat nur leicht erbost. Fühlte sich aber in der Rolle des Lehrers und Meisters dazu verpflichtet, seinem Unmut etwas mehr Nachdruck zu verleihen, als er tatsächlich verspürte. Wenn er ehrlich war, überwog Erleichterung seinen Zorn bei Weitem. Im Grunde war er froh, dass er das Missgeschick so schnell bemerkt hatte. Sein Kompagnon hatte schon mit dem Druck der ersten Lage begonnen. Er selbst hatte sich den Bogen nur noch einmal aus Gewohnheit genauer angesehen, um die Seiten- und Zeilenumbrüche zu kontrollieren. Der Fehler war ihm gleich aufgefallen. Ein größerer wirtschaftlicher Schaden war nicht entstanden. Er wies den Gesellen an, die entsprechenden Korrekturen vorzunehmen. Dann knöpfte er sich seinen Lehrjungen vor, den er richtigerweise als den Urheber des Unglücks vermutete.

Er hatte ein gewisses Verständnis dafür, dass dem Jungen die Kupferstiche so außergewöhnlich wohl gefielen. Ihm selbst ging es nicht anders. Sie stammten vermutlich aus Italien und zeichneten sich durch eine Feinheit aus, die die hohe technische Meisterschaft ihres Stechers verrieten. Überdies verfügten sie über eine Fülle von inhaltlichen Einzelheiten, die weit über die Ausführungen des Textes hinausgingen. Wodurch sie Zeugnis von der großen Fantasie ihres Erfinders ablegten.

Ratdolt war schon lange im Geschäft. Seine Druckerei hatte einen guten Ruf, der nicht zuletzt auch in der sorgfältigen und qualitätsvollen Ausstattung seiner Bücher begründet lag. Aber derartige Schmuckelemente, wie sie die Kupferstichserie zu ›Fortunatus‹ darstellten, waren normalerweise jenseits seiner finanziellen Möglichkeiten. Es war Zufall gewesen, dass sie der Buchführer aus Frankfurt, der vor ein paar Tagen bei ihm vorgesprochen hatte, in seiner Handelsmasse hatte. Und ein Glücksfall, dass sie offensichtlich eben diesem Buchführer schwer in der Tasche lagen und ihn bei seinen weiteren Geschäften zu behindern schienen. Er war geradezu versessen darauf gewesen, sie los zu werden. Er hatte ein bisschen gefeilscht, aber sie schon bald weit unter Preis an Erhard Ratdolt abgegeben. Dass er sich im Gegenzug dafür noch einen kostenlosen Lagerplatz für sein Sortiment ausbat, machte diesen Handel für Ratdolt und seinen Teilhaber nicht weniger attraktiv. Stapelplatz war zwar teuer. Nicht zuletzt, weil die Druckerei für die gelagerten Produkte gehörige Steuern an den Amtshauptmann abführen musste. Seit dem Abzug der Schweden waren sie noch gestiegen. Aber der Händler führte nur Kleinigkeiten mit sich. Die Ausgaben für ihre Lagerung hielten sich in Grenzen. Überdies hatte er versprochen, seine Waren nach Ablauf weniger Tage wieder abzuholen.

Erhard Ratdolt war mit ihm schnell handelseins geworden und besaß nun die schönen Kupferstiche, die ihn zu einer wunderbaren Ausgabe inspiriert hatten. Im Geiste sah er sie schon vor sich. Er spielte sogar mit dem Gedanken, die Bilder kolorieren zu lassen. War sich aber noch nicht recht im Klaren darüber, ob der Illuminatorenmeister, der in Wolgast ansässig war, über das handwerkliche Geschick verfügte, das es seiner Ansicht nach für diese Aufgabe brauchte. Möglicherweise war er besser beraten, wenn er einen auswärtigen Meister mit dieser Aufgabe betraute. Die Produktionskosten würden damit zwar etwas in die Höhe getrieben werden. Aber er rechnete damit, dass er am Ende in jedem Fall auf seine Kosten kam, wenn er die Ausgabe ein bisschen luxuriöser gestaltete. Er schloss sogar einen Gewinn nicht aus. Das Land begann langsam, sich von den Folgen des Krieges zu erholen. Es war viel zerstört worden. Der ›Fortunatus‹ war ein beliebter Text und zeigte, wie man mit ein bisschen Glück, Mut und Gottvertrauen seinen Lebensweg zum Guten führen konnte. Auch wenn man mittellos war und nicht unter erfolgversprechenden Bedingungen geboren wurde. Wenn er nur eine kleine Auflage kalkulierte, konnte er sie an Bücherliebhaber verkaufen, die froh sein würden, endlich wieder etwas Schönes zu Gesicht zu bekommen. Wie auch er nach dem vielen Elend, das er im vergangenen Jahr hatte mitansehen müssen, seine helle Freude an den Bildern hatte. Aber für diese besondere, für diese unvergleichlich schöne Ausgabe, die er herstellen wollte, war es notwendiger denn je, dass er einen guten Text setzte.

Dieses Vorhaben war allerdings erst einmal gründlich missglückt. Es wurde Zeit, dass er energisch wurde. Er musste diesem Rotzlöffel von Lehrjungen, der noch nicht einmal einen schuldbewussten Eindruck machte, endlich seinen Fehler nachdrücklich vor Augen führen.

Der alte Erhard Ratdolt schüttelte den träumerischen Ausdruck ab, von dem er wohl wusste, dass sein Gesicht ihn beim Gedanken an die Ausgabe angenommen hatte. Er setzte die strengste Miene auf, derer er fähig war. Bestimmt und unnachsichtig wandte er sich seinem Lehrjungen zu, der es so wenig wie sein Meister verstand, seine Züge zu beherrschen. Noch immer sah er den Alten wenig beschämt aus seinem Sommersprossengesicht an.

Ob er sich wohl mit einer Ohrfeige Respekt verschaffen könnte?, fragte sich Ratdolt flüchtig. Er hob reflexartig die Hand, die er aber ebenso schnell wieder sinken ließ, als er sah, dass schon alleine die Geste den Ausdruck des Schmerzes auf das Gesicht des Jungen gebracht hatte. Das war offensichtlich kein guter Gedanke. Gewalttätigkeit lag ihm ohnehin nicht. Es blieb ihm also nichts anderes übrig, als seine Schimpfrede an der Stelle wieder aufzunehmen, an der er sie vor einer Minute unterbrochen hatte: »Du hättest wirklich etwas konzentrierter arbeiten müssen. Diese Art von Schlamperei kostet uns Zeit. Und Zeit ist Geld. Ich will den kompletten Satz stehen haben, bevor der Buchhändler seine Waren abholt. Er soll einige Exemplare in Kommission nehmen. Auf der Insel finden wir doch keine ausreichende Zahl von kunstverständigen Käufern. Wir müssen zusehen, dass wir das Buch auch anderswo verkaufen. Durch deine Nachlässigkeit hast du unseren Zeitplan durcheinander gebracht. Geh jetzt an die Arbeit und hilf Meister Speyer, die Fehler im ersten Bogen zu korrigieren, du Unglücksrabe …«

Damit hatte sich der Buchdrucker tatsächlich in Rage geredet. Der Gedanke, dass seine schöne Ausgabe so schlecht begonnen worden war, begann langsam, ihn wirklich aus dem gewohnten gemütlichen Gleichgewicht zu bringen. Die Anzeichen echter Wut bemerkte auch sein Lehrling, der nun danach trachtete, sich in Sicherheit zu bringen, bevor der Meister abermals die Hand gegen ihn erhob. Aber noch bevor er sich retten konnte, wurde Erhard Ratdolt, dem es offenbar nicht gegeben war, Zorn zu seiner ganz reinen Blüte auszubilden, abermals unterbrochen.

Dieses Mal bestand der Grund in einem äußeren Anlass. Unvermutet wurde, begleitet von leisem Glöckchengeklingel, die Türe geöffnet, die vom vorderen Teil der Druckerei, der auch als Ladenlokal genutzt wurde, auf die Straße führte. Ein alter, gebeugter Mann trat ein.

Dem Drucker war er flüchtig bekannt. In der Vergangenheit hatte er das eine und andere Geschäft mit dem Pfarrer von Koserow abgeschlossen, der für seinen exquisiten Büchergeschmack überall bekannt war. Dass nun ausgerechnet er, den er schon seit Jahren nicht mehr in Wolgast gesehen hatte, sein Geschäft betrat, schien Ratdolt ein gutes Zeichen. Sicher war dieser Besuch ein Hinweis darauf, dass er mit seiner ›Fortunatus‹-Kalkulation recht getan hatte. Vielleicht kam da schon der erste Käufer.

Erfreut trat er ihm entgegen. Als er sich ihm näherte, sah er, wie gebrechlich der Mann war. Er musste ein paar Jahre älter sein als er selbst. Aber dieses Maß an Ermattung schien weit über die Anzahl der Jahre hinauszugehen, die bereits auf seinem Leben lagen. Offenbar hatten Kummer und Sorge das Ihrige getan und den Pfarrer vor der Zeit zum Greis gemacht. Erhard Ratdolt schüttelte unwillkürlich den Kopf. Halb mitleidig, halb in dem Bemühen, die Last des eigenen Alters, die ihn plötzlich befallen wollte, von sich zu schleudern. Wahrscheinlich, dachte er, hatte Adam Schweiger während des Krieges Unerfreuliches erlebt. Er wusste, dass, im Gegensatz zu Wolgast, das dank der guten Politik des Amtshauptmanns von feindlichen Schikanen weitgehend verschont geblieben war, die Schweden in der Gegend um Koserow wild gehaust hatten. Er hatte von Brandschatzung und Plünderung gehört. Hatte ihm nicht auch jemand von der Zerstörung des Pfarrhofes berichtet? Dann war sicher auch die berühmte Bibliothek des Pfarrers in Mitleidenschaft gezogen worden. Und Adam Schweiger kam, um die Lücken in seinen Beständen zu füllen. Ein guter Plan, fand Ratdolt. Er nahm sich vor, seine Ausführung nach Kräften zu unterstützen.

»Pfarrer Schweiger, wenn ich mich recht erinnere«, begrüßte er den Eingetretenen besonders herzlich. »Wie schön, Euch einmal wieder zu sehen. Es muss etliche Jahre her sein, dass Ihr das letzte Mal in Wolgast gewesen seid. Wie geht es Euch? Ich hoffe, Ihr habt die Kriegsereignisse unbeschadet überstanden?« Nun war er nahe an den Pfarrer herangetreten und sah, dass dieser am ganzen Leib wie Espenlaub zitterte, wankte und zu fallen drohte. Beherzt griff er nach dem Arm seines Besuchers und rief in den hinteren Teil der Druckerei: »Martin, du Nichtsnutz von einem Lehrjungen, tue einmal etwas Sinnvolles und bringe unserem Gast einen Stuhl.« Der Lehrling, froh um die Unterbrechung seiner Abstrafung, beeilte sich. Umgehend brachte er das Gewünschte und half dem alten Mann, Platz zu nehmen. »Sitzt Ihr bequem? Was kann ich für Euch tun? Möchtet Ihr ein Glas Wasser?«, ergriff nun der sichtlich besorgte Buchdruckermeister wieder das Wort. Die letzte Frage verstand Martin als eine an ihn gerichtete Aufforderung. Sie gab ihm die Möglichkeit, die Gunst seines Meisters zurück zu erlangen. Schnell verließ er die Druckerei, um am Brunnen auf dem Hof Wasser zu schöpfen.

Inzwischen hatte sich Adam Schweiger so weit ausgeruht, dass er auf die Fragen seines Gegenübers antworten konnte. »Vielen Dank. Es geht mir schon besser. Wie überaus freundlich von Euch, dass Ihr Euch so besorgt um mich kümmert.« Hier wurde er durch einen Hustenanfall unterbrochen, der erst nach einer Weile und durch das Wasser, das ihm Martin gereicht hatte, wieder beruhigt werden konnte. »Entschuldigt bitte«, fuhr er fort. »Ich bin ein alter Mann geworden und habe mir im Laufe der Jahre allerlei unmanierliche Gebrechlichkeiten zugezogen. Verzeiht mir, dass ich Euch so viele Umstände mache.«

»Nicht doch«, winkte Erhard Ratdolt ab, »von Umständen kann keine Rede sein. Ich freue mich, Euch einmal wiederzusehen, und bin froh, dass Ihr den schwedischen Überfall überlebt habt.«

»Ihr habt recht«, stimmte der Pfarrer zu, der aus den letzten Worten eine leise Kritik herausgehört zu haben meinte. »Ich bin viel zu lange nicht mehr hier gewesen und hatte ganz vergessen, was für ein höflicher Mann Ihr seid. Und wie schön Eure Werkstatt ist.« Die letzten Worte belebten den Sitzenden sichtbar. Er begann, sich auf seinem Stuhl zu bewegen, und versuchte, einen Blick in den hinteren Teil der Druckerei zu erhaschen, aus dem schon die ganze Zeit verheißungsvolle Laute der Geschäftigkeit klangen. Das kraftvolle Niedersausen des Pressbengels. Das Klappern der Bleilettern, die beim schnellen Hinaus- und Hineinlegen in ihren Kästen in Bewegung gerieten. Die Anweisungen, die der Meister dem Gesellen gab, und die Belehrungen, die der Geselle an den Lehrling weiterleitete. Das Knirschen der Gewinde, wenn der Tiegel fest auf der Druckplatte verschraubt wurde. Das erleichterte Seufzen der Schrauben, wenn der Druck wieder reduziert wurde. Das Knattern des steifen Papiers, wenn die großen Bögen aus der Presse genommen wurden. Schließlich das emsige Sausen von Federn, mit denen die Korrektoren die fertigen Drucke auf Fehler durchsahen. – All' dies beruhigte Pfarrer Schweiger. Es erinnerte ihn an alte, vergangene und glückliche Tage und stand in wohltuendem Gegensatz zu der gespenstischen Stille, die in sein eigenes Haus eingezogen war. Für einen Augenblick vergaß er, dass er Sorgen hatte. Sichtlich belebt, stand er auf und trat, wie magnetisch angezogen, in die Werkstatt.

Diese Werkstatt aber befand sich im Erdgeschoss eines Patrizierhauses, das dem Rathaus der Stadt gegenüberlag. Vor mehr als zwanzig Jahren hatten sich Erhard Ratdolt und sein Teilhaber in dem gewölbeartigen Raum eingerichtet. Im Laufe der Zeit hatten sie immer wieder allerhand umgeräumt und verändert. Manches verlagert. Vieles aussortiert, wenn es den technischen Standards nicht mehr entsprach. Aber auch immer wieder zugekauft und aufgestockt, wenn es ihnen die wirtschaftliche Situation erlaubte. Was bis zum Ausbruch des Krieges uneingeschränkt und stetig der Fall war. Aber auch noch einige Jahre nach Kriegsbeginn hatte die Druckerei floriert. Nach dem Einfall der Schweden zeugte ihre Ausstattung zwar nicht von Reichtum, wohl aber von solidem Wohlstand, den sich die beiden Drucker im Laufe ihres Lebens erarbeitet hatten und der der Stolz ihrer Handwerkerehre und das Behagen ihres Alters war.

Der einzige Wermutstropfen für die beiden war lediglich, dass Johann Speyers Sohn nichts mit ihrem Geschäft anzufangen wusste. Weder durch Zorn noch durch Freundlichkeit war er dazu zu bewegen gewesen, seinen Vater und dessen Kompagnon zu unterstützen. Immerhin schien ihm das Druckerhandwerk nicht ganz so gleichgültig zu sein, wie er es seinem Vater weismachen wollte. Sein Kompagnon und er wussten genau, dass der Junge regelmäßig heimlich ihre Werkstatt benutzte, um auf eigene Rechnung zu produzieren. Sie hatten ein Auge zugedrückt und so getan, als ob sie das nicht bemerken würden. Vielleicht konnten sie ihn so gewinnen? Sorge machte ihnen nur, dass er sich nun schon seit ein paar Tagen nicht mehr hatte sehen lassen und sie zudem noch bestohlen hatte. Sein Vater hatte ihn überall in der Stadt gesucht, um ihn zur Rede zu stellen. Selbst in der Badestube war er gewesen und hatte mit Louisa gesprochen. Die ihm aber nur sagen konnte, dass er zwar bei ihr eingezogen, aber nicht lange geblieben war. Sie war entrüstet und hatte keine Ahnung, wo sich ihr Freund aufhielt, da er gegangen war, ohne sich zu verabschieden. Er war und blieb wie vom Erdboden verschluckt. Hatte sich regelrecht in Luft aufgelöst.

Aber vielleicht kam er eines Tages zurück und es war dann vollständig mit ihm zu rechnen, dachte der alte Druckermeister. Er würde jedenfalls eine gut ausgestattete Werkstatt übernehmen, die in angenehmen Räumlichkeiten untergebracht war. Ihr Boden war mit schönen, farbigen Schieferplatten ausgelegt, die, gelblich im Grundton, zart ins Rötliche und Bläuliche schimmerten. Große Fenster, die auf der Nordseite des Raumes vom Boden bis fast zur Decke reichten, verstärkten den Eindruck einer hellen und freundlichen, kühlen und klaren, präzise funktionierenden Werkstatt. Ein organisch zusammenhängender Körper, dessen Herz mehrere akkurat arbeitende Pressen waren. Die größte war mit zwei mächtigen hölzernen Säulen an der Decke verstrebt. An ihrem Fuß hatte sich ein weißer, glattfelliger Hund zusammengeringelt. Er genoss die Sonne, die durch die Fenster einfiel. Wer ihn aber für schläfrig und faul hielt, der täuschte sich. Mit gespitzten Ohren und mindestens ebenso viel Vergnügen an Lärm und Betriebsamkeit wie Adam Schweiger verfolgte er aufmerksam die Abläufe, die an der Presse vor sich gingen und quittierte das lautstarke Herunterkurbeln der Spindel jedes Mal mit einem zufriedenen Jaulen. Weniger behagte ihm die Tätigkeit des zweiten Lehrlings, der die fertigen Druckbogen mit einem kleinen Besen von überflüssiger Druckerschwärze reinigte, was sein weißes Fell zusehends in ein helles Grau verwandelte. Jedes Mal, wenn ihn eine neue Staubwolke erreichte, bestätigte er sie mit einem protestierenden Niesen. Parallel zum Fenster waren lange, einfache Tische aus Buchenholz aufgestellt. An ihnen saßen zwei junge Männer. Ihre Tracht wies sie als fahrende Scholaren aus. Sie hatten große Stapel von Druckbögen vor sich liegen, die sie aufmerksam durchlasen. Hin und wieder zückte einer von ihnen eine Feder, tauchte sie in ein Fass mit roter Tinte, verbesserte einen Bogen, erhob sich und brachte ihn dem zuständigen Setzer.

Erhard Ratdolt war neben Adam Schweiger getreten. Heiter blickte er auf die Früchte, die ihm nach einem langen Leben harter Arbeit gereift waren. An deren Ernte er sich nun freuen konnte. Er lächelte leise in sich hinein. Er hatte Glück gehabt. Er hatte ein gradliniges Leben geführt, das ohne Verirrungen oder Abweichungen verlaufen war. Es war ihm nie etwas Schlimmes widerfahren. Er war zeit seines Lebens unabhängig gewesen. Sein eigener Herr. Hatte das tun können, wozu er sich berufen fühlte. Das meiste, was er angefasst hatte, war ihm gelungen. Nur wenigem war Misserfolg beschieden gewesen. Er hatte sich Achtung und Ehre erarbeitet. War als Zunftmeister und als Mitglied des Magistrats ein geschätztes und achtbares Mitglied der städtischen Gemeinschaft, deren Leben er zu einem nicht geringen Teil mitgestalten konnte. Er war erfolgreich. Er war zufrieden. Wenn ihn jemand gefragt hätte, ob er einverstanden sei mit sich und seinem Leben, hätte er geantwortet: Ja. Das Ganze noch einmal, bitte.

Neben ihm räusperte sich der Pfarrer und riss ihn aus diesen Gedanken, die sich so überaus angenehm dachten. »Vielleicht könntet Ihr später das Maß Eurer Güte voll machen und mich durch Eure Werkstätte führen?«, fragte der andere ihn. »Mir scheint, Ihr habt eine neue Presse. Soviel ich von hier aus sehen kann, sogar eine schöne, die obendrein von besonderer Qualität ist. Der Krieg hat Eurem Geschäft keinen Abbruch getan?«

»Die letzten Jahre waren ertragreich«, antwortete der

alte Meister mit dem Stolz desjenigen, der in der glücklichen Lage war, jemandem, der etwas davon verstand, von einer Leistung zu erzählen, die dieser zu würdigen wusste. »Wir haben investiert und am Ende sogar etwas zurückgelegt, womit wir die schlechte Zeit überwinden konnten. Denn natürlich haben auch wir in letzter Zeit Schwierigkeiten mit dem Vertrieb. Aber«, und hierbei begannen die kleinen Knopfaugen in seinem runden Vollmondgesicht zu strahlen wie zwei kleine, schwarze Sterne, »nun werden die Zeiten besser. Wir kalkulieren sogar schon wieder mit einem Luxusdruck, den wir mit Gewinn zu verkaufen hoffen. Gerade haben wir mit dem Satz einer neuen ›Fortunatus‹-Ausgabe begonnen. Vor ein paar Tagen habe ich durch einen glücklichen Zufall besonders schöne Kupferstiche erworben. Darf ich sie Euch zeigen?« Dem Pfarrer war die Begeisterung von Erhard Ratdolt nicht entgangen. Er wollte sie nicht trüben und wiegte nachdenklich den Kopf, bevor er bedächtig antwortete: »Der ›Fortunatus‹. Das ist kein Text, der mir am Herzen liegt. Eine etwas leichtfertige Unterhaltung. Aber die Stiche müsst Ihr mir natürlich trotzdem zeigen. Vielleicht habt Ihr aber in Eurem Lager auch noch einen anderen Druck, der mich mehr interessiert?«

Mit den letzten Sätzen war der Pfarrer wieder mehr und mehr in sich zusammengefallen. Als er sah, dass der Drucker ihn unterbrechen wollte, machte er eine abwehrende Handbewegung und schlurfte auf den Schuhen, auf denen mächtige, mit den Jahren stumpf gewordene Silberschnallen saßen und die ihm längst zu groß geworden waren, zu seinem Stuhl zurück. Schwerfällig ließ er sich nieder. Mit zitternder Stimme fuhr er fort: »Aber genau genommen bin ich heute überhaupt nicht wegen eines Buches zu Euch gekommen. Ich bin aus einem ganz anderen Grund hier.« Er hielt inne und Erhard Ratdolt hatte den Eindruck, dass er seine letzten Kräfte zusammensammeln musste, um den nächsten Satz zu artikulieren. »Ich bin gekommen, weil ich meine Tochter suche.«

In dem Maße, in dem Friedrich ruhiger wurde, sah er ein, dass er Glück gehabt hatte und es ein entschieden wohlmeinendes Schicksal war, das ihm im ausschlaggebenden Augenblick wieder einmal den besonnenen Georg Drach in den Weg geführt hatte. Nicht auszudenken, was alles hätte passieren können, wenn er seinem wilden Entschluss gefolgt und mit Gewalt in das Amtszimmer eingedrungen wäre. Langsam begann sein juristischer Verstand wieder zu funktionieren. Mit dieser unkontrollierten Handlung hätte er sich objektiv ins Unrecht gesetzt. Wahrscheinlich hätte Herr Urian ihn umgehend und mit Freude ins Gefängnis werfen lassen. Und wem hätte das genutzt? Er hätte weder dem Mädchen helfen, noch hätte er sich um die sonderbaren Vorgänge in der Mühle kümmern können. Die Mühle. Friedrich stöhnte. Über seinem Erschrecken, als er in der vermeintlichen Mörderin das Mädchen aus dem Gasthaus erkannt hatte, und seiner anschließenden Sorge um sie hatte er die verflixte Mühle ganz und gar vergessen. Nun, da er wieder an sie dachte, begann sein Kopf zu schmerzen und alle Erfolglosigkeit und Niedergeschlagenheit der letzten sinnlos vergangenen Tage legten sich mit einem Mehrfachen ihres Gewichtes auf ihn.

Er stützte sein Gesicht in die Hände. Die Situation wurde verfahrener und verfahrener. Er wusste immer weniger, woher er das Schwert nehmen sollte, mit dem er das Dickicht der Ereignisse und Gerüchte, die sich zunehmend undurchdringlicher um die Mühle rankten, zerschlagen konnte. Er schloss die Augen und wünschte sich ans andere Ende der Welt. Weit weg aus diesem Herzogtum. Weg von dieser Insel. Weg von diesem seltsamen Staatengebilde, Heiliges Römisches Reich deutscher Nation genannt, das in Blutrausch und Zerstörung so wenig heilig war wie seine nördliche Lage römisch. Weg von diesem Kontinent Europa, der mit Elend überzogen war. Weg von den Menschen, die unermüdlich darin waren, Mittel und Wege zu finden, sich gegenseitig das Leben schwer zu machen, und nicht nur das: die mit Hingabe und Perfektion sogar darauf aus waren, anderes Leben zu vernichten.

Zum zweiten Mal an diesem Tag dachte Friedrich an seinen Vater. So lange er sich erinnern konnte, hatte er ihn und das Dasein, das er führte, abgelehnt. Nun kamen ihm erstmals Zweifel, ob dessen Widerstand am Ende nicht doch gerechtfertigt war. Im Grunde hatte sein Vater nichts anderes getan als das, worüber er selbst gerade so sehnsüchtig nachdachte. Er war absolut und radikal aus der menschlichen Gesellschaft ausgetreten und hatte sich in eine Welt zurückgezogen, in der nur er existierte. Friedrich seinerseits hatte, aus reiner Opposition, wie ihm in diesem Moment schien, immer ein nützliches Glied der menschlichen Gesellschaft sein, sie unterstützen und voranbringen wollen. In diesem Augenblick aber musste er einsehen, dass dies nichts weiter war als der schwärmerische Optimismus der Jugend, der von denjenigen, die tatsächlich Einfluss auf die Geschicke der Menschheit hatten, geschürt wurde, damit die Fantasten, die diesem hochgesinnten und idealistischen Traum nachhingen, auf Nebenwegen beschäftigt seien und ihre Kraft nicht zur Gefahr für die wirklichen Weltakteure werde.

Er aber war ein ausgebildeter Mann, der seine Jugend längst hinter sich gelassen hatte. Es wurde Zeit, dass er diese kindliche Weltanschauung von sich abstreifte. Die Aufgaben, die er noch aus dem Geist jugendlichen Unverstandes heraus zu lösen versprochen hatte, musste er erledigen. Aber dann war es an der Zeit, endlich Folgerichtigkeit an den Tag zu legen, dachte er mit einem gewissen grimmigen Pathos, das ihn sehr befriedigte. Die Konsequenz, die er würde ziehen müssen, würde, ja würde, würde was? An dieser Stelle geriet Friedrichs bis dahin einigermaßen wohlgeordneter Gedankengang ins Stottern. Die Konsequenz konnte doch nicht die sein, dass er sich gleich seinem Vater ins Irrenhaus begab? Resigniert öffnete er die Augen.

Und sah in zwei äußerst besorgte Gesichter. Die Herzogin und Georg Drach waren aus der Fensternische, in die sie sich zu einer geflüsterten Beratung zurückgezogen hatten, wieder zu ihm an den Tisch gekommen. Sie befanden sich in Elisabeths Speisezimmer. Einem Raum, der gleichermaßen hübsch und zweckdienlich eingerichtet war. Er besaß nichts von dem förmlichen Prunk, der solchen Zimmern, die nicht selten vorwiegend repräsentativen Zwecken bestimmt waren, oftmals eigen war. Der Tisch war verhältnismäßig klein und bot sechs Personen bequem Platz. Wenn es notwendig war, konnte leicht durch Zusammenrücken und geschickten Einsatz mehrerer Beistelltischchen, Kredenzen und Anrichten einerseits und zusätzlichen Sofas und Ruhebetten andererseits weiteren Teilnehmern eines Abendessens der notwendige Raum gegeben werden. Das einzig Verschwenderische war der große Leuchter, der über dem Tisch hing und mit seinem Dutzend Silberarmen, auf die jeweils zwei Kerzen aufgesteckt und zu einem inneren und einem äußeren Lichtkreis formiert werden konnten, großzügig Helligkeit und Wärme verbreitete. Beides tat Friedrich wohl. Die Herzogin war so aufmerksam gewesen, ihm etwas Wein zu geben. Auch ein Abendessen war gebracht worden, das Friedrich bis jetzt jedoch noch nicht angerührt hatte. An diesem Ende seiner Überlegungen angekommen, fühlte er sich aber so erschöpft und hungrig, dass er dankbar zugriff.

»Lass es dir schmecken«, sagte die Herzogin mit einem resoluten Kopfnicken. Sie war froh, dass sie wieder Lebenszeichen an Friedrich wahrnahm, die sich sowohl von der seltsamen Starre unterschieden, in die er in der letzten Viertelstunde verfallen war, als auch von der tobenden Wut, die er an den Tag gelegt hatte, als Georg Drach ihn mehr oder weniger gewaltsam in ihr Appartement geschleppt hatte. »Das Wichtigste ist, dass du zur Ruhe kommst. Noch ist keine offizielle Anklage gegen das Mädchen erhoben worden. Ich habe Herrn Urian befohlen, mir Bericht zu erstatten. Er soll mir das Ergebnis seiner Befragung mitteilen und mir Bescheid sagen, bevor er den Prozess eröffnet. Soweit ich sehen kann, geht alles mit rechten Dingen zu. Er hat heute lediglich die erste Vernehmung einer Tatverdächtigen angeordnet.

Er hat das Mädchen – sie heißt übrigens Irene Schweigerin und ist die Tochter des Pfarrers zu Koserow, du hast vielleicht von ihr gehört, mir ist sie wohlbekannt – vor ein paar Tagen an der einsamen Mühle festgenommen. Sie ist bei der Leiche eines Mannes entdeckt worden, der offensichtlich kurz vorher umgebracht wurde. Sie steht in dringendem Verdacht, seine Mörderin zu sein.« Die Herzogin machte eine energische Handbewegung, als sie merkte, dass Friedrich sie unterbrechen wollte. Wobei sie sich insgeheim freute, dass sich ihr Liebling wieder so weit gefasst hatte, dass er in seine schlechten Gewohnheiten zurückfiel. »Dass sie die Mörderin ist, ist noch durch nichts bewiesen«, nahm sie ihm den Einwand, von dem sie wusste, dass Friedrich ihn vorbringen wollte, aus dem Mund. »Wir wissen beide sehr gut, dass sie es nicht gewesen sein muss. Aber im Augenblick sprechen die Indizien tatsächlich gegen sie.«

Sie sah Georg Drach besorgt an, der bis dahin ihrer Rede stumm gefolgt war und sich nun aufgefordert sah, die weitere Schilderung des Sachverhaltes zu übernehmen. »Das stimmt leider«, pflichtete er ruhig seiner Vorrednerin bei. »Ich war heute alleine zu dem Zweck in der Mühle, um mir ein Bild vom Ablauf der Ereignisse zu machen. Dabei habe ich einen Rucksack gefunden, der mit einiger Wahrscheinlichkeit der Jungfer Schweigerin gehört. Sie hat eine größere Menge Bernstein mit sich geführt. Und Bernstein habe ich auch im Wasser in der Nähe des Mühlrads gefunden, an dem die Leiche angebunden war.«

»Was lediglich beweist, dass sie in seiner Nähe war. Aber nicht belegt, dass sie ihn umgebracht hat. Ihr müsst etwas vorsichtiger in der Folgerung Eurer Schlüsse sein, mein Freund«, unterbrach ihn Friedrich gereizt. Georg Drach errötete. Die Herzogin sah, dass er nur mit Mühe seine Ruhe bewahrte. »Wenn Ihr mir richtig zugehört hättet, Junker zu Trostberg, wäre Euch bewusst, dass ich noch gar keine Schlussfolgerung gezogen habe. Ich habe Euch lediglich die Ergebnisse meiner Untersuchungen mitgeteilt. Zudem habe ich Euch heute schon einmal gesagt …« Bevor Georg Drach den Satz beenden konnte, wurde er erneut unterbrochen. Dieses Mal von der Herzogin, die verhindern wollte, dass die wichtige Besprechung in einem Streit endete, der nichts mit der Sache zu tun hatte und lediglich auf den Abweg von Friedrichs manchmal wirklich dummer Rechthaberei führte. »Friedrich«, sagte sie, so streng sie konnte, »wenn wir Irene helfen wollen, und das scheint deine Absicht zu sein, jedenfalls habe ich so deine etwas wirren und erstaunlich wenig durchdachten Äußerungen verstanden, die du getan hast, als dich Georg Drach zu mir gebracht hat, – sie klangen übrigens bemerkenswert wenig nach dir und deiner logischen Art, auf die du zu Recht stolz bist und es sein kannst –, solltest du diese Art von Spitzfindigkeiten deinen Freunden gegenüber unterlassen.« Die Herzogin hatte absichtlich auf eine Stelle gezielt, an der Friedrich, wie sie nur zu genau wusste, empfindlich war. Halb befriedigt, halb mitleidig sah sie, dass ihr Pfeil getroffen hatte.

Friedrich neigte beschämt den Kopf. Er wusste, dass Georg Drach recht hatte und er unrecht. Aber seit ihrer ersten Begegnung konnte er nicht verhindern, dass er, sobald der reitende Bote des Herzogs zu sprechen anfing, kleine, formale Einwände gegen ihn, seine Beweisführung und sein Verhalten hatte, die er nicht unterdrücken konnte. Das war engherzig und dumm. Zumal Georg Drach ihm inzwischen mehr als einmal geholfen hatte. Und er, Friedrich, im Moment größere Sorgen hatte als diese nebensächliche Animosität. Die Herzogin hatte recht, wenn sie ihn an seine Hauptaufgabe erinnerte. Es hing alles davon ab, wie er die nächsten Tage nutzte. Er hatte wenig Zeit und es stand viel auf dem Spiel. Zu viel. Genau genommen, nichts weniger als Irenes Leben. Er musste sich anstrengen und etwas finden, was ihr helfen konnte.

»Ihr habt recht«, gab er zu. »Wir sollten uns nicht streiten, sondern lieber überlegen, wie wir Irene helfen können. Wenn erst der Prozess gegen sie läuft, ist sie verloren. Zumindest, wenn wir bis dahin nicht den wirklichen Mörder kennen. Wenn sie verurteilt wird, gibt es keine Rettung mehr für sie.«

Georg Drach nickte. »Allerdings sollte ich Euch noch sagen, dass wir im Gepäck des Mädchens auch ein wertvolles Buch gefunden haben, das auf der Inventarliste des ermordeten Händlers steht. Aus meiner Sicht macht es dieser Umstand doch einigermaßen wahrscheinlich, dass sie die Mörderin ist.«

Friedrich warf aus den Augenwinkeln einen schrägen Blick auf Georg Drach und begann in dem Ton, den er gewöhnlich während seiner Vorlesungen anschlug und den er für besonders begriffsstutzige Studenten reserviert hatte: »Angenommen, jemand hat einen Korb voller Äpfel und befürchtet, dass einige davon faul sind. Wie geht er vor, wenn er die gesunden Äpfel erhalten will? – Richtig. Er muss seinen Korb ausleeren, sortiert die gesunden Äpfel aus und legt nur diese wieder in den

Korb zurück. Es hilft ihm nichts, wenn er nur einzelne Äpfel herausnimmt, dann besteht nämlich die Gefahr, dass noch einige faule im Korb bleiben. Und genauso müssen wir die Meinungen und Vorstellungen, die uns der Augenschein aufzwingen will, aus unserem Kopf ausleeren. Erst nach sorgfältiger Prüfung und wenn wir erkannt haben, dass sie nicht faul sind, können wir sie ohne Gefahr wieder in unser Wissen aufnehmen. Also«, Friedrichs Blick verließ den schiefen Winkel und fuhr Georg Drach ruckartig voll ins Gesicht, »nehmt endlich diesen fauligen Apfel fort und behauptet nicht immer, Irene sei eine Mörderin. Reißt Euch zusammen und beginnt in Eurer Beweisführung von vorne. Erinnert Ihr Euch, ob wir bei Irene dieses Buch gesehen haben, als wir sie in der Wirtschaft getroffen haben?«

Georg Drach schüttelte verneinend den Kopf. »Ihr meint, die Mörderin, die der Amtshauptmann verhaftet hat, ist das Mädchen gewesen, das uns bei unserem kleinen Disput Gesellschaft geleistet hat?«

Friedrich nickte. »Ich bin mir sicher, dass sie es ist. Und tut mir bitte einen Gefallen und bezeichnet sie nicht dauernd als Mörderin. Sie ist nämlich keine.« Erstaunlicherweise akzeptierte Georg Drach diese erneute Zurechtweisung widerspruchslos.

Friedrich fuhr mit erhöhter Konzentration fort. »Wer der Mörder ist, ist uns unbekannt. Irene kommt ex hypothesi nicht infrage. Sie hat nicht die Kraft, die man braucht, um den leblosen Körper eines ausgewachsenen Mannes zu bewegen und an ein Mühlrad zu binden. Was ohnehin ein ausgesprochen schwieriges und eigentlich auch überflüssiges Unterfangen war. So viel ist klar.

Was der Mörder damit bezweckt hat, ist übrigens auch eine Frage, die wir nicht aus den Augen verlieren dürfen.« Friedrich hielt nachdenkend inne. »Aber sie ist im Moment noch nicht zu beantworten. Es bleibt uns folglich nichts übrig, als uns darauf zu besinnen, was wir wissen. Was haben wir für Informationen?« Aus Gewohnheit machte Friedrich eine kleine rhetorische Pause. »Wir haben den Tatort. Die Mühle. Aber bitte erspart es mir, damit zu beginnen. Ich denke die letzten Tage pausenlos über die Mühle nach und komme zu keinem Ergebnis. Was haben wir sonst?« Wieder eine kleine Pause. »Die Leiche. Gibt es einen Hinweis auf ihre Identität?« An dieser Stelle unterbrach sich Friedrich abermals. Dieses Mal aber nicht aus Gründen der Redekunst, sondern weil er sich von Georg Drach tatsächlich eine Auskunft erhoffte. Der schüttelte den Kopf. »Nein. Leider nicht. Er war ein Händler. Genau genommen ein Buchhändler. Das zumindest schließe ich aus der Tatsache, dass der Amtshauptmann eine große lederne Tasche vom Tatort mitgebracht hat, in der eine Auswahl von Buchhandelsexemplaren verschiedener Werke war sowie eine Übersicht über die Neuerscheinungen und ein Prospekt über das Sortiment eines Buchhändlers in Frankfurt.«

Friedrich zuckte zusammen. Buchhändler. Frankfurt. Er hatte doch vor nicht allzu langer Zeit etwas über einen Buchführer gehört. In welchem Zusammenhang war das nur gewesen? Er dachte einen Augenblick nach. Richtig. Es fiel ihm wieder ein. Georg Drach selbst hatte ihm von einem erzählt, der zusammen mit ihm in der Post vor Frankfurt übernachtet hatte. Aber es war wohl sehr unwahrscheinlich, dass es sich dabei um denselben handelte. Trotz des Krieges durchquerten Hunderte von ihnen Europa. Oder vielleicht doch nicht?

»Frankfurt, sagt Ihr«, fragte er Georg Drach aufgeregt, der verständnislos nickte. »Habt Ihr mir nicht heute Morgen erzählt, dass während Eures Aufenthalts in der Post dort auch ein Buchhändler logiert hat? Haltet Ihr es für möglich, dass es sich dabei um unseren Toten handelt?«

»Ihr meint ...?«, Georg Drach sprach nicht weiter. In seinem Kopf arbeitete es. Konnte es so einen Zufall geben? Er nickte langsam. »Warum nicht? Es könnte sein, dass es derselbe Mann ist.« Friedrich sah ihn eindringlich an, als wollte er seine eigenen Gedanken aus dem Gesicht seines Gesprächspartners lesen. Dann wanderte sein Blick zur Herzogin, die unter der Spannung, die sich plötzlich im Raum aufgebaut hatte wie bei einem Gewitter, das schon ganz in der Nähe stand und sich jeden Augenblick entladen konnte, eine noch aufrechtere Haltung als sonst angenommen hatte. Dann fixierte er die Wand und begann abwesend und wie zu sich selbst zu sprechen. »Lassen wir für den Augenblick diese Hypothese gelten. Nehmen wir an, dass der Ermordete und der Buchführer von Frankfurt ein und dieselbe Person sind. Welche Konsequenzen ermöglicht uns diese Unterstellung? Unter dieser Voraussetzung wäre es einigermaßen wahrscheinlich, dass Ihr den anonymen Brief von ihm bekommen habt. Er hatte irgendeine Verbindung zu der einsamen Mühle und wusste offenbar etwas über das Leben und Sterben von Maxim Mugner. Und ist nun seinerseits eben genau bei dieser Mühle ermordet worden.«

Triumphierend sah Friedrich nacheinander die Herzogin und Georg Drach an. »Das klingt doch ganz plausibel, meint Ihr nicht? Mir scheint es mehr und mehr wahrscheinlich, dass es diesen oder zumindest einen sehr ähnlichen Zusammenhang zwischen der Mühle, dem Ermordeten und dem Brief gibt. Was wissen wir sonst noch über die Leiche?«, wandte sich Friedrich erneut an Georg Drach, doch dieser schüttelte den Kopf.

»Nichts. Absolut nichts. Aber vielleicht wäre es hilfreich, wenn Ihr Euch den Toten einmal anseht? Eure Gedankengänge sind schön und gut, auch einigermaßen wahrscheinlich. Aber ich fürchte, dass sie langsam ausgeschöpft sind. Was wir brauchen, sind neue Tatsachen. Über die könnt Ihr Euch dann meinetwegen neue Gedanken machen. Aber an dieser Stelle kommen wir mit bloßem Nachdenken nicht mehr weiter. Wenn wir die Leiche noch einmal untersuchen, entdecken wir vielleicht etwas, was bisher übersehen wurde.«

Friedrich war froh, dass er sich bewegen konnte. Endlich konnte er etwas Sinnvolles tun. Er hatte das Ende eines Fadens in die Hand bekommen, den er zurückspulen konnte. Die beiden Männer erhoben sich und waren gerade in aller Form dabei, sich für diesen Abend von der Herzogin zu verabschieden. Da klopfte es an der Tür. Sie wurde umgehend geöffnet und herein trat ein Diener. Es war derselbe, der die Herzogin am Abend von Friedrichs Ankunft im Schloss mit einem Leuchter begleitet hatte, den er auch jetzt in der Hand hielt. Mit bekümmertem Gesicht wandte er sich an seine Herrin. An der Pforte hatte es einen Zwischenfall gegeben. Zwei alte Leute begehrten zu dieser Stunde nicht nur Einlass ins Schloss, sondern auch noch eine Audienz bei der Herzogin. Sie waren von Thomas in Empfang genommen worden. Er wusste nicht, wie er mit ihnen verfahren sollte. Der Mann schien krank zu sein. Thomas hatte es nicht geschafft, ihn in die Nacht zurück zu weisen. Außerdem hatte er aus dem, was ihm der Greis gesagt hatte, den Eindruck gewonnen, dass er sich auf Reisen befand und kein Quartier in der Stadt hatte. Andererseits konnte er ihm nicht ohne Weiteres eine Herberge im Schloss anbieten, zumal der Mann mit erstaunlicher Hartnäckigkeit, die seinen schwachen Kräften in keiner Weise entsprach, darum bat, umgehend zur Herzogin vorgelassen zu werden. Aber wer er war oder was er von ihr begehrte, war nicht aus ihm herauszubekommen. In seiner Ratlosigkeit und in der Angst, wiederum etwas falsch zu machen und abermals einem Gelehrten – denn für einen solchen hielt ihn Thomas aufgrund seines Talars – den berechtigten Eintritt ins Schloss zu verweigern, hatte Thomas die beiden Alten in seiner Stube warten lassen. Und den Kammerdiener zur Herzogin abgesandt, um sich von ihr eine Instruktion geben zu lassen. Seufzend gab die Herzogin Order, die späten Gäste zu ihr zu führen.

Wer aber wenig später das Speisezimmer betrat, war niemand anderes als der alte Pfarrer von Koserow, begleitet von seiner treuen Else.

Nach dem ergebnislosen Besuch in der Druckerei hatte Adam Schweiger in seiner Verzweiflung keinen anderen Ausweg mehr gesehen, als sich an die Herzogin zu wenden. Bei Ratdolt hatte er mit dem Bekenntnis, dass er seine Tochter suche, nichts hervorgerufen als große Verblüffung. Für einen Moment hatte der Druckermeister wohl sogar befürchtet, dass die Kriegsereignisse den Pfarrer vielleicht doch nicht nur körperlich beeinträchtigt, sondern ihn auch geistig aus dem Gleichgewicht geworfen hatten. Wie um alles in der Welt war er auf den Gedanken verfallen, dass er seine Tochter hier bei ihm, in seiner Werkstatt, finden könnte? Hatte der Alte den langen Weg von Koserow nach Wolgast am Ende tatsächlich nur gemacht, weil er sie in seiner Druckerei vermutete? Der Drucker blieb freundlich, war aber innerlich überzeugt, dass der schwedische Überfall auf Koserow dem armen Kopf des Pfarrers geschadet hatte.

Der Pfarrer seinerseits ärgerte sich nicht so sehr darüber, dass er offensichtlich für geistesgestört gehalten wurde. Vielmehr erschreckte ihn die eindeutige Verwunderung, die in Ratdolts Reaktion lag. Wenn er von des Pfarrers Anliegen so offensichtlich überrascht worden war, stand es fest, dass Irene nicht hier war. Und auch in den letzten Tagen nicht bei ihm vorgesprochen hatte. Zu dieser Einsicht brauchte es nicht erst die Antwort des Druckers, die dann in ihrer glasklaren Eindeutigkeit das alte Herz des Pfarrers traf wie ein scharfes Messer. Es zuckte noch einmal unter diesem Stich, stolperte unruhig und hörte für einen Moment zu schlagen auf. Dem alten Mann wurde schwarz vor Augen. Wohin war seine Tochter verschwunden? Irgendwo musste sie sein, sprach er sich selbst Mut zu. Sie konnte sich nicht in Luft aufgelöst haben. Aber wo war sie? Wo sollte er noch nach ihr suchen? Entmutigt verließ er Ratdolts Geschäft. Er setzte seine ganze Hoffnung auf Else. Sie hatte angenommen, dass sich Irene bei der Papiermeisterin einquartiert hatte, und dort nach ihr gesucht. Aber auch sie kam zurück, ohne eine Spur von dem Mädchen gefunden zu haben. Die beiden alten Leute waren ratlos. Wo war Irene?

Während ihrer Suche war es Nacht geworden. Beide waren sie von den Strapazen der ungewohnten Reise und von Sorge gezeichnet. Sie waren erschöpft. Sie hatten keine Unterkunft. In ihrer Ratlosigkeit beschlossen sie schließlich, zum Schloss zu gehen. Dort musste des Rätsels Lösung zu finden sein. Das war die einzige Erklärung, die ihnen noch blieb. Bestimmt war Irene zur Herzogin gegangen, die sie kannte und die in der Vergangenheit schon manches Mal mütterlich für sie gesorgt hatte. Hatte Irene nicht etwas davon gesagt, dass sie sich nach dem Ausgang des letzten Preisausschreibens erkundigen wollte? Mit Sicherheit war sie auf dem Schloss.

Als der Pfarrer bei der Herzogin eintrat, erkannte sie ihn sofort. Ebenso schnell war ihr klar, dass sich die ohnehin schwierige Lage nun abermals verschärft hatte. Man musste kein Hellseher sein, um zu ahnen, warum der alte Mann zu dieser ungewöhnlichen Stunde im Schloss vorsprach und darauf bestanden hatte, vorgelassen zu werden. Allein sein Aussehen sprach für sich. Vor ihr stand ein gramgebeugter Greis, dessen Gesicht von Angst zerfressen war. In welche Richtung seine Sorge ging, konnte sich die Herzogin leicht denken.

Der Amtshauptmann hatte erst heute offiziell Anklage gegen die Gefangene erhoben. Das hieß, dass er sich heute erstmals seit ihrer Verhaftung mit Irene beschäftigt hatte. Das wiederum bedeutete, dass noch niemand in Koserow gewesen war, um den Pfarrer von der Lage, in die seine Tochter geraten war, in Kenntnis zu setzen. Der alte Mann war also Tage und Tage alleine in seinem Haus gesessen und hatte nicht gewusst, was aus Irene geworden war. Wahrscheinlich war er vor Verzweiflung und Kummer halb wahnsinnig geworden.

Der Herzogin wurde unbehaglich zumute. Sie fragte sich, ob sie die Amtsführung des Amtshauptmanns noch länger nur beobachtend dulden konnte. Durfte sie dessen Verhalten weiterhin tolerieren? Die Entwicklung der letzten Monate war unerfreulich genug gewesen. Herr Urian hatte die meisten derjenigen Beamten, die noch während der Anwesenheit des Herzogs ins Amt gekommen waren, in den Ruhestand versetzt. In der Mehrzahl der Fälle waren die Stellen vakant geblieben. Der Amtshauptmann hatte fast alle Vorgänge selbst bearbeitet. Egal, in welches Ressort sie fielen. Sich nur von seinem Sekretär und einigen wenigen Günstlingen helfen lassen.

Der Mann hatte seine Verdienste, das stand außer Frage. Er hatte eine längere Belagerung durch die Schweden mit Geschick abgewandt. Er hatte dafür gesorgt, dass sich der Hunger in Wolgast in Grenzen hielt. Aber dafür hatte er eine Politik betrieben, die sie schon lange nicht mehr gutheißen konnte. Angefangen hatte alles mit dem Prozess gegen Maxim Mugner. Sie glaubte nicht daran, dass der Müller ein Hexer war. Sie bezweifelte überhaupt, dass der Teufel in ein menschliches Wesen fahren konnte. War aber einmal vom Hofprediger ob dieser Auffassung gerügt worden und hielt sich seitdem mit Äußerungen, die diesen Bereich berührten, zurück. In ihrem tiefsten Inneren aber hielt sie das Gerede von der Teufelsmühle für eine Ausgeburt des Aberglaubens. Schließlich aber hatte Maxim Mugner gestanden. Der Amtshauptmann hatte ihn nach dem Gesetz verurteilt. Ihr war nichts anderes übrig geblieben, als ihn gewähren zu lassen. Von der Richtigkeit seiner Rechtsprechung war sie letztlich jedoch nicht überzeugt gewesen.

Seitdem war der Amtshauptmann immer selbstherrlicher geworden. Hatte immer absoluter und autoritärer regiert. Wohl auch, soweit die Herzogin das überblicken konnte, mehr und mehr auf die Legitimation seiner Politik durch den Herzog und die Landstände verzichtet. Nun stand ein zweiter großer Prozess an, in dem ein Kapitalverbrechen verhandelt wurde. Diese Häufung war ungewöhnlich. Während der Anwesenheit des Herzogs war innerhalb von fünfzehn Jahren nur ein Mal ein großer Prozess geführt worden. Die Verhandlung gegen Irene dürfte nicht so verlaufen wie diejenige gegen Maxim Mugner. Sie war froh, dass sie mit Friedrich einen der angesehensten Juristen Europas bei sich hatte. Aber unabhängig davon, ob Irene eine Mördern war oder nicht, hatte sich der Amtshauptmann in jedem Fall schon bei den Vorbereitungen falsch verhalten. Er hätte Irenes Vater informieren müssen.

So dachte die Herzogin und kam mit sich überein, dass es zumindest notwendig sein würde, Herrn Urian recht bald ins Gewissen zu reden. Er konnte die Untertanen des Herzogs nicht so wie Irene Schweigerin und den alten Pfarrer von Koserow behandeln. Das zumindest musste er einsehen. Wenn er auch seine Politik nicht ändern würde.

Der Herzogin war nicht wohl in ihrer Haut. Es war zu dumm, dass ihr Mann sie nicht einmal mit einem offiziellen Vetorecht ausgestattet hatte, bevor er nach Italien gegangen war. Aber Weitsicht und politische Vernunft waren noch nie seine Stärke gewesen. Er hatte dem Amtshauptmann so bedingungslos vertraut, dass er das als überflüssig empfunden hatte. Mitleid mit ihrem Mann überkam die Herzogin. Wie naiv er doch war. Wie geradezu schändlich naiv. Sie sah immer deutlicher, dass des Herzogs Stellvertreter nichts Gutes im Schilde führte. Offenbar waren auch ihrem Mann inzwischen Bedenken gekommen. Immerhin: Er hatte Friedrich geschickt. Das beruhigte sie. Aber auch er war im Zweifelsfall mit keinerlei Macht ausgestattet, die dem Amtshauptmann das Handwerk legen konnte. Die hatte einzig und allein der Herzog selbst. Der war in Italien und machte nicht die geringsten Anstalten, von dort nach Hause zu kommen. Ob sie ihn rufen lassen sollte? Wenn sie nicht so dringend davon überzeugt gewesen wäre, dass Georg Drach hier nötig war, um Friedrich zu unterstützen, sie hätte ihn umgehend nach Italien gesandt.

Unterdessen hatte der Pfarrer begonnen, vom Besuch des Buchhändlers zu berichten. Von Irenes Vorhaben, in einer Werkstatt, den berühmten und angesehenen Offizien von Ratdolt und Speyer, zu arbeiten. Von ihrem Aufbruch nach Wolgast. Schließlich von den vielen Stunden, die er vergeblich, unruhig im Pfarrhof von Koserow sitzend, auf sie gewartet hatte. Wie er begonnen hatte, sich Sorgen zu machen, nachdem sie an dem für ihre Rückkunft bestimmten Tag nicht wiedergekehrt war. Und auch nicht am Tag danach. Und nicht am darauf folgenden Tag.

Die Herzogin erschauerte. Was sollte sie tun? Es überlief sie kalt.

III.

»Den 30. Juli 1631 ist eingenommen worden in das Schlossgefängnis zu Wolgast die ehelich geborene Jungfrau Irene Schweigerin, ledige Tochter des Pfarrers Adam Schweiger zu Koserow und seiner Gemahlin Maria. Letztere verstorben im Kindbett im Jahre 1612 bei der Geburt eben jener Tochter. Die Jungfrau ist gegriffen worden durch mich, Urian Olobaid von Greifenhöll, Dr. beider Rechte, Amtshauptmann des Herzogtums Pommern-Wolgast und des abwesenden regierenden Herzogs Bogislaus, Serenus Serenissimus, XI. Herzog von Pommern-Stettin, Verweser. Irene Schweigerin steht im Verdacht und wird beklagt, den fahrenden Buchhändler Melchior Lechter, dies 30. mensis Julii huius anni bei der einsamen Mühle am Meer, genannt Teufelsmühle, vom Leben zum Tode befördert zu haben.«

Mit Donnerstimme hatte der Amtshauptmann die umständliche und floskelhafte Anklageschrift verlesen, die er noch am Tag von Irenes erstem Verhör formuliert hatte. Zwar nach allen Regeln und Notwendigkeiten des juristischen Sprachgebrauchs, aber ohne jedwede Inspiration oder auch nur eine Spur von Eleganz, dachte Friedrich tadelnd. Er hatte im Gerichtssaal Platz genommen, den Georg Drach und seine Helfer am Vortag für die Verhandlung instand gesetzt hatten.

Der Raum war gründlich gereinigt und dem Anlass gemäß möbliert, der Steinboden war mit kostbaren Teppichen belegt. Diese konnten aber der Kälte, die in der Halle herrschte, nur schwach Einhalt gebieten. In der

Mitte, direkt unter dem großen Kronleuchter, war ein prächtiger geschnitzter Eichentisch platziert, der als Richterbank diente. Zu seinen beiden Seiten, in akkuratem rechtem Winkel, waren Verteidigungs- und Anklagebank aufgebaut. Auf diese Weise war eine Art Innenhof entstanden. In dessen Mitte stand das Armesünderbänklein parallel zum Richtertisch. Als einziges Möbelstück entbehrte es eines Gobelins als Unterlage und stand kahl und ohne kunstreiche Verzierung als bloßes Holzgerüst auf nacktem Boden.

Die strenge Symmetrie war das Einzige, was Friedrich befriedigte. Alles andere missfiel ihm in hohem Grade. Die Lautstärke, mit welcher der Amtshauptmann die Anklageschrift verlas, durch den nahezu ungedämpften Hall des hohen, gewölbeartigen Raumes verstärkt, quälte ihn. Möglicherweise war sie im hinteren Teil des Raums erträglich, wo einige Holzstühle für Zuschauer aufgestellt worden waren. In unmittelbarer Nähe des Richters war sie nichts als peinigend.

Überdies verdross ihn die Art und Weise, in der sich Herr Urian präsentierte. Er hatte auf seinem Regimentsstuhl Platz genommen. Saß am Richtertisch, zwischen den Schöffen, und hielt Hof. In griffbereiter Nähe lag seine eiserne Feuerrute. Er trug sein grünseidenes, pelzverbrämtes Prachtgewand, das ihn als ersten Beamten des Herzogtums kennzeichnete. Der Kontrast zu den bescheidenen schwarzen Talaren seiner Beisitzer, deren einziger Schmuck ein weißer Spitzenkragen war, hätte nicht größer sein können. Seine Hunde lagen zu seinen Füßen.

Schon als Herr Urian eingetreten war, hatte Friedrich dessen schlechte Laune mit Händen greifen können. Er warf die Wetterzeichen eines unerfreulichen Prozesses voraus. Der Amtshauptmann griesgrämte und knarpelte mit den Zähnen. Seine Augen funkelten vor Zorn. Es schlugen schwefelgelbe Feuerflammen wie Blitze aus ihnen heraus. Seitdem er gekommen war, stank es im Gerichtssaal. Nach Ziegenstall und Misthaufen und außerdem noch nach etwas anderem, was Friedrich nicht einordnen konnte. Aus allen Fasern und Poren von Herrn Urian strömte Gewalt.

Dem Richtertisch gegenüber saß Irene auf dem Armesünderbänklein. Sie versuchte, Haltung zu bewahren. Was ihr bemerkenswert gut gelang, wie Friedrich im Stillen anerkennen musste, ihr aber niemals eingestanden hätte. Eine derartige Äußerung hätte verdächtig einem Kompliment geähnelt. Und damit war Irene nicht geholfen. Im Gegenteil: Dadurch wären in ihr nur falsche Vermutungen über die Beschaffenheit ihrer Situation geweckt worden. Eine Artigkeit dieser Sorte hätte Hoffnung wecken können, die ihr leicht jene Beherrschung rauben konnte, die sie augenblicklich aufrechterhielt. Gerade dass sie sich keiner Illusion hingab, verlieh ihr eine Würde, die im Verlauf des Prozesses zu einer Waffe werden konnte.

Ihr Gesicht hatte noch immer jenen intelligenten Ausdruck, der ihn schon bei ihrem ersten Zusammentreffen gleichermaßen erstaunt wie erfreut hatte. Der schalkhafte Übermut aber, mit dem sie ihn damals zurechtgewiesen hatte, als er frank und frei erklärt hatte, was er von seinen Tischgenossen hielt, war in den Tiefen des Kerkers oder im Verhörzimmer des Amtshauptmanns verloren gegangen. An seine Stelle war jedoch eine Art von Mut getreten. Etwas von jener entschlossenen Furchtlosigkeit, die ein

Mensch dann entwickelte, wenn er alle Hoffnung fahren gelassen hatte. Und allen Zweifel. Denn nur da, wo keine Hoffnung mehr ist, ist auch kein Zweifel mehr, überlegte Friedrich, plötzlich erkennend, warum er den Zweifel so liebte. Er war der freidenkende Bruder des Zutrauens, das er nach sich zog wie die Sonne ihren Schatten.

Arme Irene, dachte Friedrich. Sie sollte die Zuversicht nicht verlieren. Und auch nicht den Zweifel. Gerade ihr hatte er so außerordentlich gut gestanden. Er hatte sich auf ihrem Gesicht mit Urteilskraft und Auffassungsgabe vermischt und war zu einer ganz eigenen Art von Ausdruck geworden, von dem nur noch ein Abglanz zurückgeblieben war. Und armer Friedrich, der sich an dieser Miene gefreut hatte.

Wenigstens hatte Irene den entsetzlichen Schmutz, der während der Zeit im Verlies wie eine zweite Haut um sie gewachsen war, abwaschen können. Sie hatte saubere und schadlose Kleidung bekommen. Nun saß sie blass und müde, aber sauber und korrekt vor ihrem Richter. Die Herzogin hatte verhindert, dass Irene nach ihrer ersten Befragung in das Schlossverlies zurückkehren musste. Hatte Herrn Urian davon überzeugt, dass die Pfarrerstochter, die bis zum Beweis des Gegenteils noch völlig unbescholten und durch Geburt sowie Stand eine freie Untertanin des Greifenherzogs war, in einem Zimmer ihres Appartements besser aufgehoben sei als im Gefängnis. Nach langer Unterredung, in der Elisabeth alle ihre Autorität als Gemahlin des Herzogs in die Waagschale werfen musste, hatte der Amtshauptmann schließlich widerwillig zugestimmt. Allerdings auf strenger Überwachung bestanden.

Seitdem waren in der Wohnung der Herzogin Wächter postiert, die sich in Schichten abwechselten. Sie saßen vor dem Zimmer, das man Irene eingeräumt hatte, und kontrollierten jeden Besuch. Überprüften ihn zuerst umständlich, um ihn dann nach Gutdünken entweder abzuweisen oder Eintritt zu gewähren. Wobei sie sich bis zum Prozessbeginn mit Zugangserlaubnis nicht sehr großzügig gezeigt hatten. Bisher war es niemandem gelungen, zu Irene zu gelangen. Weder Friedrich noch der alten Else.

Die Amme hatte auf einem der Stühle Platz genommen, die für die Zuschauer aufgestellt worden waren. Sie saß dort alleine. Ohne Adam Schweiger. Als der Pfarrer von Koserow erfahren hatte, dass seine Tochter im Verlies des Schlosses saß und wegen Mordes angeklagt werden sollte, hatte er einen Anfall erlitten, der in seinen Körper gefahren war und ihn in zwei Hälften gespalten hatte, die seither nicht mehr zueinander passten. Seither konnte er weder laufen noch sprechen. Er hustete nicht einmal mehr. Er lag in einem Bett des Siechenhauses. Mit geschlossenen Augen und versiegelten Lippen. Die alte Else saß den ganzen Tag bei ihm und pflegte ihn. Nur für die Gerichtsverhandlung hatte sie das Krankenlager verlassen und eine der Fürsorgerinnen gebeten, über den alten Pfarrer zu wachen. Ihr waren die Strapazen der letzten Zeit ins Gesicht geschrieben. Sie sah erbarmungswürdig aus.

Während sich Friedrich im Saal umgesehen hatte, war der Amtshauptmann in der Anklageschrift fortgefahren: »Die Angeklagte ist am Tage ihres Verbrechens mit blutigen Kleidern von einem Zeugen, der in gutem Leumund steht, gesehen worden. Ferner hat sich bei ihr ein wertvolles Buch aus dem Besitz des Toten gefunden. Daher und aus diesem Grund wird sie am heutigen Tag, dem 15. August im 1631. Jahre des Herren, des Mordes beschuldigt. Sie ist angeklagt vor dem höchsten und ordentlichen Gericht des Herzogtums Pommern. Das Verfahren gegen sie wird nach der peinlichen Landesgerichtsordnung vollzogen, wie sie geschrieben und in Kraft gesetzt worden anno 1550. Ihr Ankläger aber, der ihre Untaten bezeugen kann, ist der ehrwürdige Jüngling Johann Speyer, Sohn des Buchdruckers Johann Speyer des Älteren, der in Wolgast eine Werkstatt betreibt und der von allen seinen Mitbürgern geschätzt und geachtet wird.«

Friedrich war irritiert. Der Name des jungen Mannes sagte ihm nichts. Wohl kannte er das Unternehmen seines Vaters. Die Druckerei Ratdolt und Speyer vertrieb ihre Produkte in ganz Europa. Sein Sohn aber war, zumindest soweit Friedrich wusste, nicht am Geschäft des Vaters beteiligt. Jedenfalls war er dort mit seinem Namen nicht in Erscheinung getreten. Und so wie er aussah, hatte Friedrich nicht den Eindruck, dass er überhaupt einer Arbeit nachging.

Neben dem Amtshauptmann war der junge Mann der Einzige im Saal, der ein farbiges Gewand trug. Es war ebenfalls grün. Der neuesten Mode entsprechend war es nach dem Vorbild einer schwedischen Soldatenuniform geschnitten. Sein Wams war ungewöhnlich lang und schon als Überrock zu bezeichnen. Dazu trug er Schlumperhosen, die unter den Knien mit einer goldenen geflochtenen Kordel zusammengehalten wurden und sich pluderten. Unter ihnen waren orangegelbe Seidenstümpfe zu erkennen, die in Schnallenschuhen mit hohen Absätzen staken. Über das Wams war ein vorne geschlossenes Lederkoller gezogen. Ein Schmuckstück, das die martialischen Anklänge seines Aufzuges noch zusätzlich betonte. Auf seinem Kopf saß ein breiter Filzhut, der mit Federn reich geschmückt war.

Im Kontrast zu dieser pompösen Erscheinung, die auf Friedrich in all ihrer Pracht lächerlich wirkte, stand das Gesicht des jungen Mannes, das schlicht, ja geradezu gewöhnlich war. Schmal und blass, wurde es von dünnen hellbraunen Haaren umrahmt, die Johann halblang trug, ebenfalls der herrschenden Mode entsprechend. Seine Miene wirkte blasiert und gelangweilt.

Friedrichs Blick schweifte zurück zum Amtshauptmann, der endlich die Verlesung der Anklageschrift in derselben hölzernen und ermüdenden Sprache beendete, mit der er sie begonnen hatte, und die in bemerkenswertem Gegensatz zu seinem energiegeladenen Körper stand. Die Blicke der beiden Männer verschränkten sich zufällig ineinander. Sie maßen sich kalt und abschätzend mit den Augen. Keiner wich dem anderen aus. Keiner schlug die Augen nieder. Anfangs sahen sie sich mit Geringschätzigkeit an. Dann wechselte der Ausdruck beider in Verachtung. Wobei Friedrichs Blick eine Prise Spott, dem Blick des Amtshauptmanns aber ein Quäntchen Böswilligkeit beigegeben war. Schließlich erwärmten sie sich. Es trat unversöhnlicher Hass auf ihre Gesichter. Die Feindseligkeit machte Friedrich ruhig. Langsam erhob er sich und begann zu sprechen. »Nach der Halsgerichtsordnung, die für dieses Territorium gilt und auf die Ihr Euch beruft, muss das Gericht jedem Kläger und jedem Beklagten einen Fürsprecher gestatten. Da ich die Absicht habe, der Jungfer Schweigerin diesen Dienst zu erweisen, fordere ich Euch auf, mich vor diesem Gericht, in Anwesenheit der Herren Schöffen, des Gerichtsschreibers und der übrigen Zeugen zu vereidigen.«

Herr Urian starrte sein Gegenüber sprachlos an. Damit hatte er nicht gerechnet. Bis jetzt war es ihm vorzüglich gelungen, sich diesem impertinenten Friedrich zu Trostberg zu entziehen. Er hatte sich konsequent verleugnen lassen und gehofft, dass diese Taktik seinen Gegner schon bald zur Aufgabe zwingen würde. Warum war er überhaupt noch im Herzogtum? Warum hatte er sich nicht schon längst wieder auf die Rückreise nach Italien gemacht? Warum musste er nun ausgerechnet hier bei Gericht auftauchen und sich in Dinge einmischen, die ihn nicht betrafen? Mit denen er rein gar nichts zu tun hatte? Herr Urian presste die Lippen aufeinander. Friedrich überging sein Schweigen. Ironisch fuhr er fort: »Bemüht Euch nicht. Ich kenne die Formel.« Und er begann, den vertrauten Text aufzusagen, in dem er schwor, Gerechtigkeit und Wahrheit zu achten sowie nach der Gerichtsordnung und ihren Satzungen zu handeln.

Der Wächter, der Friedrich hereingeführt hatte, geleitete ihn zur Mitte des Raums. Dort stand ein langer Tisch aus dunklem Eichenholz, der der herzoglichen Hofhaltung normalerweise bei feierlichen Banketten und Gastmahlen als Festtafel diente. Als die Insel protestantisch wurde, hatte ihn der Großonkel von Serenus 1535 aus der Nachlassmasse eines der aufgelösten Stifte ins Schloss transportieren lassen. Bis dahin war er im Refektorium des Prämonstratenserklosters gestanden und hatte dem gesamten Konvent bei den Mahlzeiten Platz geboten. Seine schlichten Formen erinnerten immer noch an seinen asketischen Ursprung. Festlichen Charakter verlieh ihm die Herzogin den Anlässen gemäß durch die verschiedensten Arten von Schmuck. Jetzt aber war er jedweden Gepränges beraubt. Stand einfach im Raum, den er wie eine Schranke in zwei sauber getrennte, nahezu gleich große Hälften teilte.

Man hatte ihn in eines der weißgetünchten Durchgangszimmer gebracht, das nichts anderes war als eine hallenartige Erweiterung des Treppenhauses und das Appartement der Herzogin mit den Räumen des Herzogs verband. Der Raum war schlicht und gab eine für den Tisch passende spartanische Umgebung ab, die mit ihrer kalkweißen Nüchternheit dessen düstere Gradheit gleichzeitig ergänzte und kontrastierte. Von zwei Stühlen abgesehen, die man an seinen Schmalseiten aufgestellt hatte, war der Tisch das einzige Möbelstück. Die hohen Fenster, die nach Norden gingen und den Raum in ein klares, nüchternes Licht tauchten, waren vergittert. In den Ecken standen in Ständern altertümliche Hellebarden, die ebenfalls aus der Zeit von Serenus' Großonkel stammten und längst nicht mehr in Gebrauch waren. Der Herzog aber, dessen Leidenschaft das Kriegshandwerk war, hing an ihnen, konnte sich nicht trennen und hatte sie deshalb kurzerhand als Zierde für die unbewohnten Räume verwendet. Sie waren von stumpfem Silber, das ebenfalls prosaisch und wenig heimelig wirkte.

Friedrich und sein Begleiter hatten sich diesem Raum durch einen langen, kühlen Gang genährt, dessen Boden aus großen Steinquadern bestand. Sie ließen den Schall ihrer eilig herankommenden Schritte ebenso laut ertönen wie das Klirren der Waffe von Friedrichs Weggefährten. Er trug einen Spieß, der den Zierhellebarden nicht unähnlich war. Nur schien es sich dabei um ein neueres Modell zu handeln als diejenigen es waren, die lediglich dem Raumputz dienten. So sah es jedenfalls für Friedrich aus, der aber in diesen Dingen nicht sehr bewandert war und dem kriegerischen Aussehen des Wächters auch nicht viel Beachtung schenkte. Vielmehr war er froh darüber, dass dieser Unbekannte ihn begleitete und nicht Thomas, den der Amtshauptmann ursprünglich für diese Aufgabe vorgesehen hatte. Wie es schien, hatte es Friedrich mit dem Wachmann zur Abwechslung einmal gut getroffen. Auch wenn er durch Waffe und Uniform abweisend wirkte, hatte er sich als aufmerksam und zuvorkommend erwiesen. Auf dem Weg, den sie gemeinsam zurücklegten, hatte er Friedrich genauestens darüber in Kenntnis gesetzt, was auf ihn zukommen würde. Er hatte ihm die Verhaltensmaßregeln erläutert, die er unbedingt einhalten musste. Und ihm die Konsequenzen jeder noch so kleinen Abweichung vor Augen geführt. Dabei war er nicht unfreundlich gewesen und hatte durchblicken lassen, dass er durchaus bereit war, etwaige Missachtungen dieser Regeln ungeahndet zu lassen. Zumindest, wenn es sich um solche kleineren Ausmaßes handelte, über deren Meldepflicht man eine großzügige Auffassung haben konnte. Die vor allem nicht so gravierend waren, dass sie den Entzug der Gesprächsgenehmigung zur Folge haben konnten.

Die dürfte er in keinem Fall aufs Spiel setzen, mahnte sich Friedrich innerlich. Auch wenn der Wachmann entgegenkommend war, musste er unter allen Umständen unbedingt sein Temperament im Zaum halten, schärfte er sich ein. Um keinen Preis dürfte er aufbrausen oder sich in einer anderen Art auffällig verhalten. Es war mühsam genug gewesen, die Erlaubnis zu erhalten. Auch nach jener Begegnung im Gericht weigerte sich der Amtshauptmann immer noch hartnäckig, Friedrich zu empfangen. Schließlich war es wiederum die Herzogin gewesen, die Herrn Urian mit einer Mischung aus Charme und Drohung davon überzeugt hatte, dass es Irenes Rechtsbeistand erlaubt sein müsse, sich mit ihr zu besprechen. Dieses Argument hatte der Amtshauptmann dann tatsächlich akzeptiert. Wenn auch erst, nachdem die Herzogin ihm unmissverständlich erklärt hatte, dass sonst der Prozess formale Fehler aufwiese, kein ordentliches Verfahren sei und ihm leicht aus der Hand genommen werden könne. Sie hatte sogar gedroht, die Landstände einzuberufen, damit der Prozess wenigstens einer formalen Kontrolle unterlag. Dieser Darlegung konnte sich Herr Urian nicht entziehen. Zumindest dann nicht, wenn er den Prozess mit eigenen Händen dirigieren wollte. So hatte er endlich, zähneknirschend und widerwillig, einen entsprechenden Ausweis ausgefüllt, der Friedrich berechtigte, Irene zu besuchen.

Tatsächlich hatte dieses unbedeutende Stückchen Papier augenblicklich und überraschend Wunder gewirkt, an die zu glauben Friedrich schon längst aufgehört hatte. Es hatte ihm den Weg zu Irene geebnet, der ihm bis dahin verwehrt worden war. Hatte Türen geöffnet, die ehemals verschlossen gewesen waren. Hindernisse hinweg geschafft, die unüberwindlich schienen. Blockaden gesprengt, die sonst nicht hatten weichen wollen. Riegel aufgeschlossen, die früher den Eindruck machten, als seien sie standhaft bis in alle Ewigkeiten. Schließlich hatte es Friedrich geradewegs in diesen Raum geführt. Zu jenem alten Klostertisch.

»Hier an diesem Ende des Tisches sitzt Ihr. Achtet darauf, Euren Platz nicht zu verlassen. Und reicht der Gefangenen nichts über den Tisch. Eure Hand eingeschlossen«, beendete der Wächter die Instruktionen, die er Friedrich unterwegs gegeben hatte. »Ich werde während Eurer Unterhaltung anwesend sein. Und nichts überhören können von dem, was Ihr sprecht. Es später auch Herrn Urian mitteilen. Zumindest im Großen und Ganzen. Wenn Ihr also nun Platz nehmen wolltet, werde ich die Gefangene hereinführen lassen.«

Während der letzten Worte war der Wärter an die Türe getreten, die zur Wohnung der Herzogin führte. Sie lag derjenigen gegenüber, durch die Friedrich und er selbst gekommen waren. Er öffnete sie. Von draußen, noch etwas entfernt, hörte Friedrich Schritte von zwei Personen. Sie näherten sich schnell und hielten einen eigenartig versetzten Rhythmus ein, als ob der eine Fußgänger dem anderen leicht hinterherhinkte. Endlich wurde im Türrahmen ein zweiter Wächter sichtbar, der die gleiche Uniform trug wie Friedrichs Begleiter. Vor sich her schob er Irene, deren Arm er festhielt. Er bewegte sie mit sanfter Gewalt, wie eine Puppe, die zum eigenständigen Gehen nicht in der Lage ist. Schob sie mehr zum Tisch, als dass sie lief, und drückte sie auf den zweiten Stuhl nieder. Erst als sie saß, ließ er sie los und zog sich zu seinem Kollegen in eine entferntere Ecke des Raumes zurück.

Friedrich war aufgestanden, als Irene herangetreten war. Aber ein dezentes Hüsteln aus der Ecke der Wachmänner erinnerte ihn daran, dass das verboten war. Es blieb ihm also nichts anderes übrig, als sich wieder an den Tisch zu setzen, dessen ganze Länge zwischen ihm und Irene lag und sie unter den aufmerksamen Blicken der Wachtposten besser voneinander trennte, als jedes Gitter, jeder Zaun und jede Mauer es vermocht hätten.

Friedrich räusperte sich. »Guten Morgen, Jungfer Schweigerin. Ich weiß, dass Ihr von meinen Umgangsformen nicht viel haltet. Aber in diesem Fall bin ich unschuldig und bei Weitem nicht so ungezogen, wie Ihr denkt und neulich im Gasthaus so überaus rücksichtsvoll und doch außergewöhnlich eindeutig und zweifelsfrei zum Ausdruck gebracht habt. Es wäre mir äußerst angenehm, Euch die Hand reichen zu dürfen. Aber das hat man mir strengstens verboten«, sagte er ruhig, betont ausdruckslos und mit einem so kurzen Seitenblick auf die beiden Wächter, dass diese ihn nicht wahrnehmen konnten. Seine Hände hatte er gefaltet und demonstrativ vor sich auf den Tisch gelegt.

Die Gefangene sah ihn an. »Guten Morgen«, erwiderte sie. »Ich weiß, wer Ihr seid. Ich habe Euch im Gericht gesehen. Ihr seid der Rechtsgelehrte Friedrich Consulator zu Trostberg. Die Herzogin hat mir gesagt, dass Ihr im Auftrag des Herzogs hier auf der Insel seid.« »Ja«, bestätigte Friedrich. Ihr unverwandter Blick lag auf ihm, fester als jeder Händedruck. Er fragte sich, wie sie so leidenschaftslos wirken konnte. Wahrscheinlich hatte sie ähnliche Vorschriften erhalten wie er und ebenfalls beschlossen, dass es besser war, eine gleichgültige Fassade aufrechtzuerhalten. Aber war ihre Teilnahmslosigkeit tatsächlich nur der Spiegel seiner eigenen falschen Beherrschung? Oder war sie von Natur aus gelassener und souveräner als er? Er musste an ihre Begegnung im Wirtshaus denken. Auch da war sie es gewesen, die maßvoll und bedachtsam geblieben war. »Ja«, wiederholte er, »ich bin hier im Auftrag des Herzogs. Ich war einigermaßen verwundert, als die Anklageschrift gegen Euch verlesen wurde. Ich dachte«, gegen seine Gewohnheit unterbrach er sich, schluckte und begann seinen Satz von Neuem, »und da dachte ich, dass es vielleicht etwas geben könnte, was ich für Euch tun kann?«

Er schwieg. Irene lächelte ihn an, wenn auch ohne Freude. Sie vermisste die Wortgewalt, die er bei ihrem ersten Zusammentreffen an den Tag gelegt hatte. Etwas schien ihn erschüttert zu haben. Und man brauchte nicht allzu viel Fantasie, um die Ursache für seine Gemütsbewegung zu erraten. Sie war es. Er hatte erkannt, in welch' auswegloser Lage sie sich befand und sein Mitleid erregt. Was immerhin für ihn sprach. Bisher war er der Einzige, der wenigstens dieses Gefühl für sie aufbrachte. Daran, dass sie irgendjemanden von ihrer Unschuld überzeugen konnte, glaubte sie ohnehin nicht mehr. Sie wusste nur zu gut, wie hoffnungslos ihre Lage war. Dass sie – wenn kein Wunder geschah – so gut wie keine Aussicht hatte, mit dem Leben davonzukommen. Mit an Sicherheit grenzender Wahrscheinlichkeit würde der Prozess nicht gut für sie ausgehen. Sie würde verurteilt werden. Sie würde hingerichtet werden. Eindrücklich war ihr noch der Prozess gegen Maxim Mugner in Erinnerung. Und auch keiner der anderen Halsgerichtsprozesse, von denen in den letzten Jahren zu hören war, hatte einen anderen Ausgang genommen. Irene sah Friedrich fragend an.

Friedrich hatte in ihrem Gesicht gelesen wie in einem offenen Buch. Ihre Gedanken und Gemütsbewegungen hatte er wahrgenommen wie Belsazar die Schrift an der Wand, die außer ihm keiner zu entziffern vermochte. Jede ihrer Regungen hatte er genau herausbuchstabiert. Bis aufs letzte Satzzeichen. – Das, wie schon bei ihrem ersten Treffen, ein Fragezeichen war. Das ihr, wie Friedrich schon damals gefunden hatte, kein bisschen stand. Er wollte das Seinige dazu beitragen, es auszuradieren. Schließlich war er gekommen, um Irene die juristische Hilfe anzubieten, die sie brauchte, um den Prozess zu gewinnen. Es wurde Zeit, dass er diese unangebrachte Teilnahmslosigkeit von sich abschüttelte. Mochten die Wärter denken, was sie wollten. So konnte er nicht weitermachen. Auf diese Weise verfehlte er nur sein Ziel. Die Gesprächserlaubnis würde es ihn nicht gleich kosten.

Er schlug einen spöttischen Ton an, in dem Selbstgefälligkeit und Selbstironie nicht eindeutig zu unterscheiden waren. »Genau genommen – Ihr kennt ja meine Einstellung zur Genauigkeit, darüber haben wir uns schon im Wirtshaus so überaus unterhaltsam gestritten – wollte ich Euch nicht *fragen*, ob ich etwas für Euch tun *kann*. Sondern ich wollte Euch *sagen*, dass ich etwas für Euch tun *werde*. Ich werde nämlich Eure Verteidigung übernehmen. Das habt Ihr gestern schon bei Gericht gehört. Aber ich wollte Euch diesen Umstand auch persönlich mitteilen. Mit dieser Hilfe werdet Ihr gut fahren. Ihr könnt sicher sein, dass durch sie der Prozess zu einem Ende geführt wird, das für Euch erfreulich ist. Ich will mich nicht selbst loben und es ist mir auch nicht unbedingt anzusehen, wie unser Freund Georg Drach neulich schon so überaus deutlich festgestellt hat. Aber es ist wohl nicht übertrieben, wenn ich Euch sage, dass ich einer von Europas berühmtesten Rechtsgelehrten bin. Ihr werdet es mir vielleicht nicht glauben, aber ich habe eine Menge Bücher geschrieben. Sowohl solche, die sich mit juristischen Fragestellungen beschäftigen, als auch solche, in denen es um allgemeine Probleme der Logik geht. Alles in allem sind meine Bücher gut in der Fachwelt aufgenommen worden. In der ich übrigens auch selbst in einem ganz akzeptablen Ruf stehe. Der – nebenbei bemerkt – auch der Grund ist, aus dem mich der Herzog nach Wolgast geschickt hat. Er fand es wohl an der Zeit, dass sich meine Erkenntnisse auch außerhalb der akademischen Welt durchsetzen. Worin ich, unter uns gesagt, ganz seiner Meinung bin.«

Friedrich hatte sich in Fahrt geredet, hielt nun aber inne, um Irene konzentriert zu betrachten. Der Ausdruck in ihrem Gesicht hatte sich geändert. Die Hoffnungslosigkeit war daraus gewichen und hatte einem undefinierbaren Mienenspiel Platz gemacht, in dem Achtung mit unterdrücktem Lachen rang. Er erleichterte Friedrich in gleichem Maße wie er ihn irritierte. Warum sah ihn Irene mit einem Mal so spöttisch an? Hatte er seine Fähigkeiten zu laut gelobt? Zweifelte sie am Ende an seinen Ausführungen? Dabei hatte er ihr nur Trost und Zuversicht geben wollen. Hatte ihr deutlich machen wollen, dass sie mit ihm als Verteidiger die Gewinnerin in diesem Prozess sein würde.

»Fragt nur die Herzogin, wenn Ihr mir nicht glaubt«, fuhr er spitz fort. »Sie wird Euch sehr genau von meinen Erfolgen berichten können. Schließlich war sie es, die schon früh das Talent entdeckt hat, das in mir schlummert. Sie hat es systematisch und unter Einsatz eines kleinen Vermögens geweckt. Oder vielmehr: Sie ließ es wecken. Menschen in ihrer Position tun das meiste nicht selbst. Wenngleich ich zugeben muss, dass Elisabeth für ihre Verhältnisse vergleichsweise wenig durch andere machen lässt«. Friedrich zögerte erneut. Er fühlte, dass er sich selbst in die Enge geredet hatte. Jenes seltsame Gemisch von Emotionen auf Irenes Gesicht war während der letzten Sätze immer intensiver geworden, wobei Amüsiertheit immer deutlicher die Oberhand gewann. »Wie auch immer: Sie gab mir jedenfalls die Mittel, die mich in die Lage versetzten, an Europas ersten Universitäten lange und ausgiebig zu studieren. Das wiederum hat aus mir einen guten Juristen gemacht, der sich nun als Euer Verteidiger an Eure Seite stellen will«, schloss er und verstummte.

Irene nickte und erwiderte überraschend ernst: »Ja, das habe ich verstanden und ich danke Euch dafür. Ich bin froh, dass Ihr gekommen seid und mir helfen wollt. Die ganze Zeit grübele ich schon darüber nach, wie ich meine Unschuld beweisen könnte. Bis jetzt aber leider ohne Erfolg.«

Friedrich hatte ihr aufmerksam zugehört. »Es ist gut, wenn Ihr das verstanden habt«, konstatierte er erleichtert. »Denn dann habt Ihr sicher auch verstanden, dass ich nicht der Schwachkopf bin, als der ich mich im Moment fühle, wenn ich Euch betrachte und das, was in Euch vorgeht.«

Nun endlich brach sich das Lachen Bahn, das schon die ganze Zeit im Hintergrund von Irenes Gesicht gelauert hatte. »Ihr seht nicht wie ein Schwachkopf aus, da kann ich Euch beruhigen. Jedenfalls nicht mehr als jeder andere, der sich in Eurer Lage befände. Denn ich bin wohl das, was man einen hoffnungslosen Fall nennt. Alles spricht gegen mich. Ich bin sicher, dass der Amtshauptmann nicht nur eine Anklageschrift gegen mich formuliert hat, sondern auch schon das Urteil, das er über mich verhängen wird. – Und das lautet auf ›schuldig‹«, fügte sie nach einer kleinen Pause, in der sie wieder ernst geworden war, an.

»Sagt das nicht«, wies Friedrich sie zurecht. »Ihr könnt kein hoffnungsloser Fall sein. Es sei denn, Ihr seid wirklich die Mörderin des bedauernswerten Buchhändlers. Aber das seid Ihr nicht.«

»Nein, das bin ich tatsächlich nicht. Ich habe zwar sein Buch bei mir gehabt. Aber ich habe es ihm nicht geraubt. Im Gegenteil. Ich wollte es ihm zurückgeben. Aber das glaubt mir keiner. Und dass die Bibel bei meinen Sachen war, ist, fürchte ich, schlecht für mich. Sogar sehr schlecht. Ich hatte in den letzten Tagen genügend Zeit, um nachzudenken. Herr Urian ist mir nicht wohlgesonnen. Das habt Ihr ja selbst bemerkt, als er die Anklage verlesen hat. – Wobei ich nicht weiß, wie Johann Speyer dazu kommt, mich zu beklagen. Ich kenne ihn nicht. Er ist mir kein einziges Mal in meinem Leben begegnet. Und ganz sicher war er nicht bei der Mühle, als ich die Leiche gefunden habe.«

Friedrich nickte. »Was uns zur nächsten Frage bringt. Glaubt Ihr, dass dieser lächerliche Jüngling den Händler tatsächlich selbst getötet haben könnte und sich nach seiner Tat gleich in Sicherheit gebracht hat? Oder wer hat Eurer Meinung nach den Buchhändler sonst umgebracht?« Irene schüttelte leicht den Kopf. »Ich weiß es nicht. Er war ein paar Tage bevor ich von zu Hause weggegangen bin bei uns. Er wirkte nicht besonders sympathisch. Aber deswegen bringt man niemanden um, oder? Er wollte meinem Vater die Bibel verkaufen. Ist dann aber plötzlich und überstürzt aufgebrochen. Er hat das Buch bei uns liegen lassen. Meinen Vater hat er damit in große Verlegenheit gebracht. Er wollte es nicht behalten. Es gehört dem ehemaligen König von Böhmen. Vielleicht ist er deswegen umgebracht worden? Vielleicht hat man das Buch bei ihm gesucht, um es dem rechtmäßigen Besitzer zurück zu erstatten?« Für einen Moment hing Irene ihren Gedanken nach. »Zum Glück wusste niemand, dass wir die Bibel hatten. – Was wäre in diesem Fall geschehen? Vielleicht wäre dann mein Vater überfallen worden?« Sie sah Friedrich fragend an. »Übrigens: Warum war er gestern nicht im Gerichtssaal? Ich habe ihn vermisst. Weshalb ist nur Else nach Wolgast gekommen?«

Friedrich wurde es unbehaglich. Er hatte gedacht, dass die Herzogin Irene bereits über den Zustand ihres Vaters unterrichtet hatte. Unruhig begann er, auf seinem Stuhl herumzurutschen. »Es tut mir leid. Ich habe eine schlechte Nachricht für Euch. Nein, bitte, erschreckt nicht zu sehr.« Irene war zusammengefahren. Friedrich sprang auf. Ein mahnendes Husten des Wärters zwang ihn wieder auf den Stuhl. »Er liegt im Spital. Als er erfuhr, dass Ihr verhaftet worden seid, hat ihn der Schlag getroffen. Ich habe einen Mediziner aus Greifswald kommen lassen. Er und Else sorgen für ihn. Er ist in den besten Händen.«

Irene nickte. Langsam und wie betäubt. »Damit war zu rechnen. Ich habe mir schon seit einiger Zeit Sorgen um ihn gemacht. Seit dem schwedischen Überfall ging es ihm immer schlechter. Aber mit Gottes Willen wird Euer Mediziner ihm noch einmal helfen können.« Zaghaft lächelte sie ihn an. »Ich danke Euch jedenfalls, dass Ihr Euch um ihn gekümmert habt. So wie es aussieht, werde ich selber in der nächsten Zeit nichts für ihn tun können.« Dann verfiel sie in stummes Nachdenken. Friedrich gönnte ihr eine Ruhepause, während der er sie lange musterte. Schließlich richtete er noch eine Frage an sie: »Etwas möchte ich gerne noch wissen: Was haltet Ihr davon, dass der Händler ausgerechnet bei der einsamen Mühle zu Tode gekommen ist?« Irene schüttelte langsam den Kopf. »Diesen Umstand verstehe ich am allerwenigsten. Er hat gewusst, in welchem Ruf sie steht. Er hat uns erzählt, dass er sie bei seinem letzten Besuch auf der Insel gemieden hat. Ihr habt es ja neulich im Gasthof selbst gehört: Jeder weiß, dass es dort nicht mit rechten Dingen zugeht. Alle versuchen, nicht in ihre Nähe zu kommen. Vielleicht hat der Mörder deshalb diese Stelle gewählt? Weil er davon ausgehen konnte, dass die Leiche dort so bald nicht gefunden würde? Und sein Verbrechen unentdeckt bleibt?«

Friedrichs Glückssträhne hielt, für ihn selbst unerwartet, an. Das untätige Warten, unter dessen Stern der Beginn seines Wolgaster Aufenthalts gestanden war, hatte in dem Moment ein Ende gehabt, in dem der Prozess eröffnet worden war. Trotz aller Sorgen, die sich Friedrich deswegen machte, war es für ihn eine Wohltat, endlich eine Aufgabe zu haben. Auch wenn seine Betätigung nicht in der Erledigung jenes Auftrags bestand, mit dem ihn der Herzog nach Wolgast geschickt hatte. Zumindest hatte die Übernahme von Irenes Verteidigung den Vorteil, dass ihm Zeit und Gelegenheit zu jenen Halbdämmergrübeleien genommen waren, denen er sich in den ersten Tagen so häufig hingegeben hatte und die ihm so außergewöhnlich schlecht bekommen waren.

Was mit der Besuchserlaubnis begonnen hatte, setzte sich fort. Der Ausweis, den der Amtshauptmann ihm ausgestellt hatte, hatte ihm nicht nur die Türen zu Irenes Gefängnis aufgeschlossen. Er hatte ihm außerdem andere Möglichkeiten eröffnet, die zuvor gänzlich undenkbar gewesen waren. Es war ein Mechanismus in Gang geraten. Ein Getriebe an Tätigkeiten, das mit einem Mal das Leben im Schloss bestimmte. Es war, als ob die herzogliche Verwaltung aus tiefem Schlaf erwacht war und mit ihr die gesamte Staatsführung des Territoriums. Herr Urian arbeitete. Er sorgte dafür, dass die Zahnräder des Prozesses gut ineinander griffen. Dass ihm niemand eine Unregelmäßigkeit oder Inkorrektheit vorwerfen könnte. Da ihn die Herzogin mit Autorität verwarnt hatte, hielt er sich penibel an die geltende Prozessordnung, deren Erfüllung Elisabeth von Schleswig-Holstein-Sonderburg höchstpersönlich mit strengen Augen überwachte. Er ließ allerhand Zeugen befragen. Protokollierte Aussagen. Dokumentierte Vorgänge. Legte Akten an. Verfasste Klageschriften. Setzte Termine fest. Und sammelte Indizien.

Mit dem Zusammentragen von Anhaltspunkten, Hinweisen und Belegen, dem Auswerten von Andeutungen, Anzeichen und Verdachtsmomenten war aber auch Friedrich zu Trostberg beschäftigt. Zwar hatte er hierbei Niederlagen erlitten. Er hatte mit Irenes Ankläger sprechen wollen und nach dem Prozess auf Johann Speyer gewartet. Der aber musste das Schloss gleich verlassen haben und war seitdem unauffindbar. Der Amtshauptmann blieb für Friedrich außerhalb des Gerichtssaals weiterhin unsichtbar. Aber Georg Drach hatte den Druck, den die Herzogin auf Herrn Urian ausübte, zu nutzen gewusst und seinen Vorgesetzten davon überzeugt, dass die Leiche des Ermordeten inspiziert werden müsse. Ein Unterfangen, für das es höchste Zeit war. Schon allein, weil der Tote endlich begraben werden musste. Georg Drach bot seinem Vorgesetzten an, diese Untersuchung selbst vorzunehmen. Verschwieg aber wohlweislich, dass er gedachte, zu seiner Unterstützung einen gewissen Herrn Magister aus Italien hinzu zu ziehen. Und so hatten sich Georg Drach und Friedrich zu Trostberg gemeinsam und, um kein Aufsehen zu erregen, verhältnismäßig einträchtig und leise in die Schlosskapelle begeben, wo in der Sakristei der Leichnam des Getöteten aufgebahrt worden war.

Der kleine Raum, der sich im Osten an die Kapelle anschloss, war nur spärlich beleuchtet. Friedrich murmelte einen unverständlichen Fluch in sich hinein und drückte mit einer routinierten Bewegung den weiten Ärmel seines Talars fest vor Nase und Mund. Obwohl es angenehm kühl war, hatte der Verwesungsprozess bereits deutlich wahrnehmbar begonnen. Mit einer gezielten Atemübung brachte Friedrich seinen Magen zur Ruhe. Er dachte an seinen Freund, den Dekan der medizinischen Fakultät zu Padua, von dem er dieses Ritual übernommen hatte. In der Vergangenheit hatte er ihm gelegentlich bei Leichenöffnungen zugesehen. Nicht, dass er besonderen Gefallen an derartigen Spektakeln hatte. Normalerweise interessierten ihn derlei Dinge nicht besonders. Im Gegenteil. Den handwerklichen Aspekt der medizinischen Wissenschaft hatte er immer mit Skepsis, zeitweise sogar mit Verachtung betrachtet.

Aber dann hatte seine Biographie jene dramatische Wende genommen, die so vieles verändert hatte. Manchmal dachte Friedrich sogar, dass sie es war, die seine Jugend unwiederbringlich zu einem Ende gebracht hatte. An diesem Punkt seines Lebens war er in wenigen Wochen um mehrere Jahre gealtert. An jener Wegkreuzung, an der er damals gestanden war, hatte er die Entscheidung für die Wirklichkeit getroffen. Und war nicht jenen unzuverlässigen Neigungen nachgegangen, die ihm sein Vater mitgegeben hatte. Wenigstens dazu war die schlimme Zeit gut gewesen, dachte Friedrich im Nachhinein versöhnlich. Während er resolut auf den Toten zuging, der am anderen Ende des Raums im Schein weniger Kerzen auf einer Art steinerner Bank lag. Im Vergleich zu dem, was ihm bevorgestanden wäre, wenn er das Erbe seines Vaters angetreten hätte, waren die wenigen Monate, die er in der Hölle zugebracht hatte, relativ erträglich gewesen.

Begonnen hatte alles einigermaßen harmlos. Friedrich hatte sich zu dieser Zeit vor allem für ästhetische Fragen interessiert. Insbesondere fesselte ihn die Schönheit des menschlichen Körpers, die er durch die Lektüre antiker Schriftsteller und Bildhauer sowie durch philosophische Überlegungen zu ergründen suchte. Außerdem hatte er die Bekanntschaft von Cinzia gemacht, einer Dame aus Paduas besserer Gesellschaft. Ihre Wohlgestalt hatte seine Aufmerksamkeit erregt. Ihre Proportionen waren die Verkörperung des goldenen Schnitts. Er hatte sich in das Korsett der höfischen Umgangsformen gezwängt und um sie geworben.

Schon bald hatte sie seine Aufmerksamkeiten erwidert. Sie kamen sich näher. Schließlich war er mit ihr nach Florenz gereist, um die Statuen und Bildnisse zu studieren, die auf den Plätzen und Straßen, in den Gebäudefassaden, aber auch in den Kirchen der Stadt aufgestellt waren und ihr Bild prägten. Des Nachts aber gab er sich anderen Studien hin. Er ertastete Cinzias Linien und verglich sie kenntnisreich mit dem, was er des Tags gesehen hatte. Was der vollkommenere Teil war, hätte er zu diesem Zeitpunkt nicht sagen können.

Es war eine schöne Reise gewesen. Aber die Tage und Nächte, die er dort verbrachte, waren für lange Zeit die letzten angenehmen in seinem Leben gewesen. Kurz nachdem er nach Padua zurückgekehrt war, wurde er – wohl infolge jenes Ausflugs – von einer schweren Krankheit befallen, deren Ursache sich niemand erklären konnte. Die Ärzte vermochten nur zu konstatieren, dass sie sich in dem gleichen Maß, in dem sie sich unverständlich zeigte, auch aggressiv gebärdete. Sie hatte sich hartnäckig an ihrem Patienten festgebissen und fraß ihn von innen her auf. Sein Zustand verschlechterte sich unaufhaltsam. Bald wussten sich die Mediziner keinen Rat mehr und gaben ihn auf. Auch Cinzia hatte schon bald kein Interesse mehr an einem Mann, der mehr tot als lebendig war. Zu Beginn seiner Krankheit hatte sie ihn dann und wann noch besucht. Bald blieb sie ganz aus.

Mehrere Tage kämpfte Friedrich mit dem Tod. Dann, nach dem dritten Tag, hatte Gevatter Hein ihn plötzlich zurückgewiesen und wieder in den Kreis der Lebendigen gestellt. Das Fieber war gesunken. Die Schmerzen ließen nach. Auch die anderen Symptome der Erkrankung entwickelten sich langsam, aber stetig zurück. Bis auf eine anfallartig auftretende Schwermut war Friedrich nichts von diesem Zustand zurückgeblieben. Manchmal war es ihm sogar, als ob es die Krankheit nie gegeben habe. Jedenfalls hatte er, sobald er das Bewusstsein wiedererlangte, keinerlei Erinnerungen mehr an sie. Vielmehr knüpften seine Gedanken, gleich nachdem er wieder zu sich gekommen war, nahtlos an die Studien an, die er in Florenz betrieben hatte. Während der langen Zeit der Rekonvaleszenz hatte er allerdings ausgiebig Gelegenheit, ihre Fehlerhaftigkeit zu begreifen. Cinzia sah er nie mehr wieder, bis auf eine Ausnahme, bei der er sie zufällig in Gesellschaft eines anderen Mannes traf. Sie scherzte mit ihm in derselben leichten Weise, wie sie es einst mit Friedrich getan hatte. Er musste feststellen, dass der menschliche Leib nicht ausschließlich von Schönheit, Ebenmaß und jener Wohlgestalt bestimmt war, die er in Florenz gesehen hatte. Sondern von Hinfälligkeit, Erschöpfung und Vergänglichkeit. Er hatte einsehen müssen, dass er seine ästhetischen Studien durch exaktere Methoden ergänzen musste, wenn er Aufschluss über den Menschen und seine Beschaffenheit gewinnen wollte. So hatte er sich bei seinen Kollegen von der medizinischen Fakultät eine Hospitanz für ihre Sektionen ausgebeten. Sie wurden regelmäßig durchgeführt, seitdem der Großherzog von Padua seinen Universitäten das Recht zugestanden hatte, menschliche Körper zu obduzieren.

Diese Erlaubnis bezog sich zwar ausschließlich auf die Leichen von Verbrechern, die zum Tode verurteilt und hingerichtet worden waren. Sowie auf die sterblichen Hüllen der Selbstmörder, die durch ihre Tat das Recht auf ein Begräbnis in geweihter Erde verwirkt hatten. Trotzdem war diese Bewilligung für die wissenschaftlichen Fortschritte der Medizin segensreich. Darüber hinaus hatte der Großherzog angeordnet, dass bei derartigen Operationen mindestens ein Geistlicher anwesend zu sein habe. Meistens kam zu diesem Zweck einer der Bettelmönche des nahe gelegenen Franziskanerklosters in das medizinische Seminar der Universität.

Friedrich musste trotz des Gestanks in der Sakristei hinter dem Ärmel seines Talars schmunzeln, als er an ihn dachte. Wie oft hatte der Mönch die konzentriert arbeitenden Ärzte schon zur Weißglut gebracht? Er hatte die Angewohnheit, während der gesamten Sitzung mit nervtötender Monotonie eine ganze Litanei von Gebeten und Fürbitten zu deklamieren. Durch die sich die obduzierenden Mediziner in ihrer Aufmerksamkeit gestört fühlten. Die sie ihm aber nicht untersagen konnten, da sie sehr gut wussten, dass die Zustimmung des Großherzogs zu ihren Experimenten an die Anwesenheit jenes Mönchs gebunden war. So war eine nicht ganz ernst gemeinte Feindschaft zwischen den Wissenschaftlern und dem Geistlichen entstanden, die sich gegenseitig verabscheuten, aber doch wussten, dass sie aufeinander angewiesen waren.

Obwohl auch Friedrich die Erscheinung des Mönchs in Padua immer mit leicht amüsierter Animosität zur Kenntnis genommen hatte, war er sich in der Schlosskapelle zu Wolgast auf einmal nicht mehr sicher, ob er dessen vertrautes Gemurmel vermisste und über die tadellose Stille, die in der Sakristei herrschte, wirklich froh sein sollte.

Selbst Georg Drach gab keinen Laut von sich. War er überhaupt noch da? Oder hatte er schon Reißaus genommen? Irritiert blickte sich Friedrich nach ihm um und sah, wie sein Begleiter hastig ein Kreuz schlug. »Seid nicht albern«, flüsterte er ihm zu. »Habt Ihr etwa Angst, dass Euch der Tote gefährlich werden könnte? Befürchtet Ihr gar, dass er hier und jetzt seine Auferstehung probt? In diesem Zustand sein Bett nimmt und wandelt? Gehen wieder einmal Geisterfurcht und Aberglaube mit Euch durch?« Friedrich schüttelte ungläubig den Kopf.

»Dabei seid Ihr noch nicht einmal katholisch.« Er stockte und versuchte, im schlechten Licht Georg Drachs Gesicht besser zu erkennen. Dessen Augen aber waren gebannt auf den Leichnam gerichtet. Sein Adamsapfel war in heftiger Bewegung. Friedrichs Worte schien er nicht gehört zu haben. Ein bisschen ratlos folgte Friedrich seinem Blick. Das, was an dessen Ende lag, sah tatsächlich nicht viel besser aus, als es roch. Nein, der Anblick des toten Mannes war unzweifelhaft unerfreulich. Zudem wurde der Gestank immer unerträglicher. Wenn er ehrlich war, konnte er das Grauen, das Georg Drach offensichtlich erfasst hatte, verstehen. Aber dadurch, dass man sich bekreuzigte, war nichts gewonnen. Wann lernte dieser Mann, der jetzt wieder vollkommen reglos neben ihm stand, endlich, dass es darauf ankam, der Wirklichkeit vorurteilslos und möglichst unbeeindruckt ins Gesicht zu sehen? Die einzige Möglichkeit, dieser unerträglichen Situation ein Ende zu machen, bestand darin, unverzüglich mit der Untersuchung der Leiche zu beginnen.

Friedrich räusperte sich energisch. Umrundete entschlossen die steinerne Bank und trat von der Stirnseite aus näher an den leblosen Körper heran. Inzwischen war auch Georg Drach aus seiner Erstarrung erwacht. Aus einer Halterung an der Wand nahm er eine Fackel, entzündete sie an einer der Kerzen und stellte sich seitlich hinter Friedrich, der sich über die Leiche beugte und vorsichtig mit seinen Blicken abtastete. »Beleuchtet mir einmal etwas besser sein Gesicht«, befahl er nach einer Weile bestimmt, wenn auch immer noch mit gesenkter Stimme. »Aber schließt dabei besser die Augen. Das, was da zu sehen ist, eignet sich nicht für einen Mann, der sich schon beim vagen Anblick des Todes bekreuzigen muss.« Georg Drach verzichtete auf eine Erwiderung. Er veränderte lediglich den Winkel des Lichtstrahls, so dass er auf den Schädel des toten Mannes fiel. Die schreckgeweiteten Augen schienen noch immer in jene zur Ewigkeit geronnene Sekunde zu starren, in der unglaublicherweise sein Leben zu Ende gegangen war. Mit einer sanften Geste schloss Friedrich sie. Offen stand auch der Mund des Toten und gab eine Reihe schadhafter Zähne frei, die in einer seltsamen Symmetrie herausgebrochen waren. Das Schlimmste aber war sein Kopf. Er war eine einzige große

Wunde, an deren Rändern das Blut zu einer rotschwarzen Kruste getrocknet war. Vorsichtig ergriff Friedrich das Kinn des Toten und drehte seinen Kopf behutsam zur Seite. Die Verletzungen am Hinterkopf waren noch klaffender als diejenigen, die er im Stirnbereich erkennen konnte. Auf der Rückseite war sein Schädel vollständig eingeschlagen.

Plötzlich drückte Friedrich Georg Drachs Arm mit der Fackel noch weiter nach unten. »Seht einmal da. Seht Ihr das nicht?« Obwohl Friedrich immer noch gedämpft sprach, war ihm die Aufregung deutlich anzuhören. Aber selbst der Alarm in seiner Stimme vermochte Georg Drach nicht dazu zu bewegen, seine Augen zu öffnen. Das, was er vorhin im Halbdunkel gesehen hatte, war für seinen Bedarf ausreichend gewesen. Es verlangte ihn durchaus nicht, nun die ganze Bescherung bei gutem Licht zu erblicken. Sollte dieser verrückte Gelehrte seine Entdeckung doch ruhig für sich behalten. So spektakulär würde sie ohnehin nicht sein. Inzwischen hatte er schon ausreichend Gelegenheit gehabt festzustellen, dass dieser sonderbare Magister mit den seltsamsten Dingen zu beeindrucken war, die für normale Menschen in der Regel uninteressant waren. Er zog es daher vor, Friedrichs Aufforderung zu ignorieren und seine Augen geschlossen zu halten.

Und so sah er auch nicht, wie Friedrich blitzschnell eine Pinzette aus den Tiefen seines Talars hervorzog und mit ihrer Hilfe geschickt und geschwind einen länglichen Eisenspan aus der Wunde des Toten zupfte. Erst, als er spürte, dass Friedrich sich entfernte und auf dessen verklingende Schritte hörte, wandte er seinen Kopf einem hölzernen Kreuz zu, das an der gegenüberliegenden Wand hing. Öffnete die Augen, löschte die Fackel und folgte seinem Begleiter.

Im Schlosshof atmete er tief auf und sog gierig die frische Nachtluft ein. »Nun, Herr Magister«, begann er und wandte sich an Friedrich. »Glaubt nur nicht, dass ich Eure Zumutungen überhört habe. Aber von jemandem, der sich selbst beim Anblick eines Toten nur zu flüstern traut, lasse ich mich nicht beleidigen. Schon gar nicht, wenn …« Der Rest des Satzes blieb unausgesprochen. Friedrich, der noch immer in tiefes Nachdenken versunken war und Georg Drachs Worte ohnehin überhört hatte, schüttelte mit einem Mal unwirsch den Kopf. Aus der Tasche seines Talars zog er eine Skizze, die er in der Mühle gemacht hatte. Sie zeigte den Abdruck, den er im Staub gefunden hatte. Wie dumm von ihm. Wie hatte ihm das nur passieren können? Jetzt hatte er sich doch tatsächlich von diesem abergläubischen Georg Drach so weit ablenken lassen, dass er beinahe das Wichtigste vergessen hätte. Ärgerlich kehrte er noch einmal in die Sakristei zurück. Betrachtete lange die Füße des Toten, die in zerrissenen Stiefeln steckten. Dann warf er noch einmal einen Blick auf die Skizze und nickte befriedigt. Es war so, wie er es sich schon gedacht hatte: Die Füße des Toten hatten dieselbe Länge und waren auch sonst völlig gewöhnlich. Derjenige, der in der Mühle sein Unwesen trieb, hatte bemerkenswert ungleiche Glieder; der rechte Abdruck zeugte von einer Verwachsung und nur der linke sah so aus, als ob er von einem Menschen stamme.

Mitten in der Nacht wurde die Türe aufgerissen. Unsanft und grob. Irene war mit einem Schlag hellwach. Seit sie im Schloss zu Wolgast eingesperrt war, gelang es Morpheus nur in seltenen Fällen, sie in seine Arme zu nehmen. Wenn es ihm endlich geglückt war, versuchte sie unentwegt, sich aus seinem Griff zu befreien. Die Herzogin hatte sich zwar bemüht, ihr ein gewisses Maß an Bequemlichkeit zu ermöglichen. Es war aber nicht ausreichend, um beruhigend auf ihre bis zum Zerreißen gespannten Nerven zu wirken. Irene schlief, wenn sie schlief, schlecht.

Sie hatte von ihrem Vater geträumt. Sie sah ihn als jungen Mann, wie er vor ihren Kinderaugen stand. Er war zu Hause in seinem Arbeitszimmer. An seinem Schreibtisch. Beugte sich über ein Buch. Dann sah sie ihn während einer Predigt auf seiner Kanzel. Den Blick auf jenes kleine Gerippe gerichtet, das er von einer seiner Bücherreisen für die Kirche in Koserow mitgebracht hatte. Plötzlich geriet Leben in die Figur. Der Knochenmann lächelte ihren Vater an. Der Pfarrer nickte ihm zu. Dann verließ er die Kirche. Irene konnte fühlen, dass er in einen warmen, angenehmen Sommertag trat. Er ging über eine gemähte Wiese. Es war ihr unmöglich, ihm zu folgen. Eine Weile konnte sie ihn mit Anstrengung noch in der Ferne ausmachen. Dann verlor er sich. Löste sich auf. Verschmolz mit dem Horizont. Kaum, dass er ihrem Blickfeld entschwunden war, gelang es Irene endlich, sich wieder zu bewegen. Sie lief in die Richtung, in die er fortgegangen war. Aber bevor sie ihn erreichte, war die Tür aufgerissen worden und sie war erwacht.

Schützend hatte sie die Bettdecke um sich gezogen. Denjenigen, der in ihr Zimmer getreten war, fürchtete sie wie kaum einen zweiten. Er war schon einmal gekommen. Unvermutet. Ebenfalls in Dunkelheit und Finsternis. Damals war sie im Kerker gesessen. Auch bei dieser Gelegenheit hatte er eine Fackel in der Hand gehabt und war unschlüssig im Eingang ihrer Zelle stehen geblieben. Seinerzeit hatte sie sich noch gefreut, dass er gekommen war. Hatte Hoffnungen in ihn gesetzt. Hatte gedacht, dass er sie in Freiheit bringen und ihr Gerechtigkeit widerfahren lassen werde. Aber stattdessen hatte er sie dem Prozess entgegengeführt. Jenem Prozess, der einer Unschuldigen gemacht wurde. Den sie sich nicht erklären konnte. An dessen Ende aber ein Urteilsspruch über sie verhängt werden würde. Ein Urteil, das sie aller Voraussicht nach mit der Todesstrafe belegen würde. Auch wenn Friedrich zu Trostberg in diesem Punkt anderer Meinung war und sich redlich bemühte, sie von seiner Auffassung zu überzeugen. Es war in jedem Fall besser, wenn sie auf der Hut blieb. Was auch immer Thomas von ihr wollte, es konnte nichts Gutes sein. So weit hatte sie die Lage inzwischen begriffen.

Der kleine Pförtner, das willige Werkzeug des Herrn Urian, hatte das Mitleid, das er Irene im Kerker einmal für einen kurzen Augenblick entgegengebracht hatte, ganz und gar vergessen. Inzwischen war durch den Prozess zweifellos bewiesen, dass Irene Schweigerin eine Mörderin war. Zudem war er in dieser Nacht zur Eile angetrieben worden und dachte nur daran, dass er einen Auftrag zu erfüllen hatte. Er wusste, dass dieses Mal nicht viel Zeit war, ihn auszuführen. Herr Urian hatte ihm deutlich die Gründe erklärt, warum das Unternehmen im Schutz der Dunkelheit stattfinden musste, wenn das ganze Schloss und insbesondere ein gewisser Magister aus Italien in tiefen Schlaf versunken waren.

»Aufstehen und mitkommen!«, kommandierte er. »Beeilt Euch. Der Amtshauptmann hat mir befohlen, Euch so schnell wie möglich zu holen. Er wartet auf Euch. Er will Euch etwas zeigen. Wenn Ihr Schwierigkeiten macht, habe ich Mittel und Wege, Euch zu zwingen. Also macht, dass Ihr fertig werdet, und folgt mir.«

Irene hatte sich erhoben. Sollte sie dem Befehl folgen? Sie sah keine andere Möglichkeit. Was hatte ihr Friedrich geraten? Sie sollte nichts sagen. Sollte nichts gestehen, sich aber immer dann, wenn keine Gefahr erkennbar war, kooperativ verhalten. – Ein überaus weiser Rat, dachte sie mit Ärger, der sich langsam unter der Angst, die sie von Kopf bis Fuß wie eine dünne Eisschicht überzogen hatte, bemerkbar machte. Woher sollte sie wissen, ob sie sich in Gefahr brachte, wenn sie Thomas folgte? Wahrscheinlich tat sie das. Vermutlich gefährdete sie sich aber auch, wenn sie sich widersetzte. Seitdem man sie gefangen genommen hatte, war sie unsicher geworden. Ihr fehlte das Vertrauen zu ihren Entscheidungen. Die Verlässlichkeit ihrer Handlungen, die sie früher immer selbstverständlich gehabt hatte. Sie hatte lernen müssen, dass die Folgen ihres Tuns unabsehbar waren und nicht mehr durch das Gesetz von Ursache und Wirkung mit ihm verbunden. Das war das wahrhaft Teuflische an der Behandlung, die sie erfuhr.

Resigniert nahm sie ihren Mantel vom Haken. Zog ihre Schuhe an. Folgte Thomas aus dem Zimmer. Der Wächter, der im Vorraum saß und den Eingang bewachte, schlief den Schlaf aller Gerechten. Unangefochten und ruhig. Auch das Getöse, das Thomas verursachte, hatte ihn nicht zu wecken vermocht. Irene und der Pförtner betraten den Schlosshof. Es war das erste Mal, seit Thomas sie aus dem Schlosskeller geholt hatte, dass sie an der frischen Luft war. Der Sommer hatte sich inzwischen verabschiedet. Es war Herbst geworden. Die Luft war frisch und hatte einen Beigeschmack von Rauch. Ihr wurde kalt. Sie bemühte sich, dicht hinter Thomas zu bleiben.

Dann, plötzlich, hielt sie inne. Sie hatte erkannt, was ihr Ziel sein sollte. Es gab keinen Zweifel. Sie steuerten auf das Verlies zu. Es war ihr unmöglich, auch nur einen Schritt weiter in diese Richtung zu setzen. Sie blieb stehen. Wollte schreien. Aber da hatte Thomas schon gehört, dass ihre Schritte, die hinter den seinen im ausgestorbenen nächtlichen Schlosshof hallten, verloren gegangen waren. Er drehte sich um. Kam zu ihr. Verschloss mit seiner Hand ihren geöffneten Mund und bugsierte sie in den Gerichtssaal. Die Falltür, die zum Verlies führte, war schon geöffnet. Erbarmungslos wurde sie hinuntergestoßen. Unten blieb sie liegen, bis Thomas sie erreicht hatte. »Nun könnt Ihr schreien, so viel Ihr wollt. Hier unten hört Euch doch niemand. Ich hatte Euch schon gesagt, dass ich Mittel und Wege habe, Euch zu zwingen, wenn Ihr Schwierigkeiten macht. Ich hätte Euch für vernünftiger gehalten.« Tadelnd schüttelte er den Kopf und schnalzte mit der Zunge. »Ihr denkt wohl, dass ich Euch in Eure Zelle zurückbringe, was? Aber keine Angst. Wir gehen an einen anderen Ort. An einen viel interessanteren. Er hat Abwechslung zu bieten und wird Euch sicher gefallen. Kommt nur, hier entlang, Jungfer Mörderin. Hier warten einige Erklärungen auf Euch.«

Während Thomas sprach, hatte er Irene in einen kleinen, ebenerdigen Gang gestoßen, der zu ihrer Erleichterung tatsächlich nicht weiter in die Tiefe führte. Der Pförtner hatte nicht gelogen. Sie wurde nicht in ihre Gefängniszelle zurückgebracht. Aber wohin führte er sie dann? Am Ende des Gangs öffnete Thomas eine Tür. Der Raum, in den sie trat, war von einer großen Anzahl von Fackeln erleuchtet. – Was für eine Verschwendung, dachte Irene unwillkürlich. Es musste ja tatsächlich etwas ungemein Wichtiges sein, das man ihr zeigen wollte, wenn dieser Aufwand betrieben wurde.

Sie ging geradewegs auf einen thronartigen Polstersessel zu, der in der Mitte des Gewölbes stand. Darauf niemand anderes saß als der amtierende Amtshauptmann des Herzogtums Pommern, Herr Urian Olobaid von Greifenhöll. Ganz so, wie er ihr im Gericht gegenübergesessen war. Im grünseidenen Prachtgewand. Mit allen Insignien des offiziellen Staatsoberhauptes. »Da seid Ihr ja, Jungfer Schweigerin. Wie überaus zuvorkommend von Euch, dass Ihr Euch zu mir bemüht. Endlich kommen wir einmal dazu, uns in Ruhe zu unterhalten. Ohne dass wir Gefahr laufen, von Eurem Freund, dem edlen Herrn Magister aus Italien, gestört zu werden.« Der Amtshauptmann hielt inne und musterte Irene herausfordernd. Sie blieb jedoch stumm. »Ihr müsst wissen, dass er ein überaus bekannter und fähiger Jurist ist. Aber wie ich ihn kenne, wird er Euch das wahrscheinlich schon selbst gesagt haben. Vorausgesetzt, er hat sich seit seinen Jugendjahren nicht grundsätzlich geändert. Wir haben vor langer Zeit einige Jahre gemeinsam hier auf dem Schloss verbracht. Damals war er ein unerträglicher Angeber. Der Herzogin hat er damit imponiert. Sogar so sehr, dass sie ihm die Ausbildung finanziert hat.«

Der Ton des Amtshauptmanns war bitter geworden. »Mit mir hat sich nie jemand diese Mühe gemacht. Ich musste im Land bleiben und konnte von ferne den Werdegang des Herrn zu Trostberg verfolgen.« Herr Urian hielt inne. Er schwieg einen Moment, um den Hass, der sich in seine Stimme gelegt hatte, zu beherrschen. An seine Stelle legte er wieder das geheuchelte Wohlwollen, das er in dieser Phase des Gesprächs für angemessen hielt. »Ich schätze ihn. Er hat oftmals eine ungewöhnliche Meinung. Vor allem in akademischen Fragen. Er hat ein sicheres Urteil und versteht sich auszudrücken. Aber in manchen Zusammenhängen, das muss ich Euch auch sagen, ist er im Weg und stört. Manchmal bin ich froh, wenn ich Verhandlungen ohne ihn führen kann. Wie zum Beispiel in diesem Fall.«

Mit einem Mal fiel die falsche Freundlichkeit wieder von ihm ab. Er bleckte die Zähne. »Genug des Geplänkels«, knurrte er. »Ich habe Euch nicht holen lassen, um mit Euch über die Vorzüge und Nachteile von Friedrich zu Trostberg zu plaudern. Ich habe Euch an diesen Ort befohlen, um mit Euch ins Geschäft zu kommen. Seht Euch einmal genauer um.«

Noch während Herr Urian sprach, hatte Irene ausreichend Gelegenheit gehabt, ihre Blicke in dem hell erleuchteten Verlies umherschweifen zu lassen. Hier befanden sich die Geräte, die sie bisher nur vom Hörensagen kannte. Schon die Beschreibungen hatten ihr Furcht eingeflößt. Jetzt standen sie in Wirklichkeit vor ihr. Sie hatte sich bisher nicht vorstellen können, dass eine so große und vielfältige Auswahl an Instrumenten im Schloss zu Wolgast vorhanden war. In ihrer Heimat. Unweit ihres Vaterhauses. Hier wurden Menschen gefoltert und im Namen des Herzogs, um der Gerechtigkeit willen, gepeinigt.

Und sie war hier. In unmittelbarer Nähe der Werkzeuge. Irene spürte, wie alles Blut aus ihrem Gesicht und ihren Händen wich. Ihr wurde übel. Ihr Körper verkrampfte sich. Was hatte der Amtshauptmann vor? Wollte er wirklich die Instrumente an ihr ausprobieren? Bisher hatte sie keinen einzigen Laut von sich gegeben. Nun konnte sie ein Stöhnen nicht verhindern. Herr Urian hatte befriedigt ihre Reaktion beobachtet. Vergnügt meckerte er vor sich hin. »Ja, ja. Ihr habt völlig recht. Ihr habt erfasst, worauf unsere Verhandlung hinauslaufen soll. Wenn diese Instrumente erst einmal im Einsatz sind, dann könnte das für Euch ausgesprochen unangenehm werden. Ich würde Euch das gerne ersparen. Und ich könnte es Euch auch ersparen … Vorausgesetzt, wir kommen ins Geschäft.«

Irene schüttelte abwehrend den Kopf. Das Letzte, was sie wollte, war, mit Herrn Urian handelseins zu werden. Vor allem dann nicht, wenn es ohne Friedrichs Wissen geschah. Das Gesicht des Amtshauptmanns war wieder böse geworden. »Seid doch nicht gleich so abweisend. Ihr wisst doch noch gar nicht, worum es sich handelt. Ich habe gesagt, dass ich Euch ein Geschäft vorschlagen will. Es war nicht davon die Rede, dass ich Euch gleich auf die Streckbank spanne. – Im Gegenteil. Ich will dafür sorgen, dass mildernde Umstände für Euch geltend gemacht werden.«

Herr Urian war aufgestanden. Irene wich zurück. »Ich will nichts weiter, als ein Geständnis von Euch. Wenn Ihr den Mord gesteht, kann ich Euch die Tortur erlassen. In diesem Fall würde ich dafür sorgen, dass Ihr einen kurzen und wenig qualvollen Tod erleidet, der von einem geschickten Henker herbeigeführt wird. Andernfalls«, er ging einen weiteren Schritt auf Irene zu und griff nach ihren Haaren, »werde ich Euch in diese spanischen Stiefel stecken. Und glaubt mir, mit ihrer Unterstützung werdet Ihr dann doch sehr schnell gestehen. Auch wenn Ihr Euch jetzt noch so sehr dagegen wehrt. Ihr seht: Das Ergebnis wäre das gleiche. Ein Geständnis erhalte ich auf diese oder auf die andere Weise. Also: Ihr habt die Wahl. Überlegt es Euch gut.« Herr Urian schwieg und lockerte seinen Griff um ein Weniges. Irene versuchte, jede weitere Bewegung zu vermeiden. Ihre Gedanken überschlugen sich. Fieberhaft versuchte sie zu rekapitulieren, was ihr Friedrich erklärt hatte. Sie sollte unter keinen Umständen etwas zugeben, war seine Anweisung gewesen. Er hatte ihr einen Absatz aus dem Römischen Recht vorgelesen, aus dem hervorging, dass der Prozess mit einem Geständnis abgeschlossen sei. Er hatte nachdrücklich darauf hingewiesen, dass er dann nichts mehr für sie tun könnte. Auch wenn sie noch so unschuldig war.

Vorsichtig schüttelte Irene den Kopf. Sie räusperte sich und sprach mit einigermaßen klarer Stimme zum ersten Mal, seit sie die Folterkammer betreten hatte: »Nein. Das werde ich nicht tun. Ich werde nicht auf Euer Angebot eingehen. Ich habe den Buchhändler nicht getötet. Infolgedessen gibt es nichts, was ich gestehen müsste.«

Abrupt ließ der Amtshauptmann sie los. Mit gespieltem Mitleid schüttelte er den Kopf. »Schade. Ich hatte Euch für intelligenter gehalten. Ich hatte wirklich gedacht, dass

Ihr mir und Euch eine Menge Unannehmlichkeiten ersparen würdet. Thomas«, der Amtshauptmann winkte dem Pförtner, der sich in einer Ecke in der Nähe der Tür postiert hatte und den Ausführungen des Amtshauptmanns gierig gefolgt war. Auf das Zeichen seines Herren kam er sofort und hemmungslos diensteifrig aus seinem Winkel geschnellt. »Aber natürlich, mit dem größten Vergnügen, Herr Urian. Ihr wünscht sicher, dass ich die Jungfer Mörderin von der Qualität unserer Instrumente überzeuge. Es gibt nichts, was ich lieber täte. Seht einmal her«, damit hatte er Irene am Handgelenk gepackt und zog sie durch den Raum. »Hier haben wir die Daumenschrauben. Damit beginnen wir gewöhnlich. Sie sind sehr brauchbar für den ersten Grad der Folterung. Gebt mir einmal Eure Hände, dann könnt Ihr sie gleich probieren.«

Er war gerade im Begriff, den Arm, den Irene noch hinter ihrem Rücken verbergen konnte, an sich heranzuziehen, als er durch ein Knurren des Amtshauptmanns unterbrochen wurde. »Lass das bleiben«, fuhr er seinen Diener an. »Ich habe dir nicht erlaubt, die Instrumente anzuwenden. Du sollst sie unserem Gast lediglich zeigen und in ihrer Funktionsweise erläutern. Ich glaube nämlich«, damit wandte er sich wieder an Irene, »dass diese Demonstration ausreichend sein wird und Ihr danach so vernünftig sein werdet, auf meinen Vorschlag einzugehen.«

Er schnitt ein höhnisches Gesicht. »Aber da Thomas bereits den ersten Grad der Folterung erwähnt hat, ist es vielleicht nicht verkehrt, wenn ich Euch über die Gepflogenheiten aufkläre, die die Halsgerichtsordnung für die Folter in deutschen Landen vorsieht.« Genüsslich betrachtete er Irene. Wie lange sie sich wohl noch auf den Beinen halten konnte? Nach seiner Schätzung dürfte es nicht mehr lange dauern, dass sie ohnmächtig wurde. Und das, noch bevor er zur Tat geschritten war. Er war zuversichtlich, sie schon bald von der Notwendigkeit eines Geständnisses überzeugt zu haben.

»Wir haben die Möglichkeit, die Tortur in mehreren Graden anzuwenden. In der Carolina, die in diesem Punkt vollständig in unserer Landesgerichtsordnung aufgegangen sind, sind drei Abstufungen graduiert. Die Daumenschrauben gehören zur ersten. Sie ist noch verhältnismäßig harmlos. Also, Thomas, fahre fort, aber beherrsche dich dieses Mal besser.«

Der kleine Pförtner hatte die Worte seines Herrn aufgenommen. Er nickte erfreut und eifrig. »Hier haben wir die Schnüre. Sie werden Euch angelegt und dienen dazu, das Muskelfleisch in den Armen und Beinen zu zersägen. Ist eine schwere Arbeit. Sie muss von einem kräftigen Mann erledigt werden. Ich wäre dazu zu schwach. Ich bin auch nicht gerne bei dieser Prozedur anwesend. Aber das Zuhören von draußen macht Spaß. Man hört noch im Gang, wie die Sehnen zerreißen und die Gefangenen schreien.«

Thomas war es während seiner Ausführungen behaglich geworden. »Hier haben wir unsere schönen spanischen Stiefel. Die schnallen wir um Eure Beine und gießen von oben heißes Pech hinein. Ihr werdet dann nicht mehr wissen, ob Euch die gebrochenen Schienbeine und Wadenknochen mehr schmerzen oder die Verbrennungen. Oder ob es umgekehrt ist. Und zum Schluss unser Prunkstück: die Leiter. Der erste und zweite Grad dienen dazu, Euch Arme und Beine zu brechen. Wenn das geschehen ist, kein Knochen, kein Muskel und keine Sehne mehr in ihnen heil ist, wenden wir uns im dritten Grad Eurem Körper zu.«

Thomas unterbrach sich und ließ seinen Blick über Irenes Leib gleiten. »Über Euren schönen Körper. Wenn Ihr mich fragt, solltet Ihr auf den Amtshauptmann hören. Es wäre schade um ihn. Er wird auf die Leiter gespannt und nach beiden Seiten gedehnt. Erst werden Eure Rippen brechen, eine nach der anderen, und dann …« Noch bevor er weitersprechen konnte, merkte er, wie ihm das Gewicht, das er bis dahin gehalten hatte, entglitt. Irene war ohnmächtig zu Boden gesunken. Fragend sah Thomas den Amtshauptmann an. »Soll ich …?«

»Nein«, Herr Urian grinste höhnisch. »Bring sie zurück. Deine Ausführungen waren sehr plastisch. Und hatten genau die Wirkung, die ich erzielen wollte. Wenn ich Irene Schweigerin das nächste Mal verhören werde, wird sie gestehen und willig das Protokoll unterschreiben.«

Die Dunkelheit begann Friedrich auf Nerven und Laune zu schlagen. Er wurde ungeduldig und missmutig. Selbst wenn er Glück hatte und das Gesuchte fand, wie sollte er bei diesen Lichtverhältnissen etwas erkennen? Wie ohne Lupe feststellen, ob sein Verdacht richtig war? Da es sich um ein so winziges Detail handelte, das schon am Tag mit bloßem Auge nur schwer zu identifizieren war? In dieser rabenschwarzen Nacht war es nahezu unmöglich. Friedrich hätte viel darum gegeben, wenn er die Möglichkeit gehabt hätte, bei hellem Sonnenschein wiederzukommen. Aber bei Tage war die Gelegenheit, die er brauchte, um seine Vermutung zu überprüfen, noch ungünstiger als zu dieser frühen Morgenstunde. Sie war nicht nur ungünstig, sondern einfach nicht gegeben. Also schlich er zu einer Zeit, in der er sich lieber in einem warmen und bequemen Bett aufgehalten hätte, in der ausgekühlten und zugigen Amtsstube des Herrn Urian herum. Wenigstens hatte er daran gedacht, sich aus der Sakristei eine Kerze mitzunehmen. Wenngleich das Licht, das sie spendete, von einem Luftzug bewegt wurde, der irgendwo vom Fenster herrührte und nicht besonders stetig war.

Ächzend erhob sich Friedrich vom Boden, wo er vor dem großen Schreibtisch des Amtshauptmanns kniete. Er hatte die Eichenplatte auch von der Unterseite sorgfältig abgetastet. Für eine einfache Tischplatte war sie erstaunlich massiv. Und in der Tat: In ihrem Inneren waren Schubfächer angebracht. Gut verborgen zwar, aber bei gründlicher Musterung schnell zu erkennen. Der Haken war nur, dass sie abgeschlossen waren. Friedrich hatte keine Ahnung, wie er sie ohne sichtbare Gewaltanwendung öffnen sollte. Zumal sie weder breit noch tief genug waren, um den Gegenstand, den er zu finden trachtete, tatsächlich verbergen zu können. Er unterdrückte einen Wehlaut. Beim Versuch, wieder auf die Füße zu kommen, hatte er sich an einem der gedrehten Beine des Tisches gestoßen, die in ausladenden Löwentatzen endeten.

Wo sollte er weitersuchen? Er hatte gedacht, dass er am Kamin fündig werden würde. Welcher Aufbewahrungsort lag näher? Aber da war nichts. Dann hatte er sich auf dem Schreibtisch, oder zumindest in seiner Nähe, Erfolg versprochen. Aber auch dort war nichts zu sehen. Jedenfalls nichts außer riesigen Aktenbergen, die sich an beiden Seiten der dunklen Holzplatte angehäuft hatten. Im Schein der flackernden Kerze erkannte Friedrich die Umrisse eines veritablen Gebirgszuges, der sich von der einen Seite des Tisches zur anderen erstreckte. Auf eine beträchtliche Höhe angewachsen war und nur in der Mitte in einer steilen Schlucht abfiel, wo er ein Tal bildete, das Herrn Urian als Schreibfläche diente. Im Vergleich dazu waren die Aktenstapel, die Friedrich vor ein paar Tagen im Vorzimmer des Sekretärs gesehen und für eine unzumutbare Menge gehalten hatte, ein dürftiger Hügel. Hier war bereits die Grasgrenze überschritten. Jegliches organische Dasein ausgelöscht und lebensfeindliche Gegenden erreicht. Wie viel atmendes, leibhaftiges und wirkliches Leben wurde da in dürrer, bürokratischer Sprache zu den Akten genommen und zerfiel zu blutleerem Staub? Wurde zu Tode verwaltet. Ohne das Feuer der Rhetoriker. Ohne die bildhafte Sprache der Poesie. Ohne die Klarheit der Philosophen. So dass letztlich nichts mehr da war als gewesenes, verschüttetes und begrabenes Leben, das keiner verstand. Das keinen berührte. Das keinen etwas anging. Das aber alles war, was zurückblieb, wenn die Sophisten und Zyniker recht hatten und der Mensch das Maß aller Dinge und im Jenseits ein Nichts war und kein gütiger Vater, der die Einzigartigkeit seiner lieben Kinder in alle Ewigkeit hinein hütete und pflegte.

Friedrich schüttelte sich. Beinahe hätte der Anblick dieses tristen Aktenbergs ausgereicht, um ihn von der

Notwendigkeit eines Gottes zu überzeugen. Gerade noch rechtzeitig fiel ihm ein, dass das, was der Auflösung verfiel, keine Empfindung mehr besitzt. Dass man sich um das, was keine Empfindung mehr hat, vernünftigerweise nicht kümmern sollte.

Im Gegensatz zu dem, das noch empfindet. Und das war Irene. Wenn er sich nicht beeilte, würde sie sogar schon sehr bald sehr unangenehme Empfindungen haben. Gewaltsam riss er seinen Blick von dem trostlosen Massiv. Sah besorgt zum Fenster, das bis vor Kurzem noch ein völlig makelloses schwarzes Rechteck gewesen war, in dem sich nur der kleine Punkt seiner Kerze gespiegelt und verloren hin- und herbewegt hatte. Mit Schrecken nahm Friedrich wahr, dass ein immer heller werdendes Grau langsam, aber unaufhaltsam seine Vollkommenheit zerstörte. Es begannen die Fensterkreuze sich abzuzeichnen. Aus den Wänden des Zimmers traten große, massig gearbeitete Fassadenschränke hervor, in deren Innerem Friedrich noch mehr Akten vermutete, die die Verwaltung des Herzogtums dokumentierten. Deren Äußeres aber, ganz der herrschenden Mode entsprechend, eine Einteilung imitierte, die sonst in der Architektur gebräuchlich war. Mitte und Seiten waren durch aufwendig gearbeitete Pilaster betont. Die Kassetten, die sie bildeten, hingegen mit feinen Einlegearbeiten verziert. Nun schon zu erahnen als abstraktes Muster, das sich lichter von der dunklen Oberfläche löste. Gekrönt wurden sie durch prächtige Segmentgiebel. Die bereits als scharfe Kante in der Morgendämmerung auszumachen waren. Auch Farben nahm der Raum langsam an. Auf dem Stuhl, der hinter dem Schreibtisch stand, wurde ein graurotes Polster sichtbar. Man war verschwenderisch mit dem Samt umgegangen und hatte nicht nur den Sitz, sondern die gesamte überlängte Rückenlehne, die in einer volutenartigen Schnitzerei endete, vollständig mit dem Stoff ausgeschlagen. Wiederum bunter waren die Teppiche, die an den Wänden hingen. Sie stellten Szenen einer Wolfsjagd dar. Friedrich kannte sie. Seiner Erinnerung nach hatten sie früher die Gemächer des Herzogs geschmückt, gleich neben dem prächtigen Croy-Gobelin, in dessen Mitte Martin Luther auf einer Kanzel stand und dem pommerschen sowie dem sächsischen Fürstenhaus predigte.

Immer Helleres schälte sich aus den Schattierungen der Nacht und nahm Friedrich die Kerze aus der Hand. Resigniert löschte er sie. Er hatte keine Zeit mehr. Wo sollte er noch nachsehen? War es überhaupt sinnvoll, in diesem Raum weiter zu suchen? Ihm kam der Verdacht, dass er möglicherweise am gänzlich falschen Ort war. Wäre es vielleicht von Anfang an klüger gewesen, sich im Schlafzimmer des Amtshauptmanns umzusehen? Aber wie sollte er da hineinkommen?

Plötzlich war mit der Dunkelheit auch die Stille verschwunden, die gerade noch ebenso vollkommen über dem Schloss gelegen war. Friedrich hörte, wie sich eilige Schritte näherten. Begleitet von Stimmen. Vorsichtig tastete er sich zur Tür zurück. Suchte hinter ihr Deckung. Nahm dann aber zu seiner Erleichterung wahr, dass es die vertraute Stimme von Georg Drach war. Schritte und Stimme kamen näher. Friedrich presste sich enger an die Wand. Wer begleitete den Boten des Herzogs? Die Schritte verstummten. Direkt vor der Tür des

Arbeitszimmers. Friedrich hielt den Atem an. Hörte, wie sich ein Schlüssel im Schloss drehte. Erst wurde die Klinke gedrückt, dann gerüttelt. »Sonderbar«, sagte Georg Drach jenseits der Türe. Und nach einer ratlosen Pause: »Wie konnte das passieren? Du hast gestern Abend vergessen, das Zimmer zu verschließen. Mir fällt schon seit einer ganzen Weile auf, dass du mir nicht mehr gehorchst.«

Während dieser Worte drehte sich der Schlüssel abermals im Schloss. Die Tür öffnete sich. »Euch bin ich keine Rechenschaft schuldig«, hörte Friedrich eine wehleidige Stimme protestieren, die ihm vage bekannt vorkam. »Aber ich habe alles so gemacht, wie es Herr Urian befohlen hat. Ihm alleine unterstehe ich. Es war alles versperrt und gesichert. Ich weiß doch, wie wichtig es ist, dass das Arbeitszimmer nicht jedermann zugänglich ist.« Die letzten Worte waren mit beleidigtem Unterton gesprochen. Schlagartig wurde Friedrich klar, woher er die Stimme kannte. Es musste der kleine Pförtner sein, der da mit Georg Drach ins Zimmer getreten war. Wahrscheinlich war er gekommen, um den Kamin anzuheizen, bevor sein Herr sein Tagwerk begann. Womit eigentlich zu rechnen gewesen war, wie sich Friedrich eingestand, zornig über seinen eigenen Leichtsinn. Aber was hatte Georg Drach hier verloren? Warum besaß er einen Schlüssel zum Arbeitszimmer und hatte ihn nicht schon längst hineingeführt? Er wusste doch, wie dringend Friedrich einen Blick hineinwerfen wollte. Auf welcher Seite stand er? Erneut stiegen Zweifel in Friedrich auf. Er hatte gute Gründe gehabt, dem Boten zu vertrauen. In den letzten Tagen mehr denn je. Aber vielleicht wäre es doch klüger gewesen, wenn er sein ursprüngliches Misstrauen beibehalten hätte? Georg Drach war zwar nominell der Bedienstete des Herzogs. De facto aber war sein Vorgesetzter der Amtshauptmann. Am besten, er stellte ihn sofort zur Rede …

Noch bevor Friedrich seinen Entschluss in die Tat umsetzen konnte, wurden abermals Schritte laut. Sie hatten einen schleppenden Beiklang. Derjenige, der da ging, musste einen Fuß nachziehen. Auch sie verstummten am Eingang der Amtsstube. Herr Urians donnernde Stimme war zu hören, wie sie Friedrich im Gerichtssaal vernommen hatte: »Was steht ihr hier herum und haltet Maulaffen feil? Geht an eure Arbeit! – Georg, verschwinde. Du hast hier nichts zu suchen. Ich habe dir schon in den letzten Tagen mehr als einmal deutlich erklärt, dass ich dich hier nicht sehen will. Dein Gesicht bereitet mir nicht das geringste Vergnügen. Es wird Zeit, dass ich dich wieder auf Reisen schicke. Stell dich darauf ein, dass du noch vor Monatsende einen Bericht für Serenus bekommst. Er soll schließlich über den Prozess Bescheid wissen. Ich habe nicht umsonst alles säuberlich dokumentiert und aufbereitet. Keiner soll mir Schlamperei nachsagen. Ich werde sogar auf die Bestätigung des Herzogs warten, bevor ich das Urteil vollstrecke. Auch wenn mir das überflüssig scheint. Und wenn ich die habe, kann ich die Schweigerin endlich ordentlich verurteilen und enthaupten lassen. Es ist besser, mit ihresgleichen kurzen Prozess zu machen. Wenn die Obrigkeit bei einer Mörderin durch die Finger sieht, dann zieht sie den Fluch Gottes auf sich und auf alles, was ihr anvertraut ist. Damit meine ich auch dich. Und alle Untertanen des Herzogs. Jetzt geh endlich!«, herrschte der Amtshauptmann Georg Drach an, der eilends den Rückzug antrat. Krachend schlug die Tür ins Schloss. »Und du zünde ein Feuer an. Was fällt dir ein, hier so herumzutrödeln? Es wird dir schlecht bekommen, wenn ich schon morgens frieren muss. Ich brauche Wärme. Ich brauche Hitze. Das ist mein Element. Sieh zu, dass du weiterkommst.«

Friedrich blieb regungslos stehen. Er überlegte fieberhaft. Noch war er nicht entdeckt worden. Herr Urian war mit der unvermeidlichen Feuerrute in der Hand auf Thomas zugegangen und trieb ihn regelrecht vor sich her zum Kamin. Konnte er es schaffen, hinter dem Rücken der beiden die Tür zu erreichen und unbemerkt zu entkommen? Sie war nicht weit entfernt. Ein, zwei Schritte genügten. Wenn er sich beeilte, konnte er die Zeitspanne nützen, in der er noch Deckung hatte. Ein riskantes Unterfangen. Aber eine andere Möglichkeit gab es nicht. Friedrich tat einen beherzten Satz zur Seite. Glücklich hatte er die Tür erreicht. Aber just in dem Moment, in dem er die Klinke drückte, drehte sich der Amtshauptmann um.

Einige Sekunden sah er sein Gegenüber perplex an. Wer war da ins Zimmer gekommen? Wer wagte es, seine morgendlichen Verrichtungen und seine Ruhe zu stören? Dann durchzuckte ihn Erkennen. Es war der edle Herr Magister aus Italien. Friedrich zu Trostberg. Der kleine Liebling der Herzogin, der da vor ihm stand. Wie kam dieser verleidete Mensch hier herein? Er hatte doch seinem Sekretär den strikten Befehl erteilt, ihn abzuweisen, wann immer er bei ihm vorsprach. Es war doch schon ausreichend ärgerlich gewesen, dass er ihm eine Besuchserlaubnis für die Gefangene erteilen musste. Was wollte dieser Mensch hier? Er störte ihn und seine Pläne. Er musste ihn schnell und möglichst dauerhaft von seinem Spielbrett verbannen. Er sollte endlich verstehen, wer hier das Sagen hatte. Wer hatte sich während der schlimmen Schwedenzeit vor die Untertanen des Herzogs gestellt? Wer war da gewesen und hatte einen noch größeren Schaden verhindert? Das war er gewesen. Er, der Amtshauptmann, der erste Beamte des Herzogtums, Urian Olobaid. Seinen Verdienst und seinen rechtmäßigen Lohn würde er sich in keinem Fall sang- und klanglos von diesem dahergelaufenen, einfältigen Gelehrten streitig machen lassen. Der da dünn und wackelig in einem abgeschabten Talar vor ihm stand.

Friedrich sah in die Augen des Amtshauptmanns, die reines Feuer versprühten, und wurde kühl. Ungezügelte Wut hatte ihn noch nie beeindruckt. Aus der Temperamentenlehre wusste er, dass es lediglich die gelbe Galle war, die der Amtshauptmann im Überfluss produzierte und die seinen Säftefluss durcheinander brachte. Auch hier war es wie in nahezu allen Situationen des Lebens hilfreich, das Unheimliche auf seinen rationalen Kern zurückzuführen. Gleichgültig begann er zu sprechen: »Guten Morgen, Amtshauptmann. Wie erfreulich, dass wir nun endlich die Gelegenheit haben, uns miteinander zu unterhalten. Ich versuche schon seit meiner Ankunft, eine Audienz bei Euch zu erhalten. Aber das ist mir bis jetzt nicht gelungen. Also habe ich beschlossen, Euch in aller Frühe meine Aufwartung zu machen. Ich hielt es für ein Gebot der Höflichkeit, mich endlich bei Euch vorzustellen und Euch meine Position darzulegen.« Friedrich verbeugte sich leicht und schaffte es sogar, ein Lächeln anzudeuten.

Inzwischen war Herr Urian schwerfällig auf ihn zugekommen, spannte seine Feuerrute zwischen beiden Händen und ließ sie dann wie zufällig, aber in beängstigender Nähe zu Friedrichs Gesicht, durch die Luft schnellen. Der zeigte sich unbeeindruckt. Sein Lächeln wurde eine Spur freundlicher. Eine Spur spöttischer. »Lasst diese Spielchen. Ihr wisst, dass ich im Auftrag des Herzogs hier bin. Ich bin von ihm autorisiert und besitze Immunität. Sollte mir also auch nur ein Haar gekrümmt werden, werdet Ihr große Probleme bekommen.« Er machte eine kleine Pause und wartete, bis sich Herr Urian auf einen gebührlichen Abstand zurückgezogen hatte. »Aber das ist im Moment nicht das, was ich mit Euch besprechen will. Ich denke, dass ich mit Euch über den Prozess und meine Verteidigungsstrategie reden sollte.«

Inzwischen hatte sich der Amtshauptmann wieder gefasst. Er musste einsehen, dass er mit Drohungen hier nicht weiter kam. Der Mann, der ihm gegenüberstand, wagte es, Widerstand zu bieten. Das kannte er nicht. Er war gewohnt, dass sich alle seiner Autorität beugten, ohne sie in Zweifel zu ziehen. Dass sie das taten, was er ihnen befahl. Oder – wie im Falle von Elisabeth – zumindest das, worum er sie nachdrücklich bat. Dieser Magister aus Italien war leider bei Weitem nicht so schnell zu beeindrucken wie Thomas. Oder wie die Herzogin. Oder wie Georg Drach. Was blieb ihm übrig, als in eine ebenso falsche Höflichkeit zu verfallen wie sein Gegenspieler?

Die beiden Männer standen sich hasserfüllt, aber höflich wie zwei alternde Diplomaten gegenüber. »Das ist sehr liebenswürdig von Euch«, erwiderte Herr Urian.

»Aber Ihr hättet Euch nicht diese Umstände machen müssen. Der Fall ist klar. Irene Schweigerin hat einen Menschen vom Leben zum Tode befördert. Sie ist angeklagt worden. Ihre Untat werde ich ihr beweisen. Und damit Ihr nicht auf falsche Gedanken kommt: Ich werde mich dabei sehr genau an die Carolina halten. Ihr seht: Ich bewege mich auf der Grundlage des geltenden Rechts. Der Prozess wird korrekt ablaufen. Damit dürfte alles geklärt sein. Eine Verteidigung der Verbrecherin ist zwar rein formal vorgesehen. Aber sie ist ganz und gar überflüssig. Ihr solltet noch einmal überlegen, ob Ihr wirklich Eure Zeit und Kraft in den Dienst einer verlorenen Sache stellen wollt? Und dadurch womöglich sogar Euren Ruf als Jurist schädigt? Nein«, der Amtshauptmann lachte meckernd, »das werdet Ihr sicher nicht. Dazu seid Ihr viel zu vernünftig. Wann hätte das rechtsgelehrte Europa in den letzten Jahren gehört, dass Ihr vor Gericht eine Niederlage erlitten hättet?« Er hielt inne und lächelte verbindlich. »Ich danke Euch, dass Ihr die lange und beschwerliche Reise auf Euch genommen habt. Aber nun könnt Ihr guten Gewissens nach Italien zurückkehren und Serenus alles berichten. Der Mord in der Mühle ist geklärt. Ich habe die Mörderin festgesetzt. Reist also wohl nach Hause zurück.«

Friedrich lächelte ebenfalls. Kühl und unbeeindruckt. »Ich werde nichts dergleichen tun. Ich habe Irenes Verteidigung übernommen. Wenn Ihr denkt, dass ich das Herzogtum verlassen werde, bevor ich diese Aufgabe erfüllt habe, so irrt Ihr Euch.«

Die Stunde des alten Pfarrers hatte geschlagen. Seine Uhr war abgelaufen. In derselben Nacht, in der Irene von ihm träumte, hatte sich Adam Schweiger auf sein Sterbebett gelegt. Er hatte sich nicht mehr erholt, seitdem er die Nachricht von der Verhaftung seiner Tochter erhalten und noch in den Gemächern der Herzogin jenen Anfall erlitten hatte. Er war in das Siechenhaus von Wolgast gebracht worden. Dort ruhte er aus. Bewegungsunfähig, in einem verschatteten Dämmerzustand, der nicht mehr unterscheiden konnte zwischen den dunklen Tagen und den finsteren Nächten, die er an diesem Ort von Krankheit und Not zubrachte. Endlich war die letzte von Adam Schweigers schwarzen Nächten angebrochen.

Am Abend zuvor war er in unruhigen Schlaf verfallen. Immer wieder war er erwacht, weil er fühlte, dass nach ihm verlangt werde. Er hatte sich dann, so gut er es vermochte – erstaunlicherweise fiel ihm das leichter als am vorangegangenen Tag – , in seinem Bett aufgesetzt und sich im Zimmer umgesehen. Auf seinem Nachttisch brannte eine Kerze. In ihrem Licht konnte er den Raum schemenhaft erkennen. Außer der alten Else, die auf einem Stuhl neben seinem Lager schlief, war aber niemand anwesend. Der Pfarrer entschlummerte wieder und erwachte noch einmal in den frühen Morgenstunden. Wieder war ihm, als werde er gefordert. Dieses Mal war schon der erste Morgendämmer ins Fenster getreten, das Zimmer heller. Und da sah er ihn. Er stand in einer Ecke, dem Bett gegenüber. Er lächelte ihn genauso verführerisch an, wie der alte Mann es sich gewünscht hatte, und reichte ihm seine Hand. Adam Schweiger hatte keine Angst. Aber seine Lähmung war zurückgekehrt und machte es ihm unmöglich, die ausgestreckte Hand zu ergreifen. Mitleidig schüttelte sein Gegenüber den Kopf. »Warte. Ich werde dir helfen«, modellierten die fleischlosen Lippen. Immer noch lächelnd, griff er nach hinten in den Köcher, den er über dem Rücken befestigt hatte. Entnahm ihm einen Pfeil und spannte ihn in seine Armbrust. Er zielte gut und traf sofort. Der Pfarrer spürte, wie aller Krampf aus seinem Körper wich. Leicht stieg er aus seinem Bett. Warf noch einen Blick auf die schlafende Else. Legte kurz seine Hand auf ihren Kopf. Dann sah er sich nach seinem Besucher um. Der war schon vorausgegangen und hatte ihm die Tür geöffnet. Er hielt sich nicht länger auf und folgte ihm. Trat in einen warmen, angenehmen Sommertag und lief auf einer gemähten Wiese, stetig und entschlossen, Freude zu finden. Kurz war es ihm, als ob er Irene hinter sich spürte. Aber es war ihm unmöglich, sich umzudrehen. Bald versiegte auch dieses Bedürfnis. Er wusste sie in guten Händen. Am Horizont sah er ein sicheres Ziel. Er ging durch einen prächtigen Garten. Hörte Posaunen jubilieren. Er schied, ganz allein. Dann war er verschwunden.

Else hatte einen Lufthauch auf ihrer Stirn gespürt und war erwacht. Es dauerte einen Moment, bis sie zu sich kam. Sie rieb sich die Augen und zog ihren Mantel fester um sich. Von irgendwoher zog es. Es war kalt geworden. Das war nicht weiter verwunderlich. Immerhin ging es auf den Herbst zu. Dann erinnerte sie sich, wo sie war. Mechanisch sah sie zum Bett. Dort lag der Pfarrer und schlief friedlich. Sie wollte ihn besser zudecken. Beugte sich über ihn. Spürte keinen Atem mehr. Legte eine Hand auf seine Stirn. Sie war kühl. Else nickte schwer. Dieses war erledigt. Jetzt konnte sie endlich die zweite Aufgabe erfüllen. Sie ging nach draußen.

Die Bibliothek war ausgekühlt. Die Herzogin hatte vergessen, ein Feuer anzünden zu lassen. Friedrich fröstelte. Müdigkeit, Kälte und Anstrengung durchdrangen ihn. Dass der Amtshauptmann sein Manöver so bereitwillig hingenommen hatte, war ein großes Glück gewesen. Von dem er sich immer noch fragte, wie es möglich gewesen war. Es war doch offensichtlich, dass er nicht zur Tür hereingekommen, sondern schon im Zimmer gewesen war. Unklar war ihm nachträglich auch, woher er den Mut genommen hatte, seinem Widersacher so entschlossen entgegenzutreten. Aber letztlich hatte es keine andere Möglichkeit gegeben. Wenn er nur den Bruchteil einer Sekunde gezögert hätte, wäre sein Spiel durchschaut und er selbst verloren gewesen. Nicht auszudenken, was dann mit ihm geschehen wäre. Wahrscheinlich hätte Herr Urian ihn ins Gefängnis werfen lassen. Ob ihm dann der Hinweis auf die Protektion des Herzogs noch geholfen hätte? Oder die Intervention der Herzogin? Er wollte sich lieber nicht alle Konsequenzen eines negativen Ausgangs im Detail ausmalen.

In seiner Kindheit hatte Friedrich einmal von einem Mann gehört, der in einer frostigen, klirrend kalten Winternacht zu einem der großen, tiefen Seen der Insel geritten war. Friedrich meinte sich zu erinnern, dass es der Usedomer See gewesen war. Vielleicht sogar der Gothensee. Dieser Mann suchte dort, weil er am anderen Ufer zu tun hatte, nach der Fährstation. Aber alles Ausschauhalten blieb in der Dunkelheit vergeblich. Als er sich mit hereinbrechendem Morgen schließlich besser orientieren konnte, musste er feststellen, dass er schon auf der gegenüberliegenden Seite angekommen war. Ohne es zu bemerken, war er bei Nacht und Nebel im Galopp, mit fliegendem Mantel und wehenden Schößen über den zugefrorenen See geritten. Hatte die Gefahr nicht erkannt, der er sich auf der dünnen Eisdecke aussetzte, und war so wohlbehalten hinübergekommen. Als er sich aber umdrehte, auf seinen waghalsigen Weg zurückblickte und die Spuren sah, die er mitten auf dem See hinterlassen hatte, überfiel ihn großer Schrecken und ihm schwanden die Sinne.

Zu diesem Mann fühlte Friedrich Verwandtschaft. Wenngleich er für den Schauer, der ihn ergriffen hatte, weniger die überstandene Gefahr als vielmehr Kälte und Müdigkeit verantwortlich machte. Ob er sich noch für ein paar Stunden niederlegen sollte? Die Sonne war immer noch nicht vollständig aufgegangen. Oder sollte er eine freundliche Seele suchen, die ihm ein Feuer entfachte? Unschlüssig sah er vor sich hin. Ein bisschen Ruhe tat ihm sicher gut. Er stand auf, ging zum Bett und schlug die Decke zurück. Dann hörte er, wie unten die Türe zur Bibliothek behutsam geöffnet wurde. Aber wie sehr sich der Besucher auch anstrengte, ein leises Knarren konnte er nicht verhindern. Wer verschaffte sich da um diese Uhrzeit Eintritt? Hatte der Amtshauptmann am Ende doch gemerkt, dass Friedrich ihn auf geradezu primitive Weise betrogen hatte? Auf Zehenspitzen trat er an die Balustrade. Aber die Tür lag außerhalb seines Blickfeldes, massive Regale versperrten ihm die Sicht. Er hörte leise Schritte. Ging in die Knie, um nicht selbst gleich gesehen zu werden. Spähte durch die durchbrochenen Schnitzereien des Balkongitters. Die Person, die in die Bibliothek gekommen war, hielt inne. Mehrere Minuten lang war nichts mehr zu hören. Friedrich verfluchte im Stillen die unbequeme Lage, in die er sich begeben hatte. Gerade als er beschlossen hatte, sich wieder aufzurichten, waren erneut Schritte zu hören. Ein Tappen, als ob sich der Unbekannte auf Pantoffeln bewegte. Dann ein unterdrücktes Niesen – kein Wunder bei dieser Kälte, dachte Friedrich unwillkürlich –, und im gleichen Augenblick erschien die alte Else in Friedrichs Guckloch.

Mit einem Seufzer der Erleichterung erhob er sich. »Suchst du mich? Ich bin hier oben.« Die alte Dienerin fuhr herum, als sie Friedrichs Stimme hörte. »Entschuldige, ich wollte dich nicht erschrecken. Aber im Vergleich zu dem Schrecken, den du mir gerade eingejagt hast, bin ich freundlich mit dir umgegangen. Ich habe gedacht, dass Herr Urian mir seinen Büttel auf den Hals hetzt. Warum schleichst du zu nachtschlafender Zeit hier herum?« Während Friedrich sprach, war er die Wendeltreppe hinuntergestiegen und neben die alte Frau getreten, die am ganzen Leib zitterte. Sie hatte einen Mantel über ein Nachtgewand gezogen. Um ihren Kopf trug sie ihr Kopftuch, das ihrem Gesicht eine angemessene Fassung gab. Es betonte ihre dunkle Hautfarbe gleichermaßen wie ihre kantigen Züge, die im Alter zunehmend scharf geworden waren. Dabei waren das Tuch wie auch die übrigen Kleidungsstücke von schlechtem Stoff und mehrfach ausgebessert. Dass sie fror, war kein Wunder. »Was auch immer dich zu mir geführt hat, es kann warten, bis du uns ein Feuer gemacht hast. Es ist noch genügend Holz hier. Vielleicht kannst du die Glut im Ofen noch einmal anfachen?« Die alte Magd nickte und ging zum Kamin, in dem in kurzer Zeit das schönste Feuer brannte. Friedrich hatte zwei Sessel herangerückt. Sich in den einen gesetzt und den anderen der alten Frau untergeschoben.

Schon bei ihrer ersten Begegnung hatte Else Zutrauen zu Friedrich gefasst. Ihr gefielen seine beherzte Art und der Mut, mit dem er sich bereit erklärt hatte, Irenes Verteidigung zu übernehmen. Als der Pfarrer den schlimmen Anfall bekommen hatte, war es der Magister gewesen, der dafür gesorgt hatte, dass sich gute Ärzte um Adam Schweiger kümmerten. Auch wenn er lauthals auf sie geschimpft und behauptet hatte, dass die medizinische Ausbildung im nördlichen Deutschland keinen Vergleich mit derjenigen bestehen könne, die die italienischen Reformuniversitäten ihren Studenten angedeihen ließe. Sie war froh über seine Hilfe gewesen. Sie selbst wurde allmählich alt. Irenes Inhaftierung und des Pfarrers Krankheit hatten sie erschöpft. Sie merkte, dass sie die Umstände ihres gegenwärtigen Daseins nicht mehr im gleichen festen Griff hatte, wie sie es während ihres Lebens im Pfarrhaus gewohnt gewesen war. Sie konnte nicht ewig auf Irene aufpassen und dafür sorgen, dass das Leben ihr nicht übel mitspielte. Weil sie in ihrer Studierstube saß und nicht begriff, was in der Realität vor sich ging und wie man sie handhaben musste. Dass Friedrich da war, beruhigte sie. Er konnte ihr einen Teil der Verantwortung, die sie für Irene trug, abnehmen.

»Heute Nacht ist Pfarrer Schweiger gestorben«, begann sie. »Die Ärzte konnten ihm nicht mehr helfen.«

Sie blickte Friedrich ins Gesicht. »Trotzdem: danke, dass Ihr sie geschickt habt.« Friedrich nickte. »Das tut mir leid. Ich hatte damit gerechnet. Ich glaube, dass er selbst sein Ende kommen sah.« Eine Weile saßen Friedrich und Else schweigend vor dem Feuer. Dann nahm die Dienerin den Faden wieder auf. »Ich wollte schon lang mit Euch sprechen«, fing sie an. »Aber dann ging es dem Pfarrer so schlecht. Und ich konnte ihn doch nicht gut allein lassen.« Else schluckte und beseitigte energisch den Anflug von Kummer, der ihre letzten Worte begleitet hatte. »Außerdem sollte uns der Amtshauptmann nicht zusammen sehen.« Sie überlegte einen Augenblick. »Aber jetzt ist's höchste Zeit, dass ich Euch was erzähle.«

Friedrich nickte abermals. Es wunderte ihn nicht, dass die Alte mehr wusste, als sie bisher gesagt hatte. Schon seit ihrer ersten Begegnung hatte er den Eindruck, dass sie diejenige war, die über die jüngsten Vorgänge am besten Bescheid wusste. »Worum geht es? Sag mir alles, was du auf dem Herzen hast.« »Ich möchte Euch was über den toten Buchhändler erzählen.« Sie unterbrach sich. »Wahrscheinlich wisst Ihr noch nicht, dass er uns mal besucht hat?« Friedrich war enttäuscht. Er hatte gedacht, dass die Mitteilung der Alten spektakulärer ausfallen würde. »Doch. Ja. Das habe ich gewusst. Irene hat es mir gesagt. Ich habe mich damals schon gefragt, ob es irgendeinen Zusammenhang zwischen diesem Besuch und seinem Tod gibt. Es wäre ein bisschen sehr viel Zufall, wenn es ihn nicht geben sollte. Aber, offen gestanden, ich kann keinen erkennen.«

Während Friedrich sprach, hatte Else ihn unterbrechen wollen. Aber er hatte nicht auf ihr heftiges Kopfschütteln geachtet. Sondern, nach seiner Art, weiterhin seine Gedanken genau und ausführlich ausgebreitet. Nun schwieg er. »Ihr wisst aber nicht«, schränkte sie ein, »warum er zu uns gekommen ist. Er kam, weil ich ihn mitgebracht hab.« Die alte Frau hielt inne. Ließ ihren Kopf hängen und schien plötzlich von aller Trauer, die sie nach dem Tod des Pfarrers ergriffen hatte, heimgesucht zu werden. Es war, als ob sie von einem Gewicht niedergedrückt wurde, das schwerer wog, als sie tragen konnte. »Manchmal frag ich mich, ob nicht ich an allem schuld bin.« Sie blickte schräg zu Friedrich auf. »Ich mein, wenn ich diesen Buchhändler nicht mit ins Pfarrhaus gebracht hätte, wär er vielleicht nicht ermordet worden? Und Irene in Freiheit? Und der Pfarrer nicht tot?«

»Du willst doch hoffentlich nicht damit sagen, dass Irene ihn tatsächlich umgebracht hat?«, fragte Friedrich streng.

»Nein. Aber vielleicht ist ja doch eine böse Macht im Spiel? Und ich hab sie heraufbeschworen, als ich diesen Mann zu uns gebracht hab? Er war mir von Anfang an nicht geheuer. Vielleicht war er doch ein Zauberer, der uns verflucht hat?« Ratlos sah sie Friedrich an.

»Unsinn. Natürlich war der Buchhändler kein Zauberer. Menschen sind Menschen. Was manchmal schon schlimm genug ist. Aber sie sind keine Hexen oder Teufel oder Dämonen oder andere übersinnliche Wesen. Sie stehen nach ihrem Tod auch nicht auf und gehen als Geister herum. Ich hätte dich für klüger gehalten. Unterscheidest du dich am Ende gar nicht von den anderen abergläubischen Waschweibern, die überall Gespenster sehen?«

Friedrich hatte diese Worte mit einiger Schärfe vorgebracht, die er sogleich bereute. Die alte Frau hatte das Schicksal der letzten Tage wacker getragen. Dass sie nun, da sie von einem Sterbebett kam, von Mutlosigkeit angewandelt wurde, war kein Grund, sie zu maßregeln. Aber Else schien ihm die Heftigkeit seiner Worte nicht nachzutragen. Gedankenverloren nickte sie. »Ja. Wahrscheinlich habt Ihr recht«, sagte sie nachdenklich. Plötzlich wurde sie wieder munter. »Ich wollt Euch erzählen, wie ich den Buchhändler kennengelernt hab.«

Sie begann mit klarer Stimme zu berichten. Wobei sich ihre Miene belebte und sie selbst plötzlich unerwartet jugendlich klang: »Ich bin an diesem Tag zum Brunnen gegangen. Und auf dem Rückweg an der Schmiede vorbei. – Ich hatte der Frau des Schmieds versprochen, ihr etwas Wasser mitzubringen. Sie und ihr Mann sind zwei der wenigen, die immer noch in Koserow wohnen. Wir standen eine Weile vorm Haus und haben uns unterhalten. Irgendwann tauchte zwischen den Häusern ein Reiter auf. Er war in Begleitung von mehreren Hunden. Sein Pferd konnte sich nur langsam bewegen. Es hatte große Schmerzen und schaffte es gerade noch bis zu uns. Dann kam es nicht mehr weiter. Der Reiter versuchte, es mit einer Peitsche anzutreiben. Das war böse und grausam. Jeder konnte sehen, dass das arme Tier einfach nicht mehr konnte. Es ging ihm zu schlecht. Gottseidank hatte der Schmied das Pferd gehört und kam aus seiner Werkstatt. Er hat ein Händchen für Tiere.« Else machte eine anerkennende Kopfbewegung. »Er hat gleich gesehen, dass es an einem Hufeisen liegt und hat versprochen, es zu richten.«

Friedrich, der es nicht gut aushalten konnte, wenn ein anderer außer ihm weitschweifig erzählte, wurde nervös. Er räusperte sich vernehmlich. »Halte dich nicht mit Einzelheiten auf, die nicht zur Sache gehören. Du wolltest mir erzählen, wie der Buchhändler ins Pfarrhaus gekommen ist.« Else blickte ihn listig an. »Wartet nur ab, Herr Magister. Ich komm gleich auf das, was Euch interessiert.« Sie erzählte weiter: »Der Reiter setzte sich auf eine Bank vor der Schmiede und wartete. Nach ungefähr zehn Minuten kreuzte Melchior Lechter auf. Er war zu Fuß unterwegs und lief geradewegs auf die Schmiede zu. Ich bin mir sicher, dass er den Mann auf der Bank schon von fern gesehen hat. Und mir war sofort klar, dass er ihn kannte.« Elses Ton wurde zusehends aufgeregter. »Trotzdem ging er nicht sofort zu ihm. Ich hatte sogar den Eindruck, dass er sich wieder davonstehlen wollte. Dann hat er aber gemerkt, dass ich ihn schon gesehen hab. Einen Augenblick dacht ich, dass er trotzdem flüchten will. Aber dann hat er's sich doch noch anders überlegt. Jedenfalls ging er schließlich auf den anderen zu.«

Friedrich seufzte. Wenn die Alte weiterhin so ausführlich erzählte, würde er Wurzeln schlagen und bis in alle Ewigkeit hier sitzen und ihren Geschichten zuhören. Ihre Geschwätzigkeit ging ihm auf die Nerven. Aber er unterbrach sie kein zweites Mal. Er hatte Angst, den Fortgang ihres Berichts damit nur weiterhin unnötig zu verzögern.

»Komischerweise«, fuhr sie fort, »wurde der Buchhändler dann plötzlich sehr höflich. Fast übertrieben höflich. Er zog seinen Hut und machte eine tiefe Verbeugung vor dem Reiter, der Melchior Lechter aber nicht beachtete. Ich musste sogar schon ein bisschen lachen, wie sich der Buchhändler bemühte, die Aufmerksamkeit des anderen auf sich zu ziehen. Der fühlte sich aber offensichtlich von ihm belästigt und versuchte, Melchior Lechter zu übersehen. Schließlich wurde es dem Buchführer zu dumm. Er redete den Reiter an und erinnerte ihn daran, dass sie alte Bekannte waren. Er sprach davon, dass sie sich schon einmal getroffen hatten. Anscheinend in der Zeit, als die Schweden auf Usedom waren. Und damit hatte er dann Erfolg. Dem Mann auf der Bank fiel ein, bei welcher Gelegenheit sie sich kennengelernt hatten. Und er verstand nun auch, warum ihn Melchior Lechter an diese Begegnung erinnerte. Anscheinend hatte er nämlich damals was verloren, das der Buchhändler gefunden hatte und ihm nun zurückgeben wollte. Jedenfalls verabredeten sie schließlich ein Treffen, für das der Besitzer des Pferdes die Teufelsmühle vorschlug.«

Die letzten Worte hatten Friedrichs Aufmerksamkeit, der die Erzählung der alten Magd schläfrig angehört hatte, schlagartig geweckt. Da war sie erneut, die einsame Mühle. In der Aufregung der letzten Tage hatte er nicht mehr an sie gedacht. Aber nun schien es wieder, als habe er doch recht mit seiner Vermutung, dass in ihr die Lösungen mehrerer Rätsel zu finden sein mussten. Er war alarmiert und hörte Else nunmehr sehr konzentriert zu, die befriedigt nickte. »Melchior Lechter fürchtete sich vor der Mühle und wollte dort nicht hin. Er sträubte sich heftig und schlug andere Treffpunkte vor. Der Reiter ließ sich aber darauf nicht ein und überredete ihn irgendwann.« Else machte eine kurze Pause. »Aber Melchior Lechter war nicht glücklich mit dieser Verabredung. Ganz und gar nicht. Er hatte eine grässliche Angst vor der Mühle. Und diese Angst war auch der Grund, warum ich ihn angesprochen und gefragt hab, ob er mit mir ins Pfarrhaus kommen wollte.«

Erneut hielt Else inne. »Seit ich den Amtshauptmann bei Gericht gesehen habe, weiß ich, dass er der Reiter ist, der sich mit dem Buchhändler bei der Teufelsmühle verabredet hat.« Gespannt sah sie zu Friedrich und stellte befriedigt fest, dass ihre Erzählung ihre Wirkung nicht verfehlt hatte. Er sah sie eindringlich an. »Das ist in der Tat interessant. Und bestätigt mir eine Entdeckung, die ich in der vergangenen Nacht gemacht habe. Du sagst, die beiden haben sich über einen Gegenstand unterhalten, den der Amtshauptmann verloren hatte und den Melchior Lechter ihm zurückgeben wollte? – Hast du eine Ahnung, was das gewesen sein könnte?«

Else strahlte über das ganze Gesicht. »Ich weiß sogar, was es war. Aber dazu ist es notwendig, dass Ihr mich nach Hause begleitet. Und es wäre gut, wenn das ohne Aufsehen geschehen könnte.«

Abermals saßen sich Irene und Friedrich in jenem Durchgangszimmer gegenüber, das man während der Prozessdauer als Gesprächsraum nutzte. Wieder waren sie durch den langen Tisch voneinander getrennt. Auch die Wärter saßen, wie bei Friedrichs erstem Besuch, in einer Ecke und gaben sich den Anschein des Desinteresses. In Wirklichkeit aber war ihre Aufmerksamkeit gespannt. Der Amtshauptmann hatte ihnen befohlen, gründlicher von Friedrichs Visiten bei Irene zu berichten.

Es war spät geworden. Der Tag hatte sich geneigt. Die weißen Wände spielten ins Gräuliche. Irene hatte schon vor einem Weilchen mit leisem Bedauern bemerkt, dass Friedrich das Gesprächsende suchte und im Begriff stand, sich zu verabschieden. Es war schade, dass er aufbrechen musste. Seine Anwesenheit war die einzige Abwechslung in ihrem gleichförmigen und einsamen Haftalltag. Und sie war selten genug. Friedrich war derjenige, der ihr ausführlich von den neuesten Entwicklungen berichtete, die sich außerhalb ihres Arrestzimmers vollzogen. Er war ihre einzige Verbindung zur Außenwelt. Die Herzogin kam zwar manchmal, sah aber immer nur kurz nach ihr. Erkundigte sich auch nach ihrem Wohlergehen, ließ sich jedoch nie in ein Gespräch verwickeln. Zuletzt war sie gekommen, um Irene zu sagen, dass ihr Vater gestorben war. Aber auch aus diesem Anlass war sie nicht lange geblieben. Sie hatte das wenige über die Umstände seines Todes wiederholt, das sie von Else erfahren hatte. Sie überzeugte sich noch, dass Irene die Nachricht einigermaßen gefasst aufnahm, und war wieder gegangen. Dann waren da noch die Wärter, die Irene das Essen brachten. Sie waren allerdings auch nicht dazu zu bewegen, mit ihr zu sprechen. Irene vermutete, dass sie von Herrn Urian entsprechende Weisungen erhalten hatten.

Friedrich war der Einzige, mit dem sie sich unterhalten konnte. Er alleine brachte ihr eine gewisse Zuwendung entgegen. Wenngleich der Gegenstand ihrer Dialoge ausschließlich der Prozess und seine Details waren. Sie hatte ihm davon erzählt, dass ihr die Folterinstrumente vorgeführt worden waren. Hatte berichtet, dass der Amtshauptmann ihr die Tortur im Falle eines Geständnisses erlassen wollte. Friedrich war zornig geworden. Er hatte ihr auseinandergesetzt, dass gerade die Tatsache, dass sie bisher nichts gestanden hatte, nach Römischem Recht die einzige Möglichkeit war, eine zumindest zeitlich befristete Freilassung zu erwirken. Nachdrücklich hatte er ihr klargemacht, dass sie unter keinen Umständen, auch nicht unter Folter, irgendetwas gestehen durfte. Um sie zu überzeugen, hatte er aus dem umfänglichen Paket von Papieren und Dokumenten, das er mitgebracht hatte, im Laufe der Unterredung erst den einen, dann den anderen, schließlich einen dritten und vierten Beleg hervorgeholt. Nach und nach hatte er Blättchen um Blättchen des Stapels aufgenommen, es vorgelesen und dann auf der anderen Seite des Tisches platziert. Wo infolge dieser Maßnahme der Papierberg im gleichen Maße anwuchs, wie er auf der gegenüberliegenden Seite abnahm. Schließlich hatte seine Argumentationsgewalt gewirkt. Irene hatte ihm hoch und heilig versprochen, dass sie nichts gestehen würde. Gleichgültig, wie sehr sie dazu genötigt werde.

Schließlich waren am Ende ihrer Besprechung auf dem ursprünglichen Stapel nur noch einige wenige Blätter zurückgeblieben. Irene stutzte. Sie unterschieden sich im Aussehen deutlich von den anderen, die allesamt billiges Kanzleipapier waren, wie es Rechtsanwälte, Studenten der Jurisprudenz, Richter und Beamte für ihr Tagesgeschäft benutzten. Sie kamen ihr vage bekannt vor. Soweit sie sehen konnte, war das Papier von besserer Qualität als die amtlichen Schriftstücke, die Friedrich den ganzen Nachmittag so unermüdlich abgearbeitet hatte. Es schien ihr sogar, als ob diese Bögen aus der Herstellung eben jener Papiermeisterin stammten, bei der sie sich hatte einmieten wollen. Wie lange war das her? Irene kam es vor, als ob sie diesen Plan in einem anderen Leben gefasst hatte. Und in eben diesem anderen, unangefochtenen Leben hatte sie, wenn sie sich nicht täuschte, gelegentlich selbst dieses oder ein ähnliches Papier verwandt.

Friedrich zog die übrig gebliebenen Papiere an sich heran. Bedeckte sie fast vollständig mit seinen Händen, die Irene mit einem Mal auffallend groß erschienen. Sah sie an und strahlte dabei über das ganze Gesicht. »Ihr werdet nicht raten, was ich hier habe. Einen ganz besonderen Schatz, den mir die Herzogin heute Mittag verehrt hat. Genau genommen, hat sie ihn mir geschenkt. Als Jurist muss ich zwar zugeben, dass ich im Zweifel bin, ob sie dazu überhaupt berechtigt ist. Die Eigentumsverhältnisse scheinen mir in diesem Fall nicht ganz eindeutig zu sein. Aber ich gedenke nicht, ihn wieder herauszugeben. Unter keinen Umständen. Habt Ihr eine Vermutung, um was es sich handeln könnte?«

Noch bevor Irene auch nur den Ansatz einer Antwort hervorbringen konnte, fuhr er munter und sehr fröhlich fort: »Wenn der Prozess vorüber ist, Ihr in Freiheit seid und ich wieder in Italien bin, will ich nicht eine Erinnerung an diese unerfreuliche Zeit verschwenden. Ich werde einfach so tun, als ob diese Episode in meinem Leben nicht stattgefunden hat. Diese Blätter werde ich aber dennoch als Souvenir mitnehmen. Trotz aller Widrigkeiten werden sie ein angenehmes und willkommenes Andenken an meinen – hoffentlich letzten – Aufenthalt in Wolgast und auf dieser verfluchten Insel sein. Sie werden mir unsere Sitzungen hier ins Gedächtnis rufen und mich daran erinnern, wie es mit Euch war und wie

Ihr gewesen seid. Na, habt Ihr eine Idee, worum es sich handeln könnte?«

Irene schüttelte den Kopf. Beim besten Willen konnte sie sich nicht darauf besinnen, was das für Unterlagen waren, die Friedrich an sich gezogen hatte und, vor Entzug schützend, umklammert hielt. Dabei wusste sie, dass ihr die Blätter nicht unbekannt waren. Sie sollte sich erinnern. Aber sie kam nicht drauf, um was es sich handelte. Friedrich beobachtete ihr Unvermögen, sich zu entsinnen. Offensichtlich amüsierte er sich von Herzen. »Kommt schon. Denkt nach. Ihr müsst doch wissen, was das ist. Wenn alles mit rechten Dingen zugegangen wäre, hätten Euch diese Blätter vielleicht sogar berühmt gemacht. Ihr säßet dann schon längst nicht mehr hier. Sondern wohntet in einer der großen Universitätsstädte. Irgendwo in Heidelberg, Wien oder Prag. Von dort hätte ich Euch unter irgendeinem Vorwand nach Padua gelockt. Freilich hättet Ihr dann auch noch Italienisch lernen müssen. Und vielleicht, wenn ich Glück habe, habt Ihr in Zukunft sogar noch die Absicht, es zu tun. Es dürfte Euch jedenfalls nicht schwerfallen. Für jemanden, der Euer Talent besitzt und so mühelos vom Lateinischen ins Deutsche zu übersetzen versteht, sollte das nur eine geringe Mühe sein. Grammatik und Vokabeln beherrscht Ihr ohnehin. Schwierigkeiten würde Euch vielleicht anfangs die Aussprache bereiten. Aber da hättet Ihr einen guten Lehrmeister. Ich bilde mir nämlich ein, ganz nett in dieser fremden Zunge zu parlieren. Fast so behände wie in derjenigen, die meine Mutter mir vererbt hat. Und selbstverständlich würde ich Euch bei Euren Versuchen helfen und unterstützen.«

Endlich hielt er inne, ließ die Papiere los und schob sie, soweit er das von seinem Platz aus vermochte, in die Mitte des Tisches. Endlich konnte Irene erkennen, worum es sich handelte. Es war nichts anderes als die Übersetzung, die sie als Lösung der letzten herzoglichen Preisaufgabe eingereicht hatte.

Friedrich war aufgestanden. »Im Ernst. Es wäre eine einzige Verschwendung, Eure Fähigkeiten brachliegen zu lassen. Besonders gefällt mir, wie Ihr den Flug des Weheadlers über das Blutmeer beschreibt. Eure Metaphern sind stark. Ich frage mich, ob in Eurem Kopf noch weitere Bilder dieser Art zu finden sind. Ich glaube schon. Eines Tages würde ich sie gerne zu Gesicht bekommen. Für diesen Abend lebt wohl. Schlaft gut, wenn Ihr könnt. Macht Euch keine Sorgen. Es wird eine Zeit kommen, in der wir uns viel ausführlicher über Eure Einfälle unterhalten können. Und auch über meine. Ich bin zwar Jurist. Aber ich habe, ob Ihr es glaubt oder nicht, zu diesem Thema auch einiges beizutragen. Zuerst gewinnen wir den Prozess. Das sollte uns nicht schwerfallen. Immer vorausgesetzt, dass Ihr weiterhin auf Eurer Unschuld besteht. Und dann werden wir uns nach Herzenslust über Übersetzungen, Vergleiche, Gleichnisse, Stil und Rhetorik unterhalten.« Damit nahm er sorgfältig die von Irene beschriebenen Seiten vom Tisch auf, erhob sich und ging.

Bevor er die Tür erreicht hatte, drehte er sich noch einmal um. Warf einen raschen Blick auf die Wächter, die dem Geplänkel am Ende des Gesprächs keine Bedeutung mehr zugemessen hatten und eingenickt waren. »Bevor ich es vergesse«, sagte er mit gesenkter Stimme, »morgen werdet Ihr auf meinen Besuch verzichten müssen.

Ich habe einen kleinen Ausflug vor. Eure Amme wird mich begleiten. Mit etwas Glück werden wir den Beweis Eurer Unschuld mitbringen. Denkt also daran, was ich Euch gesagt habe: Bleibt standhaft und gebt in keinem Fall etwas zu, was Ihr nicht getan habt.«

Herr Urian saß an seinem Schreibtisch und dachte über den weiteren Verlauf des Prozesses nach. Er war zufrieden mit sich. Obwohl er von verschiedenen Seiten gestört worden war, verlief die Verhandlung nach Plan. Zumindest bisher. Trotz der Intervention von Friedrich zu Trostberg. Was etwas heißen wollte.

Er überlegte, ob er sich für seinen Erfolg belohnen sollte. Er hatte alle Unterlagen, die für den Prozess relevant waren, vor sich ausgebreitet. In der Mitte lag das corpus delicti. Die Bibel der Irene Schweigerin, die Georg Drach von der Mühle mitgebracht hatte. Der Amtshauptmann griff nach ihr. Es kam nicht alle Tage vor, dass er das Buch eines Königs in Händen hielt. Es war in der Tat prächtig und musste wertvoll sein. Er konnte verstehen, dass man mordete, um in seinen Besitz zu kommen. Vorausgesetzt, die Gelegenheit war günstig. Und man wusste, was man später mit seiner Beute anfangen konnte. In diesem Fall traf beides zu: Die Gelegenheit war so günstig gewesen, dass ihm niemand anderes als sein guter Freund Zufall persönlich dieses Buch in die Hände gespielt hatte. Als willkommene Krönung seines ohnehin schon sehr gelungenen Meisterstreiches. Und was er mit seiner Beute beginnen wollte, wusste er ebenfalls.

Er überschlug die Möglichkeiten, die er hatte: Entweder er versuchte, das Buch seinem rechtmäßigen Besitzer zurück zu geben. Wenn er sich dabei einigermaßen geschickt anstellte, konnte er politischen Einfluss gewinnen. Andererseits gehörte Friedrich von der Pfalz schon seit Beginn des Krieges zu den eindeutigen Verlierern. Er hatte sein Land verloren, seine Kurwürde, seine Macht, seine Geltung. Soweit Herr Urian wusste, saß er in Den Haag und versuchte verzweifelt, mit Hilfe irgendeiner Exilregierung, die durch nichts und niemanden legitimiert war, wieder politische Bedeutung zu gewinnen. Gelungen war ihm das bisher nicht.

Nein, wahrscheinlich war es völlig nutzlos, mit diesem König ohne Land in Verbindung zu treten. Besser war es, wenn er das Buch in klingende Münze verwandelte. Es gab genügend wohlhabende Büchersammler, die ihm die Bibel für einen ordentlichen Betrag abkaufen würden. Der Amtshauptmann überlegte, wie er einen solchen Handel einleiten sollte. War es eine gute Idee, den Band bei dem nächsten Geschäftstreffen seinen schwedischen Freunden zu überlassen? Allerdings musste er sich dann, noch bevor das Urteil gefällt war, von seinem wichtigsten Beweisstück trennen. Ob das klug war? Das Urteil konnte zwar nur auf schuldig lauten. Aber vielleicht war es besser, alle Indizien bis zum Schluss zu bewahren. Für den Fall, dass die Schöffen wider Erwarten darauf bestehen sollten. Oder die Herzogin eingreifen würde. Danach aber, und das versprach er sich zur Belohnung, wollte er das Buch gleich versilbern. Noch am Tag der Urteilsvollstreckung. Er beschloss, schon auf dem Rückweg von der Hinrichtungsstätte den Handel abzuschließen. Und das

Geld, das er damit verdienen würde, würde er nicht in die Staatskasse fließen lassen, sondern für sich verwenden. Dieses eine Mal hatte er sich das mehr als redlich verdient.

Die alte Frau erstaunte Friedrich immer mehr. Sie war bemerkenswert gut zu Fuß. Auf dem Weg nach Koserow hatte er zuweilen Mühe, ihr zu folgen. Es war ihm ein Rätsel, wie sie es während ihres zügigen Ganges auch noch schaffte, ununterbrochen zu sprechen. Er selbst brachte das nicht fertig. Obwohl er sich durchaus für einen eloquenten Menschen hielt. Aber er kam bei diesem Tempo schon außer Atem, wenn er schwieg. Mit einer Art von Bedauern dachte er daran, wie er mit Georg Drach Teile des gleichen Wegs zurückgelegt hatte. Der hatte zwar dieses große Pferd, das ihm, Friedrich, nicht besonders sympathisch war. Aber wenn sich der herzogliche Bote einmal dazu verstanden hatte, von seinem hohen Ross herabzusteigen, bewegte er sich immerhin wie ein normaler Mensch. Während Friedrich seinen Gedanken nachhing, erzählte die alte Frau pausenlos von Irene. Von Adam Schweiger. Von ihrem Leben im Pfarrhaus. Sie berichtete von dem schwedischen Überfall und von Maxim Mugners Prozess, der bisher der letzte gewesen war, den der Amtshauptmann geführt und in dem er als Richter ein Urteil gesprochen hatte.

Wenn sie doch nur so gut lesen könnte, wie sie schwatzen kann, dachte Friedrich verzweifelt, als sie noch nicht die Hälfte des Weges zurückgelegt hatten. Dann hätte er sich diesen Gewaltmarsch ersparen können. Hätte an seinem Arbeitspult sitzen und vernünftig nachdenken können. Immerhin hatte in dieser ganzen leidigen Angelegenheit alles Unglück damit begonnen, dass Leute nicht ruhig in ihrem Zimmer sitzen geblieben waren, sondern, vom Hafer gestochen, unnötigerweise die Sicherheit ihres Schreibtisches aufgegeben hatten. Gleich mehrere Esel hatten sich im Zustand unerträglichen Wohlseins befunden. Hatten abenteuerlustig ihren angestammten Stall und ihre Weide verlassen und sich aufs Eis begeben, um dort fröhlich und ausgelassen Urstände des Unsinns zu feiern: Erst hatte er seinen Lehrstuhl im Stich gelassen, weil er gedacht hatte, dass er dem Herzog helfen müsse. Dann war Irene auf die unglückselige Idee verfallen, aus der Bibliothek des Pfarrhauses hinauszugehen und sich in Wolgast Arbeit zu suchen. Schließlich war ihr Vater ihr gefolgt. Wären sie alle bei ihren Leisten, oder besser gesagt, in ihrem Gehäuse geblieben, wäre Irene nicht inhaftiert, der Pfarrer nicht tot und er selbst jetzt nicht mit Else unterwegs. Keiner von ihnen hatte dabei das Glück des Reiters aus Friedrichs Kindheitsgeschichte gehabt und war unbeschadet ans andere Ufer gekommen. Oder zumindest mit heiler Haut zurück an seinen Ausgangspunkt.

Wenn sie wenigstens lesen könnte, setzte Friedrich den Gedanken von Neuem an. Aber das konnte sie nicht. Hatte es nie gelernt, weil ihr in ihrer Jugend Zeit und Geld dazu gefehlt hatten. Auch später, als sie schon im Pfarrhaus zu Koserow lebte und wirtschaftete, war keiner auf die Idee gekommen, ihr elementare Kenntnisse im Schreiben, Rechnen und Lesen zu vermitteln. Der Pfarrer hatte sich zwar hingebungsvoll der wissenschaftlichen Ausbildung seiner Tochter gewidmet und war dadurch von den herrschenden Gebräuchen abgewichen. Aber so unkonventionell, um an die Bildung seiner Dienerin zu denken, war er wiederum nicht gewesen. Wie von selbst glitt Friedrich an diesem Punkt seiner Betrachtung in das Fahrwasser seiner alten Lieblingsidee. Langsam war sie so weit ausgereift, dass er sie bei nächster Gelegenheit dem Großherzog von Padua unterbreiten konnte. Schon seit einiger Zeit war es sein Plan, seinen Landesherrn von einer gesetzlichen Pflicht zum Schulbesuch zu überzeugen. Mit ihr sollte jedermann, der unter seiner Herrschaft stand, belegt werden. Seinen Untertanen sollte wenigstens eine Grundausbildung in den nötigsten Kenntnissen und Fertigkeiten vermittelt werden.

Friedrich gab es nicht gerne zu, aber in diesem Punkt war die Kirche schon seit mehreren Jahrhunderten mit leuchtendem Beispiel vorangegangen. Seit dem vierten Laterankonzil war sie der Pflicht zur Unterweisung in Glaubensdingen nachgekommen, womit in vielen Fällen auch die Anleitung zu praktischen Fähigkeiten verbunden war. Vor allem in den letzten hundert Jahren, seit der Reformation, war die Zahl der Schulgründungen deutlich gestiegen. Allerdings in den verschiedenen Territorien des Reiches auf unterschiedliche Art und mit unterschiedlicher Intensität. Zunächst waren die protestantischen Gebiete führend gewesen. Die katholischen holten auf. Dann hatten auch weltliche Herrscher verstärkt Interesse an der Elementarbildung ihrer Untertanen entwickelt. Ein Fortschritt, den Friedrich sehr begrüßte. Von dem er sich erhoffte, dass er das religiöse Element, das die kirchliche Ausbildung noch immer weitgehend beherrschte, langsam, aber sicher zurückdrängen werde. Er sah hier einen guten Anfang, der, bei konsequenter Verfolgung, zu allgemeiner Humanisierung führen würde. Die wiederum zur Folge haben würde, dass ein neuer Mensch entstünde. Ein mündiger Mensch. Der in der Lage war, eigenverantwortlich zu handeln. Ein freier Mensch. Der sich damit über kurz oder lang in einer neuen Staatsform organisieren würde. In der nicht länger mehr eine Obrigkeit galt, der Gehorsam entgegengebracht werden musste. Sondern die Autonomie jedes Einzelnen. Friedrich dachte, dass dann sogar Kriege wie dieser, den er und seine Zeitgenossen nun schon seit 14 Jahren durchlitten, der Vergangenheit angehörten. Denn in jener neuen Zeit würde der Mensch nicht mehr Spielball eines fremden Willens sein, sondern würde aus besserer, humaner Einsicht souverän sein und nach ihr handeln.

Über den steilen Felsenklippen der Insel Usedom, über die er mit der alten Else wanderte – sie war ihm inzwischen bereits mehrere Schritte voraus –, sah Friedrich herrliche Zeiten anbrechen. Plötzlich sah er, wie sich ein Land aus dem Meer erhob, in dem Milch und Honig flossen. Dieses Land, in das er blickte, lag ferne am Horizont. Es zu erreichen, war noch ein weiter Weg. Durch einen ganzen tiefen Ozean war er davon getrennt. Aber er wollte in seinem Leben zumindest ein Stück in diese verlockende Richtung laufen und sich bemühen, diesem gelobten Land so nahe wie möglich zu kommen …

Vorerst war es aber wohl besser, wenn er weniger seine Utopie im Auge behielt als vielmehr die Richtung, in die er tatsächlich lief. Er war so in Träumereien versunken gewesen, dass er nicht auf den Weg geachtet hatte. Beinahe wäre er hingefallen. Nur ein kühner Satz zur Seite konnte ihn vor einem Absturz retten. Diese abrupte Bewegung scheuchte einen Schwarm Möwen auf, der vorher friedlich auf dem Felsen gesessen war und nun kreischend in alle Richtungen auseinanderstob. Schließlich fanden die Vögel sich über Friedrichs Kopf wieder zusammen und lachten ihn mit aller Kraft aus. Else war inzwischen so weit voraus, dass sie den Unfall gar nicht bemerkt hatte. Friedrich rief sie. Aber der Wind nahm ihm die Worte von den Lippen und trug sie aufs offene Meer heraus, während sich Else schon wieder ins Landesinnere gewandt hatte. Mühsam rappelte er sich hoch. Klopfte seinen Talar ab und folgte ihr. Nun etwas humpelnd und noch langsamer als zuvor.

Kurz vor Koserow hatte er sie endlich eingeholt. Der alten Frau war irgendwann doch aufgefallen, dass sie ihren Begleiter verloren hatte. Sie hatte sich auf eine Kanonenkugel gesetzt, die noch vom schwedischen Durchmarsch herrührte und am Wegesrand liegen geblieben war, halb in den weichen Untergrund eingesunken. Er kam schnaufend und schimpfend näher. »Du hättest ruhig auf mich warten können. Und ein bisschen besser aufpassen hättest du auch können. Ich wäre beinahe ins Meer gestürzt. Was du nicht einmal bemerkt hast. Einer der originellsten und zukunftsweisenden Juristen des 17. Jahrhunderts, von dem noch die Nachwelt sprechen wird, wäre sang- und klanglos von einem Felsen gefallen. Hätte auf dieser kleinen, hinterwäldlerischen Insel den Tod gefunden. Ohne seine Ideen vollendet zu haben. Vor allem, ohne Irene vor dem Henker gerettet zu haben. Es ist wirklich traurig. Da lasse ich mich von dir breitschlagen und begleite dich nach Koserow. Hetze mich und eile mich. Was ist der Dank dafür? Du achtest meiner nicht. Lässt mich jämmerlich im Stich, wenn ich dich rufe. Ich hoffe sehr, dass das Dokument, von dem du mir erzählt hast, diesen ganzen Aufwand auch rechtfertigt. Langsam würde ich wirklich sehr gerne einmal einen Erfolg verbuchen. Nicht immer nur Windstille, Flaute, Misserfolge, Niederlagen und seit Kurzem auch noch Lebensgefahr. Lass uns endlich weitergehen«, schloss er seine Tirade ungeduldig. »Wir haben uns schon viel zu lange hier aufgehalten. Es wird Zeit, dass wir das Pfarrhaus erreichen. Ich bin dieses elenden Herumrennens müde.«

Else grinste Friedrich breit und unbeeindruckt an. So hatte sie ihn schon ein- oder zweimal erlebt. Sie wusste, dass er sich ebenso schnell wieder beruhigte, wie er sich aufregte. Sie ließ ihn weiterschimpfen. Was er ausgiebig und so lange tat, bis sie den Dorfanger von Koserow erreicht hatten. Dann wurde er, wie es Else schon vorausgeahnt hatte, stiller.

Wie so viele andere Dörfer, die Friedrich auf seiner Reise gesehen hatte, zeigte auch Koserow die Wunden des langen Krieges, des strengen Winters und des großen Hungers. Es war ein armseliger Flecken, in dem fast niemand mehr wohnte. Einige der Häuser standen offensichtlich leer. Jahresfrist hatte gereicht, um sie mit den ersten Verfallserscheinungen zu zeichnen: Unverschlossene Türen, die sich im Wind wiegten und in den Angeln quietschten. Aufgebrochene Mauern, die andere, glücklichere Bewohner als Steinbruch für Ausbesserungsarbeiten an ihren eigenen Häusern verwandt hatten. Zerbrochene Fenster. Verwüstete Gärten. Mutwillig zerstörte Äcker.

Umso erstaunter war Friedrich, als sie das Pfarrhaus erreichten. Es lag nahe der Kirche und teilte sich mit ihr die Umfriedung durch eine Mauer, die aus Feldsteinen errichtet worden war. Hier hatte sich jemand energisch ordnend ans Werk gemacht und die Spuren des schwedischen Überfalls fast ganz beseitigt – und Friedrich brauchte nicht viel Fantasie, um zu erraten, wer dieser Jemand war. Der große Hof war nahezu vollständig mit Katzenköpfen gepflastert. Nur vereinzelt waren Steine herausgerissen und offensichtlich dazu verwandt worden, die Scheiben einzuschlagen, um sich Zutritt zum Haus zu verschaffen. Die Schäden, die auf diese Weise entstanden waren, hatte man noch nicht überall beheben können. Einzelne Fenster waren mit Holzplanken vernagelt. Das Haus selbst war aber solide gebaut und nicht kaputt gegangen. Sein Sockel war aus einer rauen Steinmauer gefertigt, zu der man augenscheinlich Findlinge aus der Umgebung verwandt hatte. Darauf setzten zwei Stockwerke und ein Dachgeschoss auf, die auf einer Fachwerkkonstruktion beruhten. Das Haus musste schon vor längerer Zeit erbaut worden sein. Die Balken, die es trugen, hatten sich verzogen und gaben ihm ein etwas windschiefes Aussehen. Auch der wilde Wein, der hier, ähnlich wie im Schloss zu Wolgast, die Fassade zierte, war schon ein stattliches Gewächs, das bereits einige Jahre Wachstum hinter sich hatte.

Else führte Friedrich ins Arbeitszimmer des Pfarrers. »Bitte wartet hier. Ich bin gleich wieder da«, sagte sie und verschwand. Friedrich wollte sich in des Pfarrers berühmter Bibliothek umsehen. Er dachte daran, dass er an seinem ersten Tag in Wolgast beschlossen hatte, den Pfarrer von

Koserow aufzusuchen, um ihn nach seiner Meinung zu der Auferstehung der Toten zu befragen. Nun war Adam Schweiger tot, ohne dass Friedrich mit ihm hatte sprechen können. Die Umstände seines Besuches im Pfarrhof zu Koserow hatte er sich in der Tat anders gedacht.

Die Alte war ebenso schnell, wie sie es auf dem gesamten Weg gewesen war, und bereits im nächsten Augenblick wieder im Zimmer. In der Hand hielt sie einen bräunlichen Zettel, der eine sonderbar längliche, rechteckige Form hatte. Aufgeregt reichte sie ihn Friedrich. »Das ist es. Das ist das Blatt, von dem ich Euch erzählt habe. Ich hatte es schon entdeckt, bevor wir nach Wolgast gegangen sind, und mich gefragt, woher es kommt. Inzwischen glaube ich, dass es der Buchhändler hier versteckt haben muss. Bevor er hierherkam, habe ich es noch nie gesehen. Das weiß ich genau. Normalerweise sind alle Papiere hier oben im Arbeitszimmer und nicht in meiner Küche. Ich bin mir ganz sicher, dass es von ihm stammen muss. Könnt Ihr es lesen?«, fragte sie erwartungsvoll. »Sagt mir doch, was darauf steht. Oder ist es in einer fremden Sprache geschrieben?«

Friedrich hatte den Zettel genommen und betrachtete ihn genau. Er war mit kleinen Buchstaben bedeckt, die von geübter Hand stammten. Er kannte die Schrift nicht. Ein wenig ratlos sah er zwischen dem Zettel und der alten Else hin und her, deren Augen ungeduldig und gespannt auf ihn gerichtet waren. »So sagt doch etwas, um Christi willen. Spannt mich nicht auf die Folter. Was steht dort? Warum lag dieser Zettel in meiner Küche? Steht dort, weshalb der Buchhändler getötet worden ist? Oder was er bei der Mühle wollte? Meint Ihr, dass ihn am Ende Irene vor mir gefunden hat und sich deshalb auf den Weg nach Wolgast gemacht hat?« Friedrich schüttelte langsam und bedächtig den Kopf. Einerseits, um den Redefluss der alten Frau zu unterbrechen, die vor Aufregung ganz rot geworden war. Andererseits aber, um seiner eigenen Verwunderung Ausdruck zu verleihen. »Nein. In einer fremden Sprache steht hier nichts. Es scheint ein Brief zu sein. Ein Brief in deutscher Sprache, sogar in hiesigem Dialekt.«

Die alte Frau zitterte. »Aber dann sagt mir, um Gottes willen, doch endlich, was darauf steht«, flehte sie. Friedrich schüttelte abermals den Kopf, nun bedauernd. »Das kann ich dir leider beim besten Willen nicht sagen. Das heißt«, schränkte Friedrich ein, »natürlich kann ich dir die Worte vorlesen, die hier stehen. Nur einen Sinn werden wir uns daraus nicht erschließen können.«

Friedrich hielt den Brief so, dass Else sehen konnte, was er ihr zeigte. »In jeder Zeile stehen nur drei, höchstens vier Wörter. Manchmal, am Anfang der Linie, sogar nur ein Teil eines Wortes. Das, was wir hier haben, ist nur die eine Hälfte des Briefes. Jemand hat ihn fein säuberlich in der Mitte zerschnitten. Was auch das ungewöhnliche Format erklärt. Uns aber leider sonst gar nichts hilft. Mit Ausnahme vielleicht davon, dass mehrmals von der alten Mühle die Rede ist. Aber damit konnten wir ja nun fast schon rechnen«, fügte Friedrich ernüchtert hinzu.

Als Friedrich ins Schloss zurückgekehrt war, erwartete ihn eine Überraschung. Beim Eintritt in die Bibliothek wäre er beinahe mit Thomas zusammengestoßen. Der Pförtner wollte sie gerade verlassen und reagierte auf Friedrichs Anblick mit Erleichterung. Da war er also, der Herr Magister. Kam keinen Augenblick zu früh. Und keinen Moment zu spät. Genau rechtzeitig. Thomas sah Friedrich dreist ins Gesicht. Er hatte die Inspektion von dessen Habseligkeiten zur rechten Zeit beendet. Und mit Erfolg. Die Ausbeute konnte sich sehen lassen. Die Eingebung zu diesem gewinnbringenden Unterfangen war ihm plötzlich gekommen, als er in dem verlassenen Raum gestanden war. – Wer weiß, was da zu finden wäre, hatte er sich gedacht. Es konnte jedenfalls nicht schaden, wenn er ein bisschen besser über Friedrich zu Trostberg Bescheid wusste. Vielleicht fiel ihm etwas Interessantes in die Hände. Und siehe da. Sein Eifer war belohnt worden. Er hatte etwas außerordentlich Aufschlussreiches gefunden …

Aber es war auch ein Glück, dass er den Herrn Magister persönlich traf. Das ersparte ihm einen weiteren Gang und weiteren Ärger. Er hatte ohnehin schon genug Schwierigkeiten mit diesem Mann gehabt. Kein anderer als dieser seltsame Gelehrte war schuld daran, dass er beinahe die Gunst des Amtshauptmannes verloren hätte. Und nun hatte ihm zu allem Überfluss auch noch die Herzogin ausdrücklich befohlen, dafür zu sorgen, dass Friedrich zu Trostberg so bald wie möglich in ihrem Audienzzimmer erschien. Wenn der Herr Magister nicht gerade jetzt gekommen wäre, hätte er, Thomas, den Weg von seiner Pforte in die Bibliothek wiederholen müssen. Wonach ihm überhaupt nicht der Sinn stand.

Triumphierend grinste er Friedrich an und blieb angriffslustig vor ihm stehen. »Da seid Ihr ja endlich«, schnarrte er unwirsch. »Ich warte schon eine ganze Weile auf Euch. Die Herzogin schickt mich. Ihr sollt sofort zu ihr kommen. Möglichst schnell. Beeilt Euch besser ein bisschen. Sie wartet in ihrem Audienzzimmer und ist ziemlich ungeduldig.« Mit diesen Worten drängte sich Thomas zur Tür, warf Friedrich noch einmal einen unverschämten Blick zu und verschwand. Er wollte zurück in seine Pforte, um sich dort ein warmes Feuer anzuzünden. Sich eine gute Portion Tabak gönnen und darüber nachdenken, was er mit seinen beiden Fundstücken beginnen konnte. Das eine ließe sich mit Sicherheit zu einem Preis verkaufen, der ihn zu einem reichen Mann machte. Und das andere konnte er dazu verwenden, die Gunst des Herrn Urian noch um ein Gran zu verfestigen. Im Moment verstand er sich so gut wie nie mit ihm. Vielleicht würde es ihm sogar gelingen, die Freundschaft dieses Mannes zu erlangen. – Er war zufrieden.

Friedrich blieb verwundert zurück. Was wohl die Herzogin von ihm wollte? Dass sie offiziell nach ihm schicken ließ, verhieß nichts Gutes. Hatte sich sein kleiner Ausflug schon herumgesprochen? Hatte der Amtshauptmann Elisabeth gebeten, ihn holen zu lassen? Oder war am Ende etwas mit Irene geschehen? Als er sie das letzte Mal gesehen hatte, war sie nicht in bester Verfassung gewesen. Seither machte er sich Sorgen um ihren Zustand. War sie krank geworden? Oder hatte Herr Urian gar die Abwesenheit ihres Verteidigers genutzt, um den Prozess voranzutreiben? Zuzutrauen war es ihm. Seitdem ihm Irene von der nächtlichen Vorführung in der Folterkammer berichtet hatte, hielt er in dieser Beziehung nichts für ausgeschlossen. Von schwarzen Gedanken getrieben, durchquerte Friedrich den Schlosshof und betrat den Flügel der Herzogin. Im Treppenhaus saßen gelangweilt zwei Wachen, die den Zugang zu ihren Gemächern versperrten. Sie waren in ein Gespräch vertieft. Sahen kurz auf, als sich Friedrich näherte. Erkannten ihn. Ließen ihn mit lässigem Winken passieren.

In der kleinen Antichambre meldete ein Glöckchen seinen Eintritt. Das silbrige Klingeln rief fast im selben Augenblick den alten Kammerdiener der Herzogin herbei. Als er sah, wer da gekommen war, ging ein Strahlen über sein Gesicht. Friedrich kannte den Alten als formvollendeten Mann. Als Muster eines Dieners. Dass er nun auf ihn zuging und ihm fest in die Augen sah, war ungewöhnlich. Und beunruhigte Friedrich noch mehr, als er es ohnehin schon war. »Gott sei Dank, Herr Magister. Da seid Ihr endlich. Die Herrin wartet schon seit Stunden auf Euch. Am besten wäre es, wenn Ihr mir gleich folgen wolltet. Darf ich bitten?« Zuvorkommend hielt er die Tür auf, die dem Eingang, den Friedrich benutzt hatte, gegenüberlag. Dessen Sorge wurde immer größer. Er tat, wie ihm der Diener gesagt hatte, und trat in das Audienzzimmer der Herzogin, das ungewöhnlich schmal und außerordentlich lang war. In seiner Mitte war ein weinroter Läufer ausgelegt, der den empfindlichen Holzboden schonen sollte. Bei seinem Anblick dachte Friedrich an italienische Kirchen, in deren Mittelgängen manchmal ein gleichartiger Bodenschmuck zu finden war. Er hatte die Aufgabe, den würdevollen Einzug der Geistlichkeit zu untermalen. Beim Anblick von Elisabeth verflüchtigte sich die Assoziation von Feierlichkeit aber sofort. Sie schritt keineswegs hoheitsvoll, sondern kam im Sturmlauf auf ihn zu. Die lange Schleppe ihres Gewandes flatterte ebenso eilig hinter ihr her.

Sie hatte am Fenster an der gegenüberliegenden Seite des Raums gestanden. Hatte sich, sowie sie das Geräusch der aufklinkenden Tür hörte, umgewandt und augenblicklich sowohl ihre Beine als auch ihren Mund in Bewegung gesetzt. »Es tut mir so leid, Friedrich. Ich habe alles getan, aber ich konnte es nicht verhindern.«

Friedrich wurde bleich. Er tastete hinter sich. Seine Hand erreichte einen der Stühle, die an der gesamten Längsseite des Raums für Besucher aufgestellt waren. Das Zimmer kam ihm mit einem Mal dunkler vor als noch vor einem Augenblick. Er zitterte und dachte, dass ihm der rasante Marsch mit Else doch in die Knochen gefahren war.

»Friedrich, mein Lieber, was ist dir?« Die Herzogin war inzwischen an ihn herangekommen. »Ist dir nicht gut? Setze dich nur hin.« Sie komplimentierte ihn auf den Stuhl. »Was fehlt dir? Möchtest du etwas zu trinken? Etwas zu essen? Warte einen Moment, ich rufe gleich den Diener.«

Ärgerlich schüttelte Friedrich den Kopf. »Nein. Danke. Ich brauche nichts. Mir geht es gut. Sagt mir bitte nur, was passiert ist. Ist etwas mit Irene?« Die Herzogin zog verwundert die Augenbrauen hoch. »Irene? Wieso Irene? Was soll mit ihr sein? Ihr geht es gut.« Sie hielt inne und warf einen kritischen Blick auf Friedrich.

»Hat man dir denn noch gar nichts gesagt? Hat Thomas dir nicht ausgerichtet, warum ich dich sprechen wollte?« Friedrich schüttelte erschöpft den Kopf.

»So ein Nichtsnutz. Er ist wirklich zu nichts zu gebrauchen. Faul und unverschämt ...« Friedrich stöhnte gequält. »Schon gut. Irene ist wirklich wohlauf. Ich habe vor ungefähr zwei Stunden einmal kurz nach ihr gesehen. Sie bläst ein bisschen Trübsal. Das ist alles. Es wird Zeit, dass sie sich wieder frei bewegen kann und eine vernünftige Beschäftigung bekommt. Nein. Es geht um Georg Drach.« Friedrich fühlte, wie sein Herz vor Erleichterung einen Satz in die Höhe tat, nur um gleich darauf wieder in tiefste Regionen zurück zu sinken.

Er war unendlich erleichtert. Gott sei Lob und Dank, dachte der agnostische Rechtsgelehrte Friedrich Consulator Junker zu Trostberg an jenem denkwürdigen Augusttag 1631 im herzoglichen Schloss zu Wolgast. Irene lebte. Sie war gesund und unversehrt. Aber was war mit Georg Drach? Der Amtshauptmann hatte es doch hoffentlich nicht den Boten des Herzogs büßen lassen, dass der ihm immer wieder, ohne Einverständnis seines Vorgesetzten, geholfen hatte? Neue Sorge breitete sich in Friedrich aus. Spannte ihn an. Konzentriert sah er auf die Herzogin, die inzwischen neben ihm Platz genommen hatte. »Am frühen Morgen hat Herr Urian Georg Drach mit dem Prozessbericht nach Italien geschickt. Er musste überstürzt aufbrechen«, berichtete Elisabeth. »Ich habe versucht zu intervenieren. Aber das ist mir nicht gelungen. Der Amtshauptmann hatte es plötzlich sehr eilig. Georg Drach wird aber in jedem Fall, selbst wenn alles gut geht, mindestens drei Wochen brauchen, um den Herzog zu erreichen. Er ist angewiesen worden, sich nicht bei ihm aufzuhalten, sondern mit dessen Unterschrift gleich wieder zurück zu kommen. Was uns wenigstens eine Frist von zwei Monaten gibt, bevor Herr Urian ein Urteil über Irene sprechen kann. Du solltest diese Zeit gut nutzen, um Beweise für ihre Unschuld zu finden.«

Friedrich nickte. In seinem Kopf rasten die Gedanken. Georg Drach war nach Italien beordert worden. Das bedeutete, dass er hier ohne seinen wichtigsten Verbündeten auskommen musste. Das hieß weiterhin, dass er nur noch eingeschränkten Zutritt zu den Räumlichkeiten des Schlosses hatte. Daraus wiederum folgte, dass er mit ziemlicher Sicherheit keine Möglichkeit mehr haben würde, die privaten Gemächer des Amtshauptmanns zu betreten. Das aber brachte den Plan, nach dem er sein weiteres Vorgehen geordnet hatte, nicht unerheblich durcheinander. Er musste jetzt schnell dafür sorgen, dass …

Die Herzogin unterbrach den wilden, stampfenden Tanz, den Friedrichs Gedanken in seinem Kopf aufgenommen hatten, bevor sie sich in Taumel und Schwindel verloren. »Bevor ich es vergesse. Georg Drach hat dich vor seinem Aufbruch gesucht. Er wollte dich dringend sprechen. Konnte dich aber nirgends finden. Wo warst du übrigens? Ich habe Thomas auch schon vor einem ganzen Weilchen nach dir ausgeschickt.« Friedrich hatte sich inzwischen so weit gefasst, dass er der Herzogin in kurzen Sätzen von seinem Besuch in Koserow berichten konnte. Wobei er insgeheim darüber fluchte, dass Elisabeth immer wieder die Hauptstraße des Gesprächs verließ und ihn mit Nichtigkeiten aufhielt. Er konnte sich nicht erinnern, dass sie früher schon ihre Konversation auf diese Art geführt hatte. Vielmehr hatte er sie als gradlinige Gesprächspartnerin im Gedächtnis, die in der Lage war, präzise einen Gegenstand zu verfolgen. Aber früher hatte sie auch noch keine Brille benötigt. Wahrscheinlich war ihre Zerstreutheit eine weitere Alterserscheinung. Kaum, dass Friedrich ihr von seiner Visite im Pfarrhaus erzählt hatte, schien sie dieser Sachverhalt auch nicht mehr besonders zu interessieren. Vielmehr kam sie noch einmal auf Georg Drach zurück. »Friedrich, entschuldige, ich bin heute etwas unaufmerksam. Ich sollte dir noch sagen, warum Georg Drach dich gesucht hat. Er wollte dir etwas geben, das er nun bei mir hinterlegt hat.«

Elisabeth nahm einen Umschlag aus einem der Schreibtischfächer. Das Siegel, mit dem er verschlossen gewesen war, war bereits erbrochen. Es war ein einfaches Wachssiegel, das kein Petschaft trug. Auf der Vorderseite des Kuverts war mit geschwungenen Zügen der Name des Herzogs kalligraphiert. »Georg Drach sagte mir, dass du wüsstest, worum es sich handelt. Ich soll dir ausrichten, dass er inzwischen die Zusammenhänge begriffen hat. Ich habe ihn gefragt, was er damit meine, aber er war zu keiner weiteren Aussage zu bewegen. Er scheint noch eine Rechnung mit dir offen zu haben. Jedenfalls war er sehr spöttisch aufgelegt, um es freundlich auszudrücken, und fand, dass deine Intelligenz seiner so hoch überlegen sei, dass du mit Sicherheit auch ohne seine Hinweise auf den Kern der Sache kommen würdest, es vielleicht sogar schon seist.« Gespannt sah Elisabeth Friedrich an, der wie versteinert auf den Umschlag starrte. Er hatte angenommen, dass sich dieser Brief in Italien befand. Bei Serenus. Aber so war es nicht gewesen. Georg Drach hatte ihn die ganze Zeit hier gehabt. In Wolgast. In seinem Zimmer war er verwahrt gewesen. In unmittelbarer Nähe zu Friedrich. Trotzdem hatte er ihn nie zu Gesicht bekommen. Warum hatte Georg Drach ihm diesen Brief nicht gezeigt? Abermals wurde Friedrich irre an dem reitenden Boten des Herzogs. Was für ein Spiel trieb er? Auf welcher Seite stand er?

Friedrich öffnete den Umschlag. Enthalten war nur ein einziges Stück Papier. Das Begleitschreiben, von dem Georg Drach ihm berichtet hatte, war entfernt worden. Wahrscheinlich hatte der Herzog diesen Teil des Briefes tatsächlich bei sich behalten. Das Stück Papier aber, das da vor ihm lag, hatte eine sonderbar längliche, rechteckige Form. Es war nur ein kleiner, bräunlicher Zettel, der mit kleinen Buchstaben bedeckt war, die von einer Hand stammten, die Friedrich inzwischen einigermaßen gut kannte.

Irene hatte Friedrich vermisst. Die Zeit ohne ihn war ihr lang geworden. Noch länger als es der ohnehin endlose Tag der Gefangenen war. Sie hatte sich allerlei unerquicklichen Gedanken über ihre Lage hingegeben, die sich schnell im Kreis zu drehen begannen. Dann hatte sie an ihren Vater gedacht und sich gefragt, wer ihn beerdigen würde. Ob man sie zu seinem Begräbnis nach draußen lassen würde? Sie wollte mit der Herzogin darüber sprechen. Sie würde ihr den Besuch am Grab des Vaters bestimmt nicht verweigern und beim Amtshauptmann für sie bitten.

Dann hatte sich Irene damit unterhalten, sich auszumalen, wie es wäre, wenn Friedrich zurückkam. Was würde er von seinem Ausflug berichten? Wohin war er wohl gegangen? Und warum hatte ausgerechnet Else ihn begleitet? Sie hoffte inständig, dass er den Beweis, von dem er sprach, gefunden hatte. Dann war ihre Unschuld endlich belegt.

Nachdem Irene einige Tage mit diesen Fantasien verbracht hatte, öffnete sich zur gewohnten Nachmittagsstunde, in der sie normalerweise abgeholt und zu Friedrich gebracht wurde, die Türe. Aber es war nicht der Wächter, der sie sonst begleitete, der ohne weitere Umstände ihre Kammer betrat. Herein kam niemand anderes als der Amtshauptmann, Herr Urian Olobaid von Greifenhöll, persönlich.

Irene, die in Erwartung des Wächters aufgestanden und zur Tür getreten war, erstarrte mitten in der Bewegung. Warum kam Herr Urian zu ihr? Wollte der Amtshauptmann sie abermals in den Kerker bringen lassen? Oder holte er sie ab, um sie in den Gerichtssaal zu führen? Auch die Erinnerung an die Folterkammer, die sie bisher in den hintersten Bereichen ihres Gedächtnisses verborgen hatte, stand ihr mit einem Mal wieder plastisch vor Augen. Wo war Friedrich? Warum hatte er ihr nicht gesagt, wohin er ging und wann er wieder zurückkam? Irene hatte sich von ihrem Schrecken noch nicht erholt, als sie erneut überrascht wurde. Der Amtshauptmann war nicht alleine gekommen. Hinter ihm traten sein Sekretär sowie ein ihr unbekannter Mann ein. Letzterer war in Hemdsärmeln, die aufgekrempelt waren. Er hatte eine große Tasche mitgebracht und blieb im Hintergrund, nahe der Tür, stehen. Der Sekretär hingegen setzte sich in aller Ruhe an den kleinen, roh gezimmerten Tisch aus Ulmenholz, an dem Irene ihre Mahlzeiten einnahm. Gemächlich breitete er Akten und Schriftstücke um sich aus. Nahm schließlich ein Blatt, auf dem erst wenige Zeilen geschrieben waren. Spitzte seine Feder. Tauchte sie in Tinte und sah seinen Dienstherren aus blauen Schweinchenaugen erwartungsvoll an. Sein Gesicht hatte sich während seiner Vorbereitungen rosa überzogen. Irene war sich nicht sicher, ob sie dieses routinierte bürokratische Zeremoniell beruhigend oder gefährlich finden sollte. Fragend blickte sie auf Herrn Urian, der ebenfalls an dem kleinen Tischchen Platz genommen hatte.

»Wie überaus aufmerksam, uns entgegenzukommen, Jungfer Schweigerin. Wie es scheint, habt Ihr unsere Unterredung nicht vergessen. Ihr schuldet mir noch eine Antwort. Kommen wir ins Geschäft?«

Irene schüttelte heftig den Kopf. »Nein. Wenn Ihr unter dem Geschäft ein Geständnis versteht, werden wir nicht handelseins werden.« Der Amtshauptmann zog missbilligend die Augenbrauen in die Höhe. »Ich hätte Euch für vernünftiger gehalten«, entgegnete er. »Ihr erinnert Euch doch noch, wie unsere Zusammenkunft in einer gewissen kleinen, aber gut ausgestatteten Kammer endete? Ihr wisst doch hoffentlich noch, was Thomas Euch über die drei Grade der Folter erklärt hat?«

Fragend sah er sie an. Sein Ton war gleichermaßen höflich wie klirrend kalt. Irene überliefen Schauer. Sie nickte. Natürlich hatte sie die Ausführungen des Pförtners noch genau im Kopf. Jedenfalls bis zu derjenigen Stelle, an der ihr das Bewusstsein geschwunden war, weil sie die Grausamkeit, über die ihr dort mit Begeisterung und Enthusiasmus Auskunft erteilt worden war, nicht mehr ertragen hatte. Seitdem verfolgten sie Bilder von gemarterten und gefolterten Menschen bis in ihre Träume.

»Na also«, erwiderte Herr Urian. »Dachte ich es mir doch. Ich hatte beim letzten Mal, als wir über dieses Thema sprachen, den Eindruck, dass Ihr einer Behandlung durch meine Instrumente eher abgeneigt seid. Wie darf ich Euren heutigen Sinneswandel verstehen? Seid Ihr neugierig geworden? Wollt Ihr nun doch am eigenen Leib die Funktion meiner Daumenschrauben überprüfen? Diesem Wunsch komme ich gerne nach.«

Während er sprach, hatte er einen eisernen Ring aus seiner Tasche genommen, dessen Teile durch eine Kette miteinander verbunden waren. Er war aufgestanden und auf Irene zugetreten, die immer noch, wie Lots Frau zur Salzsäule erstarrt, mitten im Zimmer stand. Unerwartet holte der Amtshauptmann zu einem Schlag aus und stieß sie nach hinten. »Also. Ich bitte um Eure Hände. Wenn Ihr sie mir nicht freiwillig gebt, werde ich sie mir schon in die rechte Position prügeln.« Sein Ton schlug um und wurde plötzlich wieder freundlich. »Und denkt immer daran, Ihr habt die Möglichkeit, mir und Euch diese Unannehmlichkeiten zu ersparen. Ihr müsst einfach nur gestehen.«

»Ich bin unschuldig und werde nicht gestehen«, trotz der Schmerzen, die ihr der Amtshauptmann durch seinen wuchtigen Hieb zugefügt hatte, gelang es Irene, diesen Satz laut und deutlich zu artikulieren. Hilfesuchend blickte sie sich zu dem Sekretär um, der aber nach wie vor gelassen am Tisch saß, nichts tat und auf den Fortgang der Ereignisse zu warten schien. Dann fiel ihr Blick auf den dritten Mann. Er nestelte zwar nervös an seiner Weste, machte aber ebenfalls keine Anstalten, ihr zu helfen. Nur seinen Blick richtete er beschämt zu Boden.

»Wie Ihr wollt. Ich sage es Euch noch einmal: Es liegt ganz bei Euch, ob mein schönes Werkzeug hier zur Anwendung kommt oder nicht. Also: Her mit Euren Händen!« Irene verbarg ihre Arme hinter ihrem Rücken. »Nein. Ob Ihr mich foltert oder nicht. Ich gestehe nicht. Habt Ihr schon einmal über diese Möglichkeit nachgedacht? Dann könntet Ihr nämlich kein Urteil über mich verhängen. Herr zu Trostberg hat mir die Rechtslage genau erklärt. Laut Römischem Recht kann ein Angeklagter in einem Mordprozess nur dann verurteilt werden, wenn er geständig ist. Und das bin ich nicht.« Trotzig sah Irene auf Herrn Urian. Der zuckte nur gelassen mit den Schultern. »Was Ihr nicht alles wisst. Aber wenn Euch Herr zu Trostberg so eingehend unterrichtet hat, wird er Euch auch darauf hingewiesen haben, dass in der juristischen Literatur kein Fall bekannt ist, in dem der Angeklagte seinen Widerstand unter Folter aufrechterhalten hätte. – Ohnehin wird Euch Friedrich zu Trostberg in Zukunft nicht mehr nützlich sein. Ihr habt doch sicher gehört, dass er das Schloss verlassen hat. Bisher ist er noch nicht zurückgekehrt. Und wir haben guten Grund anzunehmen, dass er das auch nicht mehr tun wird. Nach meiner Einschätzung dürfte er dazu nicht mehr in der Lage sein. Er ist zur einsamen Mühle gegangen und dort hat ihn der Teufel geholt.«

Während der Amtshauptmann sprach, hatte er Irenes Hände mit Gewalt in Stellung gebracht und den eisernen Ring um sie gelegt. Langsam und konzentriert zog er die Schraube an. Irene spürte, wie ein Schmerz durch ihren Körper zog. Sie konnte selbst hören, wie ihre Knochen brachen, und sie hörte sich schreien. Laut, schrill und unverständlich. Es waren keine Worte, die aus ihrem Mund kamen. Keine Artikulation der Vernunft. Nichts, was mit menschlicher Sprache zu tun hatte. Das, was aus ihr herausbrach und auf das sie keinen Einfluss hatte, war nichts als Qual, Schmerz und Pein. Es war Leid, von dem sie wollte, dass es aufhören möge. Dass es beendet werde. Und wenn das durch ein Geständnis zu bewerkstelligen war, musste sie es ablegen.

Mit einem Mal fühlte sie, wie der Druck auf ihre Knochen aufhörte. Die Gewalttätigkeit des Amtshauptmanns endete ebenso plötzlich, wie sie begonnen hatte. Irene sank auf den Boden nieder. Herr Urian blickte sie von oben herab spöttisch an. »Jungfer Schweigerin, Ihr habt nun gespürt, welche Gewalt selbst diese kleinen Ringe haben. Ich nehme an, dass Euch die Kostprobe davon überzeugt hat, dass ein Geständnis angebracht wäre. Seht her, mein Sekretär hat schon alles aufgesetzt. Ihr müsst nur noch unterschreiben und ich lasse Euch bis zur Urteilsverkündung in Ruhe. Und der Bader, den ich Euch mitgebracht habe, wird Euch verbinden und sich um Eure Verletzungen kümmern. Stellt Euch vor: Er hat wunderbar kühlende Salben in seiner Tasche. Ihr müsst nur gestehen und dann kommt Ihr gleich in diesen Genuss.« Inzwischen hatte sich Irene wieder so weit erholt, dass sie sich erheben konnte. Aufrecht stellte sie sich vor ihren Peiniger und sah ihm gerade in die Augen. Ihre Finger taten immer noch weh und die Aussicht auf Linderung war verführerisch. Aber sie dürfte nicht nachgeben, und verglichen mit den Schmerzen, die sie unter dem direkten Einfluss des Folterwerkzeugs verspürt hatte, war ihr jetziges Leiden nur ein Schatten, der sich zusehends im Licht auflöste und schon so schwach geworden war, dass Irene wieder die Kraft fand, zumindest den Kopf zu schütteln.

Herrn Urians Miene verdunkelte sich. Irene war zart. Und er hatte gesehen, wie sehr sie gelitten hatte. Er war vom Maß des Widerstands überrascht, das sie ihm entgegensetzte. Verdrossen darüber, dass er noch keinen Erfolg erzielt hatte, griff er abermals nach Irenes Händen. Gleichzeitig schlug er sie zu Boden und trat auf sie. Wieder überflutete Irene Schmerz. Wieder hörte sie sich weinen und jammern. Fremd, von ferne und so, als ob ein ganz anderer Mensch schrie. Dazwischen hörte sie undeutlich den Amtshauptmann: »Vergesst nicht, dass Euer Vater tot ist. Und Friedrich von Trostberg ist weggegangen. Ihr habt niemanden mehr, der Euch hilft. Oder der auch nur Eure Qual linderte. Nur ich könnte es. Ich allein. Und ich würde es tun, wenn Ihr Euch kooperativ zeigen würdet. Gesteht. Gesteht.«

Irene fühlte, wie sie in den Bann dieses Wortes gezogen wurde. Ihr Protest erstarb. Es bedürfte nur eines Wortes, und die Schmerzen, die immer unerträglicher wurden und nun schon viel schlimmer waren als beim ersten Mal, würden aufhören. Sie würden langsam abklingen. Der Bader würde ihr helfen. Und sie müsste nicht mehr hier liegen, getreten, gefoltert, stöhnend. Es lag ganz bei ihr, diese Marter zu beenden, so viel hatte sie inzwischen begriffen. Der Amtshauptmann schob sein Gesicht nahe vor ihres. Zog an den Schrauben. Der Schmerz verstärkte sich abermals. Sie röchelte. Drehte mit letzter Kraft ihren Kopf zur Seite. Sie war kaum zu hören, als sie flüsterte: »Habt Erbarmen. Hört auf damit. Bitte. Nehmt mir die Schrauben ab.« Herr Urian grinste. »Ihr kennt das Zauberwort, Jungfer. Ihr wisst, was Ihr sagen müsst, damit ich Euch mein Werkzeug wieder abnehme. Einstweilen wollen wir noch ein bisschen fester ziehen.« Irene schrie, aufgepeitscht vom Schmerz. »Hört auf! Hört bitte auf! Ich gestehe, dass ich Melchior Lechter erschlagen habe. Hört bitte auf. Nehmt mir die Schrauben ab.« Erleichtert nahm Irene wahr, wie der Schmerz langsam abebbte. Der Bader kniete sich neben sie. Sie sah, dass der Sekretär seine Feder ergriffen hatte und das Dokument, das vor ihm lag, für ihre Unterschrift vorbereitete.

Mit abnehmendem Mond war Georg Drach aus Wolgast abgereist. Friedrich hatte seitdem nichts mehr von ihm gehört. Zu seiner großen Verwunderung hatte er festgestellt, dass er ihn vermisste. So sehr ihm der Bote des Herzogs auf die Nerven gegangen war und ihn zum Widerspruch reizte, als er in der Stadt und auf der Insel mit ihm umgegangen war, so sehr bedauerte er seine Abwesenheit. Er langweilte sich ohne ihn. Auch Irene hatte er einige Tage nicht gesehen. Sie hatte sich seine Besuche verbeten, solange die Misshandlungen des Amtshauptmanns noch nicht verheilt waren. Um ihre Genesung zu beschleunigen und weil er den Künsten des Baders misstraute, hatte er den Arzt aus Greifswald kommen lassen, der sich schon um Irenes Vater gekümmert hatte. Er versorgte ihre Verletzungen, schiente ihre Hände, ordnete kühlende Kräuterumschläge an und wechselte die Verbände.

Schließlich schlug seine Therapie an. Irene erholte sich und Friedrich ging wieder regelmäßig zu ihr. Um sich mit ihr zu unterhalten. Um seine Augen auf ihrer Gestalt ruhen zu lassen und sie auf ihrem Gesicht zu weiden. – Aber die Dauer dieser Gespräche war begrenzt. Ihm fehlte weitere Ansprache. Ihm fehlte die Aussprache mit einem Freund.

Anfangs ärgerte er sich darüber, dass er Georg Drach anscheinend gleich aus dem Sinn verschwunden war, sowie er ihm aus den Augen gekommen war. Er beschwerte sich bei der Herzogin. Die erklärte ihm geduldig, dass der Bote lediglich dem Befehl des Amtshauptmanns folge und bestrebt war, möglichst schnell nach Italien zu kommen. Viel Zeit, um Briefe zu schreiben oder auf einem anderen Weg Nachricht nach Wolgast zu schicken, werde er nicht haben. Im Gegenteil: Er musste alles vermeiden, was ihn aufhalten konnte. Dürfte nicht in seine nördliche Heimat zurücksehen, sondern musste mit wachen Augen in die entgegengesetzte, südliche Richtung blicken, die sein Ziel war. Nur dann konnte er den Herzog rechtzeitig erreichen. Und das auch nur, wenn er Glück hatte und ihm unterwegs nichts zustieß. Wenn er die Nebenwege wählte, die fernab der großen Landesstraßen verliefen. Wenn sich ihm nicht plötzlich das Kriegsgeschehen doch noch in den Weg stellte. Wenn er nicht sein Pferd verlor. Wenn er nicht überfallen wurde. Oder einen Umweg machen musste, weil er in die Folgen eines Angriffs geraten war.

Danach war Friedrich einigermaßen versöhnt gewesen. Er hoffte, dass sein Freund den Weg durch Europa unbeschadet überstehen werde. Und eine Vollmacht des Herzogs mitbrächte, die dem Amtshauptmann Einhalt gebot. Denn hierin sah er nunmehr, nachdem Irene unter Folter gestanden hatte, die einzige Rettung für sie.

Unter Erwägungen, Wünschen und Gedanken dieser Art war es Neumond geworden. Adam Schweiger war beerdigt worden, ohne dass Irene an seinem Begräbnis hätte teilnehmen können. Friedrich und Else waren auf dem kleinen Friedhof in Koserow gewesen, wo der Pfarrer neben seiner Frau beigesetzt wurde. Die Predigt hielt jener Amtsbruder aus der Nachbargemeinde, der den Toten schon zu seinen Lebzeiten unterstützt hatte und im letzten Jahr für die Gemeindedienste unentbehrlich geworden war. Sonst hatte diese Leichenpredigt keine Zuhörer. Vielleicht, dass der feine Herbstregen, der am Morgen der Bestattung eingesetzt hatte, daran schuld war. Oder dass die Nachbarn und Freunde, die der Pfarrer früher im Dorf gehabt hatte, zu einer großen Zahl den Schweden oder dem Hunger zum Opfer gefallen waren. Vielleicht auch, dass die Leute niemandem die letzte Ehre erweisen wollten, der der Vater einer Mörderin war. Nachdem Adam Schweigers Grab verschlossen worden war, kehrten Friedrich und Else nach Wolgast zurück.

Dort nahm Friedrich seine Besuche bei Irene wieder auf. Während der Mond zunahm, warteten sie auf die Urteilsverkündung. Seitdem Irene gestanden hatte, vermied es Friedrich, mit ihr über den Prozess zu sprechen. Nach geltender Rechtslage konnte er ihr keine Hoffnungen mehr machen, wollte sie aber auch nicht beunruhigen. Er hoffte noch immer, dass der Herzog aus der Ferne dem Treiben seines Stellvertreters rechtzeitig Einhalt gebieten würde.

Sie unterhielten sich über Unverfängliches. Über philologische Fragen. Über die neuesten Thesen eines französischen Philosophen, der den kühnen Satz ›Cogito ergo sum‹ formuliert hatte und auf dessen Basis versuchte, die Grundlagen der menschlichen Erkenntnis neu zu definieren. Irene hatte schon von ihm gehört und konnte die Sympathien, die sie für seine Lehre hatte, nicht verbergen. Auch Friedrich fiel es nicht schwer, sich für ein System zu erwärmen, in dessen Mittelpunkt kein Gott, sondern der menschliche Zweifel stand.

Sie sprachen über neuartige naturwissenschaftliche Traktate. Friedrich berichtete Irene von Galileo Galilei, den er während seines Aufenthalts in Florenz kennengelernt hatte. Der Hofmathematiker war ihm bei einem Fest begegnet. Schon bald hatten die beiden Männer sich aus der Gesellschaft zurückgezogen und sich in das Arbeitszimmer des Gelehrten begeben. Er hatte Friedrich seine Apparaturen erklärt, die er für seine astronomischen Studien benötigte, und ihm seinen Himmel gezeigt. Als Friedrich der Gefangenen im Besuchszimmer des Wolgaster Schlosses von dieser Demonstration erzählte, erlaubten ihm die Wächter sogar, seinen Platz am Tisch zu verlassen. Er durfte, zusammen mit Irene, an die großen Treppenhausfenster treten, um das Firmament, alle Sterne und den Mond zu betrachten. Friedrich erklärte Irene, dass die Oberfläche des Mondes rau sei. Setzte ihr auseinander, dass dieser Mond nicht der einzige des Universums sei, sondern alleine der Planet Jupiter von vier eigenen Monden umkreist werde. Er zeigte ihr auch die übrigen Planeten und gab Auskunft über die Menschen, die unter ihrem Einfluss geboren waren. Er selbst sei, so erklärte er Irene, unter dem Planeten Saturn zur Welt gekommen und in Vielem ein typisches Kind dieses Sterns. Seine für den Norden Europas untypische dunkle Hauttönung, seine schwarzen Locken, sein Hang zu Selbstgesprächen und Wutanfällen, kurz, sämtliche seiner unerfreulichen Eigenschaften habe er diesem Planeten zu verdanken. Irene ließ ihn raten, unter welchem Stern sie das Licht der Welt erblickt hatte, und lachte über seinen Versuch, ihr das Sternbild Waage und den Planeten Venus zuzuschreiben. Als er sie bat, ihren Geburtsmonat zu nennen, schüttelte sie den Kopf und gefiel sich in Schweigen.

Unter Gesprächen dieser Art verging die Zeit. Immer noch wartete alles im Schloss auf einen Bescheid aus Italien. Auf die Wiederaufnahme des Prozesses. Auf eine Urteilsverkündung. Währenddessen, das hatte Friedrich schon an jenem Abend gemerkt, als er mit Irene zusammen in den nächtlichen Himmel sah, hatte der Mond so weit zugenommen, dass nicht mehr viel zum Vollmond fehlte. Zu guter Letzt stand er wieder als makellos runde Scheibe am Himmel. Und Friedrich hatte endlich Gelegenheit, den Schritt zu unternehmen, von dem er sich insgeheim immer noch Irenes Rettung versprach.

Die Nacht war hell. Der Vollmond spiegelte sich im Meer. An der Stelle, wo sich des Tages Wasser kräuselte, lag eine riesig große, schneeig schimmernde, glatt glänzende, spiegelblanke Scheibe, die bleich und ruhig aus der Dunkelheit hervortrat und sie in diffuses Zwielicht verwandelte. Die Windmühle thronte majestätisch auf ihrem Hügel. Schon von Ferne als Silhouette erkennbar, warf sie starken Schlagschatten, wie sie es sonst nur im Mittagslicht tat. Ihr Drehkreuz stand in der windstillen Nacht ruhig und hatte ein hellgraues, leicht trübes Abbild seiner selbst auf den dunkelgrauen Boden des Vorplatzes geworfen, der sich zwischen ihr und dem Mühlenhaus erstreckte. Die Möwen schliefen. Es war still.

Friedrich war rechtzeitig angekommen, um fasziniert zu beobachten, wie Sonne und Mond hinter dem Meer ihre Plätze vertauscht hatten: Der Feuerplanet war mit Macht und in gewaltiger Geschwindigkeit nach unten gefahren, während sein kühler, silberner Bruder langsam und erhaben an seine Stelle gestiegen war.

Friedrich hatte sich etwas von den Gebäuden zurückgezogen und in dem nahe gelegenen Wäldchen verborgen. Sich so platziert, dass er den Dünenweg, den jeder, der zur Mühle wollte, entlanggehen musste, seiner gesamten Länge nach einsehen konnte. Er war darauf gefasst gewesen, einige Zeit zu warten. Aber dass er sich so lange gedulden musste? Langsam wurde es kalt. Er begann zu frieren. Hin und wieder wandte er sich um und sah aufs Meer. Dessen Anblick beruhigte ihn. Aber die Besänftigung, die von ihm ausging, war mit jedem Mal schneller aufgebraucht. Zumal er sich diese Aussicht immer nur für kurze Zeit gönnen konnte. In keinem Fall wollte er riskieren, auf dem Landweg etwas zu verpassen. Dort jedoch geschah nichts.

Langsam fragte er sich, ob er überhaupt zur richtigen Stunde gekommen war. Aber der Hinweis im Brief von Maxim Mugner war eindeutig gewesen. Er hatte seiner Frau unmissverständlich geschrieben, dass sie in den Vollmondnächten wachsam sein sollte. Hatte ihr aufgetragen, in diesen Zeiten genau zu beobachten, was in und um die Mühle herum geschah. Allerdings hatte er sie beschworen, in keinem Fall das Haus zu verlassen. Ob damit gemeint gewesen war, dass sie das, was sie sehen sollte, nur von ihrer Wohnung aus bemerken konnte?, fragte sich Friedrich. Bisher hatte er diese Aufforderung als Warnung verstanden. Hatte sie als Bitte gelesen, sich nicht unnötig in Gefahr zu bringen, von der der Müller offenbar annahm, dass sie im Freien lauerte. Aber vielleicht war dieser Hinweis auch anders gemeint gewesen. Und bezog sich tatsächlich auf den Standpunkt und die Perspektive, die sich aus ihm ergab. Dann stand er hier schon seit Stunden am völlig falschen Ort. Ob es nicht doch ratsam war, ins Haus zu gehen? In jedem Fall war es dort wärmer. Und falls in der Nacht wirklich eine Gefahr lauern sollte, war er dort auch besser geschützt.

Seufzend drehte er sich noch einmal zum Meer, um ihm einen Abschiedsblick zuzuwerfen. Als er plötzlich etwas sah. Nicht, wie er vermutet hatte, vom Land kommend, sondern über das Wasser her. Dort war etwas, was ihn irritierte. Was war es nur? Er sah genauer hin. Jetzt war es deutlicher: In die silberne Nacht war eine andere Farbe eingedrungen. Ein rotorangener Tupfer. Er war blass, jedoch eindeutig da. Aber dann auf einmal, genauso unerwartet wie er aufgetaucht war, blitzartig wieder verschwunden. Friedrich kniff die Augen zusammen, um sicherzugehen, dass er keiner optischen Täuschung unterlegen war. Da war es wieder, das Licht. Kein Zweifel. Ganz in der Ferne, langsam, aber stetig näher kommend, war ein Punkt Helligkeit zu sehen. Allem Anschein nach das Licht einer Lampe, das in regelmäßigen Abständen verhüllt und wieder freigelassen wurde.

Nun hörte er auch Geräusche vom Dünenweg her. Er drehte sich um. Da kam jemand, der sich leise zu bewegen versuchte. Was ihm aber nicht recht glückte. Er schien behindert zu gehen und verursachte ein eigenartiges Getöse. Er kam näher heran und wurde, nachdem er schon eine ganze Weile hörbar gewesen war, nun auch sichtbar. Zuerst nahm Friedrich den langen Schatten wahr, der seinem Urbild vorausging. Dann entdeckte er den Umriss des Mannes selbst, der in einen Mantel gehüllt war und einen Hut mit einer eigenwilligen Feder trug. Er passierte das Wäldchen und ging zielstrebig auf die Mühle zu. Öffnete die Türe routiniert und ohne Mühe. Trat ein. Friedrich wartete einen Augenblick. Als alles still blieb, machte er sich daran, dem Mann zu folgen. Er war an den Rand des Gehölzes getreten, als er sich im letzten Augenblick, gerade noch rechtzeitig, in dessen Schutz zurückwerfen konnte. Da kam noch jemand. Offenbar war schon ein anderer auf den Gedanken gekommen, dem nächtlichen Wanderer zu folgen. Im Gegensatz zu der ersten Person war dieser hier auf der Hut. War geschickter darin, kein Geräusch zu verursachen. Er blieb stehen. Nahe bei Friedrich. Einen Moment befürchtete dieser, dass der zweite Mann das Wäldchen entdeckt hatte und es ebenfalls für einen geeigneten Beobachtungsposten halten könnte. Er hielt den Atem an. Dann ging der andere glücklicherweise weiter und suchte Deckung im Eingang des Hauses. Der Platz war gut gewählt. Er bot freie Sicht sowohl auf das Mühlentor als auch auf das Meer.

Von dort war in der Zwischenzeit das Licht immer näher gekommen. Vorsichtig pirschte sich Friedrich zum

Strand. Erreichte ungesehen einen der kleineren Felsen, hinter dem er sich verstecken konnte, ohne selbst an Überblick einzubüßen. Das Licht war nun eindeutig zu einer Lampe geworden. Sie befand sich in einem Boot, in dem drei Männer saßen. Zielsicher steuerten sie auf die Mühle zu. In der ganz oben, weithin sichtbar, ebenfalls Licht aufleuchtete, in seinen zuckenden Bewegungen das genaue Spiegelbild desjenigen, das sich vom Wasser näherte. Wie Schuppen fiel es Friedrich von den Augen. Jemand hatte die Laterne im Speicher der Mühle versteckt, um mit den Schiffen, die vom Meer kamen, Leuchtzeichen auszutauschen. Zu nichts anderem als zu dieser Lampe führten die Fußspuren, die er zusammen mit Georg Drach entdeckt hatte.

In dieser Nacht hatte sie den drei Ankömmlingen gute Dienste erwiesen. Sie waren inzwischen sicher am Strand gelandet und schickten sich an, das Boot zu verlassen. Die Fracht, die sie geladen hatten, schien schwer zu sein. Mit einiger Mühe hoben sie eine große Truhe an Land und zogen sie mehr, als dass sie sie trugen, aufs Trockene. Schließlich waren sie näher gekommen. Friedrich konnte erkennen, dass es schwedische Soldaten waren. Zumindest trugen sie die Uniform, in die Gustav Adolph seine Truppen kleidete. Sie hatten fast die Mühle erreicht, als deren Tor geöffnet wurde. Der Mann, den Friedrich vom Wäldchen aus gesehen hatte, trat heraus. Er ging auf die Schweden zu. »Habt Ihr alles dabei?«, begrüßte er sie.

»Wie immer, Herr Urian, auf uns könnt Ihr Euch verlassen.« »Gut. Mein Wagen steht oben an der Landstraße. Kommt mit und helft mir. Ich kann die Truhe nicht alleine tragen.«

Die Männer hatten sich wieder in Bewegung gesetzt, als sich die Gestalt, die sich am Eingang des Mühlenhauses postiert hatte, bewegte. Friedrich fuhr erschreckt zusammen. Den anderen Zuschauer hatte er über die Ankunft der Schweden ganz und gar vergessen. Der Amtshauptmann hatte ihn ebenfalls bemerkt. »Halt!«, rief er den Trägern zu. »Wartet! Da ist jemand. Kommt heraus! Wer ist da? Wahrscheinlich seid Ihr es, Junker zu Trostberg.« Friedrich blieb fast das Herz stehen. Waren diese Worte an ihn gerichtet? Es war unmöglich, dass der Amtshauptmann seine Anwesenheit bemerkt hatte. »Ich habe schon die ganze Zeit den Eindruck, dass Ihr mich beobachtet. Was meint Ihr, warum ich Georg Drach nach Italien geschickt habe?« Friedrich nahm erleichtert wahr, dass Herr Urian seinem sicheren Versteck den Rücken kehrte, sich auf das Mühlenhaus zu bewegte und den, der sich dort in der Türlaibung verborgen hielt, in den hellen Schein des Mondes zog. »Ach nein«, seine Stimme klang höhnisch. »Wen haben wir denn da? Einen Hund. Eine Kreatur, die mir in keiner Weise ebenbürtig ist. Den kleinen, erbärmlichen Thomas. Der Junker zu Trostberg wäre mir lieber gewesen. Was hast du hier zu suchen? Habe ich dir nicht ausdrücklich befohlen, im Schloss zu bleiben? Wie kommst du dazu, meine Anweisungen zu missachten?«

Herr Urian hatte den Pförtner am Kragen gepackt und leicht in die Höhe gehoben. Der schnappte nach Luft. Würgte schließlich. Friedrich meinte, selbst auf die Entfernung zu erkennen, dass Thomas' Gesicht langsam die Farbe der Nacht annahm. Er musste ihm helfen. Er hatte zwar eine unüberwindbare Abneigung gegen den kleinen Mann, aber diesen schmählichen Tod hatte er nicht verdient. Er nahm einen Stein und zielte auf den Amtshauptmann, als dieser unvermittelt seinen Diener wieder auf die Füße setzte. »Was willst du hier? Warum in Dreiteufelsnamen bist du mir gefolgt?«

Thomas hustete. Rang nach Luft. Es dauerte eine Weile, bis er sich wieder so weit gefasst hatte, dass er sprechen konnte. Seine Stimme war heiser, hatte aber trotzdem den weinerlichen Tonfall angenommen, der ihm eigen war. »Ich habe die Sachen des Herrn Magister durchgesehen. Und dabei, wie soll ich sagen …?« Hilflos sah der Diener seinen Herren an, dessen rabiater Gesichtsausdruck aber schnell sein Stottern beendete. »Ich habe dabei einen Span Eurer Feuerrute gefunden. Ich wollte ihn Euch wiederbringen. Das ist alles. Hier ist er. Hier habt Ihr ihn. Nun lasst mich gehen. Ich werde Euch auch bestimmt nie wieder unter die Augen treten.« Thomas hatte in seine Tasche gegriffen und das Tuch hervorgezogen, mit dem Friedrich in der Sakristei zuerst die Wunde des Ermordeten gereinigt und das er dann dazu verwandt hatte, den Fund, den er gemacht hatte, zu verwahren. Friedrich hinter seinem Stein war wütend. Er hatte bisher noch nicht einmal gemerkt, dass ihm sein Beweisstück abhanden gekommen war. Dieser vermaledeite Thomas. Er war doch gefährlicher, als er bis dahin gedacht hatte.

Unterdessen hatte der Amtshauptmann das Taschentuch und seinen Inhalt genau betrachtet. Auch er war erstaunt. Dann aber trat auf sein Gesicht ein höllisches Grinsen. »So, so. Du wolltest mir ein Geschenk machen. Wie aufmerksam von dir. Noch dazu ein so wertvolles. Denn du täuschst dich nicht, wenn du denkst, dass dieser Fund für mich außerordentlich kostbar ist.« Thomas schien Hoffnung geschöpft zu haben. Er nickte beflissen, katzbuckelte und sprach Herrn Urian untertänig an: »Ich habe noch etwas anderes bei dem Junker zu Trostberg gefunden. Diesen schönen Ring.« Hier griff er in seine Tasche und beförderte den Amethyst unter die Augen des Amtshauptmanns. »Ich wollte ihn verkaufen. Aber nun denke ich darüber nach, ihn Euch zu überlassen. Wollt Ihr ihn haben? Er sieht kostbar aus. Ich schenke ihn Euch. Nur lasst mich bitte gehen.« Der Amtshauptmann griff nach dem Ring. »Ein interessantes Stück. – Wie ist der Herr Magister nur zu ihm gekommen? Denn eigentlich gehört er ohnehin mir. Und was dich angeht: Du sollst deine Belohnung bekommen. Laufen kann ich dich nicht lassen. Aber ich werde dir erlauben, einen Blick in meine Kiste zu werfen. Macht sie auf«, fuhr er, an die Soldaten gerichtet, fort. »Ich will meinen treuen Diener meine Herrlichkeiten sehen lassen. Los, los, beeilt Euch. Wir haben nicht die ganze Nacht Zeit. Wir sind ohnehin schon nicht mehr im Zeitplan.«

Währenddessen hatten die Männer die Kiste geöffnet. Friedrich überlegte, wie er sich ungesehen nähern konnte, um ebenfalls in ihr Inneres zu schauen. Herr Urian hatte Thomas immer noch fest im Griff. Als der Deckel der Truhe abgehoben war, stieß er ihn mit dem Gesicht hinein. »Da staunst du, nicht wahr? So viel Glanz und Pracht hast du in deinem armseligen Leben noch nicht zu Gesicht bekommen. Sieh es dir nur gründlich an. Wie es funkelt und glitzert. Erstklassiges Gold, reinstes Silber und die brillantesten Juwelen und Edelsteine, die nur zu denken sind. Meine Verbündeten in Schweden waren wieder einmal sehr fleißig.«

Der Amtshauptmann wandte sich anerkennend den Soldaten zu, die die Szene zunehmend besorgt beobachteten. Sie wollten keine weitere Zeit verlieren und sich noch in der Nacht auf den Rückweg machen. Die Vorstellung, die der Amtshauptmann ihnen bot, gefiel ihnen ganz und gar nicht. Er wurde zunehmend böse. Stieß erneut den kleinen Thomas mit Gewalt gegen den Kasten. Setzte von hinten mit seiner Feuerrute nach. »Sieh nur hin, was unsere tüchtigen Freunde gesammelt haben. Ich schätze, es handelt sich um den Inhalt von mindestens zwei Kirchen und drei Kapellen. Oder habe ich sehr falsch kalkuliert?«

Fragend blickte er zu den Männern, die beklommen neben ihrer Fracht standen, ließ ihnen aber keine Zeit, um zu antworten. »Kirchenschätze sind das, du Dummkopf. Altarkreuze und Tabernakel. Auch Bischofsringe wie derjenige, den du dem Magister zu Trostberg gestohlen hast. Die ich gegen schwedische Provision weiterverkaufe. Sie gehen nach Bremen und Hamburg und werden dort eingeschmolzen, umgearbeitet, verschifft. Was weiß ich. So genau will ich gar nicht wissen, was damit passiert. Hauptsache, der Gewinn ist gut. Ich habe mir ein hübsches kleines Geschäft aufgebaut. Oder warum, meinst du wohl, dass wir die dreifache Besatzung verhältnismäßig gut überstanden haben? Ursprünglich hatte ich ein ähnliches Arrangement mit den Dänen. Aber das wurde hinfällig, als die Kaiserlichen sie zum Rückzug zwangen. Also bin ich mit den Schweden handelseins geworden. Oder warum, dachtest du, dass sie die Kaiserlichen vertrieben haben und dann so schnell weitergezogen sind? Darum. Alleine darum, weil ich mich bereit erklärt habe, mit ihnen zusammen zu arbeiten. Aber davon verstehst du nichts. Für Politik bist du zu dumm.«

Die letzten Worte hatte Herr Urian geschrien. Er rang nach Atem. Mühsam beruhigte er sich wieder. »Aber so viel wirst du immerhin verstehen: Maxim Mugner war mir dabei im Weg. Seine Mühle eignet sich hervorragend als Leuchtturm. Er hat uns eines Nachts hier erwischt. Er wollte sich nicht bestechen lassen und hat gedacht, dass er mich beim Herzog anzeigen könnte. Du weißt, was aus ihm geworden ist. Danach hat mich seine Frau unter Druck gesetzt. Die habe ich beim Durchmarsch der Schweden in Koserow erledigt. Und dann kam dieser unselige Buchhändler, der mich dabei beobachtet hatte. Ich hatte nicht richtig aufgepasst und übersehen, dass Lisbeth Mugnerin einen Brief ihres Mannes verloren hatte, bevor ich sie im Meer ertränkt habe. Er kam auf die lächerliche Idee, mich erpressen zu wollen. Das ist ihm schlecht bekommen. Du hast mir selbst den Eisenspan gebracht, der Auskunft über sein Schicksal gibt. Ich danke dir nochmals für dieses Geschenk. Aber du weißt ja«, seine Stimme wechselte in eine Art Singsang, »wie es dem Letzten gegangen ist, der mir diese Art von Geschenk machen wollte.« Aus seinem Gürtel zog er seine Feuerrute und ging auf Thomas zu, der zurückwich, aber bald an der Mauer des Hauses mit dem Rücken zur Wand stand.

Als Silhouette gegen die helle Nacht deutlich abgehoben, sah Friedrich die untersetzte Gestalt des Herrn Urian. Den Kopf mit dem Federhut bog er langsam zurück. Ebenso schleppend hob er seinen Arm. Holte nach hinten mit der Feuerrute aus und peitschte diese mit voller Wucht auf den Pförtner nieder. Der sackte lautlos in sich zusammen. Herr Urian gab einen triumphierenden Laut von sich. Dann nickte er den Soldaten zu. »Kommt. Wir haben schon genug Zeit verloren. Auf den gemütlichen Teil am Herd der Mugnerin müssen wir dieses Mal verzichten. Bringen wir endlich die Kiste zum Wagen.« Die Karawane setzte sich in Bewegung. Vorneweg hinkte der Amtshauptmann. Dann folgten zwei Träger mit der Kiste. Der dritte Schwede bildete die Nachhut. Sie gingen bergan zur Uferstraße und verschwanden hinter dem Hügel.

Friedrich hatte noch gewartet, bis die Schweden zurückgekommen, in ihr Boot gestiegen und davongesegelt waren. Dann war er zum Mühlenhaus gelaufen, um nach Thomas zu sehen. Für den jedoch war alle Hilfe zu spät. Sein Kopf war eingeschlagen. Sein Gesicht übel zugerichtet. Nicht unähnlich demjenigen des Buchhändlers. Den Lohn, den er sich immer wieder für treue Dienste vom Amtshauptmann, seinem gefürchteten und geliebten Herrn, erwartet hatte, hatte er bekommen.

Sobald Friedrich erkannte, dass er nichts mehr für den Mann tun konnte, trat er den Rückweg an. Obwohl er so schnell, wie es ihm nur immer möglich war, über die Landstraße hastete, hatte er den Eindruck, nicht von der Stelle zu kommen. Er hatte das alptraumartige Gefühl, immer langsamer zu werden, je dringender er sich um Geschwindigkeit bemühte. Er stolperte über seinen Talar, der sich zwischen seinen Füßen verfing. Ohne den Spiegel des Meeres war die Nacht dunkler geworden. Finsternis legte sich wie Fesseln um Friedrichs Beine. Er wünschte sich Georg Drach und dessen Pferd herbei. Das Tier hätte die Entfernung, die ihm unendlich schien, mit Leichtigkeit überwunden. Schließlich, nach einer Ewigkeit, hatte er es wider sein eigenes Erwarten geschafft. Er hatte die Insel über die Brücke verlassen. Hatte das Festland und schließlich die Stadtmauer erreicht. Hatte sich an der südlichen Seite, an der einige Gartengrundstücke lagen, durch eine kleine Türe Einlass verschafft. Zu guter Letzt war er am Schloss angekommen. Die Pforte lag verlassen. Mit Thomas würde sich niemand mehr herumärgern müssen, der in die Anlage wollte. Schon von ferne konnte Friedrich erkennen, dass in den Gemächern der Herzogin Licht brannte. Flüchtig fragte er sich, was die Ursache für die Illumination ihrer Fenster zu so ungewöhnlicher Stunde sein mochte. Verfolgte diese Frage aber nicht weiter, sondern freute sich einfach ob des begünstigenden Umstandes. Mit Glücksfällen war diese Nacht wahrlich nicht gesegnet gewesen.

Friedrich öffnete die Türe zur Antichambre. Das Glöckchen klingelte. Der Diener kam herbei. Er schien sich über den späten Gast nicht zu wundern. Wortlos öffnete er die Türe zum Wohnzimmer der Herzogin. Friedrich trat ein. – Und hätte am liebsten im gleichen Augenblick mit einem Satz nach hinten den Raum wieder verlassen. Das also war der Grund, aus dem die Herzogin wach war. Vor dem Sessel, in dem sie saß, hatte sich der Amtshauptmann zu bedrohlicher Präsenz aufgebaut. Er blickte sich zu Friedrich um, als er hörte, wie sich die Türe öffnete. Fletschte die Zähne. »Seid mir willkommen, Junker zu Trostberg. Ich habe Euch schon erwartet. Mir war schon die ganze Zeit so, als ob ich Euch heute noch treffen würde. Ihr wart bei der Mühle? Und Ihr wart Zeuge des, wie soll ich sagen …«, gespielt ratlos sah er sein Gegenüber an. »Ihr wart Zeuge des kleinen Unfalls, der sich bedauerlicherweise dort ereignet hat, nicht wahr?«

Noch während er sprach, hatte sich Friedrich von ihm abgewandt. Er hatte Wichtigeres zu tun, als sich um Herrn Urian zu kümmern. Er musste der Herzogin mitteilen, was er gesehen hatte. Sie musste dem Amtshauptmann das Handwerk legen. Er trat zu Elisabeth, die merkwürdig bleich und unbeweglich auf ihrem Lehnstuhl saß. Wie ein Wasserfall sprudelte es aus ihm heraus. »Ich weiß jetzt, wie alles gewesen ist. Irene ist unschuldig. Sie muss sofort auf freien Fuß gesetzt werden, Herr Urian hat die einsame Mühle für seine Schmuggelgeschäfte benutzt. Er ist für den Tod des Buchhändlers verantwortlich. Hört Ihr? Nicht Irene. Sie war nur zur falschen Zeit am falschen Ort und gab einen guten Sündenbock ab. Herr Urian hat Irene von dort verschleppt und ins Verlies gebracht. Wahrscheinlich hat er sogar mit Absicht ihren Rucksack und ihr Buch dort liegen lassen, damit Georg Drach es bei seiner Inspektion findet und als Beweis für Irenes Schuld bezeugt. Heute Nacht hat er abermals gemordet. Ich habe selber gesehen, wie er Euren Pförtner mit seiner Feuerrute erschlagen hat. Tut doch endlich etwas. Warum sitzt Ihr noch hier? Ihr müsst zu Irene gehen und sie aus ihrem Zimmer holen. Und Ihr müsst den Amtshauptmann umgehend in den Kerker werfen lassen. Ihr müsst dafür sorgen, dass die Landstände tagen und sich in Abwesenheit des Herzogs um seinen Stellvertreter kümmern. Wer weiß, was er noch alles tut, wenn er in Freiheit bleibt. Er ist gefährlich für alle. Für Euch. Für Irene. Für mich. Für das ganze Herzogtum. Ich bitte Euch, tut doch endlich etwas!«

Während Friedrich sprach, hatte die Herzogin eine müde, beschwichtigende Geste gemacht. Als er verstummte, schüttelte sie den Kopf. »Was soll ich tun, Friedrich? Herr Urian hat das Recht auf seiner Seite, wie du weißt und er mir gerade noch einmal sehr nachdrücklich erklärt hat. Ich habe ihn noch einmal um Gnade für Irene gebeten. Aber du kannst dir denken, dass ich auf taube Ohren gestoßen bin. Ich kann nur hoffen, dass Georg Drach daran denkt, sich vom Herzog ein Dokument geben zu lassen, das mich als Stellvertreterin legitimiert. Und dass er damit rechtzeitig zurückkommt.« Sie verstummte und Friedrich schien es, als sei sie mit einem Mal uralt geworden. Der Amtshauptmann hatte die Herzogin ignoriert und seine Aufmerksamkeit ausschließlich auf Friedrich gerichtet. »Herr Magister«, er lachte höhnisch, »Ihr seid doch ein ausgebildeter Jurist. Und noch dazu einer der besten unserer Zeit, wie mir viel zu oft und viel zu nachdrücklich immer wieder versichert worden ist.« Er warf einen hasserfüllten Blick auf Elisabeth. »Also wisst Ihr, dass nach Römischem Recht das Geständnis, das Irene abgelegt hat, beweist, dass sie eine schuldige Mörderin ist. Ihre Aussage wurde protokolliert. Sie hat unterschrieben. Ich könnte sie also gar nicht, selbst bei bestem Willen, für unschuldig erklären und laufen lassen. Es gibt nichts, was ihre Unschuld beweist. Das einzige Indiz, was Ihr zu Ihrer Entlastung besaßet, ist wieder in meinem Besitz. Und schwimmt übrigens längst irgendwo im weiten Meer. Auch Maxim Mugner ist durch ein Schuldeingeständnis überführt und rechtmäßig verurteilt worden. Und was den toten Thomas angeht: So empfehle ich Euch, nicht weiter von dieser Sache zu sprechen. Es sollte mir leidtun, wenn ich in diesem Fall von Euch ein Schuldeingeständnis bekäme und Euch ebenfalls zum Tode verurteilen müsste. Das sähe der Herzog bestimmt nicht gern. Aber verlasst Euch nicht zu sehr auf seinen Schutz.« Er machte ein kurze Pause, bevor er mit einer Stimme schloss, die um nur eine Nuance schärfer geworden war: »Meine Politik war zum Wohl des Herzogtums. Ich habe es heute Abend schon versucht, Thomas zu erklären: Wenn ich nicht schon seit Jahren mit den Schweden kooperiert hätte, wären sie nicht so schnell von unserer Insel verschwunden. Dieser Erfolg legitimiert mich als rechtmäßigen Herrscher. Jedenfalls nachdrücklicher als eine überholte Erbrechtsregelung, die ich, wie Ihr wisst, nie anerkannt habe. Ihr werdet mich nicht davon abhalten, Irene Schweigerins Prozess zu Ende zu führen, solange ich hier der Herr bin.«

Noch einmal, ein letztes Mal, trafen sich Irene und Friedrich an jenem alten, massiven Klostertisch, an dem sie in den letzten Wochen so oft gesessen waren. Zusammen und doch weit voneinander entfernt. So viel sich in der Zwischenzeit ereignet haben mochte, hier war alles weiterhin so, wie es bereits am Anfang von Irenes Gefangenschaft gewesen war. In ermüdender Eintönigkeit waren die Wände weiß. Die Fenster vergittert. Die Hellebarden in den Ecken glitzerten in eisigem Silber. Es war kalt.

Es war trist. Sowohl Friedrich als auch Irene waren niedergeschlagen. Es hatte sich ein frostiges, unsichtbares Gewicht auf sie gelegt, das in der Luft des Raumes zu liegen schien und sie zu Boden drückte. Die Munterkeit, die sonst der Grundton ihrer Unterhaltungen gewesen war, wollte sich nicht einstellen. Anfangs versuchten sie beide nach Kräften, sie aufzuwecken. Als es ihnen schließlich gelang, blieb sie künstlich. Das Gespräch wurde einsilbiger. Pausen stellten sich ein. Wurden unversehens länger. Schließlich machte sich Schweigen breit. Zu hören waren lediglich die beiden Wärter – auch sie unterschiedslos gleich geblieben –, die in ihrer Ecke ungeduldig wurden und sich fragten, warum sie dieser Sitzung, in der so wenig gesprochen wurde, nicht endlich ein Ende machen konnten. Sie spürten etwas, das sie daran hinderte. Wussten aber nicht, was es war. Hatten keine Ahnung davon, dass es nichts anderes war als nackte Angst. Die Angst der beiden, die da saßen, sich nach einer Trennung in diesem Leben nicht mehr wiederzusehen.

Nach Irenes Geständnis hatte sich in Friedrich tiefe Hoffnungslosigkeit ausgebreitet. Er hatte keine Möglichkeit mehr, einen Freispruch zu erwirken. Trotz der Beweise, die er gegen den Amtshauptmann gesammelt hatte und die ihm wieder abhanden gekommen waren. Trotz der lückenlosen Rekonstruktion seiner Verbrechen. Solange Irene bei ihrem Geständnis blieb, war das alles vollkommen wertlos. Solange konnte er nichts ausrichten. Und zu einem Widerruf war sie nicht zu bewegen. Dazu hatte sie zu große Angst vor den Instrumenten. Zum Schluss blieb ihm nichts anderes übrig, als eine Illusion zu entwerfen. Ein gnädiges Trugbild, das meilenweit von seinen geliebten Tatsachen und jener vergötterten Wirklichkeit entfernt war, deren Verfolgung er einst mit absoluter Konsequenz betrieben hatte. Nach denen er sein ganzes Leben ausgerichtet hatte. Die immer sein Kompass und seine Richtschnur gewesen waren. Vielmehr war es nun seine Aufgabe, einen Schein von Hoffnung zu schüren. Von dem er wusste, dass er nur blasses Blendwerk war. Und von dem er sicher war, dass auch Irene in ihm bloß Täuschung erkannte.

Trotzdem nahm er erneut Anlauf und machte einen letzten, mutwilligen Versuch. Mit schiefem Gesicht begann er, bestimmt zu sprechen: »Wenn das hier alles vorbei ist, habe ich vor, Euch mit nach Italien zu nehmen. Ihr wäret eine gute Reisegesellschaft. Ihr wisst, dass ich auf der Suche nach jemandem bin, mit dem ich mich vernünftig unterhalten kann. Nach jemandem, der mein Leben interessant machen könnte. Was Euch bis jetzt einigermaßen gut gelungen ist. Wobei Ihr nicht gleich so weit hättet gehen müssen, Euch verhaften zu lassen.« Irene nickte müde. Friedrich fuhr fort: »Wenn Ihr mit mir nach Padua kämt, könntet Ihr dort eine Bibliothek benützen, die diejenige Eures Vaters bei Weitem übertrifft. Selbst als sie noch vollständig und nicht ausgeplündert war.«

»Vielen Dank für das freundliche Angebot«, antwortete Irene leise lächelnd. Friedrichs fortgesetzte Bemühung honorierend und dankbar für die Ablenkung. »Ich werde darüber nachdenken.« Sie betrachtete Friedrich ein Weilchen, dessen Blick fragend auf sie gerichtet war. Ihr Lächeln wurde dünner. »Macht mir nichts vor. Ich sehe Euch an, dass es Euch nicht ernst mit diesem Versprechen ist.«

»Natürlich ist es mir ernst. Ich bin heute nur nicht gut in Form. Es ist auch nicht ganz einfach, überzeugend zu wirken, wenn man durch ein Ungetüm wie diesen Tisch voneinander getrennt ist und von zwei misstrauischen Wächtern beäugt wird. Das müsst Ihr zugeben.«

Die Wärter, ja. Die Zelle. Der Prozess. Das Urteil, das übermorgen verkündet werden sollte. Für einen Moment hatte Irene tatsächlich all das vergessen. Jetzt war es wieder da. Sie erlosch. »Wahrscheinlich werde ich nicht lange genug leben, um Eurem Angebot zu folgen.«

»Verliert den Mut nicht. Wie oft habe ich Euch erklärt, dass Ihr nichts zu befürchten habt, solange ich für Eure Verteidigung zuständig bin. Ich habe Beweise gesammelt, die Euch entlasten. Ich werde den Schöffen die Zusammenhänge erklären. Sie werden Euch freisprechen. Trotz Eures Geständnisses.«

»Es wäre nicht das erste Mal, dass eine Unschuldige hingerichtet wird. Das wisst Ihr so gut wie ich. Denkt an Maxim Mugner. Und Ihr wisst auch, dass es für mich keine Hoffnung mehr gibt. Denn der Amtshauptmann wird alles bestreiten. Sein Wort stünde gegen meines. Und wem werden die Geschworenen wohl glauben?«

»Im ersten Punkt mögt Ihr richtig liegen. Es sind schon Unschuldige verurteilt worden. Aber nur, weil ich sie nicht verteidigt habe.«

Für einen Moment leuchtete der alte Spott in Irene auf. »Über diesen Zusammenhang habe ich tatsächlich noch nie nachgedacht. Vielleicht habt Ihr sogar recht und er besteht wirklich.«

»Dann denkt nun einmal darüber nach.«

Damit war Friedrich am Ende seiner Kraft. Abrupt

erhob er sich und ließ sich von einem der beiden Wärter nach draußen führen.

Wie zu erwarten gewesen war, hatte Herr Urian nach diesem Vorfall nicht weiter auf die Rückkehr von Georg Drach gewartet. Er hatte den Prozess ohne die Unterschrift des Herzogs zu einem Ende geführt. Er berief sich auf die Universalvollmacht, die Serenus ihm vor seiner Abreise nach Italien ausgefertigt hatte. Sie setzte ihn während seiner Abwesenheit in alle Rechte des Herzogs ein. Friedrich ließ sich das Dokument zeigen. Es war eine imposante Urkunde, an der das große herzogliche Siegel befestigt war. Es war durch eine Blechbüchse geschützt. Daneben hing das kleinere seines Stellvertreters. Schließlich, abermals kleiner, das Amtswappen des Herzogtums und die Beglaubigung durch die Landstände. Friedrich studierte das Dokument genau. Er hoffte, einen Formfehler zu finden, durch den das Schriftstück ungültig wurde. Aber leider hatten der Amtshauptmann und sein Verwaltungsapparat sauber gearbeitet. Friedrich konnte keinen Grund erkennen, aus dem er das Ende des Prozesses und die Urteilsverkündung hätte verzögern können.

So hatte Herr Urian keine Zeit versäumt, seinen Sekretär mit Einladungen für die Schöffen und Beisitzer versehen und ihn gebeten, die Briefe umgehend zuzustellen. Schon der folgende Nachmittag war als Zeitpunkt für die Urteilsverkündung festgesetzt worden.

Die Schlossglocken läuteten. Laut und kräftig. Sie waren in der ganzen Stadt zu hören und riefen das Gericht in der Schlosshalle zusammen. Alle waren auf den Beinen. Die Bewohner des Schlosses und Zuschauer aus der Stadt, die sich ein Spektakel erhofften, das es mit dem Prozess gegen Maxim Mugner aufnehmen konnte.

Irene war aus ihrem Zimmer geholt worden. Sie kam in der Begleitung zweier Wächter und Friedrichs. Der Amtshauptmann trat aus seiner Amtsstube hinzu, gefolgt von seinem Sekretär und den Beisitzern. Die Herzogin hatte sich zusammen mit der alten Else in den Bereich gesetzt, der dem öffentlichen Publikum vorbehalten war. Noch in der Nacht, in der Thomas gestorben war, hatte sie Friedrich erklärt, dass sie in Zukunft unter keinen Umständen mehr in Zusammenhang mit der Landesregierung gebracht werden wolle. Der Amtshauptmann hatte an gewohnter Stelle Platz genommen. Er saß am Richtertisch auf seinem Regimentsstuhl. Ihm gegenüber kniete Irene. Herr Urian war aufgestanden. Er hatte eine Akte zur Hand genommen, die ihm sein Sekretär gereicht hatte. Er öffnete sie umständlich. Dann begann er, ihren Inhalt zu verlesen:

»Wolgast, den 22. August anno domini 1631. Hiermit gestehe ich, Irene Schweigerin, eheliche Tochter des verstorbenen Pfarrers zu Koserow, Adam Schweiger, und seiner seligen Frau Maria, dies 30. mensis Julii huius anni den fahrenden Buchhändler Melchior Lechter bei der einsamen Mühle am Meer, genannt Teufelsmühle, vom Leben zum Tode befördert zu haben. Ich habe ihn aus Habsucht erschlagen, weil er ein wertvolles Buch in seinem Besitz hatte, das ich meinem Vater schenken wollte. Ich versichere, dass sich alles so zugetragen hat, wie ich es geschildert habe. Ich habe dieses Geständnis freiwillig gemacht und erwarte das gerechte Urteil, das das hohe Gericht zu Wolgast über mich verhängen wird. Seine Vollstreckung werde ich mit Gottes Hilfe ertragen. Unterschrieben von Irene Schweigerin.«

Hier machte der Amtshauptmann eine Pause, in der er die Akte seinem Beisitzer reichte, damit er sich von Irenes Unterschrift überzeugen möge. Der sah lange auf das Schriftstück. Schüttelte den Kopf. Sah schließlich voller Abscheu auf Irene. Reichte die Mappe seinem Kollegen weiter. Nachdem dieser ebenfalls Irenes Unterschrift bestätigt hatte, hub der Amtshauptmann zum Urteil an. »Aufgrund deines freiwilligen Geständnisses erkläre ich dich, Irene Schweigerin, des Mordes für schuldig. Nach gültigem Recht hast du damit die Todesstrafe auf dich gezogen, zu der ich dich hiermit verurteile. Sie wird am dritten Tag, von heute ab gerechnet, durch den Henker von Wolgast vollzogen. Sie soll mit dem Schwert durchgeführt werden. Der Ort der Hinrichtung wird der Streckelsberg sein, der höchste Punkt der Insel, für alle gut sichtbar zur Warnung und zur Abschreckung. Auf dass ein solches Verbrechen von keinem Untertanen des Herzogs mehr verübt werde.« Während er sprach, hatte der Amtshauptmann den Richterstab ergriffen, der vor ihm gelegen war. Er war um den Tisch herumgegangen und vor Irene hingetreten. »Erhebe dich!« Irene leistete ihm Folge. Er hob seine Hände, die immer noch den Richterstab hielten, über ihren Kopf und zerbrach den Stab. Die beiden Teile warf er ihr vor die Füße. »Nun helfe dir Gott. Ich kann dir ferner nicht mehr helfen.«

Irene wurde zunehmend unsicher. Sie konnte nicht unterscheiden, ob das Zausen und Zischen, das Ächzen und Stöhnen, die Reibelaute und sägenden Töne durch den Sturm hervorgerufen wurden, der noch am Abend eingesetzt hatte und im Laufe der Nacht immer heftiger geworden war. Oder ob diese Geräusche beim Transport entstanden. Beim Transport des Blutgerüsts.

Vor Stunden war die Herzogin noch einmal bei ihr gewesen. Bevor sie das Arrestzimmer betrat, hatte sie leise einige Worte mit dem Wärter gewechselt. Die Tür war nur angelehnt. Obwohl das Gespräch nicht für Irenes Ohren bestimmt war, hatte sie es doch mit angehört. Im Flüsterton hatte die Herzogin dem Wächter die Vorbereitungen geschildert, die bereits für den nächsten Tag getroffen wurden. Der Amtshauptmann hatte einige Tagelöhner angeheuert, deren Aufgabe es war, das Gerüst zu bauen, auf dem Irene hingerichtet werden sollte. Einen Gutteil dieser Arbeit hatten sie schon erledigt. Der Rest an Holz, der noch gebraucht wurde, um die rohe Tribüne zusammen zu zimmern, sollte in der Nacht herbeigeschafft werden.

Hinter ihrer Tür entging es Irene nicht, wie wütend die Herzogin während ihres Berichts geworden war, obwohl sie immer noch gedämpft sprach. Nach Elisabeths Auffassung hätte dieses Geschäft vollständig im Schutz der Nacht erledigt werden sollen. Dafür hatte sie sich beim Amtshauptmann eingesetzt, war bei ihm jedoch auf taube Ohren gestoßen. Der wollte Irenes Hinrichtung als Spektakel inszenieren. Wollte Zuschauer. Wollte, dass sich das Ereignis im Gedächtnis der Insel verankerte, wie sich schon die Hinrichtung von Maxim Mugner festgesetzt hatte: als eine Mischung von Faszination und Abscheu. Wollte Geräusch und Szene, wo die Herzogin auf Schonung und Zurückhaltung setzte. Wie gut ihm das bisher schon gelungen war, zeigte die Reaktion des Wächters auf den Bericht der Herzogin. Seine Gedanken waren bereits ganz in den Bann des bevorstehenden Schauspiels gezogen. In leuchtenden Farben schilderte er seiner Zuhörerin, wie er sich den kommenden Tag vorstellte. Vor allem freute er sich darüber, dass er es war, den der Amtshauptmann dazu ausersehen hatte, den Wagen zu fahren, der Irene zum Hinrichtungsplatz bringen sollte.

Daraufhin war die Herzogin laut geworden. Hatte den Beamten beschimpft. Ihm seine Entlassung nach des Herzogs Rückkehr in Aussicht gestellt und war endlich in Irenes Zimmer getreten. Sie hatte ihr drei dicke, teure Wachskerzen mitgebracht. Hatte ihr über das Gesicht gestrichen und versucht, sie zu trösten. Aber schon bald bemerkt, wie aussichtslos dieses Unterfangen war. Hatte sich dann binnen Kurzem verabschiedet, in der Hoffnung, dass die Kerzen besseren Zuspruch in dieser Nacht zu bieten vermochten als ihre Anwesenheit. Und war verschwunden. Seitdem war Irene von allen verlassen, sie fühlte sich mutterseelenallein und meinte, in jedem Windstoß einen der Knechte des Amtshauptmanns zu hören, der unter jener Last seufzte, die am kommenden Tag dazu verwandt werden sollte, sie vom Leben zum Tode zu befördern.

Das Geräusch, was sie nun hörte, kam aber nicht vom Hof. War nicht verursacht durch einen der geisterhaften Träger, die sich in Irenes Vorstellung inzwischen in ganzen Karawanen zum Streckelsberg bewegten. Nein. Dieser Ton kam vom Treppenhaus und war eindeutig irdischer Natur. Es waren Schritte. Menschliche Schritte. Aber war das nicht noch viel schlimmer als die Gespenster, die sie bis dahin belauscht hatte? Irene stockte der Atem. Kamen sie jetzt schon? Kamen sie jetzt schon, um sie zu holen? Es war doch noch viel zu früh. Draußen war es immer noch stockdunkel. Bis zur Morgendämmerung war es noch lange hin. Erst dann, so hatte man ihr versichert, sollte sie geholt werden. Oder hatte sich die Herzogin nun doch gegen den Amtshauptmann durchgesetzt? Und hatte Sorge dafür getragen, dass sie ihren Weg unerkannt antreten konnte? Gehüllt in Dunkelheit?

Draußen hörte sie zwei Menschen sprechen. Der Wärter hatte einen Wortwechsel entfacht. Der zunehmend heftiger wurde. Irene konnte nicht verstehen, worum es ging. Sicherheitshalber zog sie sich in die entfernteste Ecke des Raums zurück. Nach einer Weile, die Irene endlos vorkam, öffnete sich die Tür. Herein kam, zu ihrer grenzenlosen Erleichterung, Friedrich. Sowie er das Zimmer betreten und die Türe geschlossen hatte, begann er zu sprechen. »Ihr habt wohl gedacht, dass ich Euch im Stich lasse? Da irrt Ihr Euch. Keine Sekunde hatte ich die Absicht, Euch in dieser grauenvollen Nacht alleine zu lassen. Ihr seid schließlich auch einmal bei mir geblieben, als ich von allen anderen verlassen worden bin. Erinnert Ihr Euch? Es war bei unserer ersten Begegnung im Wirtshaus. Ihr wart die Einzige, die bei mir geblieben ist. Ich dachte bei dieser Gelegenheit schon, dass ich Euch diesen Dienst einmal vergelten müsste. Auch wenn ich damals etwas anderes im Sinn hatte und mir nicht vorgestellt habe, dass es einmal eine Nacht wie die heutige geben würde. Aber der Amtshauptmann hat mir die Besuchserlaubnis entzogen, gleich nachdem er das Urteil verkündet hatte. Er meinte, dass Ihr nun wohl schwerlich noch eines Rechtsbeistandes bedürftet. Meine Argumente hat er in den Wind geschlagen. Er hat mich ausgelacht. Mir die Türe gewiesen. Seitdem sind mir die Wege zu Euch versperrt. Er hat alle Wachen und Wärter instruiert, keinerlei Barmherzigkeit walten zu lassen. Auch das überaus erfreuliche Exemplar, das im Moment vor Eurer Türe sitzt und sie bewacht wie der leibhaftige Höllenhund persönlich, wollte keine Ausnahme machen. Dass es mir nun endlich gelungen ist, doch noch zu Euch zu gelangen, dürft Ihr mit Sicherheit nicht seiner ausgeprägten Menschenfreundlichkeit anrechnen. Im Gegenteil. Es waren handgreiflichere Methoden notwendig, um ihn zu überzeugen, wie dringend mein Wunsch ist, Euch zu sehen.«

Er hielt inne, als Irene ihn bestürzt ansah. Dann lachte er leise. »Nein. Keine Sorge. Meine Strategie war zwar handgreiflich, aber nicht tätlich. Jedenfalls nicht gewalttätig. Ich habe die Grenzen der Zivilisation nicht überschritten. Er lebt und ist unverletzt. Ich habe meine Reisekasse geplündert und ihm Geld gegeben. So viel, wie er sonst in einem halben Jahr nicht verdient. Auf diese Methode ist immer Verlass. Sie funktioniert zuverlässig und hat mich in meinem Leben noch kein einziges Mal enttäuscht. Obwohl«, Friedrich zögerte, und Irene war sich nicht gleich im Klaren darüber, ob er das aus rhetorischen Gründen tat oder tatsächlich ernsthaft einen Gedanken prüfte. »Vielleicht hätte ich das nicht tun sollen. Sondern hätte ihn besser auf dem von Euch vermuteten Weg erledigt. Wenn es mir gelänge, ihn bewusstlos zu schlagen, hätten wir eventuell die Möglichkeit zu fliehen.« Er ließ sich auf der geschnitzten Bank nieder, die an der Stirnseite des Zimmers aufgestellt war. Schwieg und versank in tiefes Nachdenken.

Irene hatte sich nahe zu ihm gesetzt. So nahe, wie es ihr bei ihren Begegnungen im Besprechungszimmer die ganze Zeit verwehrt gewesen war. Endlich konnte sie ihn genau betrachten. Offenbar schien er die Möglichkeit, die er eben angedeutet hatte, im Geiste durchzuspielen. Das Auf und Ab des Weges, den sie im Falle der Flucht nehmen mussten, spiegelte sich in seinem Mienenspiel. Der interessierte Ausdruck, den er angenommen hatte, als er auf den Gedanken gestoßen war, wich bald Verdüsterung. »Nein, nein«, murmelte er. »Es würde nicht gehen. Spätestens an der Brücke würden wir …« Sein Gesicht erhellte sich verhalten. Er brach ab und nahm einen neuen Satz auf. »Oder vielleicht doch. Wenn wir den unterirdischen Gang benützen würden. Wir könnten dann durch den Kerker entweichen und kämen auf der städtischen Seite wieder hinaus. Das wäre immerhin eine Möglichkeit, auch wenn …« Irene unterbrach ihn durch energisches Kopfschütteln. »Nein. Auf keinen Fall. In den Kerker gehe ich unter keinen Umständen zurück. Selbst wenn Ihr mich dahin prügeln würdet. Ich habe gestanden, weil ich Todesangst vor der Tortur habe. Sie ist schlimmer als die wirkliche Todesangst, die mich begleitet, seitdem der Stab über mich gebrochen worden ist. Zudem ist ein solcher Tunnel nicht existent. Die Herzogin hat es mir einmal erklärt. Es ist nur ein Gerücht, das während der letzten Belagerung entstanden ist und sich seitdem hartnäckig gehalten hat. Nein, ich werde nicht fliehen, und wenn ich dazu in das Verlies zurückmuss, schon gar nicht. Vor diesem Gewölbe habe ich fast die gleiche Angst wie vor den Instrumenten. Außerdem kämen wir nicht weit. Es gibt auf der anderen Seite keinen Ausweg. Über kurz oder lang kämen wir doch nur ins Schloss zurück. Nein. Eine Flucht ist völlig ausgeschlossen. Absolut unmöglich. Das wisst Ihr so gut wie ich. Wir kommen hier nicht heraus. Und alles, was Ihr Euch ausmalen mögt, hat nichts mit der Realität zu tun, ist nichts als Fantasie.«

Eindringlich sah sie Friedrich an. Er nickte. Sein Gesicht wurde weich. »Ihr habt recht. Das ist übrigens etwas, was ich gleich bei unserer ersten Begegnung an Euch gemocht habe. Ihr seid verständig. Jedenfalls verständiger als die meisten Menschen, die ich kenne. Ihr habt die kostbare und rare Gabe, Dinge zu durchschauen, und wisst, was Ihr von ihnen zu halten habt. Hinzu kommt die noch seltenere Fähigkeit, diese Einsichten konsequent und bis zum letzten Punkt zu durchdenken. Selbst dann, wenn Ihr dabei an eine Grenze stoßt, die jeden anderen zurückschrecken ließe, weil sie gegen Euch selbst, Eure Interessen oder sogar, wie in diesem Fall, gegen Euer Leben gerichtet ist. Ihr seid mutig. Ich bedauere von ganzem Herzen, dass das außergewöhnliche Leben, das durch diese Eigenschaft garantiert wäre, zu Ende gehen soll, bevor es sich gebührlich entfalten konnte. Und dass ich darauf verzichten muss, dieses Leben mit Euch zu teilen.« Er schwieg. Sagte kein weiteres Wort und sah die Frau an seiner Seite an. Es traten ihm Tränen in die Augen. »Es wäre ein schönes Leben geworden. Ein interessantes Leben. Am Ende ein frohes. Schade. Schade.« Er war immer leiser geworden. Schließlich verweigerte sich seine Stimme. Er schluckte. Räusperte sich. Versuchte, sich auf die Methoden zu besinnen, die man ihm in seiner rhetorischen Ausbildung für den Fall eines versagenden Sprechorgans beigebracht hatte. Aber so sehr er sich mühte, es wollte ihm nicht gelingen.

Irene nahm seinen Kopf in ihre beiden Hände und küsste ihn. Schmiegte sich schließlich an ihn. »Ja. Das ist schade. Ein Leben mit Euch wäre glücklich geworden. Es wäre ganz anders gewesen als das Leben, das ich in den letzten Jahren geführt habe. Das ich aufgeben wollte. Ich habe es einfach nicht mehr ausgehalten. Den Stillstand, den es hatte. Die Einsamkeit. Das Schweigen und die Grabesstille, von der ich umgeben war. Wisst Ihr, dass Ihr mir bei unserer ersten Begegnung vor allem deswegen aufgefallen seid, weil Ihr so viel und so schnell gesprochen habt? Ich dachte damals, dass Ihr vermutlich mehr als eine Zunge Euer Eigen nennt. Auch die Gefangenschaft ist mir dadurch leichter geworden, dass ich mit Euch sprechen konnte. Ich hätte viel darum gegeben, in diesem Leben fort und fort mit Euch zu sprechen. Das wäre ein redelustiges Leben geworden, das wir miteinander geführt hätten. Langweilig wäre es uns bestimmt nie geworden.« Sie machte eine Pause. »Ja, es ist schade. Es ist schade um uns. Schade darum, dass unsere Unterhaltung nun abbrechen wird. Aber lassen wir es dabei bewenden. Schweigen wir in dieser Nacht. Es reicht mir, wenn Ihr da seid.« – Friedrich blieb in dieser Nacht bei Irene und erwartete mit ihr den Sonnenaufgang.

Am nächsten Morgen hatte die Sonne noch kaum mit blassen Strahlen zaghaft über den Horizont gegriffen, als überall die Glocken zu läuten begannen. Das Schloss, die Stadt und alle Dörfer, ja, die ganze Insel waren von ihrem Klang erfüllt. Sogar über das Meer hin trug der Wind ihre Töne, die sich an Klippen und Felsen brachen und von dort widerhallten. Auf dem Land erschallten sie im Flachen und auf den Höhen, und so wurde das außergewöhnliche Ereignis, das dieser frühe Herbsttag den Bewohnern von Wolgast und der Insel Usedom bringen sollte, noch vor Tagesanbruch in Nähe und Ferne verkündet und drang in Ohr, Herz und Hirn der Menschen.

Der Amtshauptmann hatte es nicht versäumt, seinen Untertanen das Schauspiel, das er ihnen bereiten wollte, rechtzeitig und mit allem gebotenen Spektakel anzuzeigen. Ein letztes Mal hatte er die Dienste von Johann Speyer bemüht, bevor er mit ihm auf die gleiche Weise verfahren war wie mit Lisbeth Mugnerin. Er hatte eine größere Menge von Plakaten bestellt, auf denen Ort und Datum von Irenes Hinrichtung gemeldet wurden. Zu diesem Zweck hatte er dem jungen Drucker den Holzblock gebracht, den er seinerzeit anlässlich der Vollstreckung von Maxim Mugners Todesurteil hatte anfertigen lassen. Mit ein paar einfachen Schnitzbewegungen hatte der Jüngling das Bild etwas verändert und nach Herrn Urians Diktat einen neuen Text hinzu gesetzt. Er schilderte die Untaten der gemeinen Mörderin Irene Schweigerin in leuchtenden Farben, zur Abschreckung und Warnung.

Diese Anschläge waren überall in der Stadt angebracht worden: Im Schloss. An der Stadtmauer und den Toren. Im Hafen. In den Wirtshäusern und Amtsstuben. An der Tür der St. Petri-Kirche und auf dem Rathausplatz. Aber nicht nur in Wolgast waren die Aushänge zu lesen. Sie hingen auch in den Dörfern der Insel. An der Kirche zu Koserow. In jenem Wirtshaus am Wege, in dem die Wände mit Trinksprüchen verziert waren und das Irene auf ihrem Weg aus ihrem Vaterhaus Obdach geboten hatte. Selbst an der einsamen Mühle hatte ein besonders Mutiger ein Exemplar platziert. Niemand konnte das Datum ignorieren. Keiner hätte den Ort des Geschehens missachten können. Ohnehin aber waren alle auf das Ereignis begierig und brannten darauf, sich an einem Schauspiel zu ergötzen, das Abwechslung in ihren gleichförmigen Alltag brachte.

Mit dem ersten Glockenschlag waren auch Irene und Friedrich erwacht. Irene hatte sich in Friedrichs Arme gelegt und war erst gegen Morgen in einen unruhigen Schlaf verfallen, in den ihr Friedrich wenig später folgte. Sie hatten beide noch nicht recht die Augen aufgeschlagen, als schon die Türe von Irenes Gefängnis geöffnet wurde.

Der diensthabende Wächter trat ein. Seitdem Friedrich ihm das Geld gegeben hatte, war er dem Fremden aus Italien freundlicher gesonnen. Er hatte beschlossen, dem Rechtsgelehrten (und auch sich selbst) Ärger zu ersparen. »Es ist besser, wenn Ihr nun geht, Junker zu Trostberg. Es wird bald so weit sein, dass die Jungfer abgeholt wird. Es wäre nicht gut, wenn man Euch dann noch hier fände.« Darauf wandte er sich zu Irene und fuhr fort: »Wünscht Ihr einen Pfarrer?« Irene schüttelte den Kopf. »Dann ist es an der Zeit, dass Ihr Euch über Euren letzten Wunsch Gedanken macht. Habt Ihr auf dieser Welt noch etwas zu bestellen?« Während er sprach, hatte Irene Friedrichs Hand ergriffen und sich an ihr festgeklammert. Sie schüttelte abermals den Kopf. – Nein, sie wünschte nichts mehr auf dieser Welt. Allenfalls wünschte sie, diese Hand nie mehr loszulassen. Sie hatte Sorge, dass sie sich, wenn sie das täte, nicht mehr aufrecht halten konnte. Aber das war schlecht zu fordern. Also verneinte sie nochmals. Energischer, um sich selbst Mut zu machen. Wieder mit einer stummen Geste. Gleichzeitig ließ sie Friedrichs Hand fahren. Abrupt trennte sie ihren Körper von seinem. »Lebt wohl. Wir hätten uns unter anderen Umständen treffen sollen. Zu einem andern Zeitpunkt. Aber es war schön, dass wir uns überhaupt kennengelernt haben. Ich danke Euch für alles, was Ihr für mich getan habt. Gott vergelte es Euch.« Sie wandte sich ab. Friedrich, der hilflos hinter ihr stand, machte den ungeschickten Versuch, sie zu umarmen. Sie schüttelte ihn ab. Ging zum Fenster, wobei sie krampfhaft darauf bedacht war, ihr Gesicht nicht mehr sehen zu lassen. Schließlich nickte Friedrich. Ging zur Tür. Verließ mit dem Wächter zusammen das Zimmer, das das letzte war, das Irene im Leben bewohnt hatte.

Irene blieb verlassen und versteinert zurück. Sie mochte etwa zehn Minuten bewegungslos gestanden und blinden Blicks aus dem Fenster gestarrt haben, als sich die Türe abermals öffnete. Sie zuckte nur leicht zusammen. Da kamen sie also. Ihre Henker. Ihre Mörder, um sie abzuholen.

Bedächtig drehte sich Irene um. Zusammen mit dem zweiten Wächter war der Amtshauptmann gekommen. Herr Urian trug sein grünseidenes Gewand, über das er einen Gürtel gezogen hatte, in dem seine Rute steckte.

Er trug ein Bündel, das er auf das Ulmenholztischchen legte. Dabei öffnete es sich einen Fingerbreit und das Buch, die Bibel des geschlagenen Winterkönigs, mit dem alles Unglück seinen Anfang genommen hatte, wurde für einen Augenblick sichtbar. Sofort verschloss der Amtshauptmann das Päckchen wieder sorgfältig. Irene war seiner Bewegung gefolgt und sah ihm endlich ins Gesicht. Eine Weile blickten sie sich durch die Weite des Raumes an. Keiner senkte den Blick. Schließlich beendete der Amtshauptmann den stummen Zweikampf. Er sprach mit derselben nüchternen und geschäftsmäßigen Stimme, die er während der Gerichtsverhandlung stets an sich gehabt hatte: »Es ist so weit, Jungfer Schweigerin. Unten steht der Wagen, der Euch zum Richtplatz bringen wird. Ich rate Euch, keine Schwierigkeiten zu machen und mir zu folgen. Kommt!« Er ergriff sein Paket wieder und wandte sich zum Gehen. Auch Irene setzte sich in Bewegung. Langsam ging sie zur Tür. Dort angekommen, wollte der Wächter sie ergreifen und in Fesseln legen. Unwillig schüttelte sie ihn ab. »Macht Euch keine Mühe. Ich habe gestanden und werde Euch nun mit Sicherheit nicht mehr davonlaufen. Wenn ich diese Absicht gehabt hätte, hätte ich schon früher eine Möglichkeit gefunden. Also lasst mich in Ruhe.«

Das Schloss lag zu dieser frühen Morgenstunde wie ausgestorben. Auf dem Weg durch das Treppenhaus, das Besuchszimmer mit dem langen Klostertisch und über den Hof begegnete ihnen keine Seele. Lediglich das Plätschern des Brunnens war zu hören. Sonst war alles gespenstisch still.

Irene fragte sich, wo Friedrich und Else waren. Sie hatte gedacht, dass die beiden alles daransetzen würden, sie in ihrer letzten Stunde nicht allein zu lassen. Auch die Herzogin hatte sie noch einmal zu sehen gehofft. Aber niemand war gekommen, um ihr Beistand zu leisten. Diese Beobachtung brachte sie aus der eisigen Ruhe, in die sie sich bis dahin durch höchste Konzentration gezwungen hatte. Ihr Herz begann zu rasen. Sie merkte, wie sich ihr Magen umkehrte. Die Nerven in Armen und Beinen zuckten auf. Sie hatte Mühe, nicht umzufallen. Glücklicherweise öffnete in diesem Augenblick der Amtshauptmann die Tür zur Laufbrücke und Irene konnte einen kurzen Moment rasten. Als sie die Brücke passierte, war sie zumindest wieder so weit gefestigt, dass sie ohne zu stolpern zwischen den beiden Männern herlaufen konnte. Da der Amtshauptmann befürchtete, dass Irene im letzten Moment in den Schlossgraben springen könnte, hatte er dem Wächter ein Zeichen gegeben, die Verurteilte in die Mitte zu nehmen. Sie warf den beiden Männern verächtliche Seitenblicke zu. »Ihr könnt unbesorgt sein. Ich werde Euch Euer schönes Schauspiel nicht verderben. Bis jetzt habe ich meine Rolle doch sehr zuverlässig gespielt, meint Ihr nicht? Und ich bin konsequent. Ich habe zugegeben, dass ich Melchior Lechter ermordet habe, und werde nun die Folgen meines Geständnisses tragen. Also macht Euch nicht lächerlich, indem Ihr mich so aufdringlich bewacht.«

Es tat Irene wohl, diese Worte zu sprechen. Sie hatte den Eindruck, dass sich durch sie ihre Lungen mit frischer Luft gefüllt hatten. Die Übelkeit ließ nach. Als sie das städtische Ende der Brücke erreicht hatte, trug sie ihren Kopf wieder erhoben. – Doch kaum, dass sie auf dieser Seite angekommen war, hatte sie auch den stillen, frühen Morgen hinter sich gelassen. Sie prallte gegen eine Menschenmauer. Darum also war das Schloss so verwaist gewesen. Hier waren sie alle. Die Bewohner der Residenz. Der Stadt. Der ganzen Insel. Mit dieser Menge hatte Irene nicht gerechnet.

Als die Ersten sie entdeckt hatten, brandete schlagartig Geschrei auf. Irene hörte Kreischen und Schimpfen. Zwei alte Frauen stürzten auf sie zu und keiften aus zahnlosen Mündern. Irene fühlte sich bespuckt und mit etwas Weichem beworfen. Sie wich zurück und prallte gegen den Amtshauptmann, der sie an den Wächter weiterreichte. Mit eisernem Griff hielt er sie fest und fesselte ihre Arme hinter ihrem Rücken. Herr Urian hatte derweilen seine Feuerrute gezogen und knallte mit ihr durch die Luft. In derselben Sekunde erstarrte die Menge, die sich eben noch völlig enthemmt gebärdet hatte. Der Amtshauptmann sprach herrisch wenige Worte, die Irene nicht verstand. Mit einem Mal hatte sie Angst, ertaubt zu sein. Auch ihre Beine funktionierten nicht mehr. Der Wächter warf sie kurzerhand über seine Schulter und trug sie durch die Schneise, die die Menge gebildet hatte, um den Weg zum Wagen frei zu machen. Es war ein einfacher Leiterwagen, in dem Irene abtransportiert werden sollte. Die Bauern der Gegend verwandten Fahrzeuge dieser Art für die Heuernte. Es gab keine Bank oder eine andere Sitzgelegenheit. Irene fühlte sich auf die blanke Ladefläche geworfen, die nur mit ein wenig Stroh bedeckt war. Sonderbarerweise aber fiel sie weich. Zumindest ihr Kopf. Arme, Beine und Rumpf hingegen schlugen hart auf dem Holz des Wagens auf. Bevor sie sich aufsetzen konnte, um sich umzusehen, rumpelte es. Der Wagen zog an und nahm Fahrt auf.

Plötzlich fühlte sie sich kräftig in die Höhe gezogen und eine Hand half ihr, eine sitzende Position einzunehmen.

Sie blickte in Friedrichs Gesicht. Von ferne hörte sie dumpf das unablässige Gebrüll der Menge, das nicht weniger wurde, obwohl sich der Wagen mit einiger Geschwindigkeit vom Schloss und schließlich aus der Stadt entfernte. Aber auch auf der Brücke und später auf der Landstraße hatte sich Volk eingefunden und säumte Irenes letzten Weg. Mit Beschimpfungen und Verhöhnungen sparten sie nicht. Beleidigungen und Demütigungen prasselten zahllos auf sie nieder. Geschützt wurde Irene einzig durch eine gütige Natur, die ihre Sinne so weit vernebelt hatte, dass sie die einzelnen Erniedrigungen aus dem allgemeinen Gejohle nicht verstehen konnte. Dumm war nur, dass sie auch Friedrichs Worte wie durch Watte gesprochen wahrnahm. Er versuchte, ihr etwas zu erklären. Sie begriff nicht. Schließlich gab er seine Bemühungen auf. Sie waren bereits ein ganzes Stück von Wolgast entfernt und hatten die Höhe der Mühle erreicht. Friedrich lehnte sie behutsam an die Seitenplanken des Wagens und begann, sich unmerklich vorwärts zu bewegen. Was hatte er vor? Irene fühlte, wie sich die Lähmung immer mehr in ihr ausbreitete. Wollte Friedrich seinen Plan vom vergangenen Abend umsetzen und versuchen, mit ihr zu fliehen? Er hatte eine der Verstrebungen gelöst. Mit einer Kraft und Rücksichtslosigkeit, die sie ihm niemals zugetraut hätte, stieß er den Kutscher vom Bock und nahm mit Geschicklichkeit – über die sich Irene ebenfalls wunderte – dessen Platz ein.

Der Zeitpunkt des Überfalls war gut gewählt gewesen. Friedrich hatte eine Lücke in der Menschenmenge ausgenützt und war auf den Dünenweg gefahren, der zur Mühle führte. Er steuerte auf das Meer zu. Irene sah, dass hinter der Mühle ein Schiff lag. Es schien auf sie zu warten. Hoffentlich blieben sie nicht im Sand stecken. Ob sie es erreichen konnten? Diese Aussicht belebte sie. Sie erwachte aus ihrer Betäubung und versuchte, auf den Platz neben Friedrich zu kommen. In dem Moment aber, in dem sie sich aufrichtete, sah sie, dass sie keinerlei Aussicht mehr hatten. Der Amtshauptmann und die beiden Wächter, die den Wagen zu Pferd eskortierten, hatten sie eingeholt. Herr Urian fiel Friedrich in die Zügel. Übernahm sie. Bremste das wilde Tempo der Pferde. Brachte sie schließlich zum Stillstand. »Das habt Ihr Euch übel ausgedacht, Junker zu Trostberg«, hörte Irene ihn sagen, jetzt wieder merkwürdig gedämpft und unwirklich. »Ihr habt doch nicht im Ernst geglaubt, dass Ihr mit diesem Manöver Erfolg habt? Ihr seid doch dümmer, als ich dachte. Die ganze Zeit habt Ihr Euch zurückgehalten, und nun macht Ihr im letzten Moment diesen entscheidenden Fehler.« Er schnalzte tadelnd mit der Zunge. »Ich muss Euch nicht erklären, dass der Befreiungsversuch einer Mörderin ebenfalls mit der Todesstrafe geahndet wird? Ihr könnt also gleich mitkommen.«

Erbarmungslos zog er seine Feuerrute über Friedrichs Kopf. Der sackte zusammen. Der Wächter ergriff ihn. Warf ihn zu Irene auf die Ladefläche. Setzte sich in Windeseile auf den Kutschbock und lenkte den Wagen zurück auf die Landstraße, wo er in gemächlichem Tempo seine Fahrt wieder aufnahm. Weg vom Meer. Vorbei an der Mühle. Vorbei an dem Dörfchen Koserow. Hinaus aus Irenes Leben. Endlich bergauf. Der Hinrichtungsstätte zu.

Irene beugte sich besorgt über Friedrich. Bis Koserow war er blutend und leblos im Wagen gelegen. Als es waldig und der Weg steigend wurde, begann er, leise und gequält zu stöhnen. Kurz bevor sie den Streckelsberg erreicht hatten, schlug er die Augen auf und machte Anstalten, sich zu setzen. Als er es endlich geschafft hatte, stützte er seinen Kopf in beide Hände. Bevor er aber etwas sagen oder auch nur einen Schmerzenslaut von sich geben konnte, waren sie angekommen. Der Amtshauptmann wollte offenbar kein weiteres Risiko eingehen. Noch bevor der Wagen richtig anhielt, hatte er seine Soldaten so postiert, dass niemand von der Ladefläche fliehen konnte. Er griff Irene und übergab sie den beiden Wächtern, die sie zwischen sich festhielten. Er selbst zog eine große Schere aus der Tasche. »Dann werden wir also beginnen, Jungfer Schweigerin. Und dafür sorgen, dass Ihr für Euren großen Auftritt die richtige Frisur habt. Der Henker hat es dann leichter, sauber zu schneiden. Ich habe Euch schließlich versprochen, dass Ihr einem geschickten Vertreter dieses Handwerks übergeben werden sollt. Und wie Ihr wisst, halte ich meine Versprechen.« Während er sprach, hatte er Irenes Kopftuch auf den Boden fallen lassen, ihre Haare gepackt und ihre Locken knapp über dem Nacken abgeschnitten. Er warf sie achtlos zur Seite und gab den beiden Wachmännern zu verstehen, dass es nun an der Zeit sei, die Delinquentin zum Gerüst zu führen.

Die kleine Prozession setzte sich durch ein menschliches Spalier, das sich auch hier gebildet hatte, in Bewegung. An ihrer Spitze die bewachte Irene. Dann folgte der Amtshauptmann. Hinter ihm das Gericht sowie Abgeordnete der Landstände. Im Unterschied zu der grölenden

Menge in Wolgast standen die Schaulustigen hier schweigend. Gebannt von dem, was kommen würde. Irene hörte die Stille, wie sie sie damals während des schwedischen Überfalls auf dem Dorfanger von Koserow gehört hatte. Vereinzelt wurde sie von schreienden Möwen durchbrochen. Sie sah verschwommen das Gerüst vor sich, auf das sie auf geradem Weg zuschritt. Am Ende des Weges standen zwei gebeugte Schemen. Das mochten die Herzogin und Else sein. Plötzlich erhob sich ein leichter Wind, der den Schleier von Irenes Bewusstsein wehte und überdeutliche Beobachtungen enthüllte. Mit einem Mal nahm sie wahr, dass die Fürstin die Dienerin stützte. Sie sah einen Geistlichen. Einen jüngeren Kollegen ihres Vaters, den sie nur flüchtig kannte und wegen seiner ungepflegten Erscheinung immer gemieden hatte. Auch jetzt konnte Irene seinen Schweißgeruch fast mit Händen greifen, so deutlich stieg er ihr in die Nase. Auf der anderen Seite, im Hintergrund, sah sie den Vater ihres Anklägers, Johann Speyer den Älteren, und dessen Kompagnon in bürgerlich grauem Gewand in den Reihen des Magistrats stehen. Bei sich hatten sie einen kleinen Jungen, der über und über mit Sommersprossen übersät war.

Sie sah die Tribüne. Sah drei Regimentstrommler, die sich hinter ihr aufgestellt hatten. Sah den Block, auf dem sie in spätestens einer Minute zu liegen kommen würde. Sah den Henker, dessen Gesicht mit einer schwarzen Maske bedeckt war. Nahm mit großer Schärfe einen kleinen Riss an seinem groben, grauen Leinenhemd wahr. Noch klarer sah sie das Schwert, das in der Morgensonne glänzte und kleine Lichtblitze versprühte. Die beiden Wächter zogen sie unaufhaltsam vorwärts. Irene versuchte, sich nach hinten zu bewegen. Sie sträubte sich. Wollte sich aus dem Griff der Männer winden. Es half ihr nichts. Das Gerüst kam immer näher. Sie begann zu beten. Schließlich war sie da. Wurde die Stufen hinaufgezogen. Man schnallte sie auf ein Brett. Sie sah das rohe Holz mit vielen Astlöchern. Dann entschwand auch dieser letzte Rest Wirklichkeit ihren Sinnen. Man verschloss ihr die Augen mit einer Binde. Ein leiser Trommelwirbel setzte ein. Dann erwartete sie den Schnitt, der auch noch den Rest auslöschen würde.

Aber er blieb aus. Vom Wirbel der Trommeln war ein anderes Geräusch überdeckt worden, das Irene nun langsam heraushören und mit zunehmender Belebung auch endlich als Ursache für den ausbleibenden Hieb des Henkers ausmachen konnte. Es waren Pferde, die da kamen. Donnernde Hufe. Begleitet von einer Trompete und wilden Schreien. Noch konnte sie nicht verstehen, was gerufen wurde. Noch war der Reiter zu weit entfernt. Es schien aber etwas für sie Günstiges zu sein. Zumindest hatte der Henker sein Schwert noch immer nicht gebraucht. Plötzlich fühlte sie, wie das Brett, auf dem sie festgeschnallt war, angehoben wurde. Im gleichen Augenblick aber schon wieder in die ursprüngliche Position zurückfiel. Es zupfte jemand an ihren Fesseln. Schaffte es schließlich, sie zu lösen. Die Binde wurde Irene abgenommen. Zum zweiten Mal an diesem Tag sah sie überraschend in Friedrichs Gesicht. Er war blass und hatte getrocknetes Blut auf seiner Stirn.

»Rückt einmal ein bisschen zur Seite. Ich würde es mir gerne neben Euch gemütlich machen. Ihr seid die Einzige, der man hier so etwas wie eine Sitzgelegenheit angeboten hat. Und mir fällt, wenn ich ehrlich bin, das Stehen schwer. Der Schlag des Amtshauptmanns war einigermaßen kräftig und steckt mir noch in den Knochen. Also seid so gut und macht mir Platz.« Friedrich schwankte bedrohlich. Irene, aller Fesseln ledig, sprang auf und drückte ihn auf den Block nieder. Dann sah sie sich um. Friedrich und sie waren ganz alleine auf dem verlassenen Blutgerüst. In einiger Entfernung hatte sich eine Menschentraube um einen Reiter gebildet. »Was ist geschehen?«, fragend sah sie Friedrich an, der seinen Kopf in beide Hände gestützt hatte und die Augen geschlossen hielt. Mühsam öffnete er sie, blickte kurz auf Irene. Schloss sie wieder. »Georg Drach ist gekommen. Er hat eine Botschaft des Herzogs gebracht. Genaueres weiß ich nicht. Mir ist entsetzlich schlecht und mein Kopf dröhnt wie die Posaunen beim Jüngsten Gericht. Und zwar alle sieben zusammen. Ich werde hier sitzen bleiben und sterben. Aber Ihr solltet die Ankunft von Georg Drach nützen. Sie hat die Aufmerksamkeit von Euch abgelenkt. Wenn Ihr klug seid, verschwindet Ihr von hier. Seht zu, dass Ihr Euch zum Meer durchschlagt. Hinter der Mühle wartet ein Schiff. Ihr habt es heute Morgen vielleicht gesehen. Es sind schwedische Seeleute. Normalerweise sind sie auf eine etwas andere Fracht spezialisiert und arbeiten für den Amtshauptmann. Aber für diese Fahrt habe ich sie besser bezahlt.« Für einen Augenblick öffnete Friedrich die Augen und sah Irene eindringlich an. »Geht endlich und lasst mich in Ruhe sterben.«

Während Friedrich gesprochen hatte, waren zwei weitere Reiter angekommen. Sie waren gemächlich geritten und hatten sich unauffällig an den Rand der Gruppe gestellt. Ihre Ankunft war einige Zeit unbeachtet geblieben. Dann hatte die Herzogin sie gesehen. Sie hatte sich leise von den anderen abgesondert und war an das Pferd des einen Reiters getreten. Er stieg ab und nahm die Frau in den Arm. Das lenkte die Aufmerksamkeit einiger anderer, die bis dahin an Georg Drachs Lippen gehangen hatten, auf die Neuankömmlinge. Eine Welle ging durch die Menge. Die Menschen verbeugten sich. Einzig Herr Urian Olobaid von Greifenhöll blieb erhobenen Hauptes stehen. »Kniet nieder!«, befahl ihm die Stimme des Reiters. Er war nicht sehr groß, leicht untersetzt und schon sehr alt. Er hatte einen langen, grauen Bart im Gesicht und trug eine fremdländische Kopfbedeckung, die einem Spötter den Vergleich mit einem Heiligenschein aufdrängen konnte. »Ihr seid die längste Zeit Oberhaupt meines Staats gewesen. Wie Ihr seht, bin ich von meiner italienischen Reise glücklich zurückgekehrt. Und da ich zu bleiben gedenke, habt Ihr Euch in einen gewöhnlichen Untertanen zurückverwandelt. Kniet nieder und erweist mir Ehre.« Herr Urian bewegte sich nicht. Währenddessen war der zweite Reiter ebenfalls von seinem Pferd gestiegen. Er hatte sich dem Amtshauptmann anmutigen Schritts, leicht tänzelnd genähert. Leise sang er vor sich hin. Umkreiste ihn. Näherte sich an. Entfernte sich wieder. Zog sein Barett vom Kopf. Verneigte sich tief. Tänzelte zurück. Verneigte sich abermals. Herr Urian blickte verstört auf ihn. Die Widerworte, die er dem Befehl des Herzogs entgegensetzen wollte, erstarben ihm auf der Zunge. Er drehte sich auf dem Absatz um. Raffte seinen Umhang und lief, von Entsetzen getrieben, in den Wald.

Sein lahmes Bein zog er nach, so dass es aussah, als vollführe er närrische Bocksprünge.

Auch die anderen waren vor dem Mann, der sich so sonderbar gebärdete, zurückgewichen. Er trug einen alten Talar, wie ihn Richter tragen. Den Abzug des Amtshauptmanns quittierte er mit einem freundlichen Lächeln und dem Ende seines Tanzes. Er bückte sich zu Boden und hob eine Tasche auf, die der Flüchtende verloren hatte. Er öffnete sie und beförderte die Henkersschere sowie ein gut verschlossenes Päckchen zutage. Währenddessen gab der Herzog Befehl: »Ihm nach! Er soll ins Schlossgefängnis geworfen werden. Er wird sich in einem ordentlichen Prozess für seine Untaten rechtfertigen müssen. Ergreift ihn!« Die Wachen bestiegen ihre Pferde. Der Herzog und seine Frau, Georg Drach und der dritte Reiter aber waren zum Blutgerüst gekommen, auf dem immer noch Irene und Friedrich saßen. »Hier steckst du also, Friedrich. Du hast auch allen Grund, dich ins Abseits zurückzuziehen. Deinen Auftrag hast du nicht gut erledigt. Wenn Georg Drach nicht gewesen wäre, wer weiß, welchen Ausgang die Sache genommen hätte. Im Gegensatz zu dir hat er sich schnell alles zusammengereimt. Er war einen ganzen Monat früher als du bei der Mühle und hatte den Schmuggelhandel des Herrn Urian entdeckt. Er war so vernünftig, gleich zu mir zu kommen und mich rechtzeitig zu informieren.« Der Herzog schüttelte traurig den Kopf. »Es wird Zeit, dass du wieder hinter dein Katheder verschwindest. Es war ein Fehler, dich hierher zu schicken. Georg Drach war der Mann der Stunde.«

Anerkennend blickte der Herzog auf seinen Boten, der bescheiden den Kopf gesenkt hielt. Friedrich war vor

Verwunderung sprachlos. Was sollte er sagen? Da hatte er alles Menschenmögliche getan, sich zum Schluss sogar noch halb tot prügeln lassen und was hatte er davon? Nichts als Undank und Vorwürfe. Ausgerechnet Georg Drach war es, der ihm seine Verdienste streitig machte. Er blickte den Herzog zornig an. Der ließ sich nicht beeindrucken und fuhr in aller Ruhe fort: »Aber wenigstens etwas Gutes liegt in der Geschichte. Sieh einmal, wen ich dir mitgebracht habe.« Dabei bugsierte er seinen Begleiter im zerschlissenen Talar zu den Stufen, die auf die Tribüne führten. »Ich habe unterwegs deinen Vater getroffen. Er war in schlechte Gesellschaft geraten. Es wird Zeit, dass du dich um ihn kümmerst. Du solltest ihn …«

Friedrich stöhnte auf. Währenddessen hatte sein Vater das Paket, das er in Herrn Urians Tasche gefunden hatte, aufgeschnürt. Zum Vorschein kam das Buch des böhmischen Königs, das Herr Urian nach Irenes Hinrichtung hatte verkaufen wollen. – Die Bibel, die Melchior Lechter bei einem toten böhmischen Soldaten nach dem Massaker in einem Bauernhaus gefunden hatte. Die Bibel, die ihm, kaum dass er sie in seinen Besitz gebracht hatte, nicht mehr geheuer gewesen war. Mit der er ein Geschäft machen wollte, die aber schnell zu einem unerträglichen Ballast geworden war. Die Bibel, die das letzte Buch war, das den Pfarrer von Koserow erfreut hatte. Die er gerne behalten hätte und von der er wusste, dass ihr Besitz ihn in Schwierigkeiten bringen würde. Die Bibel schließlich, die benutzt worden war, um Irene als Mörderin anzuklagen. Melchior Lechter war tot. Adam Schweiger war tot. Der Pförtner Thomas war tot. Und Johann Speyer, der Jüngere. Irene hatte auf dem Blutgerüst gelegen. Sie alle waren versklavt, verstümmelt, gefoltert oder vernichtet worden. Zu viele waren während dieses Krieges auf dem Feld geblieben. Waren dieser ganz und gar überflüssigen Schlacht erlegen. Es wurde Zeit, dass Frieden wurde.

Friedrich verdrehte die Augen und blickte zum Himmel. »Verschont mich. Verschont mich bitte mit Weiterem. Mir reichte schon der erste Befehl, den Ihr mir erteilt habt. Ich gehe. Gleich morgen. Oder besser heute noch. Vielleicht werde ich noch einen kleinen Abstecher machen, um die verfluchte Bibel ihrem rechtmäßigen Besitzer zurückzugeben. Aber dann gehe ich auf direktem Weg nach Italien zurück. Und Irene nehme ich mit.«

ENDE

Weitere historische Romane finden Sie auf den folgenden Seiten und im Internet:
www.gmeiner-verlag.de

Armin Öhri
Der Bund der Okkultisten
978-3-8392-1500-5

»Atmosphärische, spannende Ermittlungen der Sonderklasse!«

Silvester 1865: Im Landschloss Buckow feiert man den Ausgang des Jahres mit einer Séance. Der Zufall will es, dass dreizehn Gäste anwesend sind – eine Unglückszahl! Prompt liegt am nächsten Morgen eine Leiche im Schlosspark. Da die Berliner Presse reißerisch von einem Fluch spricht, gründet Albrecht Krosick spaßeshalber einen der Okkultisten, der bewusst aus dreizehn Leuten besteht. Wider Erwarten gibt es weitere Tote. Albrecht und sein Freund, der Tatortzeichner Julius Bentheim, ermitteln.

GMEINER

Wir machen's spannend

Christoph Öhm
Der Schatz des Preußenkönigs
978-3-8392-1499-2

»Ein historischer Thriller im Stile von ›Sakrileg‹!«

Stuttgart/Potsdam 1778. Der junge Tuchhändler David Stark begibt sich an den Höfen des Preußenkönigs und des württembergischen Herzogs auf eine irrsinnig spannende Suche nach einem großen Geheimnis. Ein Schreiben Voltaires an Friedrich den Großen entpuppt sich als Schatzkarte. Während er ein Mosaiksteinchen nach dem anderen zusammenpuzzelt, stößt er auf eine Intrige in der deutschen Geschichte, die ihresgleichen sucht und deren Folgen bis heute ihre Wirkung zeigen. Das Wesen von Intrigen ist: Sie bleiben besser im Verborgenen. So mangelt es Stark nicht an Gegnern, und seine Suche ist alles andere als sans souci …

GMEINER

Wir machen's spannend

Siegmund Kopitzki; W. Liebl
Die Gans ist noch nicht gebraten
978-3-8392-1496-1

»Ein Lesebuch zum Konstanzer Konzil von 1414 –1418.«

Von 1414 bis 1418 war Konstanz Schauplatz des Konzils. Drei Päpste wurden abgesetzt, einer wurde gewählt, Jan Hus und Hieronymus von Prag wurden als Ketzer verbrannt. Diese und andere Ereignisse wurden von Augenzeugen überliefert. Aber auch in den Jahrhunderten danach beschäftigte das Konzil Historiker und Schriftsteller. Das Lesebuch zum 600-jährigen Jubiläum versammelt – in Auszügen – Quellen und frühe Chroniken ebenso wie die folgenden literarischen Zeugnisse bis in die Gegenwart.

GMEINER
Wir machen's spannend

Höllgast